freedom
letters

94

Иван Солюшин

· ·

КВАРТАЛ

· ·

Прохождение

Freedom Letters
Рочестер
2024

freedom
letters

Сайт издательства *freedomletters.org*
Телеграм-канал *freedomltrs*
Инстаграм *freedomletterspublishing*

Издатель *Георгий Урушадзе*
Технический директор *Владимир Харитонов*
Художник *Даниил Вяткин*
Корректор *Наталья Иванова*

Дмитрий Быков. Квартал. Рочестер: Freedom Letters, 2024.

ISBN 978-1-998265-81-7

«Квартал» — первая интерактивная книга. В ней действия героя не описываются, а предписываются. Автор утверждает, что этот жанр хоть и не отменит традиционное повествование, но очень скоро серьезно его потеснит. И еще «Квартал» — филигранно придуманная игра с читателем. А также «мозаичная автобиография вымышленного лица». И — очень личное высказывание. Дмитрий Быков говорит: «Ничего более честного о себе я не написал».

Андрею и Алисе

«Квартал» — первая книга в том жанре, который, конечно, не отменит традиционное повествование, но серьезно потеснит его в ближайшее десятилетие. Интерактивная книга, в которой действия героя не описываются, а предписываются, наверняка постепенно будет завоевывать сердца и мозги тех читателей, которым интересней жить, чем отслеживать чужую жизнь. Я давно заметил, что объяснять современному студенту, что такое сонет или баллада, — в принципе бесполезно: он забывает это немедленно. Иное дело — предложить написать сонет самостоятельно. Тут начинают бить фонтаны невидимых доселе дарований. Однажды я пытался приобщить к сонету студентов одного элитного вуза, и они никак не могли взять в толк, зачем нужна эта изысканная стихотворная форма; зато, предложив им выразить в шекспировском каноне диалектику собственных чувств (теза — антитеза — синтез — взрыв), я получил такой, например, шедевр от девушки, сочинявшей до этого исключительно рэпчики:

> Я для других — беспримесная стерва,
> Яга со ступой, ведьма с помелом.
> Я для себя — постреливанье нерва
> В переднем зубе, черном и гнилом.
>
> Я для других — машина класса майбах,
> Которую вчера приобрели.
> Я для себя — в каких-то ржавых шайбах,
> В коросте рыжей грязи «Жигули».
>
> Я для других — вертящая чужими
> Крутая сука в пафосных вещах.
> Внутри я семиклассница в прыщах,
> Вся в комплексах, раздрае и зажиме.
>
> Я все бы отдала, чтоб он пришел,
> А бабам говорю, что он козел.

Ну вот как хотите, а по-моему, это классно. Точно так же иная читательница, следящая за похождениями Анны Карениной или Элизабет Беннет, может ничего из себя не представлять, пока не попадет в сильный, хорошо продуманный сюжет, — а предложить ей этот сюжет как раз и должен писатель будущего. Он даст ей расписание всех ее действий на год — и постепенно в ее судьбе появятся нужные люди, роковые страсти и непредсказуемые повороты.

Наиболее шумные достижения массовой культуры осуществляются сначала в культуре элитарной, где их, правда, мало кто может оценить. Например, триллер, в котором два главных героя — сумасшедший и здравомыслящий — излагают свои версии событий, причем версия сумасшедшего логичней и попросту красивей, — был впервые написан Набоковым и назывался «Бледный огонь»: там Джона Шейда убивает беглый псих, а русский профессор Боткин является надоедливым и скучным типом с неприятным запахом изо рта. Между тем в версии Боткина он беглый принц Кинбот из далекой северной страны, а беглый псих был дорогостоящим наемным убийцей, который целился как раз в Кинбота, но Шейд заслонил его собой. Потом на этом же принципе был построен, например, «Страж» Чарльза Маклина, прославившийся именно благодаря хитрому композиционному трюку, — но придумал-то его не Маклин (писатель, нет слов, отличный), а наш аристократ с Большой Морской.

Допускаю, что «Квартал» так и останется игрушкой для продвинутого читателя, а идея интерактивного романа, руководящего читательским поведением, никогда не пойдет в массы. Но мне кажется, у жанра есть шансы — во всяком случае, «Квартал» остался самой раскупаемой моей русской книгой. Он вышел шестью изданиями, и несколько раз его собирались переводить, даже подписывали договор, — но потом спохватывались: то мешали чисто русские реалии, то редакторы вспоминали про роман Итало Кальвино «Если однажды зимней ночью путник», хотя там все иначе. А в сущности, издателей отпугивала откровенность. Она остается не только востребованным, но и довольно опасным товаром. Книжка получилась более горячей, чем предполагал автор, и многие, так сказать, отдергивали руки.

Между тем у «Квартала» завелся круг поклонников, опознающих друг в друге родственные души именно благодаря этому не слишком традиционному сочинению. Меня часто благодарят за него — на творческих встречах, на улицах и в самолетах, а однажды поблагодарили в Черном море: я купался под Сухуми, а мимо на катамаране проплывали два читателя. Этот роман в форме пособия по личностному росту полезен по крайней мере тем, что если вы и ваш будущий партнер любите «Квартал» или просто читали его, — у вас есть что-то общее, и это незаметное на первый взгляд сходство перевесит десяток различий, включая классовые. Вокруг «Квартала» сложилось своего рода тайное общество, и, если читатель признается в разговоре, что ценит эту мою книжку выше остальных, — это лучшая рекомендация. Некоторые пары благодаря «Кварталу» поженились или хотя бы трахнулись. Да что там, я сам благодаря ему несколько раз трахнулся и один раз женился.

Ваш следующий вопрос предсказуем: приносит ли он деньги и, если да, то сколько? Приносит, конечно, хотя количество их непредсказуемо. Прохождение «Квартала», то есть последовательное выполнение девяноста духовных упражнений с 15 июля по 15 октября, — сделает из вас другого человека, а такая эволюция почти всегда ведет к богатству. По крайней мере, деньги станут вам не больно-то нужны, и это залог того, что они наконец появятся. К числу возможных последствий «Квартала» относятся: эмиграция, приглашение на прибыльную работу, разрыв токсичных отношений, беременность, публикация романа в престижном издательстве, внезапное улучшение здоровья, потеря лишнего веса — словом, все, что неизбежно происходит в вашей жизни после разрыва искусственных связей и выпадения из фальшивых цепей. Всего и нужно — в какой-то момент спросить себя: «Где я? Отчего так лежу?» — а дальше, как мы знаем, само пойдет.

Я совсем не скучаю по стране, в которой прожил 54 года, по тем самым ложным противопоставлениям и навязчивым связям, а все люди, по которым я мог скучать, давно переехали туда, где мы все рано или поздно встретимся. Но единственное место, по которому я иногда тоскую, — это квартал, в котором я прожил все свои 54 года, ограниченный по вертикали Университетским и Ломоносовским проспектами, а по горизонтали — Мосфильмовской и улицей Дружбы, названной так в честь китайского посольства. Дружба с тех пор многократно трансформировалась во вражду, зависимость и подобострастие, а улица осталась: парк, снежные горки, пруд с лебедями и кустами сирени вокруг. Этот квартал и есть моя родина, и он целиком поместился в книгу, со всеми ассоциациями, которые он у меня вызывает. Ничего более честного о себе я не написал. Ни одна книга не дала мне столько счастливых минут. Думаю, я писал ее с тайным прицелом: ведь ни страны, в которой она написана, ни человека, который в ней рассказывает о себе, больше нет. Все изменилось настолько безоговорочно, что надеяться на реконструкцию не может и самый розовый оптимист. Если угодно, это мой памятник кварталу, в котором я жил. Такой себе струнный квартет до минор, соч. 110.

Дмитрий Быков
Рочестер, 1 марта 2024 года

Это работает! Черт побери, не знаю как, но это работает! Второй месяц не верю сам себе! Кто бы ни написал эту книгу, он сам дьявол!!! Или гений!!!!!

Крис Леттэм, Нью-Йорк, веб-дизайнер

«Квартал» сделал меня другим человеком. Но таким ли, какого ожидал его Автор — или Авторы, — не знаю. Впрочем, важно ли это? Не знаю также, стал ли я счастливее. Но и это не главное. Пересоздать человека — задача, сопоставимая с Божественной.

Преподобный Саймон Харрис, Таллахасси, Флорида

Мой сын взял джекпот в благотворительной лотерее, у моего отца прошла трофическая язва, моя мать избавилась от депрессии, сама я теперь старший бренд-менеджер, у меня новый любовник, у него новая «Ауди», и пусть тот, кто не верит в «Квартал», поцелует меня в задницу.

Ханна Лайден, Франкфурт-на-Майне

Разбогател ли я? Но какой смысл вкладываем мы в слово «богатство»? Поумнел ли я? Но что такое ум? Знаю ли я теперь ответы на главные вопросы? Но что такое «вопросы»? Ветер уносит звук от хлопка одной ладони. Я знаю только, что в эти три месяца я не скучал, если вы понимаете, что такое скука.

Пит Буллер, певец, бард, Санта-Глория, Ямайка

Конечно, лишь самовлюбленный и напыщенный идиот способен увидеть в «Квартале» руководство к действию, а тем более пособие по обогащению. Но умный читатель с литературным вкусом тонко улыбнется изысканной литературной шутке, на дне которой, как оливка в бокале мартини, мерцает легкая грусть.

Жорж Трампийон, литературный критик,
Revue des Deux Mondes

Это самая пронзительная и глубокая лирическая поэма из всего, что появлялось в литературе северного полушария со времен Халиля Джебрана, мир его памяти. Что до причудливой формы, мудрый в каждое время выбирает ту форму, которая поможет Истине далее разбросать свои семена и упасть на добрую почву.

Тарас-Джахид Лапутенко, историк суфизма, Москва

Несмешная и вялая пародия на всевозможные «Тайны», «Секреты» и «Загадки», всегда заключающиеся почему-то в том, что для обогащения и выздоровления полезнее любить людей и чистить зубы (не перепутайте!). Автор, укрывшийся под маской, но, впрочем, легко узнаваемый — поди спрячь такое изобилие! — в очередной раз звучно приземлился в лужу.

Анна Барбарицкая, «Коммерсантъ»

В моем детстве про многозначительно-серьезного бутуза говорили: наморщил попу; так вот, это оно самое и есть; впрочем, если кому нечего делать…

Лев Гаврилкин, «Афиша»

Как многие изобретения и тексты, «Квартал» приходит в Россию кружным путем. Пять лет назад эту книгу на родине автора отвергли все издательства, не говоря уж о журналах. На фрагментарную публикацию, предложенную эзотерическими и малотиражными «Направлениями», он не пошел по очевидным причинам. Выкладывать текст ежедневными порциями в Сеть было тем более бессмысленно — это лучший способ похоронить идею на всемирной помойке. Понадобились десятки изданий в сорока семи странах, «квартальный» бум в США и Латинской Америке, конференция в Оксфорде, инициированная «Кварталом» кампания за возвращение в обиход бумажной литературы, чтобы книга привлекла внимание отечественного издателя и вышла на родном языке.

Это не заставило Автора раскрыть инкогнито, но помогло нам встретиться с ним и получить единственное интервью, появившееся в «Снобе» и сопровождавшее первый тираж «Квартала» на русском. Подчеркиваем: это единственное известное интервью Автора, категорически отказывающегося встречаться с прессой и сделавшего исключение только для родной аудитории. (Пресловутая беседа по скайпу с новосибирским «Навигатором» — очевидный и бездарный фейк.) С разрешения Автора мы приводим этот наш разговор в качестве предисловия ко второму изданию, чтобы избавить читателя от хождений по многочисленным FAQ'ам и дать ему полную информацию из первых уст.

— Вы обещаете читателю, выполнившему все ваши рекомендации, не только счастье — его все трактуют по-разному, — но и вполне конкретное богатство.

— Это так. И согласитесь, шале, на втором этаже которого мы беседуем, отчасти подтверждает мои слова.

— Но количество денег и благ в мире ограничено. Что, если все последуют вашим рекомендациям?

— Это опасение так же наивно, как страх толстовских современников: что, если все примут «Крейцерову сонату» как руководство к действию?! Ведь прервется род человеческий! Не бойтесь: если Евангелие, подкрепленное воскресением Христа и многочисленными свидетельствами его чудес, за две тысячи лет не обратило человечество к добру и правде — чего ждать от скромного описания духовной практики, своего рода интеллектуальной физкультуры? Разбогатеть и так очень просто, уверяю вас. Деньги валяются под ногами. Нужно только нагнуться — но как раз нагибаться люди и не хотят. А что, если у меня не получится? Что, если друзья увидят меня полусогнутым? Что, наконец, если я потом не разогнусь? Не преувеличивайте готовности людей открыться новому знанию. Чтобы с должным терпением и аккуратностью выполнить все рекомендации, изложенные в «Квартале», нужно куда больше решимости и ума, чем для полного прохождения серьезного компьютерного квеста. Тем более что здесь все происходит непосредственно с вами — вы и есть герой этого квеста, и ни цель, ни смысл игры вам не известны. Известен в лучшем случае один из побочных результатов — обогащение. Большинство проходимцев — так я иронически называю тех, кто предпочитает именоваться «дошедшими», — сообщают также о достижении внутренней гармонии, некоторые обрели счастливую любовь, почти у всех улучшилось здоровье... Но это, так сказать, факультативные результаты — их может и не быть. Я гарантирую вам только богатство. И обещаю, что за него не придется платить слишком дорогую цену.

— То есть?

— То есть это не тот случай из «Сталкера».

— При каких обстоятельствах вы получили откровение, первый импульс, саму идею «Квартала» — назовите как хотите?

— Это единственный вопрос, на который я не могу вам ответить.

— Единственный?

— Да. В остальных ответах можно отделаться казуистикой, эзотерической демагогией, юмором — но не здесь.

— Значит ли это, что способ передачи откровения был не вполне обычным?

— Не знаю, что вы подразумеваете под «обычным способом передачи откровения».

— Понятно. Это и есть обещанная эзотерическая казуистика. Спросим иначе: стоит ли за «Кварталом» некая рациональная теория — или это результат интуиции, стихийного озарения?

— Вполне рациональная теория, появившаяся, скажем так, при не совсем рациональных обстоятельствах. Вы же не станете отрицать молитвенную практику? Вследствие выполнения некоторых обрядов — иногда простейших, иногда сложных, как жертвоприношение или долгая аскеза, — в вашей жизни наступают перемены, чаще всего непредсказуемые. Далеко не все, как вы знаете, худеют в результате поста. Пост — не диета. Отсечение крайней плоти не делает вас ни умней, ни чище, ни даже неуязвимей перед специфическими заболеваниями. Отбивание определенного числа земных поклонов никаким рациональным образом не ведет к исцелению от пневмонии, похоти или перхоти. Безмолвный диалог с тем идеальным родителем, которого вы принимаете за Бога и называете на письме с большой буквы, не приближает вас к исполнению заветных желаний. Тем не менее путем долгих наблюдений человечество пришло к выводу, что именно эти действия и размышления в строгой последовательности делают вас лучше, а вашу жизнь — безопаснее. Мне посчастливилось расширить алгоритм, только и всего.

— Но между молитвой и духовностью есть хоть какая-то связь, за Великим постом стоит конкретная пасхальная мифология и т. д. Действия, которые предлагает «Квартал», нарочито абсурдны.

— Вовсе нет. Не стану вдаваться в подробности, но эксперименты с Буппи и другими его товарищами помогают избавиться от второй личности — точней, вынести ее вовне и объективировать; цельность, как вы знаете, способствует успеху. Если брать совсем широко — заметьте, я не напускаю тумана и не понтуюсь, по-русски говоря, — комплекс упражнений «Квартала» в пределе ведет к избавлению от лишних зависимостей, а если еще откровенней — помогает выпасть из разнообразных граф и рубрик. Человек, выпавший из ниши, уже не подлежит действию тягостных закономерностей. «Квартал» учит своеобразному «шагу в сторону», выходу из обыденности. Именно с этого начинается путь к тому, что я называю метафизической удачей. К этой метафизической удаче готовы не все, и оттого главный прыжок делают лишь немногие читатели «Квартала» — не более десятой части. Однако для этого прыжка и сопутствующих ему мероприятий нужны, как правило, деньги. Очень жаль, что большинство читателей ограничиваются их получением и считают это конечной целью всего мероприятия.

— Здесь угадывается перспективная франшиза — «Квартал-2», «Квартал-2.1», «Квартал Красных Фонарей»...

— Увы. Никакая франшиза невозможна. На первом уровне «Квартала» вам уже дано все необходимое — внутренняя свобода и деньги. Дальше каждый решает только сам. То и другое несложно истратить.

— Согласитесь, вы оставляете своего героя в довольно странной точке.

— На свете — по крайней мере в литературе — хорошо только странное, все остальное давно написано. Но эта точка как раз не странна — она довольно естественна. Я оставляю читателя на вершине, на полюсе, откуда ведет бесконечное количество дорог: в любовь и свободу, в жизнь и смерть, в продолжение путешествия и в дом, который можно теперь выстроить где угодно, кроме, конечно, этой точки. Можно, впрочем, рассматривать ее и как дно. Тем неизбежнее подъем.

— На Западе некоторые истолковали этот финал как призыв к самоубийству...

— Не на Западе, а на Востоке, в Японии, где вообще все толкуют как призыв к самоубийству. Им только предлог дай... Нет, соблазн смерти — испытание, воспитание смертью — там совсем в другой главе, но зашифровано это так, что читатель проходит через опасную точку, почти не чувствуя ее. Мысль о смерти нужна, но как фон, а не как вершина. Сосредоточенность на ней вообще дурна — как на любой промежуточной ступени: кто-то на смерти, кто-то на сексе, кто-то на еде... А надо сосредоточиться на другом, на том, к чему я отфутболиваю читателя, заставив его побиться о девяносто преград и рамочек: 15 октября он влетает прямо в лунку. Да, это пинбол — вполне уважительное сравнение.

— Будете ли вы что-то писать и публиковать под собственным именем?

— Конечно. Вряд ли это будет напоминать «Квартал».

— Некоторые утверждают, что все это затеяли издатели с единственной целью — спасти бумажную книгу от вытеснения электронной.

— Изящный ход, но тоже побочный. Я не скрываю, что бумажная книга кажется мне более антропной, более, что ли, человекоудобной, чем электронная. Однако «Квартал» не может быть электронным по определению: как вы из электронной книги вырвете страницу, чтобы сложить голубка, как в рекомендации от 7 августа, или оставить записку, как в рекомендации от 5 сентября? После правильного прохождения «Квартала» ваш экземпляр лишится доброй трети страниц, а остальные будут в таком виде, что для перечитывания лучше сразу покупать второй экземпляр. Тем более что при выполнении рекомендаций первый часто теряется.

— Гениальный маркетинговый ход.

— Банальный здравый смысл.

— У вас, наверное, навязли в зубах вопросы о пикаперстве...

— Навязло в зубах пикаперство, поскольку клерк противен и сам по себе, а клерк, записавшийся в секту, противен настолько, что минус на минус почти обращается в плюс. «Тренинг личностного успеха», предлагающий своим адептам публично спеть, подарить зажигалку соседу по сабвею или возненавидеть родителей, которые так неправильно его воспитали, — зрелище скорее трогательное, чем отталкивающее. Сквозь парфюм разномастной — чаще всего американской — шарлатанской терминологии пробивается такое амбре менеджера низшего звена с брянским прошлым... Зайдите в любое азиатское кафе типа япоши, в любую чашку-кружку-рюмку-манию-фобию, и за соседним столиком молодой человек в мятом костюме будет клеить девушку с плохой кожей и неестественным смехом, говоря при этом дословно следующее: «Пойми, мне нужен как бы позитив, с охуенно высокой мотивацией», — и размахивать, размахивать руками. «Квартал» предлагает вам билет на самолет и небольшой чемодан с самым необходимым в придачу — жаль, если вам понадобится только чемодан. Пикап учит вас за огромные деньги, путем бессмысленных усилий и жестокой ломки украсть ручку от этого чемодана или носовой платок, лежащий на его дне.

— Напоследок позвольте спросить серьезно.

— А это все было как?

— Это было для «Сноба», а последний вопрос — наш личный. Как вы сами определяете жанр «Квартала»: это роман в непривычной форме, лирическая поэма, пародия на учебники жизни, эзотерический трактат, религиозная литература?

— Перечисленные вещи не кажутся мне взаимоисключающими. Толстой о «Войне и мире» — простите за аналогию — говорил: «Это не роман, еще менее поэма, еще менее историческая хроника». Так вот: это роман, еще более поэма, еще более учебник жизни и пародия на него, а нерелигиозной литературы не бывает так же, как и безадресной молитвы. Впрочем, там есть жанровое определение, которое меня вполне устраивает. «Квартал» — это прохождение. Солюшин, проще говоря.

Главный герой этой книги — вы, читатель.

Это первая такая книга в истории человечества.

Только от вас зависит, насколько убедительно выстроится сюжет, как будет обстоять дело с эмоциями и смыслом.

Это не рассказ о действиях и взглядах каких-то никому не нужных и, может, давно умерших, а то и никогда не существовавших людей. Это рассказ о том, что будете делать вы, здесь и сейчас, в эти три месяца.

И если вы все сделаете хорошо, это будут хорошие три месяца и хорошая книга.

Стартовые условия неважны, а финишные я уже предусмотрел.

Скажу сразу: это нужно не мне, а вам.

Все, что было нужно мне, я уже сделал.

Я посягаю всего на три месяца вашей жизни — один квартал с 15 июля по 15 октября.

Вы можете начать практику в любой другой день, но результат не гарантирован. Проще говоря, его не будет.

Отклонения от рекомендаций допустимы только в том случае, если вы хотите обессмыслить всю затею. Прохождение не требует никаких специальных жертв, физической подготовки и особенных талантов. Все, что нужно для строгого выполнения рекомендаций, вы приобретете по ходу. Ни один совет не опережает ваших возможностей. Ничего невыполнимого в книге нет.

Главный бич детективщиков — стремление читателя непременно заглянуть в конец и узнать, кто убил герцогиню. За двести лет бурного развития детектив справился с этой опасностью: техничные писатели научились громоздить в финальном монологе сыщика (до прибытия полиции сорок минут, и есть время объяснить собравшимся, почему скрутили именно садовника) такое количество имен и обстоятельств, что без внимательного чтения 347 пропущенных страниц читатель ногу сломит. Все обошлось бы, Руперт, но вы не учли того, что в кармане у Пэйлин были не только ключи. Там был еще и триграм. Как?! Ведь я отдала его Шарлотте! Ха-ха. Поймите, Лайза, никакой Шарлотты не было в природе. Это переодетый Эверетт. Не может быть, я спал с ней! Мало ли с кем вы спали, Уилкс. Вы спали и с Холли, а между тем это был я. Какая Холли, черт побери? И самое главное: откуда в финале вдруг является садовник — когда действие перенеслось на верхнюю палубу «Королевы-бабушки»?! Уметь надо, дорогие друзья, и я умею. Не стану грозить вам смешными карами — вы можете хоть сейчас заглянуть на последнюю страницу и узнать конечный пункт нашего прохождения, и если завтра вы сломаете ногу, это не будет иметь ровно никакой связи с вашим нынешним нетерпением. Просто нетерпеливые люди часто ломают ноги, хотя иногда им везет. Заглядывайте куда хотите, листайте книгу в любом порядке — она построена так, что понять ее логику, и то не наверняка, может только тот, кто проделает все прохождение от начала до конца. Ведь чтение прохождения к любому квесту ничего не скажет вам о квесте, хотя часть удовольствия вы себе испортите.

Я не заставляю, не соблазняю и не уговариваю. Следовать или не следовать рекомендациям «Квартала» — ваше личное дело. Прохождение не потребует от вас ни денежных трат, ни подвигов. Оно совместимо с работой — если только вы не дежурите круглосуточно — и с любыми семейными обязанностями. В паре особо оговоренных случаев вам потребуется на день-другой сменить местожительство, но учтите, что при тщательном соблюдении всех предыдущих инструкций это необходимо для вашей же безопасности. Можете проверить, но не советую.

После 17 августа, 9 сентября и 3 октября в вашей жизни могут произойти значительные изменения, которые приготовят вас к финальной перемене. Если после 9 сентября ничего не изменится, вы нарушили какую-то из инструкций. 15 июля следующего года можно начать сначала. Продолжать бессмысленно: вреда не будет, но и толку тоже.

Действия, рекомендуемые «Кварталом», могут показаться вам абсурдными. Но они ничуть не абсурднее, чем кликанье мышью сначала на плохо нарисованного полицейского, а потом на масленку, чтобы полицейский поскользнулся на масле и не сумел схватить кривоногую Арабеллу, которая ускользает в щель между мирами, чтобы пронести в зловещую Монструозию спасительный артефакт в виде черных сатиновых трусов. А ведь подобным занятиям вы посвятили не один час и притом без всякой надежды на обогащение.

Я обещаю вам только одно: полное прохождение «Квартала» гарантирует вам богатство, независимость и счастливые личностные перемены. Смешно гоняться за ребенком с ведром черной икры, умоляя попробовать ложечку. Глядишь, втянется, и что тогда делать?

Желаю удачи.

Дмитрий Быков

СПИСОК

Для прохождения игры вам понадобятся некоторые предметы.

1. Бесполезная вещь, которая вам дорога.
2. Полезная вещь, которая вам дорога.
3. Вещь, которую вы давно собирались выбросить.
4. Вещь, которую вы нашли.
5. Вещь, которую вы купили не позднее, чем три месяца назад.
6. Вещь, которая напоминает вам о детстве.
7. Вещь, которая вдвое больше пачки сигарет.
8. Вещь, которая меньше пачки сигарет.
9. Пачка сигарет.
10. Вещь, которая не принадлежит вам по праву.
11. Вещь, о приобретении которой вы жалеете.
12. Мягкая игрушка.
13. Вещь, которая появилась у вас неизвестно откуда (вы не помните ее происхождения).
14. Вещь, которую приятно взять в руки.
15. Вещь, которую держал в руках близкий человек.
16. Вещь, связанная с вашей ошибкой (напоминающая о ней).
17. Головоломка.
18. Смешная вещь.
19. Книга на иностранном языке.
20. Фотография незнакомой местности.
21. Прядь волос.
22. Вещь, напоминающая часть человеческого тела.
23. Компактная вещь белого цвета.

24. Купюра.
25. Зеркальце.
26. Вещь, напоминающая вам о ссоре с близким человеком.
27. Украшение.
28. Вещь, принадлежавшая умершему.
29. Вещь, которую вам подарил неприятный человек.
30. Вещь, похожая на вас.

Если у вас нет вещи, подходящей под какое-нибудь из описаний, ее можно попросить у кого-то, можно украсть, но не советую покупать. Нарушая эти условия, вы не обманете никого, кроме себя. Некоторые предметы могут совмещать в себе несколько нужных качеств, например, вам может быть дорога мягкая игрушка меньше сигаретной пачки, которая напоминает вам о детстве. В таком случае выберите то качество предмета, которое в нем выражено сильнее всего.

ВНИМАНИЕ! Все предметы должны быть подготовлены до 15 июля. Храните их в надежном месте и не перепутайте.

Перепечатайте на компьютере следующий текст:

Июльские вечера полны невыносимой грусти. Три-четыре дня в середине июля — пауза, все застыло на вершине, как черно-белые ночные облака все еще светлой ночью. Это те самые облака, которые медленно-медленно переходят границу над ружьем часового, пока, набегавшись на даче, спит девочка Светлана, выставив из-под одеяла ноги, искусанные комарами, исхлестанные травой.

Тихи июльские ночи, даже собаки не брешут. Пик лета, с которого начинается спуск вниз. Этот спуск едва обозначается, как первая звезда около девяти вечера: играешь в бадминтон, задираешь голову, чтобы отбить волан, и видишь, как в серо-фиолетовом небе мерцает голубая точка. И с соседнего участка пахнет цветущим табаком. Вот тогда и понимаешь, что ничего этого не будет больше никогда.

На тихом июльском закате обязательно видишь в небе паруса. Мне всегда казалось, что за домами нашего квартала, на котором тогда обрывалась Москва, — порт, гавань, краны, прибытие и убытие небесного флота, и даже сейчас, когда за нашими домами бесконечные новые улицы и никаких колхозных полей, я там вижу эти корабли. Часов в пять-шесть там закипают все цвета тревоги в спектре от алого до лимонного, полощутся, плещутся, прощаются. Когда-нибудь я улечу в этом направлении, и это будет гораздо раньше, чем вы все думаете.

В этой паузе всегда ходят по горизонту низкие тучи, в них поблескивает, иногда они проливаются дождем, а иногда уходят, погромыхав. Наши горизонты обложены тучами, мы вышли из безоблачной, молочно-зеленой, ту-

манной и нежной поры. Теперь все будет всерьез. Кончилась акварель: июльское небо написано маслом. Совсем немного до августовской резкости, когда вода и небо из густо-синих станут свинцовыми. Жара и ливни — вот наше время. Все нервничают, мужчины предполагают худшее, женщины истеричны и податливы, а потом еще более истеричны.

Мы начинаем, когда уже случилось все самое летнее — отцвела сирень, черемуха, жасмин, я уж не говорю про вишни и яблони, которые цветут всего неделю; вот уже и липой не пахнет, все определилось, завязалось и плодоносит; мы начинаем на переломе от глупой юности к скучной зрелости, или, если хотите, от юной свежести к зрелой мудрости, но это неправда. Мы начинаем, когда закончилось все самое лучшее, и нам предстоит все самое интересное: старость, смерть, бессмертие.

Сегодня вы должны составить план Квартала.

Квартал — место, где вы живете. Если вы живете в сельской местности, это ваша деревня или село. Если в городе — все совсем просто: это ваша улица от перекрестка до перекрестка, квадрат, ограниченный двумя улицами и двумя переулками, со всеми кафе, магазинами, тайными ходами и скверами, которые там расположены. Как вы разместите эти названия на карте Квартала, ваше личное дело. Названия, которые вы им дадите, — тоже. Как пользоваться этими названиями — показано в небольшом пособии под названием «Маршрут».

В Квартале должны быть:

1.
Улица (переулок), вызывающая у вас добрые чувства. Ведь вы давно здесь живете. Здесь должно быть место, которое вам нравится, которое вызывает чувство защищенности, блаженства, освобождения. Может быть, вы когда-то здесь впервые прочли интересную книжку, а может, почему-то эта улица напоминает вам Париж, Барселону, Сидней, сколько там еще на свете прекрасных мест, испорченных пошляками. Но в Париж и Барселону пошляки ездят и пачкают их своими сальными травелогами — что-нибудь типа «Необходимость путешествий» или «Невозможность путешествий», про то, как они открыли для себя Гауди или закрыли Ван Гога. А на эту вашу улицу они не приедут никогда, и это гораздо более настоящий Париж, чем тот, в который вы рано или поздно попадете. Или уже попали — и все поняли.

2.

Точка, где вы всегда чувствуете опасность. Такая точка обязана быть в любом квартале. Откуда берется это чувство — я сам не скажу. Может, когда-то вас тут чуть не переехал мотоцикл, а может, здесь вас подстерегал в детстве отвратительный тип, вымогавший деньги. Но чаще всего это иррационально. Бороться с этой точкой мы не будем, потому что иррациональное чувство опасности чаще всего правильное.

Иногда — довольно часто — эта точка может оказаться в одно время опасной, а в другое благоприятной. Скажем, на закате она опасная, а на рассвете, напротив, благоприятная. Ночью она вообще невыносимая, а днем просто противная. Тогда у нее должно быть два названия. Кстати, если эта точка действительно амбивалентна — то есть иногда благоприятна, а иногда нет, — вы относитесь к категории «Б», и для вас будут дополнительные упражнения.

3.

Улица, которую вы торопитесь поскорее пройти, потому что на ней одолевают неприятные чувства или воспоминания. Возможно, вы еще эту улицу не определили. Тогда она должна у вас определиться в ходе упражнений. Вам все равно сегодня обходить Квартал, вот и заметите. Может быть, она просто сулит вам физические неудобства, там идет стройка и приходится делать крюк, а может, у вас одышка и там неприятно идти в гору, а потом под гору. Короче, это улица скуки, неприятных размышлений, стыда за прошлое. Такая улица есть всегда. Иногда это связано с неприятным, угрюмым домом, стоящим на ней, а может, там находится ваша бывшая школа. Не путайте это место с точкой опасности: скука — совсем другое дело.

4.

Точка (сквер, перекресток), где с вами обязательно произойдет что-то важное, скорее хорошее. Еще не произошло. Но произойдет обязательно. Мы всегда чувствуем эти места рядом с домом: может быть, возвращаясь из школы (с работы), мы думали, что встретим там единственную любовь, абсолютное взаимопонимание. А может быть, именно на этой улице мы хотели бы услышать телефонный звонок о присуждении нам Нобелевской премии — то есть именно там хорошо обозреть пейзаж и удовлетворенно сказать: я всегда это знал. А может быть, мы просто чувствуем, что здесь, в этом доме, родится ребенок, который спасет мир. Такое тоже бывает. У меня, например, такой перекресток есть, и именно на нем планируются особенно важные действия. Если у вас еще нет такой точки, обойдите Квартал еще раз и хорошо подумайте. Не прислушайтесь к себе, это чаще всего бесполезно, — а просто подумайте. 16 июля — отличный день, чтобы хорошо подумать.

5.

Улица, на которой всегда приходят хорошие мысли, творческие решения, просто удачные строчки. Если она находится вне вашего Квартала, а в другой части города, — не страшно. Просто включите ее в Квартал. Необязательно ведь ограничиваться окрестностями дома. В конце концов, весь мир — наш Квартал. Назовите ее как хотите, но так, чтобы в ее названии была отражена эта главная особенность — стимулировать творческие способности. Подчеркиваю, это не улица Удачных Финансовых Решений или Выгодных Вложений. Это улица, на которой вы чувствуете внезапную способность перерасти себя, получить откуда-то прекрасные стихи или точный поступок. Лучше, конечно, чтобы она была поближе к дому, — удобней. А то вдруг она за границей? Как вы будете туда летать, чтобы выполнить задания, относящиеся к ней?

6.

Улица, на которой вам чаще всего встречаются влюбленные. Или сквер. Или угол. Но именно там ближе к весне появляются парочки, на которые вы смотрите с завистью, или сами вы там назначаете встречи под часами, или просто в этой точке Квартала вас всегда томит мысль о любви, о том, что настоящая жизнь проходит мимо вас, и это ваш личный выбор. Возможно, это просто улица, где много сирени, или арка, где особенно удобно целоваться.

7.

Улица дождя, то есть именно та часть Квартала, которая всплывает в вашей памяти при слове «дождь». Первая ассоциация с дождем. Место, где хорошо от него прятаться, или точка, где вы по-настоящему промокли, или подворотня, где увидели собаку, прячущуюся от дождя, и подобрали ее или просто прошли мимо. Иногда никаких личных ассоциаций нет — а просто эта часть Квартала всегда представляется вам мокрой, с дробящимися отражениями, с фонарем, из которого хлещут струи, как из душа.

8.

Место, где дети катаются со снежной (ледяной) горки. Такое место обязательно есть в любом Квартале, потому что в любом Квартале есть дети, а дети не могут без горки. Она может быть металлической, деревянной, искусственной, — а может быть холмом вполне естественного происхождения, просто с него хорошо съезжать на попе.

9.

Недоступная точка. Место, где вы никогда не бывали, но хотите побывать. Это может быть посольство, куда никого не пускают, или двор закрытого учреждения, или просто смрадная помойка, куда никто не заходит. Или, что вероятней всего, вы просто ходите всю жизнь мимо этого угла, а туда никогда не заглядывали, потому что времени не было или страшно. В любом Квартале есть точка, мимо которой вы ходите, даже если прожили тут всю жизнь. Найдите это место, спросите себя, почему вы никогда не заходили сюда, и дайте ему название Атлантического переулка, от слова Атлантида. В остальных названиях вы свободны, но это — обязательное.

10.

Место, которое изменилось сильнее всего. Это может быть улица, а может быть один дом. В любом случае это точка, которая за последние два-три года претерпела наиболее радикальные изменения. Или построили дом, или снесли, или был елочный базар, а стало место торговли арбузами, или был прелестный магазин сувениров и смешных игрушек, а стал отвратительный, промасленный магазин запчастей. Или был сквер с песочницей, а стала стройплощадка, и скоро здесь вырастет новый банк, уже заранее отравляющий всю атмосферу на сто метров в диаметре. Точка перемен, одним словом. Такая есть почти в каждом Квартале. Например, было дешевое студенческое кафе, закрыли, сделали китайский ресторан, снесли, построили спа-салон, закрыли, открыли отделение сбербанка, закрыли, теперь вообще ничего нет. А потому что не надо закрывать студенческое кафе, люди там радовались, а теперь им радоваться негде, и в силу их обиды и разочарования быть пусту месту сему.

Карту надо начертить на ватмане, чтобы было красиво. Как пользоваться «Кварталом», — лучше всего это умеют подростки, наделенные воображением, — рассказано в следующем фрагменте.

Слим задержался в подъезде, оттягивая выход. Идти страшно не хотелось, но надо было кормить семью. Семье надо есть, вот в чем дело. Жаль, что этим ни перед кем не оправдаешься. Грузная соседка, забыл как зовут, вскарабкалась по ступенькам и проползла мимо. Слим сочувственно поздоровался. Сейчас он радовался даже ей — все-таки своя, сюда еще неизвестно, вернешься ли.

Связной должен был ждать его на улице Красной Собаки, в четверти часа неспешной ходьбы, но сегодня надо было идти медленно, смотреть очень внимательно. Карвер подобрался ближе, чем когда-либо. Все было пропитано его дыханием, даже лифт гудел недоброжелательно. Бывают такие дни. Спускаясь, Слим правым локтем коснулся перил, а левой рукой провел по дребезжащим, серым почтовым ящикам: он понимал бессмысленность этих ритуалов, но когда однажды со страшным усилием ими пренебрег — лучше не вспоминать, что было.

Оказавшись на улице, он первым делом засек время: 17:45. И погода, как назло, стояла отличная, в такую погоду бы куда угодно, только не на маршрут, маршрут он ненавидел, а проделывать его приходилось дважды в неделю. Он прикинул: как сегодня — через Святительскую или по Змеиной? По Змеиной дольше, но безопасней: петляет, хуже просматривается. Выключил мобильник. Лучше бы вообще оставить дома (Слим не знал уже толком, где дом, но настоящий был так далеко, что приходилось называть так это скудное жилище с несчастными, близорукими, непонятливыми соседями, завязавшими свои жизни в такой невообразимый узел), однако ровно в 17:00 надо было просигналить, отфиксироваться на так называемой базе. Сунул мобильник в карман, ноги сами понесли на

Змеиную, но не прошел и шести шагов, как сзади деликатно шаркнули, и Слим, оглянувшись, увидел своего агента, Рыжего: имен собственных ангелов-хранителей он не знал, так меньше было риска, что выдаст их, если дойдет до худшего. Странно, он ни о чем не предупреждал Рыжего — должно быть, тот торчал у окна от нечего делать, чистая, трогательная душа; сидел на подоконнике, как любил сам Слим, глядя на улицу, чувствуя тепло от батареи — конец сентября, только что затопили, — увидел, что человек вышел на маршрут, ну и выбежал, безмолвный спутник. Но сегодня рисковать Рыжим было нельзя, а палить Рыжего — и подавно. Слим никогда не заговаривал с ним. Была система знаков, выработанная в молчаливых диалогах по общему согласию: Слим остановился и посмотрел на часы, почесал в затылке и снова посмотрел. Рыжий должен был понять, он понимал всегда.

Но на этот раз, как назло, он ничего не понял — застыл в пяти метрах позади и тоже принялся чесаться. Что он хочет? Если бы отвернулся, Слим бы понял, это означало бы: иди себе, я по своим делам. Но он стоял, уставившись на Слима, бедный дурак, — почему у меня в добровольной охране только такие простые души, неужели я сам какой-то больной, что притягиваю только их? Слим топнул правой ногой, ноль реакции. Ну же, ну, умолял он, догадайся хоть как-то, ведь у вас, дураков, говорят, телепатия развита. Иди домой, сегодня опасно. На его счастье, в этот момент вниз по горбатой Змеиной дунула серая кошка, тощая и драная, с ближайшей помойки, — Рыжий отвлекся, и Слим поспешно свернул во двор. Он пересек его наискось, прошел мимо скрипучих качелей, на которых вяло раскачивалась, толкаясь одной ногой, девочка в красном беретике, и оказался на Повстанческой с ее желтыми березами и кривыми, старыми липами. Красный берет, подумал он. Нет, это вряд ли. Совсем уже сдвигаюсь.

Он поглубже засунул руки в карманы и стал подробно продумывать маршрут — это был лучший способ успокоиться: допустим, Повстанческая. Радости мало, но для такого дела семь верст не крюк. Грех сказать, он не любил эту улицу, потому что именно на ней тогда... впрочем, мы договорились об этом не. Теперь нам короче всего будет через Пьяную, если только там не пристанет хвост... оставь, осадил он себя, с какой стати хвост? Кто вообще мог предположить, что тебя понесет в противоположную сторону? Дальше мы срезаем через Французскую, берем вправо на Аптечной — и вот она, пожалуйста, Красная Собака, хоть и с другого конца. Он усмехнулся. А ведь и погода прекрасная. Конец сентября, а какая густая синева, ни в каком марте такой не увидишь. И эта старая клумба с торчащими сухими стеблями, живого только и осталось — вечно цветущие бархотки, ярко-оранжевые, уже потемневшие по краям. Тревожное было в бархотках, он что-то забыл. Никогда нельзя идти дальше, если что-то забыл. Он обошел клумбу. Хорошо бы сейчас тринкету, моду на тринкеты ввел Смайлс, прелестный человек, один из немногих понимающих, — и его, как всех понимающих, перевели, и вот уже год они не виделись. Смайлс уверял, что тринкета прибавляет ума, они всей компанией тогда ходили с этими баллончиками, посмеиваясь над собой, а все же немного шикуя. Но тринкеты не было, и Слим сосредоточился без нее. Нечетное число, вспомнил он. Французская исключена.

В другое время Французская была лучшим выходом: короткая, уютная, зеленая, не содержавшая в себе ничего французского, но что же делать, он там на скамейке читал когда-то именно о Париже, и с тех пор Париж связался с улицей безвестного героя со скучной фамилией.

Он давно привык к этой личной топографии, чтобы даже во сне не проговориться об истинном маршруте. Двадцать девятое, какая уж тут Французская. Возьмут сразу, не посмотрят, что трижды кавалер. Что же делать, что же мне делать, соображал он лихорадочно, не забывая посматривать по сторонам: проехал велосипедист, прошла старуха с собакой, хвоста не было. В смысле у собаки тоже не было, мопс. Слим усмехнулся. Хорошо, если не Французская, у нас есть Забытый переулок. Как всегда, о нем вспоминаешь в последний момент. Да, но это еще пять минут задержки. Ничего, сказал он себе. Перетерпят. В конце концов связь нужна им, а не мне. И он решительно отправился на Пьяную.

— Здорово, — сказала Вэл.

Вот уж кого он не ожидал встретить — и не мог сразу решить, хорошо это или плохо, что на углу стоит Вэл, независимая, спокойная, дикая, удивительным образом сочетающая надежность и опасность. Он был испуган и счастлив одновременно. Он никогда не знал, как вести себя с Вэл. Он знал только, что страшно рад ее видеть, не видел уже две недели, и хотя она понятия не имела о маршрутах, о Карвере, обо всей безумной паутине сложнейших обстоятельств, в которую превратилась его жизнь, — иногда ему казалось, что она знает все и больше, чем все. Женщины, они умеют это. И вышла она сейчас не просто так, а потому что почувствовала, каково ему на самом деле.

Вэл вела странную жизнь. Слим не знал толком, здесь она живет или на окраине, и возраст ее назвал бы лишь приблизительно, и даже цвет глаз не вспомнил бы, хотя она смотрела прямо на него, даже, пожалуй, не без вызова. Но, несмотря на всю эту неопределенность, в главном он не сомневался: на всем маршруте Вэл была единственным человеком, который не предаст, ах, нет, и это не так, и как не идет к ней само это слово, — просто она была единственной, кому он рад — не той убогой радостью, с какой провожал в подъезде старуху, а той, которая настигала его иногда, весенними вечерами, в Забытом переулке.

— Здоро́во, — сказал он небрежно.

— Куда идешь?

Он вздрогнул. Это был пароль, но вчерашний. Дуры бабы, вот так всегда с ними: скажет, не подумавши, а серьезный человек голову ломай.

— Да есть тут у меня, — сказал он со смешком, — одно дельце.

— Слыхал, чего с Серым сделали?

Ого, понял Слим. Все она знает, нечего было от нее прятаться. Конспиратор, щенок.

— Рассказали, — кивнул он.

— Серый сам виноват, — сказала она торжествующе. — Я ему когда еще говорила, а он говорит — ничего не будет, я знаешь под кем хожу? Доходился.

— Слушай, это, — сказал Слим, не желая поддерживать опасный разговор. — Мы бы, может, сходили как-нибудь, а?

— Куда сходили? — спросила она настороженно, подойдя ближе, и это был уже совсем явный знак — опасно, говорила она, иди отсюда сейчас, говорила она.

— Ну в кино, — с последней надеждой спросил Слим. Это значило: шанс есть, я не Серый, я хожу под теми, кого ты не знаешь.

— Чего там делать, — сказала она и покусала губу. Ей не надо было этого делать, он и так понял. В этом было уже прямое унижение, хуже, чем тогда, на Повстанческой.

— Ну в театр, — сказал он уже нагло. Она не могла не ответить на этот вызов. Слим не удивился бы даже пощечине. В конце концов, мелькнуло у него в голове, перед кем притворяемся, зачем вся эта конспирация? Разве что ее слушают... — В театр, а?

— Совсем ты ваще, — сказала Вэл, но в ее голосе он явно слышал одобрение.

— Да просто так можно, куда угодно, — проговорил Слим, осмелев. — Не сейчас только, меня ждут сейчас.

— Кто тебя ждет-то, — ответила она с великолепно разыгранным пренебрежением, но он мгновенно подсчитал в уме: тринадцать букв. Значит, засады нет, и она знает.

— Да уж есть кому. («Спасибо. Я знал. Завтра здесь же»).

— Мелочь есть? — спросила она. — Коктейль хочу.

Не может быть, чтобы у Вэл не было денег. Но тогда это значит... Черт!

— Лишних нет, — ответил он грубо.

— Ну и топай валяй.

Он улыбнулся ей нежно и благодарно. Это значило: пока я здесь, путь свободен. Он прошел еще сто метров, оборачиваясь: она так и стояла у стены, нога согнута в колене, руки скрещены на груди. Еще бы ей сигарету, и совсем бы классический вид. Но он так и думал о ней с благодарной нежностью: то, что Вэл стояла на углу, означало, что прямой опасности пока нет. Под ее взглядом ничего не могло случиться. И следующий укол тоски он почувствовал, только дойдя до остановки «Школа».

О, проклятый режим; Слим, может, потому только и вошел в Лигу, что не мог больше спокойно жить в мире, где такие места называются школами. Сотни, тысячи людей ходили мимо и понятия не имели, что в действительности делается там, за этими стенами, в подвале-лабиринте, выдаваемом за бомбоубежище, в длинной пристройке, которую снаружи принимали за спортзал. Цитадель, пыточная камера, тюрьма, казарма, инкубатор, все вместе — каждый этаж отвечал за свое, но всех обманывал идиллический фасад с профилями, спортплощадка с баскетбольными кольцами, цветы на окнах... Если бы они на миг представили, что там делается, — они обрушили бы забор, повалили охрану, выдавили решетки первого этажа; но никто не решался сказать вслух, а может, уже и не поверили бы. Растление дошло до того, что перестали верить очевидному: тогда, на Повстанческой, многие видели, но никто даже не остановился. Слим знал это место, столько раз, рискуя жизнью, проникал сюда неузнанным, наизусть, разбуди его ночью, рассказал бы, где какой кабинет, — но сейчас прошел мимо, стараясь не смотреть направо. Внезапно его прошиб холодный пот: надо было позвонить, отметиться — а он так далеко от базы; о черт. Ничего, скажем отсюда. Но не на улице же было делать контрольный звонок — он осмотрелся и быстро зашел в арку. Оттуда хорошо просматривалась улица и виден был кусок двора, заваленного каштановой листвой.

— Да, — сказал он, когда отозвались. — Я на полпути примерно.

— Почему на полпути? — с неудовольствием спросил Папа. Кто придумал эту кличку для человека, сроду никого не назвавшего «сынок»? Вечно эта потребность очеловечивать начальство.

— Там надо было обойти, — сказал он уклончиво.

— Что обойти?

— Дорожные работы.

— Где, какие дорожные работы?

Идиот, выругался про себя Слим. Кретин. Когда они выучат коды?!

— Я перезвоню, — сказал он.

— Слушай, — буркнули в трубке. — Не забывай, что сегодня суббота.

— Я такие вещи не забываю, — огрызнулся Слим и отключился. Слава Богу, теперь никаких звонков до объекта.

Он проверил на всякий случай бумаги, которые должен был передать связному: на месте. По двору на бесконечно печальном самокате ехала бесконечно печальная толстая девочка. Мир был полон угнетения, и если бы не Забытый — Слим бы так и не улыбнулся за весь маршрут; но Забытый искупил бы дюжину таких путешествий.

Есть места, где хорошо, и Слим догадывался почему. Вероятно, здесь был портал, через который он мог бы вернуться домой, и вернется рано или поздно, когда поймет наконец, в какой последовательности производить уже угаданные действия (более сильные чувства вызывал третий справа клен, восьмая скамейка, почему-то очень нравился желтый кирпичный дом, по которому так скользило солнце, придавая ему цвет совершенно уже нездешний). Вообще в Забытом все указывало на другой мир, из которого сюда просачивались небывалые краски: иногда какое-нибудь зеленоватое рваное облако на горизонте, на фоне подъемного крана, говорило больше, чем всякая книга, чем любое кино. И люди здешние словно подмигивали, они были Слиму приятны, и он им был приятен, просто так, ни за что. Везде листья гнили, а здесь шуршали, и рос на повороте странный куст с красными ветками — по весне, когда начиналось движение соков, они прямо-таки пламенели, и Слим не знал, что за куст, а спросить не решался, потому что сразу выдал бы себя. Он знал, что опаздывает, но позволил себе постоять в Забытом минут пять, не больше, и впервые с дивной ясностью увидел последовательность, которую — не сейчас, конечно! — надо было применить для перехода, нельзя было пренебрегать возможностью, надо досмотреть... Но тут все переменилось, это длилось долю секунды, и мир, в котором он очнулся, был уже мир Карвера. Оказалось, и Забытый ни от чего не спасал.

— Тты ббл, — сказал ему на варварском наречии адский местный с совершенно белыми глазами. Злоба, переполнявшая его, искала выхода, он словно лопался по всем швам, потому и таращился так.

Слим смотрел на него, понимая, что последнюю степень защиты в этих обстоятельствах применять нельзя — нельзя ни по какой конвенции, ни при каких вводных, этого не простят, будь ты кавалер хоть трижды, хоть десятижды. Он не мог сказать ни слова, и все-таки даже теперь на дне его души шевелился не ужас, нет, то было любопытство: он еще не встречал таких и хотел знать, как они действуют. Жаль ему было только связного.

— Ххль тты тттудт, — повторил белоглазый невнятней прежнего. — Ттты, тты хххухль.

Но Забытый есть Забытый, и в следующую секунду Слим был чудесно спасен — по крайней мере, от этой опасности, явно не последней, как подсказывала медленно наполнявшаяся болью голова. Из подъезда выскочила женщина изумительной роковой красоты, несколько волчьей, с заостренными и явно нездешними чертами — портал, портал, даже не уговаривайте! — и, ни звука не произнося, несколько раз ударила белоглазого полотенцем, а потом ухватила за лапищу и властно поволокла за собой, и он пошел покорно, как за матерью, даже не обернувшись. Слим хорошо ее запомнил — на ней был только халат, белый с лиловыми цветами и кое-где смуглыми дырами; под халатом не было ничего, он не столько видел, сколько чувствовал это. Вместе с ней на секунду вырвалась на улицу волна чужих запахов, нездешних, неопределимых, — если суп, то каково должно быть существо, из которого он сварен?! Слим еще немного постоял, регулируя дыхание, и двинулся дальше, к повороту на Аптечную, но все было уже не то, все более и более не то; и он был к этому готов, потому что Карвер его почуял, не мог не почуять.

Сначала впереди замаячил странный, сутулый ровесник — Слим нарочно не стал его обгонять, ибо это мог быть банальный, классический хобот (слежка спереди, в противоположность хвосту). Скоро, однако, он убедился, что человек впереди как-то уж чересчур медлителен и шаток, идти в таком темпе значило уж наверняка пропустить все сроки, и Слим решился на обгон. Только природная выдержка удержала его от вскрика — это был не ровесник, а старик, с лицом, наполовину затянутым кожаной маской: что было под этой маской — Слим боялся домыслить. Может, там была ужасная рана, а может, мясной нарост, но старик явно был болен, над маской видны были только страдальческие глаза, и одет он был чересчур тепло для конца сентября, — нет, таких к нему не подсылали, и Слим, стыдясь здоровья, виновато ускорил шаг. Темнело, и от встречи со стариком на душе стало еще хуже, — он физически ощущал, как сгущается Карвер, как из каждой встречной машины, из любого куста глядят стальные глаза. Слим ускорил шаг — а этого делать не следовало, никак не следовало, ибо на полупустой субботней улице он выделялся теперь неуместной деловитостью, и тот, кому поручено было задержать его любой ценой, уже шел следом, Слим слышал его шаги.

Он не оглядывался. Профессионал не оглядывается. Кавалер не оглядывается тем более. Мы скажем все по звуку, по этому дробному, то нарастающему, то отдаляющемуся, кого выслали за нами на этот раз. Слим представлял его с болезненной ясностью, настигавшей его теперь все чаще. Это веселый, ненамного старше его, играющий с ним, как кошка с мышкой, глумящийся, легкий, снисходительный, безошибочный убийца; ошибкой всех прежних была, конечно, их паучья серьезность. Но у этого с юмором все было в порядке, и потому внезапные парадоксы Слима, его броски в подворотни или через стадионы, его внезапные исчезновения в подъездах или прыжки на подножку не могли ввести в заблуждение: он читал, предугадывал. Карвер рано или поздно должен был найти такого человека — сколько можно бегать от него, рано или поздно он просчитает твою манеру, и тогда надо будет резко ее менять, а меняться поздно. Слим знал это и надеялся на одно. Если в окне седьмого дома будет цветок, есть надежда. Слим помнил имя этого цветка, это был амариллис, его ни с чем не спутаешь, это тебе не кустарник с красными ветками. Он видел это окно на прошлом маршруте и приметил два бутона — тугих, длинных; в литературе утверждалось, что цветок будет огромный и яркий. Слим нарочито замедлил шаг — преследователь тотчас остановился — и резко наддал ближе к седьмому дому: ну же, ну!

Зажглись фонари, и поначалу в темной комнате было ничего не разобрать. Лишь вглядевшись, Слим с ужасом понял: они убрали цветок! Они унесли его с подоконника вообще! Более ясного знака он не получал на всем маршруте.

Собственно, можно было не спешить. Он взглянул на часы: 18:50. Все свободны.

И в эту секунду из окна второго этажа хлынула музыка — кто-то бурно и радостно, кое-как, с грубыми ляпами забарабанил божественную и торжественную, какую же еще, мелодию древнего языческого танца, песнь девушки, танцующей на тамтаме. Может, это было не фортепьяно, а просто кто-то включил телевизор, — но этот звук, варварский, дикий и бодрый, дал Слиму последний толчок. Он собрался с духом и оглянулся.

В трех шагах от него стоял Бак — унылый тип из соседнего дома.

— А я иду думаю ты не ты, — как всегда, без знаков препинания сказал Бак.

— Я, — подтвердил Слим. — А что?

— Ниче думаю иду ты не ты.

— Я, я. А ты куда?

— Я никуда я так. А ты че ты куда.

— И я никуда, — сказал Слим. Если они завербовали уже и Бака, значит, дело их совсем тухлое, вообще уже не на кого опираться. Этого мы сделаем. Господи помилуй, а мы ожидали легкого, страшного, умного. А это Бак, мусорный Бак. Черт с тобой, бак.

— Я пошел, — сказал Слим.

Но как только он отвернулся, музыка «Барабанного танца» сменилась адским галопом, и сзади раздались все более решительные, сильные и твердые шаги. Как он мог обмануться! Разумеется, Бак был личиной. Еще чего. Станет Бак преследовать его на Аптечной. С какой стати?! Это был тот, новый, умеющий ко всему прочему так изменять внешность, что даже он, Слим, купился на первый раз. Но теперь в нем взыграла такая злость и обида, что прежнюю покорность как рукой сняло. Он мельком глянул на часы: 18:55. Еще повоюем. Нельзя, нельзя включать последнюю степень. Он ускорился и перешел на бег. Сзади затопали, потом вдруг отстали. Бешено визгнули тормоза. Ага, оторвался. Поворот на Красную Собаку был уже перед ним, он в два прыжка добежал до угла, повернул — и увидел, как старуха у дверей заведения переворачивает табличку.

Когда он подбежал к дверям, на нем лица не было – даже старуха отшатнулась.

— Тетенька, — выдохнул Слим, — пустите, пожалуйста, очень надо.

Булочная закрывалась по субботам в семь, и толстуха уже готовилась сдавать кассу, но он скорчил такую умильную рожу, что его пустили. Времени как следует выбирать батон уже не оставалось, да и наивно было ждать, что к закрытию останется что-то приличное, — но он старательно перещупал несколько булок железной вилкой на веревке и выбрал, как ему показалось, не самые каменные. Еще надо было полбуханки черного круглого деду — другого он не ел — и булку брату, черт бы его побрал совсем. Приди он раньше, и выбор был бы побогаче, и батоны помягче, — но тут уж надо было выбирать: либо поход в булочную превращается в маршрут, либо это просто поход в булочную, угрюмая вещь, особенно по субботам.

— Ну ты быстрей, а? — торопила его уборщица. Ей тоже хотелось домой. За окном совсем стемнело, выходить не хотелось, но на обратном пути ему уже ничто не угрожало: на обратном пути, через Фурманова, потом по Октябрьской и метров сто по Димитрова, Карвер уже не имел никакой силы. Вообще приобретение хлеба странным образом ослабляло Карвера. А если не ослабляло, всегда можно было доехать на тридцать четвертом, но тогда не хватило бы на тринкету.

— Земляничную, — попросил он.

Через тридцать лет Карвер все равно достал его на этом самом повороте, когда он не успел его проскочить под носом грузовика. С некоторыми играми надо расставаться вовремя, а может, вредно всю жизнь жить в одном районе, где никогда не отделаешься от себя прежнего. Но скорей всего, любой Карвер попросту набирается силы за тридцать-то лет.

Ответьте на следующие вопросы по содержанию текста.

1. Как зовут вашего личного Карвера? Как вы его себе представляете (представляли в детстве)?

2. Почему нельзя просто сходить за хлебом, а надо вот так вот выделываться?

3. Что Слим неправильно сделал на маршруте? (А он, конечно, сделал что-то неправильно, иначе Карвер не достал бы его через тридцать лет.)

4. Какова природа Рыжего? Почему вы при первом прочтении увидели его именно котом? (Если вы увидели его собакой, вы входите в группу «Б».)

5. Как сложится дальнейшая судьба Вэл? Если вам кажется, что она станет почтенной матерью семейства, вы относитесь к категории «Б». Если вам кажется, что она сопьется и вообще пропадет в дурном обществе, все обычно. Если у вас нет никаких догадок о судьбе Вэл, подбросьте любую монету. Если орел, пять отжиманий, если решка, то двадцать прыжков на месте.

17 июля

Сегодня мы вычисляем ваш Финансовый Индекс.

Это важная постоянная для каждой отдельной жизни. Люди придают ей непозволительно мало значения, а часто вообще не знают, что это такое. В результате у них нет денег. Приготовьтесь к тому, что речь о деньгах в этой книге будет идти часто, и вообще мы взялись за нее главным образом ради них. Подчеркиваю: мы, а не я и не вы. У меня деньги уже есть, потому что я уже прошел «Квартал», и столько, что прибыли от продажи книги мне их не сильно прибавят. Я этой прибыли вообще могу не заметить, потому что знаю свой Финансовый Индекс и действую исходя из него. Даже если вы, как я советую, купите три экземпляра, — прибыль будет почти незаметна на фоне того, что уже есть. Так что напоминаю, все ради вас, а не ради меня.

Но если даже абстрагироваться от разговора о наших личных деньгах — мы именно потому их упоминаем так часто, что деньги не последняя в жизни вещь. Я мало помогал людям, и многие, наверное, даже скажут, что я игнорировал их, занимаясь только своими делами. Это так, потому что никто, кроме меня, моими делами не занимался и намерения такого не выражал. И я вряд ли бы позволил, кстати. Но я действительно считаю, что, когда можешь, надо дать денег, и это единственная форма помощи, которую не стыдно предложить и принять. Никогда не стыдно взять деньги, потому что это не унижение, а наоборот. Если вам дают — значит, в вас вкладывают. Значит, вы стоите того. Чем еще помогать? Сидеть рядом и говорить уси-пуси? Держать за ручку? Я понимаю, что некоторые нуждаются именно в этом, что некоторым необходимы именно уси-пуси и ручка, что женщина, например (особенно если это настоящая женщина, а не автомат для вложения денег), измеряет вашу любовь только количеством вашего времени, которое вы готовы на нее тратить. Отрывая от любых дел, в том числе объективно важных. Это нормально, они не понимают по-другому, они хотят только, чтобы вы вокруг них вились. Парадокс в том, что стоит вам начать виться — к вам мгновенно теряется интерес, и дальше можно гордо, с полным сознанием правоты уйти к тому, кто будет вытирать об нее ноги. А вам доверительно объяснить: понимаешь, он особенный человек. Не такой, как мы с тобой. (Лолита так сказала Гумберту про Куильти: он особенный человек. Гумберту! Который за три месяца написал все это! Про Куильти! Ведь мы Куильти почему-то прощаем, что он педофил, а ведь он растлевал нимфеток сотнями. То есть мы на позиции Лолиты. Гумберт виноват, а этот нет. За грех всегда отвечает тот, кто его сознает, — а с того, кто его не чувствует, он как бы списывается, не замечали? То есть если ты знаешь, что нельзя, и делаешь — это грех, а если тебе вообще все по барабану, то пожалуйста. Кратчайший путь к состоянию святости — отсутствие морального компаса вообще.) Так вот, особенный. Он не может мной заниматься и вообще ничем заниматься, он занят действительно великими делами. И я не могу, слышишь, не могу уже быть ни с кем другим, после того как подышала этим горным воздухом. Некоторые еще говорят — горним, это если они, что называется, прикоснулись к вере.

На самом деле, конечно, он не занимается ничем важным — потому что человек, занимающийся чем-либо важным, понимает иерархию вещей и не станет вытирать ноги об окружающих ради самоутверждения. Он просто вытирает ноги, или дает ей в морду, но она из этого по дефолту делает вывод, что он ну правда занят чем-то великим. Большинство людей, якобы занятых чем-то великим, большую часть времени блядуют и пьянствуют, но поскольку они вытирают ноги и вообще ведут себя как свиньи, то и возникает ощущение величия. Люди, которым в качестве помощи нужны уси-пуси, охотно покупаются на это, потому что строят представления о мире, опираясь на внешние вещи.

Нет. Я считаю, что помощь — это дать денег, чтобы вы помогли себе сами. Деньги — это символ свободы. И ваш Финансовый Индекс — это именно степень вашей свободы и удачливости, а не хищничества и не каких-то «способностей к бизнесу», которых никто никогда не видел. Ваши способности к бизнесу — это количество ваших денег, и только. И нечего тут списывать все на внешние обстоятельства. Если у вас есть способности, но нет результатов — это значит всего лишь, что у вас нет способностей. Займитесь чем-нибудь другим.

Это все, как вы понимаете, был не праздный треп, а тонкая настройка вашей психики на то, что мы сейчас будем делать. А делать мы будем вот что: мы выходим на улицу и идем в сбербанк или любое другое место неподалеку, где продаются лотерейные билеты. Да, именно лотерейные билеты любого тиража, мгновенного действия. Такие, как «Святая Русь» или что-то там про животных, с изображением симпатичных утконосов, которые как бы смотрят на вас и говорят: ну что, лох? Я тоже лох. Я не утка и не бобер, я переходный вид, идиотское яйценосное млекопитающее. Но вот тут есть еще один билет, с изображением настоящего бобра, упорного истребителя деревьев, вечного труженика. Купи его, и он выиграет. Ладно, вы покупаете бобра, и спустя пять секунд ожесточенного трения монеткой о серебристую надпись «стирать здесь» вы уже как бы слышите его бодрый, бобрый голос: ну что, лох? Я тоже лох. Всю жизнь грызу, а толку. Никто не любит.

Если у кого-нибудь сосед — вечный труженик, долбящий стену с утра по воскресеньям, про него непременно говорят, что он похож на бобра. Юрий Михайлович Лужков был похож на бобра, но это ему не помогло. Но вот перед нами рысь, хищная рысь. Эта не будет рассусоливать, она нам точно выиграет. И продающая билеты девушка смотрит на нас так заискивающе. От нашей доверчивости зависит ее прибыль. И вот мы покупаем рысь, и спустя пять секунд она уже смотрит на нас, как бы говоря: ну что, лох? Я тоже лох. Со мной случилась однажды такая история. В одном зоопарке сотрудник, который нам вольеры чистил, такой же лох, плохо запер дверцу между мной и тигром. Ну и все — кровь, кишки, клочья меха. Наш лох-уборщик со своей шваброй возвращается, смотрит на это дело, кладет в штаны огромную кучу и бежит к директору. Кранты, скандал, увольнение — так это, значит, он думает, пока бежит, и мучительно на бегу пытается сочинить отмазку. Ну и влетает к директору — а время раннее, серое. «Т-т-там, т-т-там... Там у н-нас... Там ТИГР СЪЕЛ РЫСЬ!» Директор сидит за столом сонный, замученный, пожарные на него наехали, денег нет, все достали, кругом не люди, а звери. Смотрит он на уборщика красными глазами, достает из ящика толстенную книгу учета, и помечает, бормоча: «Минус рысь». Вот так вот — минус рысь, и вся моя короткая несчастливая жизнь и ужасная смерть умещается в два слова.

Но на ком-то нам непременно повезет, мы в это верим, как и Святая Русь на что-то надеется в сто двадцать первый раз. Слава Богу, эти билеты дешевые. Мы играем ровно до тех пор, пока нам не выпадает первый выигрыш, хотя бы самый мизерный: пусть даже еще один лотерейный билет. Словом, пока вместо рокового «билет без выигрыша» не откроется роковое «30 рублей».

Берем деньгами, ни в коем случае не билетом! Эти деньги храним, что с ними делаем — объясню потом. Запоминаем порядковый номер выигрышного билета — пятый, десятый, тридцатый, неважно. Если повезло на первом, то поздравляем, единица — хорошее начало.

Дальше нам надо найти монету. Любую, неважно какую, любого достоинства и страны. Ищите вдоль всего Квартала. Обычно они валяются у газетных киосков, у того же сбербанка, просто на асфальте. Обойдите весь Квартал. У табачных еще бывают. Не отчаиваемся. Я же говорю, деньги валяются под ногами, и это лучший символ денег, валяющихся под ногами. Нашли? Подняли? Отлично. Рубль берем за единицу. Номер вашего счастливого билета умножаем на достоинство монеты. Если нашли полтинник — на 0,5, если десять копеек — на 0,1.

Дальше самое трудное. Если не можете этого сделать, не делайте. Но тогда вы честно приплюсуете себе ноль, а это не очень хорошо для Финансового Рейтинга. Не страшно, но нехорошо. Короче, стоя около магазина, или табачного киоска, или метро, если оно есть у вас в Квартале, вы должны попросить у любого понравившегося вам человека — не милостыни, нет, но немного добавить. Исходя из вашего внешнего вида, возраста, костюма, можете просить:

- на пиво;
- на мороженое;
- забыл дома кошелек, умоляю, больной ребенок, на бутылку молока;
- ограбили, помогите на билет в метро, вечно буду за вас молиться;
- ограбили, помогите на билет в Таджикистан, вся Москва будет вечно за вас молиться;
- расскажите стишок, спойте песенку;
- сыграйте на скрипке.

Цифра первого подаяния — обычно это бывает 10 рублей, но если вы хорошенькая девушка, то может повезти и на пятьдесят, а может, вся жизнь наконец устроится, — прибавляется к получившемуся результату. Это важный показатель. Если первая цифра говорит о вашей удачливости, а вторая — о находчивости, то третья характеризует способность и желание других людей помочь вам: это не последняя вещь в финансах.

Теперь нетрудное, но сложное: заодно поймете, в чем разница между трудным и сложным. Берете свой кошелек. Если кошелька у вас нет, покупаете. Если не на что — выбываете: с безнадежными случаями я не вожусь. Итак, кошелек. Это можно уже дома. Подсчитываете ВСЕ деньги, которые там есть, включая те, что на пластиковых картах. (Льготные карточки, всякие скидки и прочая в счет не идут: только то, что можете снять.) Не забудьте подойти к банкомату и проверить. Если вдруг у вас нет пластиковых карточек, считаете только наличность, всю, до последней копейки. Вот ровно то, что у вас при себе. Заначки не считаются: то, что припрятано в книгах, на балконе, в платяном шкафу, — это не есть актуальный резерв, вы никогда не решитесь их потратить, как не соберетесь и похудеть. То, что на счету и на книжке, — тоже не считаем. Только если счет привязан к карточке. Короче, только то, что есть при вас. Допустим, в кошельке 3 тысячи, на одной карточке 20, на другой 10. Если в валюте — переводите в рубли. Просуммировали? Делите на число прожитых вами месяцев. Не лет, не дней — месяцев. Это очень важно. Полных: неполные не в счет. Сложили? Поделили? Если справились без калькулятора, съешьте шоколадку. Полученную цифру округляем до единиц, дроби нас не интересуют.

Теперь последнее: это вы узнаете только завтра, но финансовый коэффициент вообще никогда не рассчитывается за один день, это вам скажет любой экономист. Считаем так называемую дельту, или приращение. Проведите день как хотите, тратьте любые деньги, покупайте необходимую вещь — хоть дворники на машину, если сломались, хоть букет жене, если есть, хоть жвачку, если есть чем жевать. Назавтра рассчитаемся окончательно, сегодня можете сходить в кино, почитать книгу, вообще ни в чем себе не отказывайте. Я же предупредил, что наши упражнения необременительны и занимают очень мало времени. Спокойной ночи.

1.

Сегодня мы заканчиваем рассчитывать ваш Финансовый Рейтинг. Для начала нам понадобится дельта. Вечером, в 20:00 (строго в это время! Ни раньше, ни позже!), подсчитайте во второй раз все деньги, которые есть у вас в кошельке, плюс все, что есть на карточках, которые с собой. То есть прибавление — или убавление — за одни сутки. Может, вы много потратили, купив полезную вещь, или, напротив, вам перечислили зарплату, или вы где-то получили наличные, типа вернули долг, да мало ли откуда могут взяться деньги! В общем, считаем. Возникает вопрос: а если вы сняли с карты и перевели в наличность? Ну тогда сами посудите: прибавилось у вас или убавилось. Видите, как полезно иногда немного подумать: все вопросы отпадают. Допустим, вы потратили на дворники и букет три тысячи, но старый друг вернул вам пять, а к тому же перевели зарплату, но вы при этом обедали. Не знаю, сколько у вас зарплата и на сколько вы обедаете, посчитайте сами. Заодно научитесь наконец считать деньги. Короче, полная сумма имеющегося у вас в кошельке минус аналогичный показатель за вчерашний день и есть дельта — последний параметр, которого вам не хватало.

Посчитайте, сколько составляет эта дельта от ВЧЕРАШНЕГО количества денег: скажем, у вас было 30 тысяч, вы потратили 3, получаем 0,1. Обратите внимание, рейтингу совершенно неважно, прибыло у вас или убыло. Иногда много потратить — еще больший знак финансовой состоятельности, чем много приобрести.

Прибавляем к дельте сумму вашего вчерашнего выигрыша в лотерею.

Все. Это и будет ваш Финансовый Рейтинг. Можете провести эксперимент в любые другие два дня и убедитесь, что это более или менее константа. И так бывает в каждом конкретном случае — кроме исключительных ситуаций, когда вам вдруг выдали литературную премию или взяли штраф за непристегнутость, но это эксцессы, а нас интересует норма.

Окончательная формула Финансового Рейтинга выглядит так:

$$ФР = (№\ (бил.) + S + S_1 + S_2\,/\,L) \times D + S_3,$$

где S — найденное,

S_1 — поданное (добавленное, если вам так легче),

S_2 — все, что есть при вас,

L — количество прожитых полных месяцев,

D — соотношение вашей вчерашней наличности и потраченного за сутки,

а S_3 — выигрыш во вчерашнюю лотерею.

Например, у меня выиграл пятый билет, я нашел 5 рублей, мне помогли еще двадцатью, в кошельке у меня при этом 5 тысяч наличных и 25 тысяч на карточке, мне 32 года и 3 полных месяца, я потратил 2 тысячи 500 рублей на букет для женщины, которая меня не любит, но вас это не касается, важно, что я ее люблю и что в эту ночь я сплю по крайней мере не один, — ничего, не отвлекайтесь, учитесь держать информацию в голове — и вчера я выиграл 50 рублей, и в сумме это дает нам 132, прошу любить и жаловать.

Очень прилично. Не знаю, как вы, а я доволен.

Отныне эта цифра значит для вас очень много. С учетом этого коэффициента вы будете выполнять многие из наших заданий, а иногда просто отжиматься столько раз.

Как, например, сегодня.

При условии, конечно, что у вас меньше 500. Если у вас больше 500, я вообще не понимаю, зачем вы читаете эту книгу. Впрочем, перестать ее читать вы уже не можете, потому что помните, что за это бывает. Хорошо, отжимайтесь 500.

2.

Вторая часть задания на сегодня совсем несложная.

Вам понадобится вещь из списка. Сегодня это будет Вещь, которую приятно взять в руки. Помните, что все вещи к 15 июля уже должны быть приготовлены; если нет — думайте быстро.

С этой вещью вы идете в точку Опасности — неважно, как вы называете ее про себя, — и оставляете там. Вот просто оставляете, на асфальте или на видном месте, или на ступеньках подъезда. Не жалейте, вы же не навсегда прощаетесь с ней.

Завтра утром, когда сможете, заберете. Или обнаружите, что там ее нет.

19 июля

1.

С утра (ровно в 8:00) идем в точку Опасности и смотрим, где наша вещь.

Если она на месте, забираем.

Если ее нет на месте, покупаем точно такую же и оставляем там же сегодня вечером.

Если вещь на месте, но как-то изменилась (сброшена со ступеньки, закинута в кусты, рядом оставлена записка — мало ли), забираем вещь и вечером на ее место кладем Вещь, напоминающую вам о вашей ошибке.

Если вместо вашей вещи там лежит другая вещь, можете смело зачислять себя в группу «Б».

Эту вещь берем и дарим на улице первому встречному ребенку. Он возьмет. Если не берет, исключаем себя из группы «Б» навсегда. Устами младенца глаголет истина.

2.

Сегодня мы выбрасываем старую вещь. Ту, про которую мы давно думали, что ее пора выбросить, но как-то все было жалко. Мы обманывали себя, говоря, что у нас нет времени, что еще, может быть, зачем-нибудь склеим и починим, что вообще она лежит, места не занимает, — но занимает, ничего не поделаешь. Просто если мы этого не сделаем, то все наше долгое путешествие бессмысленно. Мы никуда не уедем. У нас никогда не будет денег.

Вот находим такую вещь. Лучше большую, чтобы занимала место в комнате или хоть на антресолях. Лучше принадлежавшую какому-нибудь родственнику, чтобы занимала место еще и в душе́. Лучше, чтобы она им пахла. Не призываю выкидывать старый дедушкин пиджак или бабушкины медикаменты, но что-нибудь такое. Потому что если речь идет о старых запчастях для вашей собственной давно проданной машины, ржавеющих на балконе, — вы не представляете, сколько подобного хлама загромождает жизнь русских людей, — то это неинтересно. Не происходит того движения души, между раскрепощением и кощунством, — без которого наши упражнения бессмысленны.

Я вообще не очень понимаю, — это я даю вам время сосредоточиться, забалтываю, как анестезиолог перед операцией, — почему у нас столько всего хранят. Отчасти это лень, отчасти жалость, отчасти важная особенность местного нрава — и, стало быть, истории: терпеть до последнего, а потом вышвырнуть все, в том числе нужное. Например, ребенка с водой. Ребенок летит, пищит — а-вя-вя! — на хер, на хер, надоел, еще не родился, а уже тогда надоел! Просто способность что-либо делать возникает только в крайних ситуациях, а до них надо доводить. А все, что делается в последний момент, делается плохо, чрезмерно, быстро, с привкусом последнего момента. Мы больше не будем, не хотим так жить, поэтому сегодня мы выбрасываем ненужную вещь.

Это могут быть, например, давно не ходящие часы. У меня такое было. Сломались часы армянского производства, очень жалобно игравшие «что стоишь, качаясь, тонкая рябина». Первое мое представление о музыкальной шкатулке: валик с иголками, тонкие металлические полоски, которые он задевает, — я в первый раз поразился хитрости человеческого ума! — а в результате «тонкая рябина». Часть полосок отломалась, часы уже не ходили — вижу их с невероятной отчетливостью: белый пластмассовый кирпичик, квадратный циферблат, а рядом, собственно, музыкальная часть. Их пожалели выбрасывать, завернули в газету и положили на балкон, в ящик старого буфета, стоявшего там с незапамятных времен.

Я в детстве часто просыпался среди ночи от невыносимой тоски, которую описать сейчас не смогу, потому что давно притерпелся, и на месте этого вечно болевшего участка души у меня теперь твердая мозоль, — но, в общем, это была смертельная жалость ко всему. Себя я в такие минуты не жалел, потому что был отдельно от прочего мира. Но эти часы, так жалобно игравшие, мне было особенно жалко: когда-то они стояли на теплой кухне, а теперь лежат на ледяном балконе, в ящике буфета, с которым им, вероятно, и поговорить не о чем, буфет старый, еще довоенный, а они армянские, с совершенно другой биографией (я понятия не имел, какая такая бывает Армения, — только потом долгая жизнь меня научила, что армянским жалобам, неизменно очень слезным, надо верить с большой осторожностью). И я клялся, что завтра же их оттуда извлеку и отнесу в часовую мастерскую (в моем Квартале она расположена на улице Новогодней, о чем в свое время). Но утром всегда находились другие дела, да и лезть на заснеженный балкон мне было почему-то больно, я вообще, как все люди, отдергиваюсь от чужого страдания, мне нужно дополнительное усилие. И потом их выкинули вместе со всем буфетом, когда делали ремонт, — я был в это время на даче, летние каникулы. Иногда я и теперь еще просыпаюсь по ночам в тоске, принимающей теперь форму общей душевной тошноты — в которую всегда переходит слишком сильная и притом бессильная жалость, — и смотрю на заснеженный стадион за окном, который был виден и в нашей прежней квартире, только с другой стороны; и вид этого снежного поля вызывает у меня тонкую, комариную боль, напоминание о несделанном деле, о том, что надо достать с холодного балкона эти рябиновые часы, которые можно ведь еще починить, — хотя и часовая мастерская давно не существует, и армянский часовой завод двадцать раз с тех пор закрылся, и снесены, вероятно, здания, где он размещался. Хватит болтать. Берем вещь и выбрасываем. Не в мусоропровод — я же сказал, она должна быть большая. Несите ее в ближайший мусорный ящик. Никаких долгих прощаний. Швыряйте и мимо этого ящика сегодня больше не проходите.

Вам трудно, очень вас понимаю. Хорошо. Рассказываю то же про себя, чтобы облегчить вам эту ситуацию. В квартире, где я живу, от старых хозяев осталась книжная полка. Мы на нее взгромоздили слишком много книг плюс сувениры из разных поездок, совершенно, в общем, ненужные, равно как и сами поездки, — и она в один прекрасный день рухнула на кота, успевшего, впрочем, отскочить. Рухнула она непоправимо, поскольку от нее оторвалась целая планка, долго еще торчавшая в стене. Книги мы переставили в новый шкаф (как мы его собирали по инструкции — отдельная песня, но сейчас не о том), а полка так и осталась лежать у стены, и все не доходили руки ее вышвырнуть, а может, мы перед ней испытывали суеверный страх. Все-таки она осталась от старых хозяев.

Старые хозяева периодически о себе напоминали, при этом мы ничего о них не знали, потому что квартиру купили у их дочери, тоже уже престарелой и довольно, надо сказать, противной. Но они, видимо, были неплохие люди, потому что она их любила и забрала почти все оставшиеся от них вещи — оставила нам за полной ненадобностью пару полок и, по особенной милости, гардероб. Иногда обнаруживались какие-то их вещи, про которые не вспомнили, — старая радиола, еще умевшая крутиться на 78 оборотов, и набор пластинок, среди них, в частности, уральский хор, исполнявший песню «Что стоишь, качаясь, тонкая рябина?», ужасны вообще эти лейтмотивы в биографии, — а также песня «Заело» в исполнении Шурова и Рыкунина, которую я отлично помню еще по собственному детству, поскольку у нас тоже имелся набор патефонных пластинок, пока я их все не переколотил. Ну вот, они слушали лирические и сатирические песни и были, значит, неплохие, еще там были «Брызги шампанского». И только потом мы с полной достоверностью узнали, что дом гебешный. Это выяснилось, когда при попытке вызвать сантехника районный ЖЭК отказался его присылать, потому что дом ведомственный, сказали нам с неистребимым злорадством. Вот он у вас ведомственный, и вызывайте теперь другого сантехника где хотите. Ненависть осталась еще с тех пор, когда это был привилегированный гебешный дом. И хотя этот старик, обитатель квартиры, мог быть вполне невинным секретчиком где-нибудь на заводе или вообще канцелярской сошкой, но отношение к нему, пластинкам и даже тонкой рябине несколько переменилось. Я же говорю — никогда нельзя верить жалобным песням, хотя, возможно, это у меня просто самозащита от той самой жалости. А когда меняли обои, высунулась всякая газета «Правда», в нее же был завернут антресольный хлам, и она теперь тоже читалась под другим углом. Мне представился этот охранник, внимательно почитывающий ее по утрам, шевелящий губами, потом перечитывающий между строк, — солидный, основательный дядечка, строгий к продавцам окрестных магазинов, кормящий голубей, не чуждый прекрасному — у них даже на потолке, где люстра, укреплен был пластмассовый, но с понтом гипсовый акант. Античная гармония прежде всего. И жена его была, верно, добрая старушка, укоризненно качавшая головой при просмотре программы «Время» образца 1987 мерзкого года, насквозь гнилого, но якобы ренессансного. Короче, эта полка со всей своей амбивалентностью там стояла, пока у меня не образовалось свободное время и я не понес ее на свалку.

Она не покидала квартиру лет, вероятно, двадцать, но должна же была себе представлять день, когда ее отсюда потащат. Думаю, она со скорбным удовлетворением смотрела на лестницу и почтовые ящики — которых не узнавала, потому что в подъезде только что сделали ремонт. С таким же скорбно-удовлетворенным выражением однажды на моих глазах обосралась девушка, с которой мы в одной группе — практиковались такие поездки — ездили в Париж. Она там, экономя на еде, заработала страшное расстройство желудка и вечно спешила в уборную, но всегда успевала; а тут подъезжаем уже к Москве, все сортиры за сорок минут до нее заперли, и она-таки обосралась непосредственно у МКАД. И на кроличьем ее лице, вечно испуганном, появилось наконец выражение того самого мрачного удовлетворения — последней утехи людей и вещей, которые попали в плачевное положение, но всегда его предчувствовали. Думаю, что умирать мы все будем примерно с такими же мыслями. Но самое ужасное, что на дне этих мыслей всегда будет теплиться надежда, и полка, я полагаю, продолжала надеяться до тех самых пор, пока я не отнес ее на свалку и не поставил там вертикально, в надежде, что ее подберет какой-нибудь бомж. Их в районе очень много, несмотря на растущее благосостояние, и они постоянно вытаскивают из ящиков бывшие джинсы. Если бы полку подобрал бомж, хотя бы на растопку, мне, честное слово, было бы легче — все-таки вещь продолжает существовать в своем исконном качестве, все-таки с людьми; но я два раза в тот день прошел мимо свалки — с работу и на работу (видите, я кому-то нужен, востребованный человек, хотя именно в тот день я никому особенно не был нужен, просто в квартире одному было тошно), и никто ее не подобрал. Когда я мимо нее проходил, она так и стояла, но я отчетливо ощущал толчок надежды, от нее исходящей:

может, я передумаю и она все-таки сгодится. Ведь можно же починить. Она не могла, конечно, попросить об этом прямо, — в ней было много гебешного достоинства, ненависти к молодым, вообще я был по всем параметрам представитель чуждого мира, — но, несмотря на все это, она явно просила ее забрать. Ужасная помойка, ужасный запах, она этого не заслужила, и, в конце концов, я сам ее перегрузил. Во второй раз она уже помирала, ее заморозило, она уже не могла подать никакого внятного сигнала, но из последних сил обозначила себя. Но я был тверд. Если мы не выбросим старую вещь, мы никогда не начнем новую жизнь. Все обросли таким количеством хлама, как вещественного, так и мысленного, что никак не можем прорваться к чему-то новому, и вообще — вот мы всех жалеем, а кто нас пожалеет? Жалела нас квартирная хозяйка, когда вывезла все вплоть до полочки в ванной? И полку увезли, и утром я это отметил с большим облегчением, потому что она утратила качество вещи и перешла в качество мусора, а мусор имеет другую душу, о которой нам лучше не задумываться.

Нечего тут. Отложили книгу. Встали, взяли, понесли.

1.

Сегодня мы переводим текст с неизвестного вам языка. Каждому слову этого языка должно соответствовать одно русское. Одинаковые слова могут быть заменены только одинаковыми, это как бы само собой, но приходится напоминать, потому что все либо забывчивые, либо хитрые. Существительные в разных падежах обозначаются одним словом.

Бргг эритр дургам: биттр, эратрум, кисикл. Биттр — артрудн стебрик кусам, интивит, пужн. Хрунд, пукишем. Колеама бисетр стеврюк, зуамо стронд абранта, немаго струизанд сборт, друнд, браскл.

— Ао, эратрум! — фонид кисикл, стаблашем гунда трумпф. — Ис андаго круа?

— Бандуит, — аргунд биттр, кванкнум бисетр немаго. Илле сумбаква струфик — пукишем абсант.

— Трува?! — бластрум кузанж.

— Хачипупер, хачипупер, — триангл вруншильд пурба. — Авос бандуит — немос бандуит.

— Немос? Ду колеама, стантра, душанга!

— Ан си стеврюк друхта стомп.

— Амба, амба! Грандутха эритр криалан!

— Криалан тусса, криалан месса.

— Дургам биттр!

— «Криалан месса, криалан месса!» — анрдрант феррун, фонид зуамо васкес.

— Амос форт?

— Бргг!

— Финид, — квамкус эратрум, кванкнум зуамо хрюкл.

Переведите получившийся текст на любой известный вам язык. Аккуратно впишите его на эту страницу.

2.
Дальнейшее касается только группы «Б».

Ровно в полночь, в ночь на 21 июля, выходим из дома.

Хороша летняя ночь, особенно во второй половине лета! Счастье для зрелых людей, уже сознающих конечность жизни и понимающих, что в этой-то конечности и заключена вся прелесть. Жить и бояться умереть — все равно что трахаться и бояться кончить.

Берем с собой Фотографию незнакомой местности и Вещь, которая напоминает вам о детстве.

Ищем в Квартале местность, больше всего похожую на Незнакомую местность. Даже если это арабская пустыня, в Квартале почти наверняка есть похожий пустырь. Подчеркиваю: мы не выходим за пределы Квартала. Если нет ничего похожего, определяем похожее по настроению место, какой-нибудь сквер, вызывающий сходные эмоции, или даже собственный подъезд.

Приходим в эту точку. Оставляем там вещь, напоминающую вам о детстве. Даже если эта вещь вам очень дорога — все равно. Под нее подкладываем бумажку с надписью «СПАСИТЕ!» большими буквами. Ниже указываем свой контактный телефон.

Если завтра вам позвонят, встречаетесь с человеком, который позвонил, благодарите его, выдумываете что хотите насчет причины вашего поступка и вручаете ему Драгоценность (Украшение) из того же списка.

Если не позвонят, читаете вслух одну страницу из Книги на иностранном языке. Не умеете вызывать помощь, так хоть в языках попрактикуетесь.

Сегодня мы ссоримся с возлюбленной/возлюбленным.

Есть вариант, что у вас нет на данный момент никакой возлюбленной, а есть, допустим, жена. В таком случае мы ссоримся с женой. Есть вариант, что нет жены. В таком случае мы ссоримся с буппи.

Буппи вам понадобится на протяжении «Квартала» неоднократно, поэтому лучше сделать его сейчас. Покупаем воздушный шар, не слишком большой, не слишком дорогой. Наполняем его холодной водой. Завязываем. У нас получился буппи.

Мы можем нарисовать на нем мордочку, если есть фломастер и желание. Но вообще-то буппи будет исполнять разные роли, так что одна мордочка стеснит нашу фантазию. Давайте лучше ее развивать.

Слово «буппи» и сам этот шар придумал мой сын Андрюша, когда мы с ним упражнялись в стрельбе из пистолета с пластмассовыми пульками на балконе одной южной гостиницы. Нам стало неинтересно сбивать ветки, и мы решили изготовить мишени. Нам показалось, что этот шар великолепно взорвется, когда в него попадет пуля, но не тут-то было. То ли у него было недостаточное поверхностное натяжение, то ли пулька оказалась мала, но она пробила в буппи небольшую круглую дырку, и он стал оттуда писить, не писать, а именно писить, ровной тонкой струйкой. Это было настолько трогательное зрелище, что следующего буппи мы уже не пробивали, а стали выдумывать его приключения. Андрюша отнес его к морю и придумал сказку о том, как буппи в него стремится. Как он надеется, что его внутреннее содержание наконец сольется с миром, то есть с морем, и он обретет бессмертие. Короче, он развязал буппи и вылил его в море, и случилась гармония.

Буппи — идеальный партнер. С ним можно разговаривать, ссориться, мириться, в крайнем случае его можно швырнуть в стену. Но вообще-то он, конечно, суррогат. Лучше поссориться с настоящей возлюбленной. Это важный психологический опыт, приближающий вас к свободе и, соответственно, деньгам.

Время начала ссоры можете выбрать произвольно. Мы не посягаем на ваше рабочее время — начинайте либо утром, либо вечером. Днем можете работать, не отвлекаясь на личную жизнь. А вот продолжительность ссоры сильно зависит от вашего Финансового Рейтинга. Допустим, ваш рейтинг — 295. Вычтите из этой цифры ваш рост в сантиметрах. Поделите на два. Это и будет количество минут, которые вы должны потратить на ссору. Допустим, ваш рост — 180 см. В таком случае вы должны ссориться ровно 57 с половиной минут. Можете округлить.

Вы, разумеется, спросите: а что, если не уложимся? Ведь начать ссору легко, а закончить очень трудно. Отвечаем: если вам не удастся помириться через 57 минут — ладно, через час, — значит, у вас не получилось. Важен же выход из конфликта, а не только вход в него. Вы не выбываете из игры, но попадаете на штрафное упражнение. Оно будет описано ниже. Ничего страшного, но довольно противно.

МУЖСКОЙ ВАРИАНТ:
ССОРА С ВОЗЛЮБЛЕННОЙ (ЖЕНОЙ)
Как именно вы будете ссориться — не моя забота. Есть несколько способов предварительной подготовки. Ну, не знаю. Посмотрите вокруг, тщательно осмотрите квартиру (дачу). В раковине посуда, так? Утреннего кофе не было, так? Все вещи не на своих местах, по коридору не пройдешь, там велосипед. И главное: где внимание

к вашим проблемам? Когда кто-то проявлял внимание к вашим, повторяю, проблемам? Когда кто-то вас жалел? Вспомните, как все хорошо у Петровых. Петровы живут душа в душу, тютелька в тютельку, не разлей вода. Петрову всегда и внимание, и забота, и горячее трехразовое питание. По выходным Петровы все вместе ездят на дачу, жарят там мясо, бросают летающую тарелку. Играют в детское лото. Дети у Петровых послушные, ухоженные. Много читают.

На самом деле вы знаете, что жизнь Петровых — форменный ад. Муж изменяет жене. Жена ищет утешения на женских форумах в Интернете, где обсуждаются вопросы типа «Как удержать мущину-рака». Мущину-рака не надо удерживать, пусть пятится со скоростью 70 км/час и никогда больше не напоминает о себе, но как пуста, как бессмысленна станет жизнь без него, без его клешней, усов, носков! Жена Петрова любит давать там полезные советы и утешаться мыслью, что ее жизнь еще ничего. Но вот Петровы как-то делают вид, что они счастливая пара, и для демонстрации этого счастья зовут всех к себе на дачу, где невыносимо скучно и мучительно жалко детей. Дети все понимают, бедные. Но у Петровых есть по крайней мере видимость, а у вас вообще ничего. В вашей жизни нет уюта, подумайте, что вы с ней сделали. Когда-то она начиналась ничего себе, а теперь ни один шкаф не закрывается. Вам (...) лет, а что сделано? Ясно же, что дальше будет только хуже. И все потому, что рядом с вами живет энергетический вампир.

Когда вам грустно по ночам, она не просыпается. Она храпит. Если она не храпит, тем хуже. Когда-нибудь она захрапит так, что вам придется купить себе оранжевые резиновые беруши. Человек, который спит с берушами, может уже не сомневаться в том, что его жизнь ушла в никуда. Она всегда недовольна. Она похожа на вас, да, но надо быть лучше вас, чтобы вам было куда тянуться. Ей нужно от вас только (...), а совсем не то, что вы можете дать. А что вы можете дать? Да ничего вы не можете дать. Теперь, когда она вас высосала и выбросила. Впрочем, и раньше не могли. Правду сказать, вы порядочное ничтожество, если ничтожество может быть порядочным. Запомните главное правило ссоры: разозлиться как следует нужно именно на себя. Злиться на другого человека бессмысленно, он другой, и этим все сказано. Всякая настоящая ссора начинается с ненависти к себе. Ясно же, что виноват тот, кто вас таким сделал. А сделала вас таким именно она, все остальные побрезговали. Еще, конечно, родители очень сильно виноваты. Но родители старые, какой с них спрос, и они вас по крайней мере любили. А она не любила вас никогда, вы всегда это подозревали, у нее всегда все хорошие, кроме вас.

Начали!

Лучше всего действует вопрос «Где?». Прежде чем начинать, вспомните, какая это часть речи. Так к вам вернется хладнокровие, и вы будете ссориться расчетливее, точнее. Если не можете вспомнить, примените звонок другу. Если у вас нет друзей, так вам и надо. Это все она.

— Где моя футболка с пивом? Эта, с надписью, что «Пиво всегда мокрое»? Где мой обед? Где моя жизнь, лучшие ее годы? Где опять шатается эта неблагодарная тварь, к которой уже в комнату страшно зайти? Где деньги? Где ты была? (если вы ссоритесь не с женой, а с возлюбленной). Где я нахожусь?

Если вам ее все еще жалко, или у вас прекрасное настроение, или она ни в чем не успела провиниться — задайте все эти вопросы самому себе. Они испортят вам настроение ровно настолько, чтобы немедленно переадресовать их любому случившемуся рядом человеку.

ЖЕНСКИЙ ВАРИАНТ:
ССОРА С ВОЗЛЮБЛЕННЫМ (МУЖЕМ)

Вообще-то этому учить не надо. Обычно женщина сама знает, как начать ссору и чем ее закончить, при этом не схлопотать в глаз и добиться желаемого. Но если вы вдруг не умеете, действуйте по инструкции. Прежде всего надо привести себя в нужное настроение, как и в мужском варианте. Начинать лучше прямо с утра, еще лежа в кровати. В это время муж/возлюбленный не должен вас отвлекать — не позволяйте ему. Иначе получится так, что он утренним кофе в постель или поцелуем собьет вам все настроение. Поэтому игнорируйте, держитесь холодно и отстраненно: вы заняты, вам не до него. Это и на руку вам сыграет, когда начнете. Только не вздумайте ему объяснять, в чем дело. «Милый, нам надо поссориться, потому что я тут читаю одну книгу», — хотел бы я на это посмотреть. Если же вы вместе читаете «Квартал», то это как раз не помеха. Уверяю вас, даже обоюдно спланированная искусственная ссора легко перерастет в настоящую, если следовать советам.

Итак, лежа утром в кровати, начинайте думать. Лучше всего вспоминать мелкие старые обиды. Вы договорились пойти, а он опоздал. И вы ждали на холоде. Пустяк, вроде вы тогда и не обиделись — с кем не бывает. Но теперь вспоминайте. Вы мерзли, а он пришел еще так не спеша, вразвалочку. Когда ваша мама жаловалась ему, что вы совсем ее бросили, он не стал вас защищать, а поддакнул: она, дескать, вообще к людям невнимательна, но что поделаешь, мы ее и такую любим. Спасибо, конечно, но мог бы и возразить, а не подлизываться. И эти вечные смс, которые ему кто-то пишет. И из-за компьютера его не вытащить. А когда у вас болел живот, он все равно поехал на встречу с друзьями, а вы сидели дома одна. А если бы вы умирали? А он бы все равно уехал? Тут мы начинаем сценарий старой сказки про девушку, которая рыдала от того, что родится у нее сын, вырастет, пойдет за водой и упадет в колодец. Напрягите воображение. Вот вы лежите, и вам все хуже. А он едет к друзьям. А у вас не хватает сил даже вызвать скорую. Вы ползете к телефону, но обессилевшая рука роняет трубку, а дышать все труднее. Дрожащей рукой, не помня себя, вы набираете все же номер и успеваете еще отомкнуть замок на двери, прежде чем окончательно потерять сознание. И когда он возвращается, сам веселый и хмельной, — видит только, как санитары запихивают в машину носилки. Тогда-то он раскаивается... Нет, ни фига — и тогда он не раскаивается, а идет домой и садится за компьютер играть в танки. А если вам в больницу надо будет привезти страховой полис и зубную щетку, то он все равно не знает, где у вас все это лежит. А раз не знает, то чего ехать, отправит маму вашу или подругу. А сам — в танки. Он вообще ни о чем, кроме своего удобства, не думает. Только все говорит, что любовь, мол, а сам — чаю налей, это подай, то убери, я такой несчастный, пожалей меня. А сам-то он много вас жалеет? Нет, ему же надо, чтобы вы были всегда в духе, всегда бодры и готовы поддержать. И вообще, ему пока не скажешь, что что-то не так, сам не заметит. Вот и сейчас лезет со своим кофе, хотя видит, что вам не до него. А то, что вы по утрам чай любите — откуда ему знать? Он же судьбы мира решает, как будто без него мир остановится. Шовинист он! Вон, на форуме девки пишут, какие у них мужья! Современные, незашоренные, готовые видеть в женщине личность, а не обслугу! Тут можно опять включить фантазию и представить, как вы идете по улице, а там он с бабой. Целуются. Представили? Баба уродливая, гораздо хуже вас, зубы кривые. Представьте зубы.

А это его постоянная привычка сделать вас во всем виноватой! Он всегда в белом, а вы истеричка. Хотя истеричка-то на самом деле он: из-за любой чепухи срывается на все подряд. И к тому же вам всегда казалось, что он не любит ваших кошек. Можно приступать. Если для мужского варианта главный вопрос «Где?», то для вас — «Еогда?». Когда ты начнешь убирать за собой? Когда ты повесишь полку? Когда мы поедем в отпуск? Когда со мной будут считаться в этом доме? Когда ты на мне женишься? Когда мы навестим маму? Когда внезапно возникает? Когда началась столетняя война? Ах, даже этого не знаешь? Ну и ладно, спрошу у Васи, он умеет пользоваться гуглом.

Упоминания о Васе не выдержит даже буппи, так что дело сделано. Дальше все пойдет по накатанной. Не забудьте, что через час вы должны броситься друг другу в объятия, рыдая. Впрочем, вы можете начинать рыдать уже сейчас, это действует безотказно. В этом случае можно даже ничего не говорить. Собственно, если вы умеете рыдать, вам вообще больше ничего не нужно, только ничего не объясняйте. Тогда он организует ссору своими руками, ровно так, как описано в мужском варианте.

ПРИМИРЕНИЕ

Тут надо сделать вид, что ничего не было, что это было умопомрачение, что вы не виноваты. Для молодых пар, конечно, оптимальный вариант — внезапно наброситься друг на друга и резвым сексом снять напряжение. Тогда ссора будет рассматриваться как прелюдия, многие так и делают. Но много ли молодых пар среди наших читателей? Они все время ссорятся или трахаются, какое уж тут самосовершенствование. Остальным после краткого выяснения отношений лучше всего сказать:

1. Прости, что-то на меня нашло.
2. Ну ладно. Я что? Я ничего.

3. Слушай, со мной в последнее время творится
    что-то непонятное. Прости, ради бога. Сам
    не знаю, что говорю.

И это будет правда, потому что действительно в последнее время творится что-то непонятное. Вы совершаете странные поступки, и если вдуматься, это началось задолго до «Квартала». «Квартал» просто вытащил это наружу. А на самом деле отыскать какую-то логику в происходящем нельзя уже давно. Как сказал перед смертью Некрасов — «Ничего не понимаю, что со мной делается». Я тоже ничего не понимаю. Но я по крайней мере честно предлагаю в этих условиях выпадать из этой уродской логики, потому что в любой алогичности сейчас больше смысла.

Сегодня мы вспоминаем умершего родственника.

Не знаю, зачем это нужно. Зачем-то нужно. Обретение окончательной силы предполагает важную способность — воскрешение мертвых. Надо уметь их воскрешать хотя бы в памяти, вспоминая о них вообще все, до последних мелочей. Опыт Христа показывает, что этот этап никак нельзя миновать. Не бойтесь, через все этапы пути Христа я вас проводить не собираюсь. К тому же он, хотя и воскрес, не получил денег. Деньги получил Иуда.

Не обязательно, кстати, вспоминать именно родственника. Можно друга дома, близкого, как член семьи, или просто иногда у вас бывавшего. В конце концов, можно вспомнить практически любого человека, лишь бы вспоминать подробно и сосредоточенно. Вы должны убедиться, что помните, оказывается, много вещей, которые ничего для вас не значат; которые вы сами считали безнадежно забытыми. Вспоминаем все, гребем в копилку любую мелочь, лишь бы этот человек отобразился как живой. Лучше выбрать человека, которого вы хорошо помните, потому что в воспоминаниях тоже действует своеобразная гравитация: большой их мотив притягивает новые и новые. А люди, о которых вы помните мало, со временем сотрутся совсем — никакие усилия любви тут не помогут.

Показываю на своем примере, как всегда.

Я вспоминаю тетю Лелю — фамилию я тоже помню, но она ни при чем, — подругу бабки и деда по самым молодым годам, по общей компании, которая была у них в тридцатые и с тех пор постоянно собиралась, чаще всего у нас. Дед работал тогда на заводе АМО, впоследствии ЗИЛе, и было у него двое друзей, вместе с которыми он ездил туда на трамвае. Работал он, насколько я помню, сборщиком, потом поднялся до мастера, а после войны уже туда не вернулся и был начальником автобазы. Вообще всех раскидало: один из его друзей был немец и под это дело оказался в ссылке, кажется, в Караганде, оттуда потом переехал в Саратов, женился там и в Москве бывал редко. Другой на десять лет оказался в Норильске за анекдот, но вернулся и жил на проспекте Вернадского. Деда пытались вербовать в осведомители, но он сказал, что сильно пьет и обязательно выболтает все тайны, — частая отмазка, но ей хоть изредка верили, и ему поверили, а там война, и как-то это забылось.

И вот их компания с завода АМО дружила с бабушкиной компанией, там все вместе учились в школе и сохранили отношения надолго. Первое, что я помню про тетю Лелю, — это стишки про нее в стенгазете, которую они к Новому году изготовили в этом своем кружке. Тетя Леля отличалась хрупким сложением, особенно страдала из-за маленькой груди, и про нее там было написано как бы утешительное: «Не пылит дорога, не дрожат листы, подожди немного, отрастишь и ты». Она обиделась. Но вообще в этом кругу обижаться было не принято: скажем, был там Володя по кличке Пончик, Пон, и про его обидчивость был отдельный стишок: «Раздается шум и звон, из бутылки лезет Пон. Всех окинул взором пылким и опять полез в бутылку». Сколько всего я помню, хотя никогда не видел этого человека!

Но вообще всю эту компанию я видел, кроме тех, кто не дожил. Умерла от туберкулеза самая умная, как уверяли все, хотя про недоживших всегда так говорят, — Женя Шток. Она, умирая, завещала себя медицине, для исследований. Об этом говорили с благоговением. А тетя Леля работала инженером, вот я вспомнил, на авиационном заводе. Она умела так двигать головой, как делают в индийских танцах: не качать, не кивать, а как-то так ее перемещать на шее из стороны в сторону. Я до сих пор так не умею. Тетя Леля была, вероятно, самой язвительной в этой компании, они с моей матерью очень на этом сходились и даже вместе однажды ездили в Сочи, и там бомбардировали записками самого толстого купальщика, имевшего у них кличку Человек-лягушка — если ничего не путаю — за выпученные глаза и зеленые трусы. Они ему назначали встречи в беседке и подписывались «Жанна Кошкодавленко». Что удивительно, он приходил, и они, глядя на это, ухохатывались в кустах.

Тетя Леля была одинока, замужем не была, детей не имела, но активно воспитывала племянницу Машу, мою ровесницу — где теперь эта Маша? Она все обещала мне ее показать, нас познакомить. Судя по описаниям — большие глаза, курносая, рыжая, — эта Маша мне очень подходила, но видите, какая штука, судьба нас развела. Меня тетя Леля любила, а я ее в детстве не очень. Я даже говорил — разумеется, только в кругу семьи, — что если бы дарил всей этой компании шарики с картинками (тогда были воздушные шарики с рисунками, воробей там, допустим, или зая), — что вот всем бы я подарил цветные и с птичками, а тете Леле черный и с пауком. Лет пять мне было. Я был неправ, конечно, и полюбил ее впоследствии — за язвительность, ум, хорошее отношение ко мне и прелестную, несколько кошачью манеру острить. У нее и голос был слегка мяукающий, и глаза кошачьи. Однажды, помню, когда она у нас обедала, уже мне было лет восемь, я полез своей ложкой в общую миску с, насколько помню, квашеной капустой.

— Тебе это разрешают? — ядовито спросила тетя Леля.

— При вас — да, — честно сказал я. Я вообще был мальчик еще небитый жизнью и достаточно прямой в высказываниях.

— Молодец, — сказала она, — нашелся.

Собираться — это тогда была целая культура: по советским праздникам, чаще на дни рождения, и всем было о чем говорить и что вспоминать. Еще вот помню из той газеты: «Ростислав Сергеич Терский вид имеет очень зверский». Он стал потом генералом, а тогда, в конце двадцатых, всегда ходил на диспуты Маяковского, даже написал воспоминания об этом, сданные им в какой-то архив. С Маяковским я, таким образом, знаком через одно рукопожатие.

Тетя Леля любила литературу, и у нее хранилась с войны книжечка Симонова «С тобой и без тебя». На его творческом вечере в семьдесят седьмом, кажется, году, в Останкине, она подошла и попросила у него автограф — кажется, она была единственной, кто пришла с той книжечкой; и он воскликнул «О! Откуда это у вас?!» — и с радостью расписался. Странно, что эта книга о давно прошедшей и, в общем, трагической любви вызывала у него радостные воспоминания, другой бы постарался забыть, но он, вероятно, понимал, что это лучшее из сделанного. Очень уж там интересно сошлись такая любовь и война, отношения с Родиной как-то спроецировались — «ты вдруг сказала мне люблю» именно во время войны, а так-то я тебе был даром не нужен. Но это к теме отношения не имеет, просто раз уж вытащилась мысль по ассоциативной цепочке, не обрывать же.

Тетя Леля умерла от рака желудка. Мать ее навещала, потому что больше было почти некому, и рассказывала, что ей очень хотелось, чтобы ее кто-нибудь держал за руку или гладил. Вспоминать это, как вы понимаете, мне уже совсем не хочется, но я понимаю, что зачем-то это надо. На самом деле я понимаю, что это никому не надо ни за чем, потому что никакая отдельная жизнь не имеет никакой особой цены. Царства уходили, и ничего, — что нам отдельный человек? Этих людей со всеми их застольями смыло целиком и непоправимо, ничто из их разговоров не имеет больше смысла, их имен нет даже в Интернете, потому что они не вели дневников и не дожили до социальных сетей; я вот помню их имена — помню, что Цецилия Жабина жила в Минске, тоже одна из этой компании, присылала письма, открытки, календарики со странными надписями, мне однажды прислала открытку с надписью «Отыщи всему начало, и ты многое поймешь» (до сих пор не понял, и не этим ли я сейчас бессознательно занят?), помню, что в Раздорах жил Шура Баталин с женой, он был слепой, из дома почти не выезжал, а еще были Лева и Надя Друзяк, их я однажды видел. Володя Травкин с женой Галей. Все это я помню, а толку? Мне и поговорить о них не с кем, и рассказать о них некому, и даже вас я могу заставить слушать о них, только пообещав вам за это денег. Может быть, впрочем, это понимание — ничто никому не нужно, и ни от кого ничего не останется, и никто никого не лучше — тоже входит важной составляющей в то состояние, к которому я вас веду, — в состояние денег, или, верней, в состояние, когда их тоже не нужно. А может быть, вот эта манера впихивать еду в ребенка — рассказывая ему сказку или свою жизнь — не что иное, как попытка задобрить слушателя: я рассказываю тебе о своем никому не нужном опыте, а ты за это ешь кашку. Любопытен был бы образ сказителя, который ходит по дорогам с ведром каши — не просит еды, а, напротив, предлагает: вот, поешьте, а я вам за это расскажу о нескольких никому не нужных людях, но просто мне не с кем больше о них поговорить, а мысль о том, что от них ничего не останется, для меня совершенно невыносима.

И все они лежат сейчас на Востряковском кладбище, похожем на большую коммунальную квартиру, разве что евреи там отдельно; там со временем надеюсь лежать и я, в общей очереди на Страшный суд, и на Страшный суд меня разбудят дед с бабкой, как в школу. Дальнейшего я уже никак себе не могу представить.

Пошлость, дешевка, ужас. Но что мне делать со всей этой памятью, которая обступает меня, чего-то требует от меня? Исписать общую тетрадь, сдать ее в архив? Один старик — его мемуары опубликованы в книге «До и после литературы» — в третьем лице описал всю свою жизнь для внука, рисуя на полях грабли, поясняя, что есть грабли… Идиотизм, конечно, но что еще делать в старости человеку, который в молодости был третьим секретарем обкома?

Сегодня ничего больше не делаем, только вспоминаем этого не существующего больше человека.

Вот здесь, на пустой странице, рисуем его портрет.

Теперь этот портрет вырываем, комкаем, выбрасываем. Чувствуем себя жизнью.

Вырываем прямо сейчас, не задумываясь.

А что там было написано на обороте? Уже не восстановишь. Я же говорил, надо было покупать три экземпляра.

Поздравляю вас, сегодня у нас первое прохождение. В компьютерные игры играете? Прохождения читать любите? Прохождение — изумительный жанр сам по себе, никакого юмора не надо. Цитирую подлинное, игру не называю, иначе будет реклама: «Бежим к воде и пройдем по ней присев. Убьем противников на выступе с правой стороны. Дождемся ухода наемника на причале и пройдем вниз. Доберемся до здания и поднимемся вверх. Убьем врага прямо впереди нас и пройдем за Диазом к самолету. Войдем внутрь него и займем позицию. Воспользуемся биноклем для отмечания целей. Первым делом убьем врагов у лодки, затем того, что наверху хижины, и того, который расположился слева. Стрельнем в рацию с правой стороны и отвлечем одного из врагов. Убьем их в любом порядке».

Бежим по воде присев, убьем в любом порядке. Комический эффект создается внезапным вводом непонятных персонажей — игрок их видит, а читатель нет. В детстве я ненавидел учительницу географии, молодую наглую толстую шлюху, которая, в свою очередь, ненавидела детей и курила в радиорубке со старшеклассниками, а с некоторыми не только курила. Географию с тех пор тоже не люблю, не помню, что где, а ведь какая изумительная наука! И вот в шестом классе во время ее уроков (читая тогда же «Человека-невидимку») я представлял, как входит в класс человек-невидимка и начинает сзади хватать ее за волосы или щипать. Мы его не видим, а слышим только, как она на ровном месте среди объяснения визжит, откидывается назад, хватается за голову, топает ногами и держится за ущипленные места. Это был бы танец смерти вообще. И я начинал гнусно хихикать, и она меня вызывала и требовала повторить, что она только что сказала, а я совершенно этого не слушал — я представлял, как она будет визжать и топотать. Случались двойки. Закрывать их надо было докладами, то есть делать рефераты и их пересказывать. Помню свой реферат о выдающемся исследователе Черском, переписанный с детской энциклопедии, а также доклад о пингвинах, которые высиживают яйца животом. Помню, как я это подробно показывал, стоя у доски, и одновременно смеялся и плакал от комизма и унизительности своего положения. Ведь я знал, что она меня ненавидит и что я ее не задобрю никакими пингвинами, никакими яйцами, — и на словах «вот так они его высиживают» я отвратительно и неудержимо ржал сквозь слезы на глазах у всего класса, который тоже меня не любил. Хорошо, что уже тогда мне было все-таки смешно. Должно быть, сейчас она глубоко несчастная, одинокая, еще более толстая женщина, если вообще жива, и отчего-то мне видится при этой мысли мстительное, торжествующее шествие пингвинов, которые, неся на лапках свои яйца, уходят от нее куда-то вдаль. К чему я это все? К тому, что комический эффект возникает по принципу человека-невидимки. Кто-то кого-то убивает, отмечает цели, идет по воде — но поскольку мы не видим ни цели, ни воды, внезапное появление всех этих абсурдных сущностей способно привести нормального человека — не геймера — в состояние тихого счастья. «Берем конфету и бензин, исполняем на полицейского, появится существо из другого мира».

Вот эта глава, этот день у нас будет в жанре прохождения. Заметьте, я не вижу ни одной локации, однако почему-то знаю, что там расположено. Откуда я это знаю? Давно живу. А если совсем честно, я вообще все вижу. Итак, вооружитесь книгой и действуйте.

Стартуем в 17:00. Выходим из дома. С собой берем Мягкую игрушку, Вещь вдвое больше коробки сигарет и Вещь, происхождения которой вы не помните.

Если дождь, раскрываем зонт. Встречаем первого встречного. Спрашиваем: «Который час?» Поговорим с ним о погоде. Встречаем второго встречного. Показываем ему Мягкую игрушку: «Вот я нашел тут. Может быть, какой-то ребенок потерял. Вы не знаете?» Он говорит: нет, не знаю. «Возьмите, пожалуйста, а то я уезжаю, мне совершенно некуда девать, а выбрасывать жалко». Если он берет мягкую игрушку, отдаем. Если не берет, сажаем ее на лавочку в сквере или на забор, где она хорошо видна.

Доезжаем (доходим) до кафе на окраине города, в спальном районе. Входим. В углу сидит старуха (выражаясь политкорректно, пожилая женщина). Если старухи нет, значит, вы плохо поговорили с первым встречным или неправильно посадили мягкую игрушку. Повторяйте эти действия до тех пор, пока не появится старуха. В крайнем случае зайдите в другое кафе. Подойдите к старухе. Поклонитесь. Спросите: «Простите, здесь не сидела сейчас девушка с длинными темными волосами?» Старуха ответит. Если девушка с длинными темными волосами сидела там, выйдите из кафе и пройдите сто метров налево. Если не сидела, пройдите к стойке, закажите третий в списке коктейль. Если нет коктейлей, то пиво. После этого отдайте бармену Вещь вдвое больше коробки сигарет. Скажите, что кто-то потерял ее в зале. Бармен возьмет вещь. Поговорите с барменом (не меньше трех реплик). Еще раз подойдите к старухе. Поблагодарите ее. Выйдите из кафе и пройдите сто метров направо. Дальше для обоих случаев сценарий одинаковый.

Осматривайтесь, пока не увидите гаражи. Гаражи где-то будут обязательно. Можете побродить вокруг в радиусе десяти метров, поспрашивать встречных, где тут гаражи.

Идите вдоль них не спеша. Нет ничего прекрасней гаражей на закате — разве только промзона или граффити из окна поезда. Всегда за окнами поезда стоит какой-нибудь красный кирпичный дом, всегда очень интересно, кто живет в таком доме. А может быть, там телефонная станция. Доходите до первого открытого гаража. Спрашиваете владельца, кто тут поблизости чинит машины (такой Кулибин есть в любом спальном районе). Вам указывают. Идите к Кулибину. Если он на месте, поговорите с ним (не менее трех реплик). Если его нет, запоминаете номер бокса, где он обычно бывает. Нам не Кулибин важен, а этот номер. Умножаете его на свой Финансовый Рейтинг. Складываете сумму всех цифр, пока не получится однозначное число.

1 — заходите в ближайший магазин и покупаете любой продукт или предмет не дороже ста рублей;

2 — садитесь на первый автобус на ближайшей остановке и проезжаете пять остановок;

3 — набираете на мобильном телефоне любой произвольный номер со стандартным префиксом и спрашиваете Колю. Если попадаете действительно на Колю, прохождение уже удалось, можно ехать домой. Передаете Коле привет от Сергея, отключаетесь;

4 — оставляете у входа в бокс Предмет, происхождения которого не помните;

5 — ищете взглядом трубу. Около гаражей обязательно есть труба. Идете вдоль трубы, пока не упретесь в естественное препятствие. От этого препятствия делаете пять шагов строго на запад. Это и будет точка силы;

6 — находите мальчика (около гаражей обязательно есть мальчик) и под любым предлогом отдаете ему Предмет, происхождения которого не помните. Если мальчик не берет, скажите, чтобы передал Коляну. Колян есть обязательно. Скажите, от Сережи.

7 — звоните по мобильному телефону любому вашему знакомому старше вас на три года, с физическим недостатком. У вас есть такой знакомый, я знаю. Извинитесь за беспокойство. Попросите его назвать любое число до 100. Пройдите названное число шагов вдоль гаражей. Это и будет точка силы;

8 — стойте, где стоите. Это точка силы;

9 — вернитесь туда, где вы оставили Мягкую игрушку. Это и будет точка силы. Посмотрите, там ли ваша Мягкая игрушка. Если ее взяли, жертва принята и точка заработала. Если нет, возьмите ее домой. Жалко же оставлять, еще промокнет. Оставьте завтра на том же месте. Пока не возьмут, точка силы не заработает.

Запомните точку силы.

Внимательно прочтите следующий текст.

В чем его загадка?

Предложения в нем явно стоят не в том порядке, в каком надо.

А в каком же надо?

Все очень просто. Одно мыслительное усилие, и вы поймете.

Подсказка вот то, поймете не если.

Смею вас уверить, перед вами кратчайший. У человека воспитанного обязательно будут деньги, но, к сожалению, способы его воспитать очень немногочисленны. Школой такого развития ума и служат наши упражнения, в этом их глубоко рациональный смысл, хотя суть их при этом непринципиальна. Очевидно, надо научить его уважать сложные закономерности, поскольку именно культура и есть пространство сложных закономерностей, непредсказуемых подчинений (или их обходов, если уж никак не выполнить всех требований момента). Как воспитать того самого «человека воспитанного», который, по Стругацким, должен прийти на смену человеку разумному, — или «человека культурного», которого ждал Мережковский на том же рубеже веков?

Между тем мир управляется как раз тончайшей сетью зависимостей, и уважение к этой сети, умение и готовность подчиняться ей, вписываться в ее непостижимую уму сложность — примета развитого ума. Фрейд не напрасно ставил его в прямую связь с религиозным чувством, но религиозное чувство превращает тонкий механизм зависимости от сложнейших условий в банальный кодекс повседневного поведения, в удобный для власти способ обуздывать человека или просто в систему жизнеобеспечения скучного попа. Это грубая, примитивная связь, которая бесконечно упрощает механизм обсессий и компульсий. Если вы не будете в означенные дни пить молока или заниматься любовью, вы после смерти попадете в рай, а при жизни выпьете очень много молока или изобильно займетесь любовью. Все религии мира — над которыми так охотно, по воспоминаниям друзей, издевался суеверный Пушкин — грешат тем, что ставят тонкие механизмы миропонимания в зависимость от грубой, убого трактуемой морали. Смотрите.

Но вероятно и более радикальное объяснение. Если через пять минут вы можете попасть в катастрофу — он заставляет вас переставить книги. Весьма возможно, что, объясняя все недостатком серотонинов или неправильным механизмом их захвата, мы ставим телегу впереди лошади; мозг сам знает, как ему захватывать серотонины, и организует свою биохимию в соответствии со своим же даром предвидения. Синдром обсессий и компульсий — то есть желание (или долг) выполнять сложные ритуалы, чтобы избежать неприятностей, — может быть вовсе не психической болезнью, а особенно тонкой связью с миром, своего рода даром предчувствия.

Начав соблюдать правила, ты можешь от них отказаться на третий или пятый день, но на шестом месяце отказ от них приводит к катастрофе, а уж если всю жизнь... Юрий Арабов, чьи заслуги в постижении «механики судеб» превосходят все его сценарные подвиги, справедливо замечает, что чем дольше ты соблюдаешь условие, тем травматичнее оказывается разрыв цепи; оттянутая пружина бьет больнее. Ему была предсказана смерть от белой лошади (всю жизнь ездил на вороных или рыжих) или от белого человека (никогда не стрелялся и даже не ссорился с блондинами) — а Дантес был блондин.

А Пушкин, всю жизнь соблюдавший приметы (заяц и поп 12 декабря 1825 года) — и погибший ровно тогда, когда он перестал их соблюдать? Каждый из нас знает массу подобных примеров, в том числе из личного опыта. Но тут он видит, что на железнодорожном переезде случилась крупная катастрофа — шлагбаум неправильно сработал или мало ли, — и он бы, короче, обязательно попал в эту катастрофу, если бы не переставил две книги, дай Бог им здоровья. Снова садится в «Крайслер» и, ругательски себя ругая, едет куда собирался. Пытаясь бороться с этим желанием, он проезжает два километра, но потом возвращается и, черт бы их побрал совсем, переставляет две книги. Уже усевшись в машину и даже заводя ее, он вдруг чувствует непреодолимое желание вернуться домой и переставить книги на полке в своей комнате. Дэвид Лосс, арканзасский фермер, собирается ехать на своем «Крайслере» о чем-то договариваться с другим фермером. Возьмем хрестоматийный пример.

И он знал бы, когда пригнуться или сколько раз дотронуться до края окопа, прежде чем выпрыгнуть оттуда. У него сохранился бы тот способ тончайшей связи с миром, который мы по глупости называем обсессивно-компульсивным расстройством. Но подозреваю, что если бы Фрейд не вылечил Человека-крысу, он не погиб бы на Великой войне. Строго говоря, Великая война — она же Первая мировая — как раз и была способом затормозить развитие человечества, понимающего теперь слишком много. Там сказано, что молодой офицер — которого он вылечил простейшим способом, а именно объяснил ему природу тех самых страхов и навязчивых состояний — «погиб во время Великой войны», как множество талантливых молодых людей. Но мы сейчас не об этом, а о финале фрейдовской заметки.

Он состоит в противоречии все более развитой совести (отягощенной в наше время гораздо большим числом компромиссов, чем раньше) и индустрии наслаждений, которая тоже не стоит на месте. Синдром остался, но перестал осознаваться. Это вообще нормальное состояние для Серебряного века, то есть для высшего взлета человеческой истории, после чего начался самоубийственный откат: революции, две мировые войны, бесконечное упрощение и деградация. Случай Человека-крысы — на самом деле обычного офицера с болезненно-развитой чувственностью и столь же развитой, как у всех интеллектуалов начала XX века, совестью — нагляден именно потому, что он и жаждал удовольствий с характерной для fin de siecle утонченностью и страстью, и стыдился их, как и своей жажды. Фрейд хорошо понимал, как зацепить читательское внимание, отсюда все его психоаналитические триллеры вроде «Человека-волка» или «Человека-крысы». Чаще всего цитируется «Случай Человека-крысы» Фрейда. Механизм этого явления хорошо известен и многократно описан. Если вы проделаете ряд бессмысленных действий, у вас пройдет страх, появятся деньги, отсрочится смерть и т. д. Проще всего сказать, что я предлагаю вам синдром навязчивых состояний, или обсессивно-компульсивное расстройство.

После того как вы разобрались с текстом, поняли, как его читать, и расставили фразы в правильном порядке, пометьте цифрами ПЕРВЫЕ 33 СЛОВА. Подумайте, почему именно 33 и чего вообще бывает 33.

Внимательно прочитайте следующие фразы.

ЕСЛИ ПРОДЕЛАЕТЕ РАССТРОЙСТВО ПРОДЕЛАЕТЕ Я ВАМ ПОЯВЯТСЯ

Подумайте, что сделать с этой фразой. Вспомните, зачем вы нумеровали слова. Дальше совсем легкотня. Эту задачу в двух действиях решит любой школьник. Я вам и так много подсказал. Если не получится за час, вообще никогда не получится. Оставьте эту задачу и выполните 50 отжиманий, вам это ближе.

Решили? Превосходно! Теперь вы знаете, кто вы.

А как называется человек, который себя уважает за решение такой простой задачки?

Такой человек называется так:

Я ПРОДЕЛАЕТЕ РАССТРОЙСТВО ВСЕГО ПРОДЕЛАЕТЕ ВАМ ВСЕГО

Спокойной ночи, дорогой товарищ.

Сегодня мы попробуем быть счастливыми, в том плане, что вспомним состояние самого полного и безоблачного счастья, попробуем максимально имитировать его внешние условия и в это состояние вернуться, причем замерить свое пребывание в нем с максимальной точностью.

С понятием счастья надо определиться. Я буду сейчас определяться, а вы смотрите. Мне кажется, тут два ключевых понятия: промежуточность и перспектива. С перспективой проще: имеется в виду, что счастье еще только начинается, что оно уже чувствуется, но еще не в расцвете. Ведь оно очень быстро переваливает за ту грань, за которой уже пресыщение и распад, и очень часто отвращение. Следовательно, надо поймать его первую треть.

Что касается промежуточности, здесь важен именно выход за рамки, пребывание между временами года и суток. Скажем, «Семнадцать мгновений весны» потому стал фильмом номер один, что там весна, война — и победа: отчаянное и бессмысленное сопротивление с сохранением всех ритуалов на фоне накатывающей весны и громыхающей в двух шагах от Берлина советской артиллерии. Или «Касабланка» с нейтральной территорией, где постоянно схлестываются немцы и французы. Нужна, короче, нейтральная территория с взаимоисключающими силами, которые вокруг нее вьются или над ней сталкиваются. Особенным счастьем бывает время перехода, любого перелома, особенно от зимы к весне или от весны к раннему, молочно-восковому лету. Поскольку это ситуация выпадения из времени, особенно важно, что в этой щелке суток нам некуда спешить, мы никуда не погоняемы, ни с кем не договаривались. И никаких законов обычного времени в этой щелке между мирами нет. Наше искусство — построить эту щелку, промежуточный мир, когда сейчас хорошо, а будет еще лучше. После чего станет совсем плохо, примерно как сейчас, хотя будет, конечно, и хуже.

Задумавшись и перебрав несколько самых ярких таких вспышек, я выбираю момент почти абсолютного блаженства: одиннадцатый класс собрался у подруги, предки которой выехали на дачу, все накупили вина — в основном почему-то токайского, — пяти бутылок, естественно, не хватило, и нас с молодым человеком Петей отправляют за добавкой. (Тут нужно отступление: всякие утонченности вроде вермута, токайского, иногда кьянти имелись в СССР, их было завались, но они абсолютно не пользовались спросом и употреблялись в крайнем случае, когда не было водки или ее не продавали. Иногда их пили совершенно как бормотуху, не понимая. Думаю, что весь Советский Союз был таким употреблением утонченности как бормотухи, дефицитнейшего как повседневного, тогда как именно повседневного резко не хватало. Это ответвление мысли нужно мне как пауза при восстановлении счастья, вроде того как иногда, если не спится, нужно намерзнуться, а потом нырнуть под теплое одеяло и уснуть почти мгновенно. А может, я просто не могу перестать думать, даже когда хотел бы только ощущать, только вспоминать то солнце, косые лучи, тепло на коже.)

Петя не из нашей школы, он приятель — не кавалер — одной из наших девочек. Петя молчалив, но по скупым его репликам видно, что умен. Мы друг другу явно симпатичны и могли бы сдружиться (и сдружились бы, найдись время: мы бешено готовились в институты и даже с друзьями не столько виделись, сколько созванивались). И вот мы пошли в ближайший магазин на тот проспект, который у нас в Квартале называется теперь проспектом Счастья. Мы успели. Магазин еще открыт. В конце проспекта висит ярко-оранжевое солнце. Середина апреля, все стаяло и уже подсыхает. Рядом стройка, и на ней такой же оранжевый песок и светло-оранжевый кирпич. Такой кирпич — вообще образ счастья, и дом, в котором я сейчас живу, тоже казался мне символом счастья из дома, в котором я жил тогда. Честно говоря, я не так уж и обманывался. Иногда смотришь на этот дом, на этот солнцем вызолоченный фасад, среди невероятно холодного зимнего дня — холодного и ясного, у нас ведь ясно, только когда холодно, — смотришь и понимаешь, что будет весна, что перелом к ней, собственно, уже совершился. Такой луч, такой цвет. И вот начатый дом на ближайшей строительной площадке — это именно там теперь закрылся магазин прелестных игрушек и сделали магазин отвратительных запчастей — он того самого цвета.

Мы с Петей уже немного пьяны — много ли нам было тогда надо? — но еще вполне адекватны. Покупка вина всегда сопровождается шутками, прибаутками и радостными предвкушениями, опьяняющими сильней любого токайского. Идет милый необязательный треп. И вот мы идем назад еще с пятью бутылками, разговаривая о какой-то ерунде, из которой, впрочем, ясно, что Петя тоже умный, талантливый, он видит те же вещи, что и я, и важно еще, что общий перелом тоже ощущается: время уже все в щелях и сквозит, и явно будет шанс у таких, как я и Петя. Мы, может быть, не сгнием, мы даже как-то осуществимся. А на одиннадцатом этаже в доме подруги нас ждет одиннадцатый класс, они ждут от нас токайского и будут нам рады, и каждый из нас уже примерно присмотрел, с кем мы там будем танцевать. Я уже знаю, с какой девушкой буду там курить на балконе. Я понятия пока не имею, что с этой девушкой буду ужасно несчастен довольно долгое время — долгое по тогдашним меркам, около года, но несчастен по-настоящему, даже по нынешним меркам, я теперь бы не выдержал такого. И понятия не имею, что Петя уедет и ничего из него там не выйдет. Это тоже входит в понятие счастья, чем бы оно было без этого?

Я попробую сегодня себе все имитировать по этой схеме, тем более что лето начинает переламываться в сторону осени, а осень — тоже хорошо, сейчас я это уже понимаю, потому что начинаю уже рассматривать смерть не как конец всему, а как дембель. Устаешь с годами, что тут такого. Токайского я покупать не буду, его вкус мне слишком многое напомнит, и вместо легкой ностальгии получится отчаяние. Опьянюсь я чем-нибудь попроще, не пивом, конечно, но хоть вермутом. Покурить на балконе мне несложно, только сейчас надо это делать одному, потому что одиночество и есть то будущее, с которым мне пока прекрасно, а дальше я сильно намучаюсь. Что касается предощущения ужасного, без которого не может быть счастья, с этим у меня сейчас все даже в слишком большом порядке, и за вас я в этом смысле тоже не беспокоюсь.

Ощущение безграничного счастья продолжается от нескольких секунд до пары минут и начинает уходить ровно в тот момент, как вы его осознаете и вербализуете, пусть мысленно. Штука в том, что как только вы говорите себе «я счастлив», вы тем признаете и понимаете, что это состояние необычное и что все остальное время вам как-то иначе. И включившийся мозг услужливо предлагает нам, естественно, антоним: когда я не счастлив, я несчастлив. Конечно, это ерунда, нельзя же все время жить в состоянии оргазма, и мы должны понимать, что отсутствие счастья еще не предполагает несчастности, как и антоним любви не ненависть, а равнодушие. Но без этого ошибочного чувства не запомнишь момента счастья: проскочит, как холодный пельмень.

Сегодня мы учимся презирать.

Для начала — несколько слов о презрении как таковом. Вы наверняка в курсе, что это самая легкая и приятная вещь на свете, но сами так этому и не выучились, иначе вы никогда не стали бы проходить «Квартал». Презрение — закрытость для нового опыта. Ведь в презрении упражняются, как правило, ничтожества, больше смерти боящиеся любых перемен.

Ненависть — чувство легкодоступное, но все же оно свидетельствует о некотором масштабе личности. Влюбляться способны и сволочи, и святые. Тоска — вообще примета высоких душ. Презрение — свойство души мелкой и чаще всего поверхностной, но иногда лечатся и ядом. Так что в своей генеральной попытке освободиться от всего лишнего и подняться на сверхчеловеческую ступень мы обязаны оттолкнуться, взять разгон — в этом смысле презрению нет цены.

Вы наверняка замечали такое отношение к себе, в этом смысле нас удивить трудно, — скажу больше, мы часто смотрим на себя именно глазами презирающих нас людей, и это самый горький, чаще всего вредоносный, хотя иногда спасительный опыт. Ненавидеть можно равного, но презирать — только низшего; смотреть на себя с ненавистью значит почти наверняка себя преувеличивать, ибо врагов своих мы преувеличиваем щедро и страстно. Они кажутся нам могущественными, все про нас понимающими. Презрение — совсем иное дело: это взгляд человека, обладающего истиной, на человека, обладающего оспиной. Разумеется, на самом деле человек, обладающий истиной, никого и никогда презирать не будет — просто потому, что ему уже не нужно самоутверждаться; презрение — удел тех, кто ничего толком не знает. Однако само действие презрения таково, что противиться ему в первый момент почти невозможно, — и прежде чем вы успеете сообразить, что имеете дело с ничтожеством, это ничтожество уже всадит в вас свое жало. Самый верный вариант при столкновении с презрением — быстро вспомнить, что этот человек, позирующий в качестве верховного арбитра, ничего не знает, не умеет, а злится на вас только потому, что вы, наверное, чему-то успели научиться. Но вспомнить это под ледяным взглядом ничтожества — не самая легкая задача.

Зачем же, скажете вы, учиться этому? Объясняю: бить прохожего ногой — мерзко, но отталкиваться ногой от земли — иногда необходимо; без малой толики снобизма нет умения блюсти себя, удерживаться от дурных поступков, оберегать честь, наконец. Нам надо уметь презирать, но пользоваться этим оружием мы должны ограниченно. На любой агрессивный комментарий надо уметь ответить что-нибудь вроде «Мнение насекомых должно интересовать энтомологов» и сделать соответствующее лицо. Если собеседник знает слово «энтомолог», ему будет обидно. Если не знает, он может вообще треснуть. В самое большое бешенство за всю свою жизнь я привел ротного свинаря Васю, назвав его мутантом. Он этого слова не знал и предположил худшее.

И сейчас мы будем презирать — но именно тех, кто нам непосредственно мешает. Мы будем презирать фэншуйщиков — то есть тех, кто влез на нашу собственную территорию. Они пытаются нам внушить неправильные представления о деньгах.

Ха-ха-ха.

Они пробуют нас научить приручать деньги. «Наведите в квартире порядок. Протяните левую руку в левый дальний угол. Там будет территория денег, им будет там хорошо».

Порядок в доме надо наводить вне зависимости от того, занимаетесь ли вы фэншуем. Просто когда в доме нет порядка — возникает отвратительное чувство вроде чесотки. У меня, например, физически чешется любая лежащая не на месте вещь, именно поэтому я постоянно ссорился с женщиной, без которой, как выяснилось, могу, но чувствую себя очень сложно, неправильно, и вот компенсирую это ощущение «Кварталом», чувством власти хотя бы над читателем. Шучу. Это неправда, вообще на эти мои проговорки можно не обращать внимания, они тоже нужны в книге, могу объяснить зачем. Если гуру безупречен, его не слушаешь, а если у него проблемы — он свой, ему веришь. Обратите внимание, у всех великих проповедников были проблемы. Некоторые вообще умерли ужасной смертью. У Сократа, в частности, была сварливая жена и конфликты с согражданами, более высокие образцы затрагивать боюсь.

Так вот, наводить порядок надо все равно, но примитивные ритуалы вроде «это будет у нас место денег, потому что оно правильно сориентировано», — мы должны оставить сразу. Ритуал может быть сколь угодно бессмысленным, как любой дзен, — но тогда он должен по крайней мере что-то менять в вас. Уборка и протягивание левой руки в угол ничего в вас не меняют. Все это имеет целью только примитивный комфорт, а зачем нам комфорт, нам не нужен комфорт. Нам надо сделать из себя нового человека, потому что прежний кончился, ему никто больше не нужен, и он больше не нужен никому. Вот он за три месяца делает из себя другого, который сможет без всех обходиться, он прогоняет себя для этого через разные упражнения, а в виде главной цели привесил себе морковку, то есть деньги. Конечно, деньги у такого нового человека появляются сами собой, но не имеют для него уже никакой цены. (Именно поэтому они и появляются. Замечали ли вы, что у вас до фига только того, что вам совершенно не нужно?)

Фэншуй, дорогие друзья, учит вас правильно обустраивать интерьер, а я учу вас не зависеть от интерьера. Любые практики учат вас нравиться людям, а я учу вас обходиться без людей, потому что все умрут и никто ничего не стоит, кроме мимолетного проявления милосердия в экстремальной ситуации. Любые пикаперские техники учат вас желать денег, любить деньги, а я учу вас быть таким, к которому деньги побегут сами с умоляющей улыбкой: обрати на нас внимание! Деньги, как всякая физическая субстанция, ценят только зависимость. Деньги любят людей с душой, а что такое душа — я научу вас понимать через месяц, и то не факт.

Дружно презираем фэншуйщиков!

Фэншуйщики имеют к древней китайской мудрости примерно такое же отношение, как косоглазые гастарбайтеры, чаще всего казахи, в ресторанах-сушницах — к японской кухне. Аудитория фэншуйщика — домохозяйка, искренне уверенная в том, что если все в ее домохозяйстве будет правильно, то и мир гармонизируется. И я не готов презирать эту домохозяйку, я опять сбиваюсь с презрения на жалость, это всегда было моей проблемой (но только поэтому, вероятно, я и жив до сих пор) — но я готов презирать того, кто дурит этой домохозяйке ее несчастную, с бигудями, голову, того, кто пытается паразитировать на ее вечном хохлушечьем стремлении обустроить свое гнездо. Вот я вижу, как она прибирается, готовит, как робко защищает свой мир от внешних вторжений — а мир уже плющится, уже в окне молнии, уже скоро будет третья мировая война. В такие времена мы особенно, товарищи, должны быть беспощадны к тем, кто паразитирует на страхах и привычках кротких людей уюта. Для денег в доме не должно быть угла. Для денег в доме должно быть уважительно-остраненное отношение, как надо мне было относиться к ней, но я не сумел.

УПРАЖНЕНИЯ НА ПРЕЗРЕНИЕ

1. Представляем фэншуйщика. Чаще всего это обремененная семьей женщина средних лет, ведущая эту рубрику в газете «Бывшая правда». Представляем ее ясно, в деталях, особенно обувь. Презираем.
2. Представляем своего врага, с особенной ясностью, сидящим в уборной. Презираем.
3. Представляем наиболее успешного человека из нашего окружения, в вонючем детстве, в школе, где из буфета и туалета несет примерно одинаково, избиваемого одноклассниками. Презираем.
4. Представляем большую пачку денег в кармане успешного человека, избиваемого одноклассниками. Толку ему от этой пачки. Презираем.
5. Представляем себя, выполняющего эти упражнения. Презираем. Не получается? Странно. У меня в последнее время только это и получается.

Задание на сегодня будет такое.

Прочитайте рассказ. Этот рассказ иллюстрирует важную, никогда не понимаемую фэншуйщиками мысль о том, что восприятие местности в огромной степени зависит от личности и привходящих обстоятельств, а вовсе не от того, насколько в ней убрано.

Рассказ обрывается на самом интересном месте. Придумайте концовку. Правильная концовка у меня там дальше изложена, не скажу в каком именно месте. Искать бессмысленно. Если вы туда заглянете, никаких денег не будет. Имейте терпение.

Если вы эту концовку угадали, на что есть примерно шансов 30 из 100, — первые две недели занятий прошли успешно, и вы можете себя поощрить. Ваш Личный Рейтинг по итогам двух недель — 15.

Если вы ее угадали почти или приблизительно, ваш Личный Рейтинг — 10.

Если вы вообще ее не угадали, ваш Личный Рейтинг — 5.

Если вы сразу заглянули в конец, у вас больше нет Личного Рейтинга.

Короче, рассказ.

БУХТА РАДОСТИ

В первый раз Клоков попал в Бухту радости, когда ему было пятнадцать лет. Они с матерью приехали туда на лодке. В пансионате была лодочная станция, и они решили впервые поплыть не в ту сторону водохранилища, которую уже хорошо знали, а в неизвестные далекие края, где мать Клокова иногда бывала со своими школьниками. Тогда они ездили туда на «ракете». «Ракеты» во множестве мчались и рычали вокруг, переезжать фарватер надо было осторожно, и в этой опасности было дополнительное счастье.

Был июль, водохранилище цвело, в глинисто-бурой воде мелькало множество крошечных зеленых точек. В бледно-голубом небе большие кучевые облака не столько висели, сколько, кажется, лежали на теплых толстых столбах воздуха: у них были пышные шапки и плоские синие днища. Дальняя вода была неопределимого цвета — молочно-голубого на буром, с темно-синими лунками мелких волн. Берега были в ивах, в лежачих мелколистых березах, и, как всегда, казалось, что вот на дальнем берегу самый правильный лес, в котором непременно есть грибы. Стоило им отъехать на другую сторону, где был большой серый дебаркадер, как их собственный берег стал правильным и манящим, а лес на ближнем берегу оказался почти прозрачным, сырым и явно не грибным.

Грести было сущим наслаждением, прекрасен был запах воды, цветущей, гниловатой и потому особенно свежей: в ее тепле так же ощущалась свежесть и прохлада, как в бурой волне — зеленые точки. От деревни на берегу пахло сеном и яблоками, как всегда в августе, и чувствовалось, что этот запах завтра уже не будет так ярок: сегодня в нем еще много было летней силы. Слева была белая церковь с голубым куполом, там принимались вдруг звонить, и вода далеко разносила звон. Дальше, прямо по курсу — рыжая песчаная заводь с тремя соснами, близко подошедшими к обрыву. Бухта открывалась за поворотом, почти пустая в будний день, с единственным работающим шашлычным кафе и несколькими лениво брызгающимися парами на берегу.

Она не зря так называлась: странное чувство счастливой безопасности от нее действительно исходило. Клоков и в пятнадцать лет не так был глуп, чтобы считать лодочное путешествие на другой край водохранилища серьезным приключением, — но вплывая в эту бухту, он почувствовал примерно то же, что открыватель новых земель, приведший свою флотилию на неведомый цветущий остров. Здесь было тихо, радостно, изумительно безопасно — та полнота покоя, какая бывает на лице у молодой матери; мужчина чувствует что-то подобное только в такой ленивый день, не сладкий, а сладостный. Мать захотела купаться, а Клокову захотелось осмотреть бухту, и он вышел на берег, уставленный палатками шашлычников. Пахло земляникой, хвоей — сильней, чем шашлыком, — и травой, которую недавно скосили. Клоков прошел метров двести по шоссе и оказался в поселке, насквозь солнечном и необыкновенно приветливом.

Хотя денег у него с собой не было, он зашел в поселковый магазин, где ему разулыбалась прелестная веснушчатая продавщица. Она спросила, не хочет ли он холодного квасу, за бесплатно, только что привезли. Он выпил квасу и, совершенно счастливый, пошел по главной улице. Это был обычный тогдашний дачный поселок, но все в нем было удивительно на месте: в гамаке качалась девочка, которая улыбнулась ему. На соседнем участке росли желто-красные, помидорного цвета георгины. Уже цвели золотые шары. Все было избыточно, щедро, манило зайти, присесть, угоститься — на одном участке шел детский концерт, дети пели на крыльце под гитару, родители хлопали. Далеко, у самого леса, виднелась белая церковь с голубым куполом, высокая, похожая на ракету. Мальчик, хохоча, катил обруч. Это была бухта счастья в самом чистом и полном виде, и Клоков боялся уйти отсюда, потому что вернуться, думал он, уже не придется.

Между тем он вернулся — пять лет спустя, отслужив в армии, где было несладко, но все кончается. Он не хотел ехать в бухту Радости с друзьями-студентами, было почему-то важно совершить это путешествие в одиночку. В самые дурные минуты он вспоминал этот остров счастья, и от мысли, что где-то он есть и сейчас, становилось легче. Даже зимой, когда занесено снегом то крыльцо, на котором пели под гитару дети, церковь с голубым куполом по-прежнему стоит у леса и все, наверное, сверкает вокруг. Он клялся туда вернуться — и вот вернулся, но другим путем. Приехать на лодке было уже нельзя — пансионат, где они тогда отдыхали с матерью, стал окончательно ведомственным, путевок не было. Клоков приехал в бухту из города на автобусе, который три часа стоял в пробке на шоссе, но в конце концов выплюнул их всех на остановке.

Церковь была на месте, хотя купол облез и был уже не столько голубым, сколько стальным; в сверкании его появилась жестокость, враждебность, замкнутость. Поселок изменился чудовищно и несправедливо: он не заслуживал этой участи. Половина заборов расползлась и накренилась, участки заросли, дома покосились, а на месте некоторых выросли кирпичные особняки, которые выглядели бы зловеще, не будь они так тупы в своем закосе под готику. Дом, где жила девочка, качавшаяся в гамаке, был давно заколочен. Шашлыками воняло еще за километр от пляжа, и эта вонь горелого жира заглушала все остальные запахи. Отвратительна была смесь наглого процветания и безнадежного запустения, но и то, и другое словно в голос орало: уйди отсюда. Одни гнали чужака, давили его презрением, — другие старались показаться ему на глаза: ведь он помнил их в счастье, в расцвете, когда они, никому не мешая, радовались себе и друг другу.

Клоков решил зайти хоть в магазин, но продавщица — конечно, другая, — так орала на очередь, что ему все стало ясно. Он вышел, но она успела зыркнуть на него с той беспричинной ненавистью, с какой на любого встречного глядят в трущобах: своих тут презирают, а чужих ненавидят.

И Клоков решил, что никогда больше не вернется в бухту Радости, но что-то его томило, не давая распроститься со счастливым видением. Запах земляники и хвои помнился ему лучше, чем дух шашлыка. Может быть, все дело было в том, что в тот раз они приплыли на лодке, по водохранилищу, а в этот он приехал на автобусе? Эта мысль уже не казалась ему безумной: тот поселок был слишком непохож на этот, их невозможно было совместить. Надо было поставить контрольный эксперимент, но непременно вдвоем: кто-то один пусть приедет на лодке, а кто-то — на автобусе. И когда они вместе пойдут по главной улице поселка, чья-то правда победит.

У Клокова уже была к тому времени подруга-однокурсница, на которой он всерьез хотел жениться. Он побоялся объяснять ей свой замысел, потому что она со своим спокойным здравомыслием наверняка подняла бы его на смех, — но уговорил приехать в поселок разными путями. Ты прикинь, говорил он, как прекрасно будет встретиться — ты подходишь к берегу, а тут я на лодке! Давай! И она согласилась, почувствовав, что для него все это не просто воскресный выезд на берег. Всеми правдами и неправдами Клоков достал две путевки на выходные в пансионат, ставший черед два года несколько доступнее, и отправился в лодке через фарватер, к песчаному берегу с опасно наклонившимися соснами. Смутное его беспокойство все росло по мере приближения — он пытался представить, что увидит в бухте теперь. Но того, что они увидели, он представить, конечно, не мог.

Ну вот. Окончание следует. Придумывайте, что хотите. Оставляю две чистые странички, чтобы записать.

В этот день 1895 года 29-летний Герберт Уэллс впервые подержал в руках экземпляр «Машины времени». Ну или не в этот. Но приблизительно в этот. С такой временной дистанции уже не важно, тем более что действие большей части «Машины» происходит в 802 701 году. Так далеко не заглядывал даже Ефремов в «Туманности Андромеды». Уэллс, правду сказать, хватил. В 802 701 году, скорей всего, вообще уже ничего не будет. Человечество всего-то существует порядка двухсот тысяч лет, хотя как это все вышло, никто точно не знает. Короче, до восьмитысячного века много еще чего успеет случиться, а все уэллсовские кошмары начали сбываться уже примерно сейчас. Дело в том, что Уэллс первым предположил разделение людей на две эволюционных ветки, каковое разделение, видимо, несколько раз тут уже было. Отпали неандертальцы там и мало ли кто. Дело в том, что антропологи сами спорят и поэтому жутко огрызаются на любых неофитов, потому что мы лезем своими грязными руками в их чистую науку. А они сами толком ничего не могут сказать и поэтому ужасно злятся. Их можно понять. Вообще, сказать по правде, по чесноку, как выражаются сегодня наиболее противные персонажи, — лютая злоба некоторых эволюционистов по поводу божественного происхождения человека выглядела бы совершенно необъяснимой, — подумаешь, если это действительно детские сказки, то чего уж так-то ерепениться; но в том и штука, что слишком многое остается непонятным, необъяснимым, вообще ниоткуда взявшимся. И, видя эту неполноту, они с особенной яростью набрасываются на Бога; думаю, тут есть еще и то соображение, что одними материальными стимулами никак нельзя объяснить вот это все. Это примерно как у структуралистов, которые отлично разбираются в кирпичах, но пасуют перед происхождением общего чертежа. Можно при желании объяснить, как сделана «Шинель» Гоголя и даже из чего она сделана. Но вот зачем сделана «Шинель» Гоголя — объяснить невозможно, по крайней мере с помощью структурализма.

Так вот, Уэллс заглянул очень далеко, но угадал то, что уже много раз было и особенно отчетливо стало сегодня. Речь о разделении на элоев и морлоков. Человечество будет не просто эволюционировать, а делиться на две ветки, одна из которых очень быстро взлетит вверх, а другая крайне медленно — даже с иллюзией неподвижности — поползет вниз. При этом они будут друг для друга практически незаметны.

Например, у растений есть такое приспособление к среде — ярусность. На каждом ярусе в лесу своя жизнь, и у каждого свой способ опыления. Эта ярусность странным образом сохраняется и в человеческой среде, делая нашу жизнь окончательно похожей на лес. Приведем пример. Один мальчик лет тридцати пошел с девочкой лет двадцати в большой петербургский книжный магазин. Она пошла смотреть биографии, потому что ей в ее студенческом еще возрасте было нужно делать реферат по Линкольну, а он — в зарубежную фантастику. А поскольку магазин был лабиринтообразный, со множеством загибов и переходов, и был еще такой истинно петербургский ноябрьский день, когда темнота за окнами сгущается к четырем часам дня и начинает давить на стены зданий, так что в этих зданиях люди запросто сходят с ума, — то они там и потерялись, причем капитально. Он идет в отдел биографий — ее там нет, она — в отдел художественной литературы, а там кто угодно, кроме него. В частности, там какой-то бывший однокурсник, который перевелся потом в другой вуз, вообще в Москву, но сейчас неожиданно приехал и ей там встретился, и предложил попить кофе, но ей было не до того. Она взяла у него новый телефон и дала ему свой, и пошла дальше искать своего мальчика. Посмеявшись над конфузливостью этого положения, она ему позвонила, но у него отключен был мобильник, потому что сел. Айфоны всем хороши, но быстро разряжаются. Тем временам мальчик упросил продавщицу ненадолго подключить его к зарядке и стал заряжаться, и позвонил девочке по айфону, и она сказала, что давай встретимся на первом этаже у большой такой чаши из мрамора, символизирующей, вероятно, всемирное знание. Но как бы ни было велико всемирное знание, тем не менее всего оно не знает. Потому что мальчик и девочка прождали там друг друга полчаса и не увиделись, хотя стояли рядом. Может быть, он отвлекался, а может быть, она думала об однокурснике, так чудесно изменившемся к лучшему: питерские в Москве почему-то очень расцветают. Но как бы то ни было, они не увиделись там и не встретились больше никогда. Может быть, на первом этаже было две чаши, символизирующих два вида знания: одно мы понимаем, а другое нет.

Я не оговорился: есть действительно два вида знания. Одно у нас, так сказать, отрефлексировано, мы понимаем, как работают те или иные закономерности, и даже умеем их исследовать. Но есть другое, которое мы получаем с рождения или накапливаем эмпирическим путем, хотя совершенно не понимаем, как это работает. Нильс Бор повесил над порогом подкову, а был при этом физик, рациональный человек. Однажды его корреспонденты спрашивают: неужели вы, физик, нобелевский-шнобелевский и бог знает какой лауреат, верите в такие вещи? Он говорит: а она, знаете, работает независимо от того, веришь ты или нет. Его московский друг Ландау своим высоким насмешливым голосом говаривал: «Современная физика может объяснить даже те вещи... которые не может представить». И вот в числе наших знаний о мире есть догадка о ярусности нашего существования, о тайном — не социальном, не интеллектуальном даже — разделении всех людей на группы и страты; и Бог устроил так, что люди разных ярусов почти не пересекаются. Иначе жизнь стала бы невозможна, потому что богатые все время убивали бы бедных, без всякой злобы, из чистого чувства вины; а бедные своими робкими, бедными ручонками поколачивали бы богатых (у бедных нет времени качаться в фитнес-клубах). Удивительно, что гугл и яндекс тоже соблюдают ярусность и не докладывают некоторым людям о некоторых публикациях, чтобы не портить им настроение и не засвечивать авторов. И в интернете — где, казалось бы, все равны, как на помойке и в бане, — тоже немедленно выстраиваются иерархии, этажи, вертикальные и горизонтальные ниши, и умный не забредет к дуракам и не порушит их уютный мир, в котором все на свете имеет максимально простое и противное объяснение.

Что случилось с мальчиком и девочкой из петербургского книжного магазина? Эта история абсолютно подлинная, хотя я не был ни тем мальчиком, ни тем однокурсником. Я был другом той девочки, чистый интеллектуальный треп и ничего личного. С ними случилось то, что я предпочитаю называть расслоением, и именно так назову когда-нибудь повесть об этом странном происшествии. Люди иногда уходят на другой план реальности, как у Бориса Рыжего: «Россия — старое кино. / Когда ни выглянешь в окно, / на заднем плане ветераны / сидят играют в домино. / Когда я выпью и умру, / сирень заплещет на ветру, / и навсегда исчезнет мальчик, / бегущий в шортах по двору. / И густобровый ветеран / засунет сладости в карман / и не поймет: куда девался? / А я ушел на первый план». Чтобы уйти на первый план, необязательно умирать, можно просто переместиться в другую среду или, если угодно, на другой уровень: этот процесс мгновенен, готовится он годами, а завершается в какой-то один роковой миг. Так разводило меня с большинством друзей. И разве не замечаем мы, что с некоторыми женщинами тоже расстаемся мгновенно и окончательно, безвозвратно? Ведь иногда расставание тянется годами, и тогда оба успевают измучиться и наговорить друг другу мерзостей. А иногда раз — и обрубило, и необязательно для этого, скажем, переезжать в Америку. Бывает так, что живете в соседних домах, но разошлись, и ап! — даже в одном магазине никогда не пересечетесь. Хотя ходите туда постоянно. Как сказал другой поэт — «И мы стояли за куском вареной колбасы / в один и тот же гастроном, но в разные часы».

Приведем другой пример: я сильно любил одну девушку, действительно сильно. Она и сейчас кажется мне не то чтобы самой красивой, но, что ли, наиболее совпадающей с моим идеалом женской красоты, наиболее похожей на Алю Эфрон. В том, что она сильно испортилась с годами — не внешне, а внутренне, — виноват, наверное, я сам. Но она сделала и сказала несколько вещей, которые меня в конце концов, пусть и не с первой попытки, достали. И дальше случилось одно из тех, как выражается Лем, «жестоких чудес», которые я часто наблюдал и никогда не мог объяснить. Она стала исчезать, ее словно стерли из реальности. Она сменила телефон, чтобы я не мог ей позвонить, перешла на другую работу, о которой я ничего не знал, и даже переехала. Мы по роду своих занятий должны были хоть раз пересечься в какой-нибудь тусовке, но то ли она перестала тусоваться, то ли ее новая работа предполагала общение с другой средой. Наконец она исчезла из Интернета — единственным ее следом там осталась наша совместная публикация под ее прежней фамилией. То есть она ушла на какой-то другой план, на котором мне ее не видно, и слава богу. Желание умирает последним, и даже отлично все про нее зная, даже очень хорошо помня некоторые ее поступки, я все равно пытался бы, наверное, спьяну до нее дозвониться и как-нибудь, может быть, уложить ее в постель. Потому что это было нечто совершенно особенное, испытанное мной, должно быть, раза три-четыре в жизни — чтобы человек мне так нравился, чтобы я так все про него понимал, чтобы секс был не просто трением общеизвестных трущихся частей, а тем самым «продолженьем разговора на новом, лучшем языке». Я потом, конечно, несколько раз испытал это с гораздо большей остротой, которую, наверное, уже вообще никогда не переплюнуть. Есть, кстати, замечу на полях, единственно возможный способ действительно качественно описать секс — воспроизвести те мысли, которые при этом приходят. Какие-то приходят обязательно. Так вот, с ней приходили самые чистые, самые ясные. Это действительно было похоже на вдыхание чистейшего кислорода. И я бы обязательно пытался до нее дозваниваться, с ней контактировать — кто же спьяну не делает таких вещей, а иногда, знаете, и стрезва накатит, — но бог меня спас. Она исчезла бесследно. Я ничего про нее не знаю и знать не хочу.

(Позднейшая приписка: знаю, знаю. Полностью стереться ей не удалось, я помнил ее почту и по этой почте нашел. Она вышла замуж за архитектора, уехала за границу, родила сына, ужасно счастлива, а Россию старается не вспоминать вообще. Наверное, она ей как-то напоминает обо мне, а ужасно счастливым людям лучше не вспоминать о временах, когда они были просто счастливы.)

Чудо заключается в том, что люди разных уровней — опять же это не уровни ума или богатства, а бесконечно более тонкие градации, — друг друга не видят, не знают и не занимаются взаимным уничтожением. Например, у некоторых людей — как правило, очень агрессивных, страшно ограниченных и довольно подлых — я вызываю отвращение еще до того, как что-то скажу. В принципе у них вызывают отвращение все, потому что никаких эмоций, кроме отвращения и периодической пьяной эйфории они в принципе не испытывают. Но другие успевают хоть что-то сказать или сделать, а меня такие люди опознают мгновенно: не потому, что я хорош, а потому, что совершенно не вписываюсь в их картину мира. Меня просто не должно быть. Мы с ними распознаем друг друга мгновенно, и наше единственное спасение друг от друга — это принадлежность к разным кругам. Кроме того, я умею делаться иногда невидимым для таких людей, выключать себя из их темпа восприятия, потому что восприятие у них медленное, — а я начинаю мелькать у них перед глазами ровно так, как учат разведчика на бегу: все время отклоняться в разные стороны, «качаться». Это описано в «Моменте истины» у Богомолова, а Богомолов в плане военной разведки был очень профессиональный человек.

Я вообще довольно легко рву с людьми, по крайней мере с некоторыми, потому что подавляющее большинство их не очень-то мне и нужно (но зато остальные нужны действительно очень сильно, просто до полной невозможности обходиться без). И вот с этими людьми, с которыми я вдруг порвал потому, что они меня подставили или сделали какую-то вещь, которая для меня несовместима с дружбой, — я немедленно перестаю пересекаться, причем без всякой моей воли. Я хожу в те же места, выступаю на конференциях в тех же университетах, пересекаю те же улицы, в конце концов. Мне даже случается пить в общих компаниях. Но эти вычеркнутые персонажи не появляются больше никогда, и если бы вы знали, какое облегчение я испытываю при одной мысли, что не возникнут эти идиотские неловкости, что не надо будет ничего говорить или делать вид, что все по-прежнему! Развело по разным ярусам — и слава богу, и это чудо, к которому никто из нас не прикладывал рук, восхищает меня больше всех технических чудес, всех магических гаджетов, которые я тоже очень люблю. Вот то, что ездят сегвей или соловил, — безусловное чудо, но разве не чудесней тот факт, что я с девушкой Сашей ходил по одним и тем же улицам, сидел в одних кафе и даже участвовал в одной программе — и ничего не замечал, а потом однажды взглянул на нее внимательно — и подумал: Господи Боже мой! Почему же это не случилось раньше, почему мы потеряли столько времени? А только потому, что не были готовы, морально не дозрели. И вместо того чтобы гармонично и счастливо прожить год, мы бы только мучили друг друга претензиями и ревностью. А потом случился эволюционный скачок, жизнь сделала с нами что-то такое — и мы взглянули друг на друга просто среди забросанного желтыми листьями московского двора, среди ясеней, и чуть не в один голос воскликнули: «Господи Боже мой!» И когда мы вдруг, не дай Бог, разойдемся из-за какой-нибудь смертельно важной ерунды — потому что важна именно такая ерунда, а не всякие там сакральности, — мы никогда больше не увидим друг друга, хотя продолжим ходить по тем же улицам. Никогда не войдем в одно кафе, не сядем в одну машину. Это и называется у Лермонтова — «Но в мире новом друг друга они не узнали». Потому что если бы в раю все бы друг друга узнавали — это был бы уже не рай, а страшно сказать что.

Но хватит, знаете, разглагольствовать: пора действовать. Сегодня вы должны составить перечень примет, по которым опознается человек второго типа, то есть быстро развивающийся, и применить их к себе. Внимание! Не путать с группой «Б». К группе «Б» это вообще никаким боком не относится.

Черт этого типа я пока насчитал девять, и если хотя бы семь из них у вас присутствуют, вы с достаточно высокой вероятностью принадлежите к следующей эволюционной ступени. И это пригодится вам только завтра, и я пока не скажу как.

Итак, черты.

1. Такие люди быстроумны, то есть оперативнее усваивают любую информацию и лучше ее запоминают. Их быстродействие, как у классного компьютера, выше, чем у большинства представителей старой формации. Сядьте за компьютер и на одной странице попробуйте конспективно изложить только что прочитанное в объеме 2000 знаков. Если это заняло у вас меньше 5 минут или 5 минут ровно, у вас есть шанс.
2. Такие люди универсальны, хотя сосредоточены обычно только на одном, главном занятии. Но обеспечить себя они могут, потому что существует пункт 3, то есть за помощью им обращаться особо не к кому. Перечислите свои умения и навыки, которыми вы могли бы зарабатывать при утрате основной профессии. Если их более 5 или хотя бы 5, вы близки к успеху.
3. Такие люди обычно не нуждаются в эмоциональных контактах, привязанностях, скорее тяготятся общением, легко обходятся без него, не испытывают предписанных эмоций, потому что не нуждаются в их публичной демонстрации. Пересчитайте людей, которые для вас

важны, без общения с которыми вам трудно обходиться, людей, чье мнение вас в принципе интересует. Если их меньше пяти или пять, все в порядке.

4. Такие люди не испытывают чувства вины, потому что оно мучительно, но ничего не исправляет. Пересчитайте людей, перед которыми вы испытываете чувство вины. Если их трое или меньше трех, мы вас поздравляем.

5. Такие люди не слишком неряшливы, ибо неряшливость заставила бы их обнаружить себя, но и не любят наводить чистоту. Вспомните, как часто вы проводите генеральную или хотя бы щадящую уборку в квартире. Если раз в месяц или реже, ваши шансы возрастают.

6. Вспомните привычки, которые больше всего раздражают вас в людях, живущих рядом с вами (жены, мужья, дети, родители, соседи). Если таких привычек пять или больше пяти, вы явно из этих будущих; если больше десяти — скорее из прошлых, но болезненно раздражительных и даже, возможно, не совсем здоровых.

7. Найдите первую попавшуюся логическую задачу и решите ее. Таких сайтов множество. Если вы решили ее за пять и менее минут, поздравляем вас. Поздравляем в том смысле, что вы хорошо решаете логические задачи. Если вы решили ее за шесть и более минут, мы вас не поздравляем. Вы плохо решаете их. А если вообще не стали решать, вот тогда вы из будущего. Там другая логика.

8. Подсчитайте, сколько раз вы можете подтянуться — неважно, мужчина вы или женщина,

прямым или обратным хватом. Вычтите это количество из вашего возраста. Поделите результат на два. Умножьте на три. Подсчитайте сумму цифр. Если она равна 3, 4 или 5, вы из будущего. Если нет, увы.

9. Подумайте, кого из знакомых вы могли бы убить, не колеблясь. Если более двух человек, вы из прошлого.

Вооружившись точным знанием о том, к какой из двух групп эволюционирующего человечества вы принадлежите, спокойно ложитесь спать. Утро вечера мудренее.

Если вы принадлежите к людям прошлого, сегодняшнее ваше упражнение — прыгнуть с тарзанкой. Откуда угодно. Куда угодно. Лучше, конечно, в воду. Если у вас в городе есть аттракцион «Тарзанка», все просто — вы просто прыгнете с большой высоты и поболтаетесь в пространстве. Если у вас не хватает храбрости прыгнуть с высотной тарзанки, типа парашютной вышки, можете просто прыгнуть в реку. Если нет реки — можно повесить тарзанку на ветке и спрыгнуть с нее. Иногда на морском берегу бывает тарзанка от пирса до пирса, допускается и она.

Но если вы принадлежите к людям будущего, задание ваше значительно сложнее. Прежде чем выполнять его, внимательно прочитайте до конца этой страницы. Ни в коем случае не заглядывайте дальше!

Сегодня вы должны подняться на крышу.

Да, на крышу. Всего-то. Это может быть крыша вашего деревенского или дачного дома, а может быть крыша многоэтажного здания, где вы живете. Принимается даже крыша бойлерной или трансформаторной будки, или ближайшего гаража. Но помните: чем выше крыша, тем больше сумма. Та, итоговая, которую вы получите после прохождения.

Мне неважно, как вы туда попадете. Важно, что вы там увидите, и еще одно важно, но об этом после. А пока представим себе июльскую крышу, нагретую солнцем, пахнущую битумом, крышу, с которой видны другие ржавые крыши, зелень между ними, дворы — я говорю, конечно, о моей крыше, а у вас все может быть иначе, но как бы то ни было, даже если вы взберетесь на сарай, оттуда видно побольше, чем снизу. И мы обязательно должны увидеть побольше, если претендуем на то, чтобы хоть иногда правильно оценивать перспективу.

Если сегодня дождь — неважно. Но мне почему-то кажется, что солнечно. В крыше всегда есть нечто детское, потому что детьми мы сюда стремились, а потом нам стало страшно. Даже не высоты страшно, а вот именно перспективы. Когда вы в последний раз серьезно задумывались о будущем? То-то. А будущее заключается в том, что через два дня август, березы вон, кстати, уже желтеют и облетают, это с ними первыми случается. Дольше всех продержится, как ни странно, сирень. Она так и будет зеленая до конца октября. Ну и вы уже прожили значительную часть жизни, что-то мне подсказывает. Не то чтобы прямо бо́льшую, но значительную. И пора уже думать, как вы намерены выходить на свой максимум возможностей, потому что пока все было так, проба. С крыши как раз виден этот максимум. И хватит уже списывать все на среду или на то, что родители вас неправильно воспитывали. И среда правильная, и вы ей соответствуете, и родители не более чем вы сами, только двадцать-тридцать-сорок лет назад. Другие были условия, другие возможности. И вообще они сделали для вас максимум, вы для своих детей такого не делаете. Вообще, если честно, ни хрена не делаете для них, но это и правильно, нечего выращивать у себя комплекс вины, см. предыдущую главу.

Представили крышу? Разработали план попадания туда? Предупреждаю: не верхний этаж, не чердак, а именно крыша. Я сам бы рекомендовал небоскреб, даже сам бы влез туда, но надо исходить из реальности: попасть туда трудно. Разве что с экскурсией. Это считается, я не возражаю. Главное же — попасть на высоту плюс еще одна обещанная вещь.

А вот сейчас будет именно эта вещь.

Попали на крышу? Очень хорошо.

А теперь вам надо покинуть ее другим путем.

Подчеркиваю: другим путем. Если вы забрались сюда через чердак, то должны вернуться по пожарной лестнице. Если вы залезли по пожарной лестнице, теперь вас должны снять с вертолета. Если вы лезли на крышу бойлерной с помощью скамейки, теперь вы должны оттуда прыгнуть, а не просто так слезать. Сарая тоже касается.

Трудно? Разумеется, трудно. И опасно. Именно поэтому этой главы не было в первом издании «Квартала». Она же рассчитана на людей будущего. И все мне тогда сказали: да ладно, все сейчас считают себя людьми будущего. Вот полезут они наверх, сорвутся, а ты будешь отвечать. И я не стал это включать, включил только сейчас, когда люди будущего уже в безусловном большинстве, ну или по крайней мере их видно, а на высокие крыши просто так не попадешь, там раньше были такие люки, но теперь они надежно заперты. И чтобы, допустим, влезть через слуховое окно, надо договариваться с гастарбайтером.

А есть еще такие хитрые люди, которые думают, что если влезть через одно слуховое окно, а вылезти через другое, то это и будет формальным выполнением условия. И это они, вполне возможно, полагают правильно, потому что в другом окне все другое, другой участок чердака, другая паутина. Очень, очень возможно. И мы проверим, так ли это, когда придет пора получать деньги. Если вы их получите, значит, ваш вариант принят, а если нет — значит, он недостаточно радикален, вы не рискнули по-настоящему, а без этого какие же деньги, извините, в другой раз.

Причем вы не бойтесь, всегда же есть другой путь. Согласно теореме Тарского, основателя формальной теории истинности, из всякого положения есть два выхода, как у любого квадратного уравнения два корня. Меня в школе поражала эта мысль, что вот придумываешь, допустим, уравнение, исходишь при этом из одного корня, а когда начинаешь его решать, то находится другой. Он есть, но ты его не знаешь. Так и в каждой твоей идее есть второе дно, которого ты не имел в виду, а кто-то другой именно его и увидит, и, может быть, в «Квартале» есть второй результат — не просто деньги, а какое-то гораздо более важное следствие, какая-то совершенно особая логика, и суть его сводится не к отсеиванию лохов, а к формированию нового типа героев, людей действия, кто же знает. А то мечтать каждый может, а ты поди на крышу залезь. Но дело в том, повторяю, что выхода действительно всегда два, и не только когда тебя съели, а вообще, по определению. Потому что если человек достиг своей вершины — в нашем упражнении ее символизирует крыша, я не собираюсь это скрывать, — то спускаться надо не тем путем, каким поднялся. Именно потому, что спуститься тем же никогда не получается. Это уничтожает весь смысл достижения вершины. Если вы на нее ползли, то обратно должны либо лететь, либо катиться кубарем. Если приземлились на нее с дельтаплана, обратно должны сползать. Если туда карабкались вдвоем, обратно должны идти либо в одиночку, либо втроем, что гораздо забавнее. Откуда возьмется третий? Ну, не знаю. Может, вы там родили. А может, вы его оттуда сняли, он туда еще год назад залез, проходя «Квартал», и вас дожидался, питаясь голубями.

Короче, если вы слезли тем же путем, то это не считается. Потому что путь обратно всегда должен отличаться от пути туда, иначе и идти никуда не стоило.

Ну что, поздравляем уцелевших, сегодня мы плаваем в водоеме. Плаваем, плаваем, пора! А то сколько можно, так и лето пройдет, словно и не бывало, а мы все по суше да по суше. Найдите водоем. Это может быть бассейн, фонтан, река, море, озеро Байкал. Важно только в течение пяти минут — подчеркиваю, не меньше! — именно плыть, то есть не чувствовать под собою дна. Если дело происходит в маленьком бассейне, можете просто лежать в центре на спине. Но именно не опираться на дно. Потому что большую часть жизни мы на него не опираемся.

Зачем это нужно? Прежде всего чтобы наслаждаться, потому что в жизни тоже очень важно именно наслаждаться, ничто остальное не имеет особенного смысла. Есть люди, которые во всем видят долг, а ценно в жизни только наслаждение, и только оно запоминается. Когда будем умирать, а нам всем это предстоит, хотя могу приоткрыть тайну и сообщить, что со смертью далеко не все кончается, — так вот, когда будем умирать и вылетать из тела, мы будем, естественно, как-то пересматривать всю жизнь, хотя это глупость, конечно, ничего уже не поправишь, да и зачем поправлять? Какое значение вообще имела наша жизнь? Ах-ах-ах, можно подумать. Какие-то грехи, какие-то добродетели... Это как одна старушка говорила священнику: батюшка, я великая грешница, я в пост съела колбаски. А он ей говорит так циничненько: матушка, какая ты великая грешница? Великие грешники — Наполеон, Гитлер, а ты так себе грешница.

А самые ужасные, конечно, это те, которые думают, что им не в чем себя упрекнуть. Знаете, если человек после сорока не думает, что его жизнь прошла зря, такой человек вообще не жил, то есть он совершенно безнадежен.

Вообще его, считай, не было. Потому что один из главных духовных итогов всякой жизни, независимо от погоды, при которой вы предаетесь этой рефлексии, — он именно в том, что жизнь прошла зря, потому что иначе ее, считайте, и не было.

Но иногда мы наслаждались, и это останется. Маньяков, наслаждающихся чужим страданием, не так уж много, а большинство наслаждается нормальными вещами — типа купания в море в жаркий день, или в тихой теплой среднерусской речке в дождливый день, или в огромном американском пресном озере в такой непонятный день, как всегда бывает в Америке: вроде и жарко, а вроде и пасмурно, и на горизонте, где идет огромная красная баржа непонятного американского назначения, пробивается что-то вроде мутного желто-оранжевого солнца, таинственного, как все в Америке. Там же все ужасно таинственно, страна-триллер. Свернул не туда, увидел пустую бензоколонку, понял, что сейчас будет маньяк, но уже не развернуться, уже не выбраться. А у нас везде триллер, на каждом углу, поэтому главный наш жанр — черная комедия. А про людоедов у нас снимать бессмысленно, потому что на кого ни нападешь — тот сам людоед, и чем с виду невиннее, тем неразборчивей в пище.

Итак, мы плаваем. Лично я больше всего люблю плавать в одном конкретном месте, в Пироговском водохранилище, близ села Троицкое: там вода изумительной мягкости, и всегда вспоминаешь Блока — «Как обнимала, целовала, как пела тихая вода». Никто меня так не обнимал и не целовал, как эта вода. И запах воды, и лучше всего плавать там в серо-розовый, розово-серый, одно из любимых моих сочетаний, теплый и пасмурный день. Плывешь, и вокруг эти мягкие серые блики, блики цвета мелкой, теплой подмосковной воды. И берег такой, что оглянешься на него — там дачи, сушится белье, висит гамак, на одной даче непременно живет девочка вроде Бекки Тэтчер. Далеко-далеко фарватер, по нему бегают «Ракеты» на подводных крыльях. Но это к нам не имеет отношения, мы в заливе. И так хорошо, слушайте, так хорошо. Особенно если смотришь на зубчатые ели на том берегу, на том берегу всегда прекрасно, и совсем хорошо в первой половине дня, если еще столько всего впереди.

Да.

Вот и к жизни надо так же относиться — плавать, а не покорять.

Но это уж мы подумаем на берегу, привыкая к оскорбительной силе тяжести. Все-таки нет для человека ничего естественней, чем плавать, ведь он, как Буппи, состоит почти целиком из воды, а все, что не вода, только мешает.

Но это еще не все.

У нас есть на сегодня второе задание.

Мы сегодня смеемся и плачем.

Мы, если угодно, таким образом проверяем себя на лабильность, то есть гибкость, то есть неустойчивость, хотя это, если вдуматься, и есть высшая форма устойчивости. Надо быстро переходить от смеха к слезам, уметь это. Этому специально обучают артистов: надо уметь заплакать или заразительно захохотать по щелчку пальцев, а не когда хочется. И посмотрите, какая отличная жизнь у артистов. Только умирают они не очень хорошо, в старости ведь артист мало кому нужен, и хорошо еще, если его возьмут в Дом ветеранов кино, но они с такой легкостью смеются и плачут, что их это уже не очень волнует. И потом, некоторые именно в старости обретают славу. Короли эпизода. Снялись в трех комедиях у Гайдая, а называются великими. Наш народ любит все, что смотрится под салат оливье, независимо от жанра и качества. И власть любят ругать на кухнях, чтоб поближе к еде.

Так вот, смеемся и плачем. Сначала плачем. В воде мы разнежились, и так легко заставить себя плакать, можно над любой ерундой — в последнее время я, как писал Толстой в старости, «очень слаб стал на слезы». Сама конструкция фразы такая старческая, такая беспомощная, ужасно жалко. Толстого жалко, себя жалко. Я, например, безотказно плачу, представляя... ну что я буду с вами делиться своим заветным? Но надо делиться, ничего не поделаешь, в этом принцип «Квартала», и для того, в общем, я его и пишу. Я представляю, как будет без меня жить одна девочка. Я ее, наверное, разбаловал, она любит долго спать. В остальном она девочка очень хорошая, очень правильная, у меня никогда в жизни не было такой прекрасной девочки, но вот она любит спать, и я никогда не поднимаю ее рано. А поскольку я ее сильно старше, то, наверное, умру раньше. То есть я точно умру раньше, иначе это будет величайшая несправедливость, которую можно вообразить. И как она будет жить тогда, я даже боюсь представить. (Хотя элементарная честность подсказывает мне, что она будет жить гораздо лучше, потому что я эгоистичная, поглощенная только собой раздражительная скотина.) Но вот о ней среди чужих людей мне даже страшно подумать, и я стараюсь не думать. Разве что в самую дурную погоду, когда весь мир кажется чужим, я именно и только об этом думаю, и тогда уже от настоящих слез меня не может удержать ничто. Ну, в общем, я думаю обо всех тех вещах, о которых так много думал один автор, вечно упрекаемый в бессердечии, а на самом деле наиболее сердечный из всех русских литераторов: «She thought of the recurrent waves of pain that for some reason or other she and her husband had had to endure; of the in visible giants hurting her boy in some unimaginable fashion; of the incalculable amount of tenderness contained in the world; of the fate of this tenderness, which is either crushed or wasted, or transformed into madness; of neglected children humming to themselves in unswept corners; of beautiful weeds that cannot hide from the farmer». Не диво ли, что эти дивные слова могли быть написаны только по-английски, потому что, останься он в России, его бы убили давно; потому что тогда он не написал бы лучшего своего рассказа; потому что в России-то большинство как раз и считало его холодным, потому что он не любил водочки и селедочки, этой любимой трапезы палачей? Салата оливье он, думаю, тоже не любил.

И я плачу, когда это читаю, а вообще пора переходить на английский.

Но поплакавши, давайте упражняться в лабильности. Давайте смеяться. Попробуйте засмеяться по-настоящему, от души, в голос, до боли в животе, до восторга, до резкого подъема настроения. От смеха оно поднимается, проверено. Вспомните, что вас по-настоящему смешило в жизни. Я смеялся всего над двумя анекдотами, оба, если вдуматься, смешные, но не настолько. Что-то в них меня особенно забавляло. Это анекдоты моего детства, но я над ними хохочу до сих пор. Один про шуршавчики. Я его даже не буду рассказывать, потому что вы его наверняка знаете, а если не знаете, найдете в Сети. Второго в Сети нет, и вообще, кажется, его знаю я один. Этим анекдотом можно рассмешить не всякого, а только человека моего склада, но вдруг вы человек моего склада? Однажды я его рассказал Новелле Матвеевой, и она смеялась до слез, что с ней вообще-то бывало очень редко.

Короче.

Идет мужик по лесу, а на пеньке сидит маленький гном, что уже смешно, и повторяет: «Ой, фигово мне, фигово».

Не хуево, это важно, а фигово. Так смешней.

Мужик говорит: если не заткнешься, я тебе врежу.

На следующий день идет, а гном опять сидит и говорит: «Ой, фигово мне, фигово».

Мужик говорит: если не заткнешься, мы с мужиками соберемся и тебя побьем.

На следующий день гном соответственно опять говорит: «Ой, фигово мне, фигово».

Собрались с мужиками и побили его.

Уже совсем смешно, потому что с мужиками собрались, чтобы побить гнома!

На следующий день идет, а гном сидит весь в синяках и повторяет: «Ой, фигово мне, фигово, и с каждым днем все фиговей».

Я в принципе понимаю, почему она смеялась, потому что этот гном напомнил ей персонажа из любимого гриновского рассказа «Словоохотливый домовой», да мало ли. У нее самой в детских (не детям адресованных, а в детстве написанных) стихах была страшноватая картинка:

У трубы дымовой,
Бездымной
Постоял домовой бездомный
И ушел, устремив бездумно
В ночь бездонную
Взгляд безумный.

Это были такие стихи про пожар, про пепелище, из которых потом внезапно получилась идиллическая песенка «Бездомный домовой», грустная, но не страшная. А когда домовой еще и бедный, то есть жалкий, то есть гном — ну тут совсем уж тоска, с перебором, через край, и поэтому смешно.

Из других вещей меня неизменно смешит одна, и тоже непонятно, почему, но всегда срабатывает, и всегда до колик. Короче, там история такая: была песня после войны, искусственно бодрая — я демобилизованный, пришел домой с победою, теперь организованно работаю как следует. И были на нее две пародии народных: я демобилизованный, пришел домой с победою, теперь организованно в неделю раз обедаю. Но самое классное — это вариант: в неделю раз я хезаю! Хезаю! Это упасть. И слово дико смешное, из всех обозначений сранья самое какое-то жалкое, видишь человека, который сидит на полусогнутых, худые колени, самого ветром шатает, — и жалко, жидко хезает. Но сама идея — сру раз в неделю как показатель голода — как хотите, это упоительно. Я один раз это пытался рассказать друзьям, так смог только с пятой попытки, потому что ржал неудержимо. Вот попробуйте спеть, правда, вслух:

> Я демобилизованный,
> Пришел домой с победою,
> Теперь организованно
> В неделю раз я хезаю!
> Организованно! Я хезаю!

И вот учтите. Что те вещи, над которыми вы смеялись и плакали, и есть самый точный портрет вашей души. Ибо смеемся и плачем мы только от точности.

Это самое достоверное про вас, понимаете?

Просто надо знать, что:

1. То, над чем вы плакали, — это то, что вы подсознательно любите и к чему стремитесь.
2. То, над чем смеетесь, — это то, чего вы подсознательно избегаете и боитесь, и это то, чего вам ни в коем случае нельзя.

С этим знанием обсыхаем и идем жить дальше.

Сегодня нам понадобятся: бутылка водки, две банки пива, бутылка красного вина, пакет черносмородинового сока от любого производителя, целлофановый пакет для артефактов. Все это складываем в обыкновенную наплечную сумку.

Выходим из дома с сумкой в семь часов вечера плюс минус четверть часа. В подъезде делаем глоток водки, не запивая и не закусывая. Отправляемся к ближайшей школе. Около школы осматриваемся и открываем первую банку пива. Делаем большой глоток. Если школьный двор не огорожен или ворота отперты, заходим на территорию. Если школа закрыта, идем по периметру вправо от главного входа. Ищем первый артефакт.

Это может быть любой предмет, кроме окурка или спички. Окурок или спичка артефактом быть не могут. Еще чего, артефакт! Кстати, закуриваем, если хотим. Предмет, который мы ищем, — скорее всего пуговица, обычная школьная пуговица, отлетевшая в результате драки, или выброшенный ластик, или сломанный карандаш, или любая другая вещественная ерунда, напоминающая о школьном аде; о царстве ежеминутного, ничем не стесненного угнетения человека человеком, а этого угнетателя — еще и учителем. Причем учитель тоже ужасно угнетенная профессия. Может быть, самая угнетенная. Денег мало, дома свои дети, которых видишь редко (ищем, ищем! Смотрим под ноги!), сапожник всегда без сапог, мужа чаще всего нет, жена ненавидит. В школе всегда пахнет страхом, отчасти уборной, но страх и уборная вещи связанные. В школьных уборных курят или изобретательно мучают друг друга. Нет, пожалуй, мы не курим. Выбрасываем сигарету. Артефакт нашли? Что ж вы так?

Вас, наверное, в школе били, и правильно делали. Считается ужасно стыдным признаться, что вас не любили в школе. Делаем второй глоток пива. Нашел? Нашел, я тебя спрашиваю? Уроки сделал? Портфель собрал? Зубы почистил? Умер? Бери первую попавшуюся вещь, хоть втоптанную в землю крышку от бутылки, и пиздуй отсюда, уебище ни на что не годное.

Так проходим мы первую стадию и делаем глоток водки.

Идем мы отсюда в магазин, ближайший к школе, непременно промтоварный, ни в коем случае не продовольственный. До известного момента, напоминаю, мы ничего не едим. Около магазина допиваем первую банку и выбрасываем. По-моему, уже немного легче. Перед входом три раза поворачиваемся вокруг своей оси по часовой стрелке. Что подумают, неважно. Они сами сто раз на дню делают вещи гораздо более идиотские. От входа поворачиваем направо. Покупаем любой металлический предмет стоимостью от тридцати до пятисот рублей. Дороже пятисот не покупаем. Маникюрные ножницы? — отлично. Наперсток с изображением Великого Новгорода? — я всегда в тебя верил. Кладем в целлофан. Выходим из магазина, ни с кем не разговаривая. Это важно. Если нас кто-то встретил и узнал, не оборачиваемся, на вопросы не отвечаем, попытки хватания за руки с негодованием отвергаем. Выходим. Три раза поворачиваемся против часовой стрелки, запирая портал.

Идем в подворотню и тихо, осторожно делаем глоток водки.

Заходим в ближайший продовольственный магазин. Покупаем кусок колбасы весом в 150 (примерно, но не более 200) граммов. Не едим! Мы вообще, повторяю, сегодня не едим. Выходим из магазина. Отдаем кусок первой встречной бродячей (ни в коем случай не хозяйской!) собаке. Саму собаку не трогаем. Все эти собаки говно.

Они только изображают доброту и несчастность, а сами готовы любого затравить, закусать до смерти, особенно ночью, и нападают всегда только стаей. Вспоминаем дорогого любимого друга, которого давно не видели. А почему мы так давно его не видели? Потому что это они его загрызли. Что? Смешно? Забавен нам абсурд нашей собственной злобы? А почему же мы тогда думаем о других все только худшее? О бедной, доброй бродячей собачке, которую вышвырнули на улицу злые люди, почему мы так ужасно сразу думаем? Где та собачка Рыжик, или как ее там, которая жила когда-то у вас во дворе, когда вам было семь лет? Тогда еще жалели таких рыжиков, другие были люди, другое время. И где та старушка, которая кормила этого Рыжика? Умерла, и могилка заросла, потому что некому прийти к ней на могилку. Открываем вторую банку пива. Выливаем половину в ближайшую лужу. Половину, я сказал! Остальное выпиваем по возможности залпом. Где теперь все старушки, и все собачки, и все воробьи? Там же, где и ты будешь. Вот уже и темнеет значительно раньше, чем в июне. Август завтра, ты помнишь? Ты помнишь вообще, что такое август? Последнее цветение, страстное, невыносимое напряжение. Иди быстро в ближайший сквер. Быстро, я сказал! Проходим в сквер, садимся на лавочку. Осторожно, чтобы никто не видел (хотя уже почти темно), достаем бутылку водки и делаем два резких глотка. Закуриваем, если хотим. Пустую бутылку кладем к другим артефактам. Подходим к ближайшему дереву. Лучше, если это береза, но сгодится и липа. Аккуратно (ему же больно! Всему живому больно!) отрываем кусок коры. Помещаем к артефактам. Ссать хочется? Терпим. Если очень хочется, то не терпим. Но лучше, если не хочется. Если не хочется — ты все делаешь правильно.

Идем к ближайшему фонтану. Если далеко, то едем. Фонтан обязан быть, не может быть, чтобы летом не было фонтана. Подбираем монетку. Если нет рядом с фонтаном (хотя обычно есть), то в фонтане. Кладем монетку к артефактам. Не забываем, у нас есть еще бутылка красного, целый летний месяц август и жизнь впереди. Осторожно открываем бутылку красного. Не пьем. Стоим, пережидаем. Берем монетку (не из артефактов, свою), подаем ближайшему нищему. Пережидаем благодарности, если много, и проклятия, если мало. Делаем ТРИ больших глотка красного.

Дальше внимание, дальше надо думать. От асфальта идет тихий вечерний жар. Мы вслушиваемся в шорох шагов, стук каблуков, визг дальнего мотоцикла, смех парочек, порочных, глупых, ничего святого, представляем все эти парочки голыми, брезгливо отворачиваемся. А потом еще дети пойдут, вообще ужас. Пристально осматриваем всю эту локацию. Выбираем один дом, который кажется нам наиболее приличным, симпатичным. Может быть, дело в окнах, которые горят более гостеприимно, а может, нам чем-то нравится архитектура этого странного здания. Может быть, это даже кинотеатр. Где фонтан, там и кинотеатр. Подходим к этому зданию. Что там — неважно. Важно, что у двери мы кладем кусок коры, оторванный в сквере. Нагибаясь, видим пятый артефакт. Да, да, это именно то, что нужно. Берем его и идем к ближайшему водоему.

На берегу водоема — будь это даже пруд, хотя лучше бы река — допиваем вино и аккуратно разбиваем бутылку. Допускается разбивать в пакете, чтобы не рассыпались осколки. Пакет с осколками кладем в урну. Один осколок кладем в пакет к другим артефактам. В наших действиях нет ничего странного. После всего, что мы выпили, странного нет вообще уже ничего, уже ничего вообще странного нет. Уже все не странно. Все уже так, как надо.

Идем в ближайший двор, находим песочницу. Пакет с артефактами зарываем в песке. Садимся на детскую горку, запрокидываем лицо и в зависимости смотрим на звезды или ловим губами струи дождя. Тихонько воем. Невыразимо прекрасен пустой детский городок летней ночью.

Пьем черносмородиновый сок.

Хорошо мы нахуячились, верно?

1 августа

Сегодня мы должны выучить наизусть стихотворение. Это несложно, но совершенно необходимо. Деньги бывают только у человека с хорошей памятью.

Стихотворение берем короткое, прямо относящееся к наступившему месяцу.

Сиятельный август, тончайший наркоз.
В саду изваянье
Грустит, но сверкает. Ни жалоб, ни слез —
Сплошное сиянье.

Во всем уже гибель, распад языка,
Рванина, лавина, —
Но белые в синем плывут облака
И смотрят невинно.

Сквозь них августовское солнце палит,
Хотя догорает.
Вот так и душа у меня не болит —
Она умирает.

Есть много способов выучить стихотворение. Самый известный — спеть его. Берем гитару, поем на мотив «Последнего троллейбуса». Окуджава подобрал прекрасную музыку почти ко всем русским метрическим схемам. Сиятельный а-а-август, тончайший наркоз... Поем три раза. Потом читаем вслух.

Второй способ, открытый Станиславским, заключается в том, чтобы положить текст на каркас физических действий. Читаем первую строчку — берем яблоко, читаем вторую — чешем в затылке, на третьей подходим к окну и так далее. Можно брать не только яблоко, а грушу, сливу — и все это разложить перед собой. В результате, беря яблоко, вы всегда будете вспоминать: «Сиятельный август, тончайший наркоз...»

Еще можно с ребенком его выучить. Если у вас есть ребенок, заставьте его выучить стихотворение, и в процессе вы его выучите, а ребенок нет. И правильно. Зачем ребенку деньги?

Можно не учить стихотворение, если не нравится. Пожалуйста, никто не неволит. Но тогда надо постараться самим. Это главный закон жизни: не нравится — сделай по-своему. Попробуйте сами написать стихотворение, лучше, чем это. Вот на этой пустой странице. Тема — наступление августа. Август — с одной стороны, время зрелости, а с другой — увядания, грусти, подведение итогов, пока вы еще в состоянии их подвести. В сентябре уже не до того, уже надо выживать. Мы вступаем в решающий период «Квартала», наиболее веселый, полный, щедрый. Стихотворение пусть тоже будет короткое, зачем длинное? Размер произвольный.

КРАТКИЙ СЛОВАРЬ РИФМ:
Август, нравлюсь, явность, плавность, плавлюсь, Амхерст, агнец.

Лето, смета, спета, Лета, поэта, фета (сыр), бета (буква), тета (и йота), гетто (куда мы все попадем после августа, например).

Прощай, не скучай, рай, край (в смысле «конец»), край (в смысле «Красноярский»), край (в смысле филейный).

Никогда, вода (стала холоднее), еда (стала дороже), труда (скоро опять будет много, а мы еще толком не отдохнули), года (не убавляются), звезда (падает), еще есть несколько интересных рифм, связанных одновременно с темой любви и увядания.

Конец, юнец, отец, овец (убивают и жарят), плавунец (плавает у поверхности все более холодной воды), молодец (не обращает внимания на приметы увядания и смотрит в будущее с восторгом), еще есть несколько интересных рифм (например, то, что все равно случится с молодцом).

Сад, оград, рад, стад (тучных шествие по сочной траве), виноград (поспевает), зад (накрывает).

Сентябрь, хотя б (еще бы чуть-чуть), нехотябрь, макабрь (повелительная форма, макабрь меня еще), Октябрь (великий, красный), ноябрь, декабрь.

Сегодняшнее занятие — не столько географическое, сколько развивающее воображение. Без воображения в наше время никуда. Рассчитывать на деньги без него вообще не стоит. Для начала нам потребуется большая географическая карта мира — лучше политическая. Можно сетевую, можно реальную. Лучше всего на сегодняшний день повесить ее на стену. На этой карте нам нужно найти вашу точку. Делается это так.

1. Широта. С помощью калькулятора умножьте ваш год рождения на личный Финансовый Индекс. Возведите результат в квадрат. Разделите на текущий год. Например, 1975 умножим на 132, возводим в квадрат, делим на 2013 и получаем многозначное число с длинной дробью. От него нам нужны только первые 4 цифры. Это 3376, то есть 33 градуса 76 минут. Но 76 минут не бывает, скажете вы и будете правы. Значит, это 34 градуса 16 минут. Осталось понять, северная это широта или южная. Смотрим, какой сегодня ветер. Если он северный (или северо-какой-то), широта, значит, северная. Но иногда никакого ветра не бывает, штиль, а иногда он чисто западный или восточный. Тогда бросаем монету. Орел — южная, решка — северная.

2. Долгота. С помощью калькулятора умножаем сегодняшнее число (3 августа, то есть 3) на свой возраст. Умножаем на личный Финансовый Индекс, делим на 8 (порядковый номер месяца). Если 3 умножить на мой возраст (желающие могут вычислить его), потом на 132, а потом поделить на 8, то получим 2227,5. Половинка

нас не интересует, а интересуют получившиеся 22 градуса 27 минут. Но мы еще не знаем, западная это долгота или восточная. Смотрим на ветер. Если он отчасти восточный или западный, все просто. Если штиль, бросаем монету. Орел — западная, решка — восточная.

Вот у нас и получилась наша точка. Это 34 градуса 16 минут северной широты и 22 градуса 27 минут западной долготы. Если помните, западная долгота и южная широта записываются со знаком минус, это вам на всякий случай, многие забыли.

Велик шанс, что вы попадете в воду, потому что воды на земле больше. Примерно 70 процентов на 30. Тогда отыскивайте ближайшую сушу. Впрочем, не исключаю, что вы человек с сильным воображением и можете представить себя на корабле, пересекающем ровно этот кусок океана. Тогда придумайте, какой это корабль: яхта одинокого бородатого путешественника Федора Конюхова, этого байкера морей, или пиратское судно, или роскошный лайнер типа Queen Mary, устремляющийся из Штатов в Англию или обратно. Тут вы совершенно свободны, но я предпочитаю сушу. И с моим результатом ближайшая суша — это остров Мадейра, ближе ничего нет. Будем считать, что я туда доплыл. Остров Мадейра известен самым большим в мире фейерверком, мадерой и оптимальной температурой, которая колеблется от 16 до 25 градусов Цельсия и никогда не бывает ниже или выше. То есть температурный режим вечного августа, что и требовалось доказать.

А дальше мы проживаем день так, как провели бы его в найденной географической точке. Весь день представляем себе, что мы там. И если у нас хватает воображения, то пишем (сочиняем) рассказ об этом дне своего там пребывания, и весь Квартал на этот день у нас расположен на острове Мадейра, или на лайнере типа Queen Mary, или в Нью-Йорке, если вам так повезло с Финансовым Индексом и датой рождения.

Вот я, значит, на Мадейре. Предпочтительно выбирать наши дни, потому что вряд ли вы настолько знаете историю, чтобы по-настоящему убедительно в нее погрузиться. Остров Мадейра расположен в 1000 км от Европы и в 520 от Африки. Его длина — 57 км, а ширина — 22. На нем имеются дикие тропические леса, хотя и в незначительном количестве. Удивительно, как точен этот Финансовый Индекс. Мне всегда хотелось жить именно на таком острове, именно с таким количеством гор, с ущельями, лесами и ровно такой температурой. Открыли его между 1418 и 1420 годами. В принципе этот остров — вершина гигантского вулкана шестикилометровой высоты. На острове живут мадейрский тайфунчик, мадейрский голубь и мадейрский королек. Все трое находятся в прекрасных отношениях. Это виды птиц, которые вообще бывают только здесь, больше их нельзя увидеть нигде и никогда. Еще тут очень много новооткрытых эпифитов. Эпифиты, если кто не знает (я до сегодняшнего дня тоже не знал), — это такие растения, которые живут на других, но не паразитируют на них. Они используют их только в качестве физической опоры, пишут источники. Симбиоза между ними нет, а только соседство. Эпифиты чаще всего очень красиво цветут, потому что размещаются близко к свету, высоко на чужом стволе. Иногда они пускают длинные корни и достигают почвы, тогда они называются полуэпифиты. Я по образу действий точно такой полуэпифит, укоренившийся постепенно и неохотно. И думаю даже, что я еще не вполне укоренился. И пока я не врос корнями в эту малоприятную, негостеприимную почву, не податься ли мне, я думаю, в Мадейру, где меня ждет ровно то же самое?

Я почему-то в этом уверен. Что бы я ни делал в тамошнем раю, я превращу его в персональный ад. Если сочинять рассказ о моем дне на Мадейре, это будет, вероятно, рассказ о том, как среди островного рая, на уснувшем вулкане меня настигает все то же самое или вулкан начинает извергаться. И как только я там высажусь, я там увижу тебя, это уж как пить дать, и обязательно не со мной, даже и сомневаться не приходится. И я догадываюсь, с кем. Всюду вы успеваете до меня, чтобы все испортить. Сначала, разумеется, я не пожалел бы красок на остров Мадейра, где летает полупрозрачная, лимонная мадейрская капустница, страшно редкая, нигде больше не летающая. Ну и всякие там краски, и несколько особо крупных эпифитов. А потом я начал бы нагнетать, нагнетать. Обнаруживать все больше примет своей прежней жизни. В чаще леса меня окликнул бы школьной кличкой мой любимый враг, обернувшийся райской птичкой. Возможно, я даже сделал бы это в стихах. Потом бы я обнаружил, что небо становится подозрительно похожим на то, под которым ты мне это все наговорила, и перешагнуть через это я уже не смог. Потом бы в толпе знакомый профиль — о, я знаю этого человека, как же без него, он тоже здесь. (А бабочки продолжают порхать, зеркальные цветы разворачиваются с ломким треском, гигантский дружелюбный паук ткет салфетки для местного ресторатора.) Что я этим хочу сказать? Что каждый носит свой ад с собой? Нет, я хочу сказать не это. Я, видимо, имею в виду — никак не сформулировать, но сейчас, — что этот остров и есть высшая точка моей жизни, а раз так, там и должны собираться все предыдущие значимые точки. И почему-то оказывается, что все они состояли в разрывах, противостояниях, даже в драках. В остальное время я интереса не представлял. Нет, это мне тоже не нравится. Скажем иначе: я всю жизнь чувствовал, что за мной наблюдают, и наблюдают недоброжелательно. И вот пиком этого наблюдения оказалось то, что все они там собрались. Знали, что я приеду, выследили и собрались, чтобы дать мне последний бой.

Да, вот так мне нравится больше всего. И финал был бы открытый — я приближаюсь к смотровой площадке на вершине вулкана, где они все меня ждут. Похоже на ужасный, но в то же время прекрасный сон. Что еще может ждать меня на острове Мадейра, если не то, что я всю жизнь откладывал, — окончательное выяснение отношений? А на это уже можно нанизывать эпифитов, капустниц, мадейрского королька, редчайшие почтовые марки, книгу о способах летания без крыльев, завалявшуюся в лавке букиниста в городе Фуншал, но поскольку никто давно не читает на забытом языке, способы летания без крыльев остаются неведомыми, известно только, что их четыре.

Для антуража: фирменные блюда мадейрской кухни. Самый популярный местный суп — асорда, из лука, чеснока, яиц и черного хлеба. Должно быть, это прекрасно. Еще такой есть суп — чорба. Местные жители также очень ценят сардины, жаренные на углях с картошкой. Еще там есть анона — фрукт, нигде больше не растущий: зеленая шишка со вкусом заварного крема. Все это будет, так сказать, мое прощальное угощение.

Господи, с чего бы мне в голову лезла именно такая мысль? Но она лезет, и ничего другого я не могу представить: герой едет на остров Мадейра только для того, чтобы все, от чего он всю жизнь бегал, именно там его и настигло. Есть горькая насмешка в том, что это именно Мадейра, полная зеленых шишек с заварным кремом, — а не, допустим, Якутск.

В жизни я сделал нечто подобное — черт-те что устроил из сказочного острова, ну и сюжет соответствующий.

Название, вероятно, «Эпифит».

А сегодня нам понадобится карта звездного неба. Того полушария, в котором вы находитесь.

Наложите на нее карту того полушария, в котором находится ваша точка, обнаруженная вчера. Карта неба над вашим полушарием круглая. Вот и накладываем на нее карту земного полушария с вашей точкой. Это можно сделать, вырезав два бумажных круга и проколов их в нужном месте циркулем, а еще проще совместить на компьютере. Не мне вас учить, даже если вы дитя.

Нашли?

Это ваша точка в звездном небе.

Узнайте, к какому созвездию она принадлежит. Если ни к какому, берите ближайшее.

У меня все просто. Ровно на том месте, где на карте восточного полушария расположен остров Мадейра, сияет звезда под номером HR 991.

Забиваем номер нашей звезды в любой астрономический атлас и узнаем все о себе. Только делаем это в хорошей поисковой системе. Плохая — не будем называть имен — ничего не знает.

Что же мы узнаем?

А узнаем мы о себе, что мы оранжевый гигант из созвездия Персея, удаленный от Солнца на расстояние 1167 световых лет. Другие наши обозначения — HIP 15416 и HD 24168. Что это значит, я не понимаю, но нам и знать не надо.

В общем, все очень точно. Персей — любимый мой герой в древнегреческой мифологии, я счастлив входить в его созвездие, особенно мне нравится сюжет со спасением Андромеды, хотя с Медузой Горгоной тоже красиво. А главное, я получил теперь столь необходимые мне цифры, обозначающие меня и нужные мне для эксперимента. Это 991, 15416 и 24168.

Все мы помним, зачем нужен звездный каталог: в каталоге десять миллионов номеров небесных телефонов, А 17 40 25, я не знаю, где тебя искать. Дальше идет очень хорошо, божественно, что, в общем, не такая уж редкость у этого автора, явно не перворазрядного поэта, но вот поди ж ты:

Но вместо телефона, в котором теперь множество цифр и совсем другие коды, у нас есть теперь Интернет. Поэтому суммируем все три цифры, получаем 40575 и набираем это число в любом поисковике.

Что же нам выдают?

Это номер подвесной раковины Duravit в интернет-магазине.

Спортивного глушителя для выхлопной трубы.

В другом интернет-магазине под тем же номером предлагают ножовку с пятью лезвиями.

Что-то неинтересно.

Видеоролик под таким номером демонстрирует смешную азиатку с круглыми сиськами и такой же попой, твердой с виду. Она все это полуобнажает, потом намыливает, потом опять в полуобнаженном виде едет на велотренажере. Все это интересно, но как это понять? и что с ней делать?

Под тем же номером предлагают тунику с шипами, явно не мой вариант.

Развивающая игрушка под этим номером — говорящая таблица умножения.

Ищу, ищу, не прерываю труда.

По объявлению за номером 40575 можно купить за всего-то 494 тысячи долларов прелестный домик в американском городе Темекула, ударение на втором слоге, — Калифорния, равноудаленность от Лос-Анджелеса и Сан-Диего, виноградники, местность входит в воспетую Линчем Inland Empire, дом построен в 1979 году и находится в отличном состоянии.

Zip, то есть почтовый индекс по-американски, города Лексингтон в Штате Кентукки.

И, наконец, то, что, кажется, мне сегодня подходит.

Я испытываю лютое нежелание выполнять одну вещь в рамках моей повседневной ненавистной работы. Я, собственно, и поисками этими занимаюсь главным образом потому, что не могу себя заставить делать эту вещь.

И тут я узнаю, что 40575 — это лак для ногтей под названием конкретно coffee break, а на одном из сайтов, не будем называть имен, статья под таким номером учит меня, how to delete job. Дословно так: You can right-click a job and select the Delete job option from the menu to delete the job.

Именно эту опцию я и выбираю. Я не буду сегодня делать эту работу. Я уничтожаю ее.

Моя звезда меня не подвела.

Разумеется, вам ваша звезда даст другой совет. И если она вам посоветует купить домик в Темекуле, торопитесь. За год он подорожал на 50 000 долларов.

Сегодня у нас очень важное и сложное задание. Для его выполнения вам понадобится книга «Квартал». Что же надо делать? Надо молчать. Желательно весь день. Если вы работаете каким-нибудь телефонным диспетчером, ди-джеем или продавцом-консультантом, возьмите выходной, отгул, больничный — все, что угодно. Помните, что на кону огромные деньги. Кстати, если вы продавец-консультант, выходной можете не брать. Почему-то мне кажется, что многие клиенты будут счастливы получить совет от того, кто не трещит без умолку, ничего толком при этом не сообщая.

Мы вообще все очень много говорим, а полезной информации от нас исходит ноль или около того. Есть вообще такие, которые не могут в двух словах объяснить суть — лопочут, лопочут, лопочут... Анекдот такой был — и щебечет, и щебечет, и щебечет, и ЩЕБЕЧЕТ! Позвонишь такому человеку по мобильному в другой город, а он тебе начинает рассказывать, что его сейчас плохо слышно, потому что он идет по улице из магазина, в одной руке сумка, а там он себе купил курочку, потому что курочки захотелось чего-то, и пива взял, но раз уж ты по межгороду, то говори, потому что межгород — это же ужасно дорого, и у тебя деньги капают, и у него тоже, у него вообще почему-то деньги с телефона утекают рекой в последнее время, вот вчера положил триста рублей, а уже осталось сто двадцать, вот только что проверил, а звонил-то всего ничего, надо в офис к ним заехать, может, там услуга какая платная подключена, так надо отключить, потому что у него так уже было — деньги кончались, а оказалось, что там прогноз погоды ему за деньги шлют, а он его даже не читает, ну так что ты хотел-то, а то сумку нести тяжело в одной руке и дождь идет, вообще, погода говно, а у вас как, ничего вроде, ему же прогноз погоды шлют, он так-то не читает, но у вас вообще всегда теплее немножко, ну давай, рассказывай, чего хотел.

А ты уже ничего не хотел, кроме того, чтобы курочка оказалась у него в известном месте за компанию с прогнозом погоды и пивом. Сколько времени проходит в бессмысленных разговорах! А кому интересно-то, родной? Некоторые вообще не могут, чтобы не говорить. Они, если ничем не заняты, непременно кому-то звонят, а если звонить некому, идут в магазин и там выносят мозг продавцам и очереди. «А дайте вот той колбаски. Она как, ничего? Ну я немножко возьму, много-то денег нет. В тот раз брала другую, так она жирная очень. А эта жирная? Я с яйцом ее пожарю, и хорошо. У меня тетка еще покойная так жарила, так я приду из школы, сразу — тетя, мне колбаски пожарь! До сих пор люблю. Эта хорошая колбаска, хотя раньше лучше была, конечно. Эх, какая раньше была! Не то что сейчас, одна бумага, по ТУ делают. А эта по ГОСТу или по ТУ? Это кто делает? Это хороший завод, я всегда их беру. А сыр брать не буду, уберите». И так далее. И это мы еще магазин взяли, а не аптеку, к примеру.

Вот смотрите — два абзаца совершенно ненужной вам и неинтересной информации. Современный человек не может же совершенно находить приятное в собственной компании. С собой ему говорить не о чем, а с другими, вроде, тоже, поэтому и происходят колбаски и курочки, и улетают в трубу деньги с телефонного счета, и карма портится от лучей ненависти, насылаемых очередью.

Но если мы хотим получить много денег, мы должны избавиться от вредных привычек. Курить бросать необязательно, надо бросить делиться информацией. Поэтому сегодня мы молчим. Но это не значит, что надо засесть дома и ни с кем не общаться. Сегодня мы должны: сходить в магазин, съездить в незнакомое место и спросить там дорогу, познакомиться и попросить у соседа соль. Это минимум, а если захотите сделать что-то еще, не нарушая главного условия, то еще лучше. Денег будет больше. Итак, бери «Квартал» и ножницы. Ведь вы же купили не один экземпляр? Ведь вас предупреждали, что одного мало. Кто пожадничал, тот попал — нельзя экономить на пути к богатству.

Ну, вы уже, наверное, все поняли. Сегодня вы будете обходиться словами из «Квартала». В нем вообще есть все, что нужно, любые слова и буквы на любой случай. В конце концов, вы все привыкли обходиться чужими словами. В споре вы прибегаете к пословицам и афоризмам, в дружеском общении обмениваетесь цитатами из любимых книг, в любви сыплете тем, что подслушали в стихах и фильмах. В общем, начинаем. Можно наклеить вырезанные слова на бумажку. Заготовок понадобится много — это с магазином легко, а вот как вы знакомиться будете? Можно прямо на месте, конечно, вырезать. Думаю, вы будете неотразимы, матерые пикаперы нервно курят в стороне. Что и как вы будете вырезать и составлять — ваше дело, тут я советовать не буду.

Здесь слова и выражения для начала разговора.

МАГАЗИН

— ИЗВИНИТЕ, Я ПОТЕРЯЛ ГОЛОС. ДАЙТЕ, ПОЖАЛУЙСТА, МАСЛА.

И ХЛЕБА.

И ЯИЦ.

А ДАЙТЕ ВОТ ТОЙ КОЛБАСКИ. ОНА КАК, НИЧЕГО? НУ Я НЕМНОЖКО ВОЗЬМУ, МНОГО-ТО ДЕНЕГ НЕТ. В ТОТ РАЗ БРАЛА ДРУГУЮ, ТАК ОНА ЖИРНАЯ ОЧЕНЬ. А ЭТА ЖИРНАЯ? Я С ЯЙЦОМ ЕЕ ПОЖАРЮ, И ХОРОШО. У МЕНЯ ТЕТКА ЕЩЕ ПОКОЙНАЯ ТАК ЖАРИЛА, ТАК Я ПРИДУ ИЗ ШКОЛЫ, СРАЗУ — ТЕТЯ, МНЕ КОЛБАСКИ ПОЖАРЬ! ДО СИХ ПОР ЛЮБЛЮ.

НЕ КРИЧИТЕ НА МЕНЯ!

САМА ДУРА. У ТЕБЯ БУДЕТ СЕГОДНЯ НЕУДАЧНЫЙ ДЕНЬ. ТЫ ТОЖЕ ГОЛОС ПОТЕРЯЕШЬ И БУДЕШЬ КАК Я, А БУМАЖКИ У ТЕБЯ НЕТ. ОБЪЯСНЯТЬСЯ БУДЕШЬ ЖЕСТАМИ, РУКАМИ МАХАТЬ. МЕЛЬНИЦА ГРЕБАНАЯ. ПРОЩАЙ-ТЕ, Я НЕ ХОЧУ БОЛЬШЕ ВАС ВИДЕТЬ.

СОСЕД

— ИЗВИНИТЕ, Я ПОТЕРЯЛ ГОЛОС. ДАЙТЕ, ПОЖАЛУЙСТА, СОЛИ.

И ПЕРЦУ.

А ПЕРЕНОЧЕВАТЬ У ВАС НЕЛЬЗЯ? КО МНЕ ТЕТКА ПРИЕХАЛА ИЗ СЫЗ-РАНИ, НЕГДЕ ПЕРЕНОЧЕВАТЬ, ИЗВИНИТЕ.

НУ СПАСИБО.

ТОГДА ЕЩЕ СОЛИ, ПОЖАЛУЙСТА.

ЗНАКОМСТВО

— ИЗВИНИТЕ, ПОЖАЛУЙСТА, Я ПОТЕРЯЛ ГОЛОС. МОЖНО С ВАМИ ПО-ЗНАКОМИТЬСЯ?

ДЕНЕГ НЕ НАДО, НЕТ.

Я НЕ ГЛУХОЙ. Я НЕ ИЗ ТЕХ, КТО ПРОДАЕТ БЕЗДЕЛУШКИ. Я ПРОСТО ХОЧУ С ВАМИ ПОЗНАКОМИТЬСЯ, ВЫ ОЧЕНЬ КРАСИВАЯ. ОЧЕНЬ.

ПОЙМИТЕ, Я СОВЕРШЕННО ОДИНОК. СОВЕРШЕННО. ВЫ ВООБЩЕ НЕ ПРЕДСТАВЛЯЕТЕ КАК. КУПИЛ ИДИОТСКУЮ КНИГУ, ДУМАЛ, ТАМ БУДЕТ НАПИСАНО, КАК ПРИОБРЕСТИ СЧАСТЬЕ. А ТАМ АВТОРУ ЕЩЕ ХУЖЕ, ЧЕМ МНЕ.

НУ ИЗВИНИТЕ.

ДАЙТЕ, ПОЖАЛУЙСТА, СОЛИ.

А ДАЙТЕ ВОН ТОЙ КОЛБАСКИ.

ПРОЩАЙТЕ. МОЖЕТ БЫТЬ, ВЫ НАВЕКИ УПУСТИЛИ СВОЕ СЧАСТЬЕ, А ЗРЯ. Я ОЧЕНЬ ИНТЕРЕСНЫЙ ЧЕЛОВЕК.

А ВЫ НЕ ЛЕЗЬТЕ, ВАС НЕ СПРАШИВАЮТ.

Обратите внимание, все эти фразы напечатаны на одной странице. А на другой странице тексты упражнений для следующего дня. А вы их уже вырезали. Как же теперь быть-то?

А говорили мы вам, что надо покупать три книжки.

Впрочем, может быть, вы такой хитрый, что переписали всю эту страницу? Или уже настолько невозможно хитрый, что написали наши фразы для предполагаемых диалогов от руки?

Так ведь не подействует. Знаете китайскую пословицу? Хитрость лисы не подходит льву. А знаете, что говорит основательный немец? Кхитрость приводит к гкхлупости. А что нам сообщает на этот счет изворотливый житель Сомали? В лукавом [жителе Сомали] правды не сыщет [другой житель Сомали]. Что говорит нам о хитрости сметливый француз? Не поддавайся на пчелкин медок — у ней жало в попке, aiguillon dans le derrière. А что нам вдруг хочет сказать алогичный, крепкий задним умом русский мужичок? «Передом кланяется, боком глядит, задом щупает». Могут быть деньги у такого хитрого человека, спрашиваем мы вас?

Наверное, могут. На первый раз прощается.

Но учтите — вам все равно понадобится второй «Квартал». А если быть совсем честным, то и третий.

Так что можете даже уже сегодня зайти в книжный магазин и попросить:

ИЗВИНИТЕ, Я ПОТЕРЯЛ ГОЛОС. ДАЙТЕ МНЕ, ПОЖАЛУЙСТА, КНИГУ «КВАРТАЛ». ЧТО ЗНАЧИТ РАСПРОДАНА? ВЫ НЕ ИМЕЕТЕ ПРАВА. Я БУДУ ЖАЛОВАТЬСЯ. ХОРОШО. Я ЗАЙДУ К ВАМ ЗАВТРА. ЕСЛИ КНИГИ НЕ БУДЕТ, У ВАС НЕ БУДЕТ ДЕНЕГ.

ДАЙТЕ, ПОЖАЛУЙСТА, СОЛИ.

Сегодня мы будем рисовать. Такая вот невинная детская забава. Рисовать будем прямо здесь, в книге. Для этого нам понадобится ручка или карандаш. Цвета нам не понадобятся, мы работаем с формой, только с голой сутью, с вашим представлением — мы же узнаем мир по форме, а не по цвету. Увидев зеленого медведя, мы задумаемся только о том, как это его (или нас?) так угораздило; но кто из нас с ходу определит, что такое бурый куб, надо ли от него бежать или наоборот, из него можно что-нибудь приготовить? Впрочем, это все очевидные вещи. Так что берем просто карандаш или ручку. Лучше ручку, да. Чтобы навсегда. Ну, условно навсегда — в споре пера с топором перо никогда не побеждает. Если вы слишком молоды, вы вряд ли помните, как первоклассником зачищали ошибки в домашней работе бритвенным лезвием «Спутник». А спустя годы, десятиклассником, этим самым лезвием «Спутник» по телефону грозили однокласснице — что если она сейчас же, тут же не полюбит вас, вы пойдете с этим «Спутником» в ванную и совершите ряд простых движений, то есть, как бы зачистите ошибки судьбы. Очень, кстати, символично, что «Спутником» назывался инструмент, с помощью которого можно легко и самостоятельно умереть. С той же незамутненной чистотой он мог бы называться, скажем, «Вергилий». Только таким лезвием уже нельзя было бы ни бриться, ни соскабливать буквы из тетради.

Но сегодня нам не понадобится лезвие «Спутник». Не понадобится и умение рисовать. Оно даже может помешать — боюсь, что вы слишком увлечетесь красотой и достоверностью, а надо быстро. Расслабьтесь, вы не на экзамене, экзамен у вас впереди, и принимать его буду не я. Да, и выкиньте из головы все, что знаете о психологических тестах — все эти «нарисуйте домик, нарисуйте рядом дерево, нарисуйте под деревом заю, если у домика короткая труба, а зая смотрит влево, вы очень одиноки». Этого не будет, я и без того знаю, что вы одиноки, иначе для чего вам я со всеми моими малоинтересными закидонами и унылой биографией? Поэтому, пожалуйста, не старайтесь нарисовать так, чтобы угодить мне или выдать себя за другого — я не стану ставить вам диагнозов, мне, ей-богу, плевать, какого размера ваша труба и ваш зая, мы вообще не будем рисовать дом. К тому же все эти тесты — полная ерунда, мне приходилось видеть очень, очень одиноких людей с огромными трубами. Вот наоборот — не приходилось. Наверное, это потому что при виде неодинокого человека мне всегда хотелось отвернуться, а его рисунки сжечь.

Рисуем для начала что-нибудь совсем простое. Допустим, кису — уж это сейчас все умеют. Только не вид сзади. Кису сзади может нарисовать только очень скучный, нехороший человек, потому что у кисы все самое интересное спереди: носик, ушки, усики, зубики, глазики. Все это мы рисуем на кисе.

Пожалуйста, позвоните мне, и я вам все объясню. Для меня это очень важно.

Нарисовали? Хорошо. Теперь рисуйте поезд. Любой поезд — электричку, товарный, скорый, может быть, скоростной. Хотя в скоростном поезде нет никакой романтики: там все очень серьезные, с ноутбуками и книгами на иностранных языках, в скоростном поезде не происходит путешествия, в нем нет промежуточности, неприкаянности, нет расстояния между А и Б, есть только сами А и Б, но это же не цель. Когда едешь из А в Б, вся суть в этом пробеле между ними, снабженном каким-нибудь предлогом или союзом, в общем, город Б это и есть только предлог, чтобы убежать из города А. Кроме того, скоростные поезда ходят днем, а это такая скука. В общем, поезд.

Пожалуйста, позвоните мне, и я вам все объясню. Для меня это очень важно.

Здесь нарисуйте что-нибудь омерзительное. Можно паука или миксину. Миксина, кто не знает, это такая морская штука, которая всю воду вокруг себя превращает в желеобразную слизь. Наверное, ей не нравится жить в чистой прозрачной воде, слишком уж она сама хорошо видна во всей своей омерзительности. А может, ей не нравятся другие морские существа, и она делает вокруг слизь, чтобы никто не приблизился к ней, но тогда ее жалко, и она перестает быть омерзительной тварью. Можно нарисовать кучу опарышей. Некоторые рисуют Гитлера, но почему-то у людей, которые в качестве самой гнусной вещи выбирают Гитлера, его портрет получается очень милым и трогательным. Я бы нарисовал самого себя, но не умею. Так что меня можете нарисовать вы, если я вам так неприятен. Ваша воля.

Пожалуйста, позвоните мне, и я вам все объясню. Для меня это очень важно.

Теперь — куб Эшера. Тот, у которого грани пересекаются в неправильных плоскостях, то есть вообще без плоскостей. Такая обманка, иллюзия объема, когда его нет. Как вся моя жизнь, да и ваша, честно говоря, — никакой перспективы, одна двухмерность. Вообще-то это просто омерзительно, так что можно было куб Эшера нарисовать на предыдущей странице, но там у нас уже я и миксина, поэтому рисуйте куб здесь.

Пожалуйста, позвоните мне, и я вам все объясню. Для меня это очень важно.

Костер. Пионерский, которым взвивается темная ночь, туристский, у которого посидим с товарищами, если ты подождешь, постоишь еще немножко, цыганский, который светит в тумане, или тот, который развели у дороги два одиночества. Инквизиторский костер еще бывает, в нем корчится еретик. Нарисовать его как следует вы все равно не сможете, поэтому обойдитесь без еретика, пожалуйста: мне и так очень, очень тревожно.

Пожалуйста, позвоните мне, и я вам все объясню. Для меня это очень важно.

Птицу. Большую, красивую птицу, может быть попугая, альбатроса или орла. Пусть она будет в полете, пусть над ней будут облака, а под ней — море, горы, верхушки деревьев. Пусть она как будто летит туда, где вы никогда не были и вряд ли будете. Там ее ожидает вечное блаженство, дивный климат, много жирной и ленивой еды, и вот она туда летит, летит, все никак не может долететь, но когда-нибудь, мы это знаем, не эта, так другая птица — непременно там окажется, чтобы понять, что и на старом месте, в городе А, было неплохо, даже очень хорошо, даже вообще лучше, чем где-либо, и нет здесь никакого блаженства, но туда, назад, тоже уже нельзя, потому что там в кустах у берега сидит охотник с духовым ружьем и ждет. У охотника на щеках полосы белой глины, а в губе акулий клык, а в ушах у него перья, и ты знаешь чьи, но не хочешь никогда об этом помнить, а его духовое ружье — самое меткое и дальнобойное в мире, оно всегда точно знает, куда стрелять, чтобы было не насмерть, но больно так, что лучше бы насмерть, только смерти нет. Охотника рисовать не надо, пусть он сидит там, где сидит, не трогайте его, умоляю, иначе он встанет и — раз-два-три-четыре-пять, пойдет меня искать. Рисуйте птицу, и все. Воробья какого-нибудь нарисуйте просто, я не знаю. Да, рисуйте воробья, ну вас к черту.

Пожалуйста, позвоните мне, и я вам все объясню. Для меня это очень важно.

Уличный фонарь. Под фонарем всегда что-то вьется: мошки, снежинки, капли дождя. Все самое ужасное происходит всегда под фонарем, в его тусклом неживом свете. Ограбить или избить могут и в темноте, а вот разрушить жизнь и убить душу — только под фонарем. Наверное они, кто убивает душу, хотят видеть, как она умирает, как осколки летят, как ты ползаешь и собираешь их, но для этого-то как раз света недостаточно. Меня тысячу раз убивали под фонарями, пока мне не надоело, и в тысячу первый раз я не стал ждать, я сам убил. Неловко, без изящества — просто опыта у меня тогда было мало, и я вообще думал только о том, чтобы успеть первым. Теперь я действовал бы иначе, но мне уже не до того.

Пожалуйста, позвоните мне, и я вам все объясню. Для меня это очень важно.

Корабль. Прекрасный белоснежный круизный лайнер, похожий на дом: на таком лайнере непонятно вообще, плывешь ты в море или живешь себе на суше. Или пиратскую бригантину под черными парусами, где и палуба черна от въевшейся крови, как ее ни надраивай. Или дракар викингов, похожий на водяное чудовище, со страшной мордой на носу и сотней страшных морд на палубе. А можно спортивную яхту, на которой сверкают зубами молодые, красивые и здоровые люди, они щурятся от солнца и бликов на воде, на бронзовой коже дрожат соленые капли — и правильно дрожат, потому что вот линия, где солнечный свет кончается и начинается туман, а из тумана им навстречу бесшумно выступит тень, и они успеют увидеть только сто одну страшную морду и чью-то рыжую бороду.

Пожалуйста, позвоните мне, и я вам все объясню. Для меня это очень важно.

Шута. Просто рисуйте шута, ничего объяснять не буду.

Пожалуйста, позвоните мне, и я вам все объясню. Для меня это очень важно.

Итак, вы нарисовали все, что нужно. Теперь вырезайте картинки — не по контуру, а большим квадратом, чтобы в этом квадрате обязательно осталась строчка с просьбой позвонить. Укажите номер телефона — можно для этого завести отдельный. Теперь идите и разложите картинки по почтовым ящикам — только не в своем доме, лучше даже в разных. Большинство подъездов сейчас на кодовых замках, так что придется потрудиться.

Идите домой и ждите. Если кто-нибудь все-таки позвонит, поговорите с этим человеком о том, что изображено на доставшемся ему листочке. Ну да, прямо так: я хочу поговорить с вами о фонарях, не вешайте трубку, у меня такое задание. О «Квартале» не рассказывайте, скажите, что нельзя. Объяснитесь как-нибудь. Спросите собеседника, есть ли ему, что рассказать о фонарях, — если нет, рассказывайте сами. Если собеседнику жалко тратить деньги на разговор, перезвоните ему сами. Если ваш разговор продлится больше пятнадцати минут, хорошо. Если вас сразу обзовут обкуренным психом — плохо. Если вам позвонят несколько человек — хорошо. Если никто не позвонит, значит, ваши рисунки были недостаточно убедительны, мы с вами прощаемся, ступайте и учитесь рисовать так, чтобы корабль по крайней мере не напоминал пенис, иначе вам никто никогда не позвонит — сами бы вы стали звонить человеку, который нарисовал вам пенис? Остальных сразу хочу предупредить, что шансы на интересный разговор ничтожны — они вообще ничтожны, даже в том случае, если тема близка обоим, такова жизнь. Постарайтесь хоть как-то скрасить этот никому не нужный обмен ничего не значащей информацией. В конце разговора попросите человека повесить рисунок на стену и не снимать до пятнадцатого октября. Еще попросите его нарисовать то же самое своей рукой и положить в условленное место, откуда вам надо будет его забрать — чтобы повесить на стену у себя. Скажите собеседнику, что до пятнадцатого октября вы больше не должны с ним разговаривать — там, глядишь, он сам забудет и не станет вам докучать. В конце концов, если вдруг вы захотите, после пятнадцатого октября вы сможете сами позвонить ему. Впрочем, если вам этого захочется, значит, вы что-то делали не так. Некоторые связи нужно рвать без сожаления — особенно те, которых действительно жалко, и если вы к концу «Квартала» этому не научитесь, вы не сможете рвать и те, каких не жалко ни капельки.

6 августа

1.
Перепечатайте следующий текст:

Многие полагают — и в этом их жестокая ошибка, — что пересочинить себя и добиться успеха можно при помощи так называемого пикапа, то есть, например, пройти по вагону метро, пожелать всем доброго утра (вечера), пронзительно спеть неприятным голосом идиотскую песню или поздравить всех с праздником Преображения Господня по старому стилю. Шестое августа по-старому — Преображение Господне. Вероятно, пикаперы искренне полагают, что человек, поздравляющий всех либо поющий в вагоне, побеждает свою робость, а также производит доброе, жизнеутверждающее впечатление, и все бросаются к нему отдавать свои деньги. Это неверно. Побеждает он только свой страх выглядеть идиотом, а в этом для него нет ровно ничего нового, потому что он и так идиот, иначе он не обратился бы к пикаперам. Кроме того, как учит нас долгий опыт жизни, люди не спешат отдавать свои деньги жизнерадостным, доброжелательным существам. Если уж помогать, то, разумеется, тому, кто горько плачет, вечно жалуется, как бы угрожает нам таким же состоянием, если мы не подадим. Веселый, жизнерадостный нищий, идущий по вагону с гармошкой, вызывает желание не столько подать, сколько поддать ему под румяную задницу. А ведь этот нищий только что прошел курсы пикапа, потратил на него последние деньги, а за золотой, элитный пикап с него непременно слупили бы еще, но у него больше нет, и вот гармошка-вагон-пинок.

«Квартал» учит вас совершенно иному, но объяснить состояние «Квартала» не так-то просто. Выполняя

упражнения «Квартала», мы постепенно учимся постигать самоценность процесса в сравнении с результатом, иллюзорность результата, увлекательность процесса — и в конце концов нас перестают интересовать результаты, вследствие чего появляются деньги. Мы учимся любить запах цветка, сорванного по дороге к иллюзорной и, в общем, комичной цели. Более того — сама иррациональность этой цели помогает нам выпасть из рутины и войти в то состояние, когда только и приходит настоящая удача — то есть когда мы выпадаем из всех цепочек, включая пищевую, и подчиняемся не всегда уловимым закономерностям более высокого плана. ыфдларлдыаолывфаолджывоывджа

Я сказал, перепечатывать дословно!
Добуквенно!
И это тоже:

*шуцшищзуцегезщцкгщзкезщьбмячбьбьтьдбвыдаод
ллллллллллллллллллллл*

2.
Ну или не перепечатывайте. Как угодно.

У меня сегодня такое настроение, что ни в чем вообще смысла нет. Извините, бывает.

Усталость, ужасная усталость. Я знаю, что все равно все будет плохо. Сопротивление бесполезно. Мне надоело вам все объяснять, плюньте на все и выбросьте эту книгу.

Что, жалко? Силы потрачены, деньги заплачены? В таком случае продолжайте, вдруг взобьете масло. Но я вас предупредил.

Нам предстоят два дня занятий кинематографом — один тренировочный, другой творческий.

Назовите пять своих любимых фильмов.

Выпишите их именно в том порядке, в каком они вам вспомнились.

Я тоже сейчас это сделаю.

«Чужие письма»

«Человек-слон»

«Зеркало»

«Астенический синдром»

«Сладкая жизнь»

Дальше будет трудное, но необходимое. Не забывайте, что студентов тоже учат сначала монтировать чужие работы, а потом только снимать свои. Значит, вам предстоит смонтировать единый фильм из пяти ваших любимых, но так, чтобы действие его было связным. Продолжительность вашей будущей картины — полтора часа, советский стандарт. Следовательно, первые 15–20 минут вы берете из первой вспомнившейся картины, вторые — из второй, третьи — из третьей... И попытайтесь все это уложить в единый сюжет.

Напоминаю: куски берете не из начал, а в заданной последовательности. В моем случае — вот черт, задача практически невыполнима! — первые 20 минут из «Чужих писем», вторые 20 минут из «Человека-слона», третьи — уже практически из середины «Зеркала»... как же все это свести? Если действие ваших любимых картин происходит в разные эпохи, переводите все сюжетные повороты в одно время. Только так у вас получится сюжет вашей жизни, фильм лично про вас и про ваши тайные пристрастия. Попытайтесь проследить эту сквозную тему, она объяснит вам все про вас, как я сейчас намерен все понять про себя.

Вам придется все эти фильмы пересмотреть, отмеривая хронометраж, но Интернет дает такую возможность.

Итак, монтируем. Показываю, как всегда, на личном примере.

1.

«Чужие письма». У молодой учительницы в провинциальном городе проблемы с личной жизнью, она навещает своих старых учителей с молодым заезжим любовником, художником, с которым все чаще ссорится. Жениться он не хочет, в городе сплетничают. Учительница опекает девятиклассницу Зину Бегункову, «трудного подростка», железную и несгибаемую мещаночку, всегда уверенную в своей правоте, позволяющую себе все, а другим — ничего. Принципиальная Бегункова осуждает хулиганов в классе, хамит собственной матери, которая отсидела за растрату и теперь приехала только на свадьбу старшего сына, бегунковского брата. Сама Бегункова влюблена в шофера, люмпен-пролетария, который чуть ее не трахнул, увлекшись (она его к этому активно поощряла), но потом яростно ее отпихнул и еще издевался. После скандала с матерью и клеветы на шофера, который якобы к ней приставал, брат выгоняет Бегункову из дома, и молодая учительница берет ее к себе.

2.

«Человек-слон». Викторианская Англия. Доктор Тривз взял к себе Человека-слона, которого нашел на ярмарке, в балагане уродов. Человек-слон чудовищно изуродован врожденной генетической болезнью — таких деформаций лица и тела никогда не видел сам Тривз. Но тут выясняется, что его ошибочно считают слабоумным — он умеет говорить, читать, знает наизусть псалмы. Тривз, добиваясь права оставить его при себе и при больнице, показывает его главврачу. Человек-слон сначала от волнения не может сказать ни слова. Главврач в раздражении уходит, но тут слышит, как Человек-слон, Джон Мэррик, за дверью своей палаты читает псалом. Он возвращается, вступает с изуродованным юношей в уважительную беседу, соглашается оставить его при больнице и говорит, что никто не в силах представить его страданий. В это время больничный сторож впервые видит таинственного пациента, которого прячут от всей больницы, и задумывает ночью показать его знакомым пьяницам и проституткам.

3.

«Зеркало». Отец после развода забирает к себе — ненадолго — сына, Игната, и рассказывает ему о своем детстве. В эвакуации, в сорок третьем году, им преподает военное дело демобилизованный фронтовик — у него нет части черепа, и он прикрывает голову пластмассовой типа чашечкой. Особенно трудно складываются у него отношения с эвакуированным ленинградцем, осиротевшим во время блокады. Ленинградцу все время достается. Желая подшутить над военруком, ленинградец — в сценарии его фамилия Астафьев — бросает во время урока учебную гранату. Военрук накрывает ее своим телом. Взрыва, естественно, не происходит. С военрука слетают фуражка и чашечка, и все видят пульсирующую на черепе кожу. Рыжая девчонка, в которую военрук влюблен, смеется, и на ее обветренной губе выступает кровь. Эх ты, говорит военрук Астафьеву, а еще ленинградец (в сценарии — пионер). Астафьев уходит с урока и, плача, поднимается на холм к церкви. Отсюда открывается вид на город. В сценарии потрясающая формулировка — очень по-тарковски: «И весь этот декабрьский предсумеречный мир казался Асафьеву сейчас долиной ожесточения, безвыходности и возмездия». Почему по-тарковски? Потому что снежный пейзаж, церковь, зверство и война, и, как подчеркнуто в том же сценарии, боль и обида не проходят, то есть они неразрешимы.

Дальше там начинается кинохроника, сценарием не предусмотренная, но она, видимо — я в этом после множества просмотров не уверен, — как раз и должна олицетворять ожесточение, безысходность и возмездие; немудрено, что для иллюстрации всего этого Тарковский берет азиатчину, красноармейцев, которые тащат оружие и сами идут через Сиваш, увязая в глине, — страшное безпортошное воинство, с нечеловеческим упорством прущее через нежилое, пустое пространство, — потом китайцев, голосующих за Мао с воплями и размахиванием мандатами, потом атомный гриб, потом с китайцами же приграничный конфликт... Как бы Астафьев провидит весь ужас, который был и будет, — среди снежной русской равнины, на холме, с которого «дальше некуда подниматься» (сценарий), и все-таки связь мне неясна. Впрочем, как говорил Тарковский, если связи будут ясны, картина рухнет.

Подумал вдруг, что и «Квартал» — тоже «Зеркало», не в смысле уровня, но вещь в жанре зеркала, когда после сорока тебя начинает давить твоя жизнь и ты начинаешь прослеживать в ней лейтмотивы, надеешься избавиться от них, а потом понимаешь, что вместе с ними избавишься от жизни. Но это апарт, у нас книга про деньги.

4.

«Астенический синдром». Сцена в классе (честное слово, я не подгадывал). Преподаватель английского, как раз и страдающий астеническим синдромом, Николай Алексеевич, — дает урок в десятом классе, повторяя никому не нужные слова про успехи советского образования. Весь класс занят черт-те чем: одни смотрят в окно, где в очереди к пункту приема стеклотары идиотская смешная старуха рассказывает, как ей обещали дать щенка и не дали (а она уже купила сосочку). Две ученицы дивной красоты красивыми подростковыми руками терзают огромную, тошнотворную копченую рыбу и тут же жрут. Еще двое с помощью быстро перелистываемых блокнотов смотрят только что нарисованные порнографические мультики. Учитель произносит речь о мещанстве, которое и готово бы кому-нибудь помочь, но так, чтобы это не причинило ему самому ни малейшего беспокойства. Потом, видя, что его никто не слышит, он призывает к порядку самого тупого, наглого и жрущего, по фамилии Иуников. Вступает с ним в потасовку. Ученик, смеясь, потасовку выигрывает. Николай Алексеевич приводит себя в порядок и чувствует, что засыпает. Он уходит из класса за пять минут до звонка, попросив не шуметь. В классе тут же начинается дикий бардак.

В следующем эпизоде две халды цепляются к бедному уроду Мише, умственно отсталому и совершенно беспомощному. Они крутят его, пихают в лужу, издеваются, — и тогда тот самый Иуников налетает на них, хватает за волосы, колотит. В процессе потасовки разбивают окно полуподвала, оттуда яростно орет истеричный мужик, дерущиеся яростно швыряют в остатки окна еще и урну, и в разбитом окне видны бледная жена и трое бедных детей, типа всюду жизнь. Спасенный Миша ничего не понимает, топчется у лужи. Николай Алексеевич подходит к Иуникову и говорит ему: «Оказывается, ты очень хороший человек». «Что, за посещаемостью следите?» — огрызается Иуников и убегает. «Почему меня никто не понимает?» — кричит Николай Алексеевич всем встречным, но никто его не понимает. Один из прохожих повторяет: «Ни стоять, ни лежать, ни сидеть я не могу, остается посмотреть, не могу ли я висеть».

5.

«Сладкая жизнь». Опять — и опять без специального подбора — все упирается в воспитание, в отцов и детей, в их вину друг перед другом. Сначала Марчелло гостит у друга-интеллектуала (он скоро покончит с собой), который знакомит его со своими внезапно вбежавшими в гостиную детьми. Им давно спать пора, но им многое в доме позволяется. В них — главное утешение друга-интеллектуала, переживающего кризис среднего возраста: не профессионал и не дилетант, жизнь прошла без смысла. Марчелло уезжает — и узнает, что около редакции его ждет его отец, приехавший из провинции. Марчелло ему рад, но о чем с ним говорить — непонятно. Они решают поразвлечься, идут в богемный кабак, отец поражается, насколько свободно Марчелло общается со стриптизершами. Отец кутит, требует шампанского — «Я поставляю его половине Италии!» Клоун играет бесконечно печальную музыку, разрешая все это буффонадой.

Тут сквозной мотив даже искать не надо — все удивительно наглядно, как гены у дрозофилы. Сквозная тема — тщетность любого воспитания или, так сказать, воспитание урода. Мы говорим — я говорю — перед классом, которому нет до нас дела. Дети не то чтобы ненавидят нас (меня), они скорее беззлобны. Но все, что мы повторяем, уже никому не нужно. Гранаты, которые они кидают, — поддельные, и они не нуждаются даже в том, чтобы мы их собой прикрывали, жертвуя жизнью ради них. А вокруг бушует ожесточение русской (итальянской) равнины и кризис среднего возраста. Единственные, кому мы нужны, — как раз уроды, мы можем их защитить, а точнее, продлить их агонию. Но кого мы можем прикрыть собой? Больничный сторож, мерзкий тип, на них уже нацелился, сейчас он придет со своими шлюхами. И те уроды, которые к нам тянулись, которых мы пытались защитить, — нас же и проклянут.

Тему я вычленил, не сказать, чтобы она мне нравилась, — но она так выстроилась, другой нет. Надо было еще и это про себя понять.

Завтра сами будем снимать кино, переламывать тему, задавать новую.

А теперь, собственно, то главное творческое задание, ради которого мы вчера осваивали монтаж.

Вы наверняка хотите снять собственный фильм. Обязательно хотите, потому что хоть раз такая мечта была у каждого. Космический боевик, детективный блокбастер, экзистенциальную драму, любовную историю, фильм про то, как нам обустроить Россию.

Подробно напишите сценарную заявку на этот фильм — сюжет, развитие действия, начало, конец, кульминацию, все это очень важно. Размер заявки — примерно две компьютерных страницы, 7–9 тысяч знаков.

Или, если вы привыкли писать от руки, обычное школьное сочинение — 3–4 тетрадных листа.

Как всегда, все покажу на собственном примере. Я хотел снять много фильмов, о некоторых мечтаю еще и сейчас, выбираю тот, который всего реалистичнее и при этом наиболее тщательно продуман, в часы, так сказать, одинокие ночи, а иногда и в неодинокие. Сценарий его я вам излагать не буду, потому что не теряю надежды снять, но что делать с синопсисом, расскажу подробно и в самом главном признаюсь.

Написали заявку? Отлично. Исходим из того, что в фильме 90 минут, и делим свою историю на 9 частей по 10 минут.

Вспоминаем, сколько нам лет. Исходим из того, что оптимальная продолжительность человеческой жизни — 90 лет. Ищем свой возраст в фильме: если нам 25 — смотрим, что происходит на 25-й минуте. Это и есть портрет вашей жизни на сегодня, истинная цель всех наших кинозанятий.

Сколько мне лет — мое дело, но на этой минуте у нас что же?

На этой минуте у нас женщина-волонтерша, вложившая все силы и деньги в судьбу больного мальчика-сироты и нашедшая ему американских усыновителей, узнает, что он от них торжественно отказался. И принял предложение зама местного северно-российского губернатора об усыновлении. И заявил, что никогда не хотел в Америку, хотя благотворительница такая-то его склоняла (а благотворительница такая-то на своей благотворительности лишилась работы и была брошена мужем — потому что ему не нужна была женщина, живущая только чужими проблемами).

Как сердиться на такого мальчика? Он же болен. А в твиттере он ей написал: «Простите меня но вы же понимаете это был мой единственный шанс как говориться надо ковать пока горячо. У вас еще будет удача а у меня не было бы никогда».

И «Единая Россия» дарит ему новое кресло с голосовым управлением, американское.

Нет, никогда мы не переломим судьбу и не перевяжем узлы. Инвариант «воспитай монстра» преследует нас на всех путях.

Неужели и вам я тоже нужен только до тех пор, пока знаю секрет и могу привести к деньгам?

Остается надеяться, что это еще не конец сценария. Но это уже вторая его половина.

Сегодня мы ничего не будем делать. У нас, так сказать, единственная на весь «Квартал» суббота. День абсолютно без всяких упражнений, полновесный отдых. Отдыхать можно разнообразно, как и положено в шаббат, когда можно делать много чего — нельзя только производить новые сущности. Лифт, говорят, вызывать тоже нельзя — я, правда, никогда не видел такого лифта, который сам останавливается на всех этажах, чтобы еврею не пришлось трудиться. Есть тридцать девять видов работы, запрещенной в шаббат. Остальное можно. На одном форуме долго обсуждалась проблема, можно ли в шаббат есть торт с надписью — ведь запрещается писать и стирать написанное. Какой-то раввин, большой, видимо, тортоед, установил, что можно. У нас все проще, мы сегодня отказываемся от упражнений, только и всего.

Мы позволим себе именно такой отдых, о котором я особенно мечтал, скажем, в армии. Есть предметы, от которых исходит эманация усталости, вся многолетняя, многомесячная усталость, нежелание вставать, желание коснуться головой подушки и немедленно отрубиться. У нас в помещении дежурного по части был такой топчан. Пока помдеж нес вахту, дежурный на четыре часа мог прилечь. Помдежами ходили сержанты, я в том числе. От этого темно-коричневого клеенчатого топчана волнами шла такая усталость, такая, вы не поверите, истома, хотя это слово, казалось бы, к армии не идет совершенно, — что я редко удерживался от соблазна на него прилечь, когда были хоть десять минут. И встать с него потом было совершенно невозможно, как невозможно встать в школу зимним утром. Когда мне надо заснуть и никак не спится, я пытаюсь представить это состояние. Или я включаю механизм торможения, он тоже усыпляет, — представьте себе, что вам надо выползти из-под одеяла и взять некий предмет, а брать его вам лень, очень не хочется. Сон хорошо развивается на фоне необходимости вставать, а если вставать не надо, то и спать неинтересно.

Мы отдыхаем сегодня ни от чего, хотя прожили трудную долгую жизнь, полную унижений, тоски и безнадежности. Отдых вообще всегда ни от чего, он всегда зачем. Мы именно позволяем себе не сделать чего-то важного. Что-то надо было, а мы не будем. Может быть, 13 сентября как раз и есть тот ключевой день, когда надо было сделать что-то самое главное, а мы вот не стали, и это правильно. Да пошли они все вообще с этими их упражнениями. Мир был сотворен, как известно, в минуту отдыха. Но что-то самое главное не сделано, потому что было лень. Согласитесь, в мире есть прелестная незавершенность, щель. Господу лень было доводить его до совершенства, а мы не умеем. Но какая-то недоработка чувствуется, небольшая, устранимая, однако в ней-то все и дело.

Подумаем о ней, прежде чем заснуть, и еще краем сознания подумаем о жанре. Мы присутствуем сегодня при величайшем историческом переломе, когда закончилась литература про такого-то и такого-то, а началась литература про вас, не столько литература в обычном смысле, сколько manual, руководство. Это сейчас мы пишем первую такую книгу, и нам очень трудно, потому что она адресована всем — пойди разработай универсальный сюжет, который могли бы проживать и старухи, и подростки. Со временем будут книги для половозрелых мужчин, для женщин, для младшего школьного возраста. Главным жанром станут вовсе не компьютерные игры, как думали многие, а всякий интерактив, прямой, буквальный. Хватит читать, пора проживать. Мегабестселлером будет не роман о том, как молодая женщина изменила мужу и бросилась под поезд, а сборник практических руководств, расписанных по дням. За этим жанром, я думаю, будущее.

День первый (тут же намечен и антураж, и время года, и предпочтительно день недели): поезжайте к вашему брату в Москву. Или, допустим, обратите внимание на такого-то и такого-то молодого человека в вашем окружении. Он наверняка там есть, характеристики у него такие-то. Подайте ему знак, договоритесь. День пятый: позвоните ему. День пятнадцатый: отдайтесь ему. Сочиняться все это будет мастерами-сюжетчиками, профессионалами, но с помощью лучших психологов, конечно. Чтобы удерживать ритм, чтобы звонить не на третий, а именно на пятый день. И, само собой, там будут дополнительные характеристики: эта книга для блондинок, эта — для тридцатилетних, эта — для сельской местности. День седьмой: выходим за околицу и глубоко вдыхаем полной нашей тугой и округлой сельской грудью. Вдыхаем и думаем: ох ты рожь широкая, или рожа квадратная, немереная, или что-нибудь в этом роде. Там будут предписаны и монологи, и мысли — словом, все, чтобы вы ощутили себя полноценным персонажем. Не будет книг, а будут руководства к действию. И тогда, возможно, мы все заживем по-человечески, потому что люди наконец будут вести себя так, как положено в литературе: ярко, осмысленно, с чувством.

Я хочу, чтобы вы эту главу читали на ночь.

Представим, например, детскую книгу будущего: руководство для мальчиков по организации классического детектива. Про слежку там всякую. Сегодня мы начинаем следить за соседом. Представим себе, что наш сосед шпион, и начнем делать его жизнь невыносимой. Это несложно. Книга для девочек: сегодня мы обидим подругу, а завтра попросим у нее прощения. Уже сегодня главный бестселлер — руководство: пойдите туда-то, поглядите налево, увидите Палаццо дожей. Или: встаньте с утра, проделайте пятьдесят раз движение «крылышки» — отчего-то это легкое упражнение считается очень полезным. Но это первые шаги, примитивные руководства для похудания или выбора партнера. Сейчас мы поднялись на первую ступеньку — предлагаем вам сказочное путешествие в мир странных поступков и мыслей, ибо прекрасно только странное, и только оно хорошо оплачивается. Правда — это не вдоль и не поперек, а вверх. А дальше такие книги-маршруты — но уже не по Венеции и не по диетам, а по жизни, — станут популярнее любой игры, потому что проживание литературы интересней чтения, а главное — жизнь без руководства всех уже достала. Сначала это будут экранизации — нет, не знаю даже, как назвать, — скажем, витализации, вот! Витализация, то есть проживание, «Анны Карениной». А потом и оригинальные сочинения, на новые сюжеты. И, чтобы читатель не заглядывал в конец, выходить они будут отдельными выпусками или вы будете находить новые руководства, продвигаясь по маршруту. Дошел до некоторой точки, скажем, гостиницы, где вас должны убить и обязательно убьют, если вы не прочтете руководство, — а там в верхнем ящике стола, рядом с Библией, часть вторая.

А впрочем, можно и в конец заглянуть. Вопрос же не в знании, а в сумме ощущений. Знаем же мы, что в конце жизни... хотя ничего мы не знаем на самом-то деле. Я знаю, а вы нет. Спокойной ночи, мамоти-поти, как говорил я в детстве.

Сегодня вам надо заняться сексом.

Вот как хотите, так и занимайтесь. Что? Не слышу? Вам 80 лет? Ну не знаю. В принципе у нас книга без возрастных ограничений. Энтони Куинн в последний раз стал отцом, когда ему было 86 лет, а между тем жизнь его была не пряник. Сын ирландца и ацтекской женщины. Представляете такой коктейль, такой внутренний конфликт? Но жил же как-то, занимался сексом. Слава пришла к нему, когда Куинну было уже 36 лет, а до того снимался в чем попало. До «Дороги» его никто всерьез не принимал. Большинство ролей — второго плана. В возрасте 77 лет был номинирован на «Золотую малину» за худшую роль этого самого второго плана, посмотрел бы я на вас. Тем не менее в 75 лет, уже будучи отцом семерых детей, женился на бывшей секретарше и родил еще двоих. Что вы кукситесь? Мы никого не заставляем, конечно. Но деньги тоже на дороге не валяются, работать надо.

Я вам объясню, зачем это надо. Во-первых, секс — наш единственный пока, к сожалению, способ биохимически понять другого человека, проникнуть в него. Без этого понимания вы никогда не разбогатеете, то есть не станете тем человеком нового типа, к которому деньги так и липнут сами. Попробуйте во время секса задуматься (не врите, большинство задумывается, так не бывает, чтобы мозг вообще отключался), что нас всех объединяет. А вот это самое и объединяет — физическая природа, плоть, сознание того, что мы смертны. Постарайтесь позаботиться об этом человеке, который тоже умрет, сделать ему как-нибудь хорошо. Это важное метафизическое упражнение.

Потом ведь вот что: человек нового типа — это человек, который умеет договариваться. Как вы хотите заработать деньги, когда не умеете договариваться даже о такой простой вещи? Все же хотят на самом деле, и очень многим не с кем. Всего-то и надо — доказать, что вы именно тот самый и есть. Если вы женаты/замужем, то я вообще проблем не вижу. Можете сказать, как мне однажды сказала любимая: если мы и дальше будем два раза в месяц, кормить тебя я тоже буду два раза в месяц. Ну это она погорячилась, конечно, но вообще такую современную Лисистрату представить очень легко. Всем жутко не хватает секса, все заняты, все предпочитают виртуальный контакт или онанизм. И в этом причина, что ни у кого нет денег. Чтобы у вас завелись деньги, нужно не бояться плоти мира, реального контакта с ним. Все уже будет цифровое, а еда и размножение останутся реальными, этого никак не сделаешь по Интернету. И деньги — тоже грубое такое, физическое дело. Не надо думать, что они могут быть пластиковыми. Америка так думала — и смотрите, какой кризис. Деньги — кровь мира, к одним органам она приливает, от других отливает. Если вы не можете сделать так (к мужчине обращаюсь), чтобы у вас кровь прилила к конкретному месту и оно от этого затвердело, как вы хотите, чтобы деньги приливали к вашему кошельку? Надо упражняться, без этого ваш кошелек так и будет висеть бессильно.

Потом еще важное: секс — это одно из немногих удовольствий, которые можно сделать друг из друга, просто так, не прибегая к посторонним предметам и связям, если, конечно, у вас нет извращенных пристрастий к плетке там или вибратору с шипами. Но все равно это вещи незначительные, вам же не нужно для получения полноценного оргазма включать в сеть других исполнителей. Ах, нужно? Да, это сложно. Это я как-то не подумал. Это же вам нужно обзвонить пять человек, а у всех дела! И некоторые как раз сейчас занимаются сексом, так что им некогда. Хорошо, что нормальный секс — всего вдвоем. Проще договориться. Помните, у Алексея К. Толстого, про семь полов — как было бы трудно всех собрать, у одного отпуск, у другого триппер! И главное, «родственников та семерка сорок девять бы имела». А вам всего-то найти одного партнера и одно простое помещение на каких-то полчаса, а некоторым хватает десяти минут! И у вас на все это целые сутки! Учтите, насчет суток мы строги, как Шарль Перро в легенде о Золушке. Если вы займетесь сексом в 00:01 минуту следующих суток — вы уже выпали из «Квартала», уже вы про, так сказать, трахали свой золотой шанс. Пусть хороший секс вам послужит утешением, но вообще прелюдия должна быть короче, это мы вам на будущее советуем. Партнер засыпает, партнерша соскучивается.

Теперь мы сталкиваемся с проблемой этического свойства: у нас на книге, конечно, написано 18+. Это везде теперь пишут, скоро будут писать на мороженом. В некоторых иностранных переводах «Квартал» даже продавался в пластиковой упаковке. Но мы же понимаем, что дети вездесущи. Что лучший способ заставить читать возрастную категорию 18 минус — это написать на книге 18 плюс. И вот, маленький хитрец, ты читаешь эту книгу, а тебе 12 лет. По новейшим правилам тебе даже знать запрещено, откуда дети берутся и как это связано с сексом. И ты при всем желании не сможешь им заняться... хотя почему не сможешь? Может, ты уже занимаешься им вовсю. Кто знает этих нынешних детей. Я вот, честно тебе скажу, ждал до 17 лет, и очень хорошо, потому что раньше я многого не понимал (и вообще, если правду, не очень много об этом думал). Но если тебе 12 лет и ты еще не пробовал, а денег тебе уже хочется, и ты успешно прошел все развилки, и решил все задачки, и у тебя великие планы —

почему бы тебе не пройти «Квартал»? Но только что тебе делать, пока ты еще не можешь заняться сексом?

Тебе надо как-нибудь испытать те же чувства, которые испытывают взрослые во время этого занятия. Сначала это очень-очень сильное желание сделать что-то, потом легкий страх, что ты не сможешь этого сделать или неправильно при этом выглядишь, потом твердая, горячая радость от того, что ты можешь это сделать и вот сейчас это сделаешь, потом чувство, что жизнь не напрасна, потом вообще очень большое удовольствие, потом содрогание, которое очень отдаленно можно сравнить с чиханием, но это как бы чихание всем телом, а потом легкое разочарование, иногда даже ненависть, желание как можно скорее куда-нибудь деться. И порой даже, страшно сказать, это сравнивают с убийством. А что такого? У нас же на «Сцене из Фауста» Пушкина не написано пока 18 плюс? «Так безрасчетный дуралей, вотще решась на злое дело, зарезав нищего в лесу, бранит ободранное тело». Если вы и дальше будете их так оберегать от серьезных вещей, они вообще читать перестанут, только резать нищих и бранить ободранное.

Вот, мы тебе рассказали примерный перечень эмоций. Если хочешь выполнить задание, можешь их пережить ровно в том же порядке. Значит, сначала очень-очень сильное желание. Чего ты хочешь? По-настоящему? Изо всех сил? Поездку в Америку не предлагать. Убийство учителя географии не предлагать. Айпад шестого поколения не предлагать. Айпад этот и так у тебя будет, когда ты разбогатеешь. Все планшеты всех поколений будут к твоим услугам, и ты поймешь, что счастье не в них. А вот хочется тебе, допустим, экзотический фрукт манго с его неповторимым хвойным привкусом. Хочется очень сильно. Представь его себе. Представь, как ты его ешь, как в него вгрызаешься. И где его взять? И на какие деньги? Но попробуй достать деньги. И с этими деньгами отправляйся туда, где продается фрукт манго. Сначала ты его не найдешь, но потом обязательно где-нибудь обнаружишь. Фрукт манго в наше время продается в любом Мухосранске.

Почему он нам так нужен? Потому что манго — это привет из мест, где ты еще не бывал. Где растут вечнозеленые двухметровые манговые деревья. Где все население делится на четыре касты, и одних нельзя касаться, потому что они слишком низки, а других — потому что они слишком высоки. Где за неверное слово или одежду неправильного цвета можно поплатиться жизнью. Где на экране обниматься можно, а целоваться нельзя.

Съели манго. Испытали чувство теплой уверенности в своих силах. Теперь самое интересное. Теперь не ссать до вечера. Не ссать вообще. Не ссать до тех самых пор, когда ссать захочется нестерпимо. Когда иных желаний не останется. Когда начнешь приплясывать на месте.

А кстати, очень долго терпеть нельзя. Ну это опасно просто. Будет растяжение пузыря. Он может треснуть вообще. А мочевой пузырь не желчный — без него жить невозможно. И поэтому в какой-то момент надо принимать решение. А в уборную нельзя. А ссать нужно. А некуда. Я понимаю твои чувства. Я прекрасно понимаю твои чувства. Но ссать надо. А в уборную нельзя. Не будет денег. А пузырь один. Что мы делаем тогда?

Иди в ванную или в любое другое место, где никто тебя не видит. Вставай в ванну. Не раздеваясь!

Ссы в штаны.

Неприлично? Ты скажешь, неприлично? А трахаться прилично? Трахаться еще гораздо более неприлично!

Я сказал, ссы в штаны.

ССЫ В ШТАНЫ!

Больше повторять не буду.

Содрогание есть?

Чувство блаженства и стыда есть?

Все правильно.

Можешь выстирать штаны.

Если ты не поссал в штаны, считай, что у тебя ничего не получилось.

Девочек тоже касается. Хотя у них все по-другому. Но не так уж и по-другому. Просто в их случае к удовольствию примешивается чувство опасности. Потому что от секса бывают дети. Рекомендуем девочкам перед началом эксперимента надеть особенно дорогую юбку, чтобы к удовольствию, облегчению, стыду и омерзению примешивалось чувство опасности, потому что заругают.

Заругают, впрочем, в любом случае. Но после секса, знаете, тоже бывает, что ругают.

Примечание 1. Для взрослых эта схема не работает. Если вы надеетесь отделаться, поссав в штаны, и если вам восемнадцать плюс — вы так и будете всю жизнь ссать в штаны. Это же входит в привычку, становится нормой жизни. Отвыкнуть очень трудно.

Онанизм тоже нельзя. Разве что после занятий сексом, если вам настолько не хватает.

Зоофилию тоже нельзя. Я понимаю, что с животным не надо договариваться, но надо с человеком. Гомосексуализм можно. Педофилию нельзя ни в коем случае.

Примечание 2, для возраста 12+. Срать в штаны нельзя, это совсем не то. И для того ли мы ели фрукт манго?

11 августа

Сегодня у нас первая ролевая игра.

Значит, мы должны провести весь день как другой человек. Пусть ваши друзья и коллеги думают, что вы прежний/прежняя, но внутри себя вы женщина, от которой только что ушел возлюбленный. Он был женат, но любил вас. Динамил вас пять лет. Потом понял, что не сможет жить без жены, его замучила совесть. И он ушел, а вы остались одна, даже без ребенка. Вы еще вполне хороши, но вам тридцать. Что теперь делать, вы не понимаете. И что самое печальное, вы отлично понимаете, что он вас в покое не оставит. Так и будет за вами шляться, ломиться по ночам — все уже было. Это он уже второй раз понял, что любит жену. На самом деле, конечно, никакой любви там никогда не было, но вы-то любите, куда деваться. Ненавидите, положим, а любите. И при этом не хотите больше его пускать, потому что ушел — так ушел. А вместе с тем что у вас еще есть-то? Вы живете в том же Квартале, только у него дом на улице Надежд, а у вас, вот сложилось, в Опасной точке, то есть рядом. И когда он ночевал у вас — а он почти переехал, — то постоянно орал во сне: снилось ему все какое-то белое лицо... или черное... в общем, какой-то призрак за ним бегал. Это потому, что у вас в доме плохая энергетика, а у него отличная.

Пройдитесь с утра, еще до работы, по Кварталу. Посмотрите на его окна. Скоро он спустится к машине, поедет на службу, день его заполнен, страдать некогда. Добирайтесь до своей работы, не забывая смотреть, как много на улице счастливых пар, счастливых жен и просто окольцованных женщин. Это всегда так: у кого что болит. И весь день на работе думайте о нем. А к своему дому добирайтесь кружным путем, чтобы не видеть еще раз его окон.

Придумайте план действий. Времени много — вы одна пьете чай в пустой комнате. Или она не пустая, есть кошка. Родители живут отдельно и, естественно, ненавидят вашу личную жизнь и главного ее губителя. Им пожаловаться нельзя: сразу закричат «Мы говорили!», и этого утешения вы уже не перенесете.

Есть страшный соблазн позвонить, но вы этого не сделаете. И он не сделает.

Думайте, думайте. Скоро поступит дополнительная информация.

12 августа

Сегодня мы изучаем содержимое наших карманов. Ничего не выбрасываем, напротив, так и продолжаем таскать с собой.

ОБЯЗАТЕЛЬНАЯ ПРОГРАММА
Бумажник.
Ключи от квартиры и машины.
Удостоверение личности (пропуск на работу).
Мобильный телефон.
Носовой платок.

ПРОИЗВОЛЬНАЯ ПРОГРАММА
Медикаменты.
Визитница.
Сигареты с зажигалкой.
Авторучка.

ЛИШНЕЕ
Фантики.
Чеки.
Записки.
Списки товаров для похода в магазин.
Фотографии.
Мусор.
Презервативы.

Производим подсчет. За каждый предмет из первого списка вы получаете по одному баллу. За каждый предмет из произвольного — пять баллов. За каждый предмет из «Лишнего» — по десять.
Суммируем.

Ровно столько раз вы должны сегодня отжаться. Забыли уже? Ничего, напоминаю. Нечего разводить в карманах черт-те что, это метафора вашей общей растерянности и небрежности. Учитесь ограничиваться необходимым и отжиматься в обмен на сентиментальность.

Поздравляю вас, сегодня у нас первая развилка.

Развилка — серьезный экзамен, но экзамен ведь довольно приятная штука. По крайней мере я в университете очень любил. И отвечал всегда первым, чтобы скорей отделаться. И рубашка у меня была специальная экзаменационная, до сих пор цела, синяя в белый горошек. Счастливая. Сдавать всегда можно было только в ней, так семь лет и сдавал, то есть пять с перерывом на армию.

Развилка — что-то вроде несгораемой суммы в игре «Кто хочет стать миллионером?», но вот проблема: я не могу вас оставить ни с какой несгораемой суммой, кроме нового опыта. Вы либо получите все деньги сразу — непосредственно после «Квартала», в течение буквально месяца или раньше, — либо не получите вообще ничего. Но, во-первых, мы познакомились, даже, можно сказать, подружились, а во-вторых, кто вам сказал, что пройти «Квартал» до конца было бы для вас так уж хорошо? Очень может быть, что вовсе не было бы. У вас, может быть, появился сегодня шанс подумать, с чем вы все-таки остались.

Потому что жизнь — она ведь далеко не всегда приводит к приобретениям. Напротив, как говорила мне одна женщина исключительного ума, — всякая жизнь не удалась уже потому, что она конечна. Следовательно, приобретения должны быть двоякого рода: либо те, которые улучшают душу (потому что она бессмертна, если мы действительно так считаем), — либо, если мы так не считаем, те, которые позволяли прожить наиболее плотно, наполнить отпущенный нам отрезок. Необязательно удовольствиями, как считают одни, или особенно бурными эмоциями в максимальном диапазоне, как считают другие, — а вот теми состояниями, когда мы выходим за свой предел. Только в них есть смысл. Когда мы выпадаем из ряда, из времени, из оболочки — вот тогда счастье. И чем больше было в вашей жизни таких минут, тем дольше вы жили, потому что это время, как рыбалка, в зачет не идет.

В сущности, это была прижизненная репетиция посмертной свободы. Когда душа летит и ничто ей не указ.

Теперь мы делаем следующее.

Возьмите ваш Финансовый Индекс, помножьте на свой возраст (полные года), потом засеките время. Ровно три часа с того момента, как читаете эту инструкцию. Дальше не читайте, страницу не переворачивайте.

Три часа прошло? Хорошо.

Вспомните, сколько раз за эти три часа вы были в уборной.

По какому делу — это мне совершенно неважно. Может, у вас там молоток лежит и вы лазали за ним, гвоздь заколачивали. Сорвалась любимая картина «Осенние грибы», не выдержав тяжести изображенных на ней сырых грибов.

Допустим, ни разу не были. Это принимаем за единицу (умножать на ноль нельзя).

Или, допустим, были два раза. Поздравляем вас, вы здоровый человек.

Или были пять — тогда вам, конечно, не до «Квартала», но может быть, это как раз признак того, что вас ждут деньги. Вы как бы очищаетесь, освобождая им место.

Умножаем предыдущее произведение на эту цифру. То есть Финансовый Индекс на полный возраст и еще на число С, как мы его обозначаем от слова сортир. Не подумайте, это не какая-нибудь грязная шутка. Скорость вашего очищения от шлаков — важнейший параметр, и открою вам маленькую тайну — по мере прохождения «Квартала» она будет возрастать, не до неприличия, конечно, но до заметного обновления.

Мой возраст я вам до конца раскрыть не могу, а индекс С, как вы понимаете, вообще интимная вещь. Так что на этот раз все сами.

Подсчитайте сумму цифр в получившемся произведении.

Если 5 или 7, вы выбываете.

Во всех прочих случаях — остаетесь.

Видите, как просто. У вас практически 7 шансов из 9.

На первой развилке все вообще очень гуманно.

«Мы прощаемся с вами. До новых встреч!» — как говорилось на советском радио после особенно трогательных программ.

Чувствуете, какое счастье, какая свобода, какая гора упала с плеч? Сколько лет жизни мы вам прибавили?

Кроме того, те, у кого произведение дает в сумме цифр 5 или 7, — обычно люди исключительного везения. Это вам любой фатумолог скажет (фатумолог — специалист по закономерностям судьбы, отдельная научная дисциплина). Такому счастливому человеку зачем «Квартал»? Он для больных, для инвалидов, для тех, кому делать нечего.

Прощайте.

14 августа

Сегодня несложное, но важное упражнение в жанре опоздания, переходящем в жанр отмены. Это два важных жанра в любом самосовершенствовании.

Договоритесь с подругой/другом, но непременно существом противоположного пола, о срочной встрече. Вам надо обязательно увидеться с ними сегодня. Звоните и договаривайтесь — при условии, разумеется, что это для них не слишком обременительно. Потому что если у них серьезные дела, от которых они вынуждены будут оторваться ради вас, — это никуда не годится, вы скоро поймете почему. Лучше всего напроситесь к ним в гости, чтобы не заставлять их вырываться из дома. Вдруг еще погода плохая или мало ли.

Мы откровенно используем их, потому что делаем все это для себя, поймите наконец. Небольшое участие в нашем эксперименте будет им компенсировано.

Значит, звоните и договаривайтесь: сегодня, по срочному вопросу.

Предположительно в четыре, но я не настаиваю.

Предлог очень серьезен, но это не телефонный разговор.

Лучше, конечно, чтобы этот человек — далее называемый партнером — был вам небезразличен. Совсем хорошо, чтобы вас связывала любовь, но не столь сильная, конечно, не то чтобы уж прямо ах-ах-ах. А просто почти у каждого — во всяком случае, среди тех, кого увлекает «Квартал», — обязательно есть такая нереализованная любовь, отложенная как бы про запас, когда вы только еще думаете когда-а-а-нибудь куда-нибудь вместе пойти.

Вот вы назначили встречу. Выходите из дома ровно за час до нее, предупредите, что выезжаете — это очень важно, — и медленно, лучше пешком, устремляйтесь в прямо противоположную сторону. Совсем не туда, где вас ждут. Есть еще время повернуть туда, куда надо. И сейчас еще есть. И даже сейчас, пожалуй, вы еще успеете. Но вас неумолимо тянет в прямо противоположную сторону, куда вы идете очень медленно, как бы нехотя. В совершенно другой район города. Может быть, даже к другим людям (но лучше, конечно, чтобы во время эксперимента вы были в одиночестве: другие люди тут только мешают).

Ровно в четыре — или во сколько у вас там назначено — позвоните и сообщите, что задерживаетесь.

Помните: все еще можно спасти, везде еще можно успеть. Но время иссякает, и нам очень важно почувствовать именно тот предел, за которым ничего спасти нельзя, за которым мы опоздали бесповоротно. И эта нарастающая сладость погибели должна приносить нам то особое удовольствие, которое обычно возникает в присутствии бездны; но поскольку реальную бездну мы себе в этот день обеспечить не в состоянии, мы обеспечиваем вот такую. Поверьте, лучшего способа испытать гибельный восторг не существует: предлог жалкий, а чувства те же самые.

Хорошо бы мы гуляли в лесу, в яблоневом саду, где уже есть яблоки, или по пустынной окраинной улице. И чтобы чем дальше мы по ней уходили, тем она была бы пустыннее. Тем больше был бы шанс, что мы сейчас попадем в другое пространство, откуда уже не будет выхода. Посмотрите, какие странные люди попадаются нам навстречу. Эти люди явно не из нашего мира. Все хорошие фантастические рассказы о дырках между мирами начинаются с пустынной улицы, со странных прохожих и НЕЗНАКОМЫХ НАДПИСЕЙ НА МАГАЗИНАХ. И вы еще можете вернуться, хотя вам все труднее это сделать. Вас ждут, вас может вытянуть притяжение этого ожидания.

Но другая сила уже как минимум не слабее, и она увлекает вас туда, где стоят розоватые вечерние дома — лучше бы сталинские, а можно и спальные, поздние, — где зеленеют кусты и цветут по клумбам тревожные, уже совсем осенние настурции.

Посмотрите направо. Да, сейчас. Видите собаку? Это не совсем такая собака, а если всмотреться, то и совсем не такая. Если не видите собаку, это совсем плохо. Видите, уже и собаки нет. Ах, вы в лесу? Что ж такого? Бывают так называемые среднерусские лесные собачки, бывают луговые, а бывают лесные. Присмотритесь. Если собачки нет, опасность действительно велика, собачки чуют, в особенности если они лесные. Но вряд ли вы в лесу, если честно. Скорее всего вы на окраине, как я и рекомендовал.

Если даже вы случайно поймаете в этом районе такси, оно вас никуда не повезет. А если сядете в автобус, автобус может, конечно, довезти вас до метро, но что-то я сомневаюсь. И самое печальное, что в метро-то вы, может, попадете, но заплатите за спасение из этого района чем-то очень важным, чем-то таким, что начисто исковеркает вашу жизнь. Отсюда можно выйти только самому, и не тем путем, которым вы вошли.

А вот вы опоздали уже на час. Звоните, умоляйте подождать еще, объясняйте, что у вас возникли новые пугающие обстоятельства. Но голос в телефоне вам намекает, что свое время вы уже пропустили, что это опоздание непростительно, что вам больше не верят.

Теперь смотрите внимательно. Наберите номер, отличающийся от телефона вашего партнера, на одну единицу в любой цифре. Вообще в любой, хоть в первой, хоть в последней.

Если ответит мужской голос — немедленно обрывайте разговор, отключайте телефон и выбирайтесь из района любой ценой. Немедленно. Потому что все очень плохо, мы заигрались, хватит. Я не буду вам объяснять, как все это связано, но просто поверьте мне, что связано, что ситуация запущена и что вам действительно пора, если, конечно, вы не хотите, чтобы вас в этом районе в ближайшие двадцать минут укокошили. Именно двадцать минут у вас есть, а больше ни секунды. Если вы на машине, то рвите когти сами, если нет — ловите такси за любые деньги или прыгайте в первый попавшийся транспорт, хоть в трамвай. Если же вы в лесу, я вообще ни за что не поручусь.

Если отвечает женский, то все в порядке, вы дешево отделались. Заходим в подъезд ближайшего дома (если вы в лесу — тогда что с вас взять, просто садитесь на пень, на землю, на поваленный ствол). Если подъезд с домофоном, ждем, пока кто-то оттуда выйдет. Входим. Поднимаемся в лифте на самый последний этаж. Выходим на балкон — там с лестничной клетки должен быть выход на балкон. Если нет — идем на лестницу. Оттуда звоним партнеру, объясняем, так и так, ситуация экстремальная, если еще можешь ждать — жди, если нет, то извини.

Испытываем колоссальное облегчение. Потому что нам не надо никуда ехать! Не надо выдумывать предлог для встречи. Не надо час с лишним о чем-то говорить с другим человеком.

И мы, совершенно свободные, веселые, непринужденные, спускаемся вниз, выходим из подъезда и еще час гуляем, лучше под дождиком. Если начался дождик, то все у вас в порядке, вы правильно следуете нашим курсом. Но и без дождика хорошо иногда не пойти туда, куда надо было пойти и не хотелось. Огромное облегчение — никуда не торопиться, никуда не опаздывать. Просто идти. Совершенно свободно. И район, заметьте, уже ни секунды ни зловещ. Почему? Потому что, поднявшись на последний этаж, мы сняли проклятие. Мы оставили его в этом подъезде.

И в этом облегченном состоянии, когда нам не надо ехать туда, куда не хотелось, — приходят удивительные мысли и даже сочиняются, быть может, стихи. Мы сами на ровном месте создали себе волшебный пузырь времени и в нем болтаемся.

А как же партнер? А партнера жалко, конечно. Готов был помочь и так обломился. Но, во-первых, ему, возможно, и самому не очень-то хотелось нас видеть. А в-главных, надо учиться — когда это не слишком травматично — использовать, да, другого человека для решения своих проблем. Используют же страховщика при прыжке, помогает же спарринг-партнер в боксе. Вам, чтобы испытать некоторые несложные, но важные состояния, понадобился другой человек. Без другого человека эта проблема не решается.

Не убили же вы его, в конце концов, и даже тащиться никуда не заставили.

Завтра отвезете ей/ему торт или розу.

1.

Вы помните, что первым делом отвозите ему/ей торт/розу?

Очень возможно, что с этого визита начнутся серьезные отношения.

Вот мы и создали еще одно событие на ровном месте — что может быть дороже для нас с вами, так мало уверенных в собственном существовании.

Про вчерашнее наврите что хотите, умение врать присуще артистическим натурам, а только у них и бывают деньги.

2.

Сегодня ночью мы должны увидеть во сне город.

Необязательно именно сегодня — возможен люфт плюс-минус три дня. Не больше. Если вы не видите во сне города, значит, вы что-то делаете не так. В этом случае будет необходим контрольный эксперимент. Он будет проведен 19 августа, если город вам до этого так и не приснится.

Кому снится — тот все делает правильно.

Это может быть любой, абсолютно любой город, который — поясняю вам сразу, потому что шарлатанством не занимаюсь, — и есть ваше внутреннее пространство, то Я, в котором все происходит. Это может быть, например, древнеегипетский город, хотя вы и в новом Египте никогда не бывали. А может — современный французский город, портовый, с небывалым его сочетанием гнили и свежести, всякой приморской дряни, растительной, мидиевой и человеческой, — и хрустальных утр, из чего и получается, скажем, весь Мопассан. А в моем случае это был среднерусский купеческий город с множеством приземистых церквей, тот, где я конкретно никогда не бывал, но откуда, в сущности, никуда не уезжал. В моей жизни сроду этого не было — чтобы ходить в такую церковь, проходить мимо заросшего кладбища с могилами неизвестного мне купечества, старообрядческого, может быть, и все равно такого же приземистого, непонятного, страшно от меня далекого. О чем с таким человеком можно говорить — я и на том свете не пойму, когда, казалось бы, с нас слетит все лишнее. И никогда я не назначал свиданий в этом городе, не ходил по местному парку, где играет духовой оркестр. Но почему-то именно он мне снится тогда, когда положено сниться городу. Вижу я его в сплошных сине-зеленых тонах, с ощущением страшной духоты и тесноты, хотя сплю сейчас, как вы понимаете, один, и может быть, духоту-тесноту создает именно это одиночество, а вместе нам никогда не было тесно, но сейчас получается вот так. Теснота эта происходит — так я догадываюсь во сне — от того, что все страшно заросло, и в самом деле заросло, в моем мозгу такое нагромождение лишнего, лишь бы не замечать главного. Страшно разрослись всякие деревья на кладбищах и в парках, сплошные мокрые кусты и долговолосые ивы, и это прекрасно — я так люблю мокрую зелень, особенно на берегу большой реки, я забыл сказать, что по городу протекает широкая темная река; но вот какая вещь — вся эта зелень, живая, конечно, и мокрая, но все-таки прикрывает главное. И я никуда не могу пройти, ничего толком не вижу. Не вижу, что под всей этой прекрасно разросшейся крапивой, под всем орешником, ольховником, еще черт-те чем — городское кладбище с купцами, с людьми, которые тут жили и бессмысленно исчезли, и я не могу примириться ни с таким их существованием, ни с таким исчезновением. Мне так тесно от этой прекрасной зелени, что я не могу никуда пойти, ни о чем толком подумать. И все люди, которые смотрят на меня, подозрительны и словно приплюснуты. Что говорить, среди таких людей я и прожил всю жизнь, и вы тоже. Все мы друг другу приплюснутые люди, а кто это с нами сделал, пока непонятно.

Само собой, вы не просто видите город. Вы как-то действуете в нем, куда-то ходите. Забудьте про все толкования сновидений, которые читали, — их пишут люди, которые давно никаких снов не видят, забыли уже вообще, как это делается. К тому же вы находитесь в пространстве «Квартала», здесь действуют совсем другие правила. Вы ходите по городу и видите, естественно, определенные места. Так вот учтите — они значат совсем не то, что в стандартных толкованиях. Мы вам сейчас объясним, что это за локации.

— Если вы попадаете на кладбище, в церковь, в культовые сооружения вообще (в Египте это могут быть пирамиды) — вы ищете связи, пытаетесь вписать свое существование в контекст, неважно, вертикальный или горизонтальный — исторический, условно говоря, или повседневный. То есть вам непонятно, зачем вы здесь, и надо ли вам дальше терпеть такое положение вещей. Это хорошо, это значит, что вы все же думаете о чем-то.

— Если вы попадаете в больницу, заброшенную, как часто бывает в квестах, — это вы чувствуете, что перед кем-то сильно виноваты. Больница сама по себе страшна, а заброшенная — вдвойне. Больница переполнена призраками страданий, страхов, загробных видений, а чаще всего — и тех, кто здесь умер, потому что умирать в больнице — хуже нет. Я, например, сделаю все, чтобы умирать не в больнице. Замечали ли вы, как ужасно читать чужие истории болезни, особенно давние, герои которых давно умерли? Мне досталось однажды читать историю болезни давно умершего сумасшедшего старика, этой историей размахивали сумасшедшие, полагавшие, что их облучает КГБ. Они являлись в редакцию — большинство в шапочках из фольги — и рассказывали историю какого-то Акиндеева Николая Семеновича, который всю жизнь тихо проработал на московском заводе, а на пенсии сошел с ума. Ему делать было нечего, он все время смотрел «Очевидное-невероятное» и решил, что его облучает КГБ, приводил множество доказательств, как-то там вода у него плясала по-особому в стакане, но никто его не слушал. И он тогда, не в силах выносить это, ушел из дома вместе с женой, ночевал на вокзалах, попал в больницу, и вот его историю болезни — у него обнаружили рак желудка — принесли мне эти безумные люди. Там были подробные данные всех его анализов, и разумеется, болезнь у него развилась именно потому, что его облучали, а он догадался; невыносимо было читать эти данные. Потому что про то, что от человека здесь остается — слова, мысли, хотя бы и параноидальный бред, — мы хоть что-то знаем, это в сфере человеческой компетенции. А вот куда делись теперь все эти клетки, вся кровь, вся физиология — мы понятия не имеем, у них свои темные приключения, чисто химического свойства, недоступные человеческому пониманию. Вот почему больница сама по себе куда более ужасное место, чем камера пыток, потому что в камере пыток по крайней мере понятно, зачем пытают; а когда она еще и заброшена — тем самым все эти безмерно здесь страдавшие люди, глупые сами по себе, но еще оглупевшие от болезни, от полной на ней сосредоточенности, вторично обречены на забвение, то есть их страдания были совсем-совсем напрасны. Мало того, что они здесь мучились или их здесь мучили, — но теперь это все еще и заброшено, и на их крови, грубо говоря, растет репей. Вот так и вы что-то ужасное с кем-то сделали, но забыли. Вам надо там что-то найти.

— Если вы попадаете на футбол — почему-то особенно часто футбол — или на любое другое спортивное состязание, это значит, что вы пытаетесь выяснить важный для себя вопрос, но никаких рациональных аргументов нет, и теперь все решается просто — кто победит. Вы же знаете, за кого болеете, знаете это с того самого момента, как попали на стадион, — но ничего не можете сделать для того, чтобы победили ваши. Это не вами определяется.

Вообще хочу вам сказать, что этот город — все-таки не совсем Я. Это слишком было бы просто. Этот город — ваша модель страны, то место проживания, которое существует в вашем сознании. Образ внешнего мира, если хотите. Вот только сейчас, месяц спустя после начала наших упражнений, мы до него добрались. И нам очень важно понять, что именно нам здесь покажут. Как выглядит то главное, ради которого мы сюда пришли. Сразу хочу предупредить — никаких наведенных сновидений, галлюцинаций, никакой тульпы. Не следует внушать себе, что вы увидите город. Следует просто его увидеть и некоторое время по нему ходить, а потом к вам подойдет человек и предложит пройти куда-то, где вас ждут. Обязательно надо туда пойти. Если вам когда-либо снился город, вы должны знать, что это нормальное развитие сюжета о нем. Никогда так не бывает, что вы просто ходите. Всегда куда-то ведут или предлагают отправиться. Надо соглашаться. Тот человек, что предложит вам пойти с ним, почти наверняка будет выглядеть как сумасшедший или по крайней мере не совсем нормальный. Тут тоже нет ничего необычного. Путешествие по городу с безумным гидом — одно из самых архетипических сновидений, частый сюжет, никем пока не исследованный, хотя путешествие с сумасшедшим/странным спутником — любимый сюжет при описании снов в литературе. У Тургенева, у Трифонова, много где еще. Затрудняюсь сказать, с чем это связано. Могу предположить, что это навязчивый страх попасть в зависимость от непредсказуемого спутника, особенно в ситуации, где вы сами ничего не понимаете. И в городе к вам явится, скорее всего, человек, не внушающий особенного доверия. Но вы доверьтесь ему, потому что больше вы в этом городе никому не нужны. Нормальный гражданин просто не обратил бы на вас внимания. А этот хочет вам что-то сказать.

Отправляйтесь с ним туда, куда он вас поведет. Смотрите по сторонам очень внимательно. Он откроет вам в этом месте — оно строго индивидуально — первопричину такой вашей жизни, главный символ всей биографии, но не бойтесь это увидеть. Это крайне важно. Вам никто другой этого не расскажет. Он приведет вас куда-то и вручит предмет. Этот предмет вы немедленно должны приобрести или изготовить в реальности, потому что он и есть главный талисман вашей личности, ее, так сказать, вещественный пароль. Вполне вероятно, что это будет страшный сон. Что вам вручат нечто пугающее или вызывающее у вас крайне неприятные ассоциации. Неважно. Просто эта вещь — разгадка вашей личности, или, верней, объяснение того, почему она занимает в мире именно такое место. Если никто не приходит и ничего не дает — значит, вы слишком хорошо замаскировались. Попробуйте выйти на площадь и обратить на себя чье-то внимание. Это необязательно произойдет в первую ночь — город вам теперь приснится неоднократно.

Если вам вручен предмет обихода — расческа, зеркальце, ключ, — постарайтесь обзавестись в реальности точно таким же. Ключ обозначает сложности с контактами, зеркальце — страх перед собой, расческа — страсть к разделениям, классификациям, расчесываниям мира на пробор. Часто почему-то бывают молоток, гвозди, другие инструменты. Это означает неупорядоченность вашего мира, неприколоченность многих вещей, неприложенность рук.

Если вам вручено произведение искусства — книга, картина, статуэтка, — все гораздо интереснее. Это намек на ваше истинное признание, а какой намек — расшифруйте сами.

Если вам предложена болезнь — поцелуй больной девушки, секс с проституткой, перспектива простудиться в снегах, — это значит, что больше всего вы избегаете заразиться чужим состоянием, не слышите другого, отсюда все ваши проблемы; можете согласиться, можете бежать, правильного ответа нет. Все в вашей воле и зависит от того, хотите ли вы измениться.

Если вам предложат денег, не берите. Это они откупаются. Настоящие деньги впереди.

Что до меня, все опять предсказуемо, но понимаешь это, как всегда, задним числом. Я попал в русский приземистый купеческий город с полуразрушенной церковью, с кладбищем, заросшим бузиной и крапивой, с огромным и запущенным городским садом. В этот сад, полный пятен рассеянного зеленого солнца, привел меня невысокий бородатый человек — то ли поп-расстрига, то ли кто-то из местной интеллигенции, они неотличимы. Он хотел мне что-то передать в саду, где никто нас не увидит, но я так испугался той правды о себе, которую мне скажет этот человек и переданный им предмет, что вырвался от него, держащего меня за рукав со смесью настырности и подобострастия, и побежал по узким купеческим улицам, а когда обернулся, никакого сада уже не было, была пыльная городская площадь, по которой ходил трамвай.

Что он должен был мне сказать? Просыпаясь, я еще понимал, что, получив этот предмет, я был бы обречен навсегда остаться в городе, а этого мне ужасно не хотелось. Но именно после моего бегства город утратил сад — самое ценное и прекрасное, что в нем было.

Ну и пусть. Не хочу.

ПРЕДУПРЕЖДЕНИЕ. Если вы решите остаться в городе после того, как вам это предложат, — вернуться в прежнюю жизнь будет уже нельзя, вы проснетесь другим, с другими предпочтениями, влюбленностями, даже воспоминаниями. Держите эту мысль в голове. Подумайте, хотите ли вы этого. Помните, что сны во второй половине августа, да еще и во время прохождения «Квартала», имеют власть над будущим, а нужно ли вам будущее — вы еще не решили.

Пора решать.

16 августа

Сегодня будем разбираться с наблюдателями.

Вероятно, мне следовало вас предупредить заранее. Но когда предупреждаешь, человек впадает в тоску и ждет ужасного. А я считаю правильным преодолевать трудности по мере их возникновения. На определенном этапе, примерно после месяца занятий «Кварталом», у вас с высокой долей вероятности появится квартальный надзиратель.

Подумайте сами: технология, описанная в «Квартале», возникла не на голом месте. Она включает в себя годы наработок, в том числе кремлевских, и десятки деталей чужого опыта, в том числе олигархического. Естественно, когда столько сложных техник сведено воедино, как в борьбе самбо, возникает интерес к пользователям, не вполне бескорыстный. Их начинают либо опекать, либо аккуратно останавливать. Любой, кто занимается «Кварталом», вовлечен в тонкую сеть, она серьезней любых спецслужб, большинство людей бродят по ней, как в лесу, не видя и не понимая закономерностей, но есть и те, кто следит за происходящим. Кто умеет думать.

Вы же не сомневаетесь в том, что настоящая политика не публична, а закулисна? Точно так же и деньги делаются не в бизнесе, являющемся только ширмой, и не путем их зарабатывания: сколько можно заработать, вы, слава богу, знаете по собственному опыту. От трудов праведных не наживешь палат каменных и т. д. Действия, которые совершаем мы с вами в рамках «Квартала», абсурдны только на первый взгляд — да и то не более абсурдны, чем какой-нибудь Петербургский экономический форум. Вы становитесь объектом интереса настоящих наблюдателей с того момента, как покупаете «Квартал». Или, точней, три «Квартала», как я вам и рекомендую. Ибо это означает, что намерения у вас серьезные.

Наблюдают не за всеми. На всех читателей «Квартала» просто не хватило бы наблюдателей, поэтому нужно было выбрать самых перспективных. Возможно, вы не попали в их число, но кто знает. Это началось еще в книжном магазине, не без помощи продавцов. Для большинства «Квартал» — забавная игра, новый способ отвлечь себя от вечной скуки. Они мне неинтересны. Если вы принадлежите к их числу и держите сейчас свой единственный экземпляр, можете сегодня ничего не делать и вообще не беспокоиться. Вы неинтересны не только мне. Впрочем, можете читать — интересно же, что я там еще придумаю, правда? Да и вообще интересно смотреть, как другой получит деньги. Есть люди, которые сами не любят играть в компьютерные игры, а любят смотреть, как другие играют. И нервы щекочет, и ответственности никакой; когда монстр выпрыгивает из-за угла, они честно вздрагивают. Искренне переживают, когда чудовище вонзает зубы в героя. При этом они, в отличие от игрока, избавлены от сознания собственного бессилия, когда герой тридесятый раз гибнет на тридевятом уровне. А осознание бессилия ближнего, которое они испытывают, вполне ласкает. Зато, когда герой, победив всех, получает голую принцессу или вожделенный космолет, это игроку, а не зрителю, играют гимн. Это игрок, а не зритель улетает с проклятой планеты в предвкушении возвращения домой или новых свершений.

Итак, вы купили три «Квартала» и в этот самый момент на три месяца попали в мое распоряжение и под чье-то наблюдение. Может быть, вражеское. Может, нейтральное. А может быть, мое. Но помните, что даже из тех, кто послушно начал прохождение, многие уже сошли с дистанции. А как начинали! Увлеченно занимались нехитрыми вычислениями, чертили карты, отгадывали литературные загадки. Но в одно прекрасное утро книга открылась на задании, которое оказалось не по силам. Кто-то так и не смог разругаться с любимыми. Кто-то пожалел старую вещь. Кто-то просто не способен к систематическому выполнению упражнений. И вас оставалось все меньше, как злополучных негритят. Так что наша задача упрощалась. Не ошибусь, если скажу, что на данный момент наблюдают примерно за каждым десятым читателем.

Вы мне не верите, я чувствую. Вы не верите, что человека можно найти вот так просто и так же просто за ним следить. Вы искренне уверены, что никому не нужны. Это важная составляющая часть той депрессии, в которой вы и решили взяться за «Квартал». Но вы нужны, нужны — если только это вас не вгонит в еще горшую депрессию. Если у вас хватило глупости трепаться о «Квартале» в Сети, будьте уверены: те, кому надо, уже знают, какую вещь вы отнесли на свалку 19 июля.

Ничего страшного, никто не лезет к вам в дом. За закрытыми дверями вы все еще в безопасности — можете спокойно жрать по ночам, мастурбировать, смотреть телевизор. Но вот остальное...

Сегодня вы должны вычислить хвост.

Если он есть.

Прежде чем начнете, запомните одну вещь: наблюдатели не станут вам помогать. Они не знают ничего о вашем сегодняшнем задании. Они не читают «Квартал». У них своя книга и своя игра. Не надейтесь с ними договориться. Учтите, что за вами могут наблюдать как мои люди — те, кто уже прошел «Квартал» раньше, или просто те, кто мне симпатичен, — так и совсем другие люди. Они не любят людей «Квартала» и не считают, что я должен делиться с кем-либо квартальными технологиями.

Как же вам узнать, кто за вами следит — свои или чужие? Это очень просто, но всему свое время.

Выходите из дома. С собой возьмите для отвода глаз артефакт № 7 (вещь, которая вдвое больше пачки сигарет) и кусок колбасы. Если нет колбасы, можно сыра, если нет и его, берите хлеб. Если в доме и хлеба нет, просто делайте вид, что у вас в руке еда. Ведите себя естественно. Наблюдатель не должен догадаться, что вы ищете его. Внимательно осмотритесь возле подъезда. Видите кого-то? Возможно, это наблюдатель. Или нет. Надо проверить. Помните, что наблюдателем может быть и тот, кого вы знаете: дворничиха, собачник, соседский мальчик — эти противнее всего. Как узнать, наблюдатель ли это? Очень просто: если он за вами наблюдает, скорее всего это наблюдатель. Если у подъезда никого нет, идите дальше, пока не встретите вероятного шпиона.

Заметив что-то подозрительное, не подавайте виду. Не надо кидаться на дворника, крича: «Кто тебя послал?» — есть вероятность, что в ответ пошлют вас. Первым делом нужно убедиться, что это то, о чем вы подумали. Здесь вам пригодится колбаса. Притворитесь, будто ищете животное — это даст вам возможность беспрепятственно смотреть по сторонам, и чем активнее, тем лучше. Оглядываясь, не переставайте звать кота. Лучше каким-нибудь убедительным именем: Барсик — неестественно, сгодится Кузя или Федя. Или что-нибудь совсем изысканное: Герцог, Окрошка, Суперфосфат. «Герцог-Герцог-Герцог...» Внимательно, но осторожно поглядывайте на возможного наблюдателя. Если он смотрит на вас слишком пристально или же слишком демонстративно отвернулся, скорее всего это действительно слежка. Дождитесь любого кота, отдайте ему колбасу и идите дальше. Для остальных: если за вами идет кто-то, кроме кота, возможно, это хвост. Если перед вами — хобот. Такое в слежке тоже используется, см. 16 июля. Дойдите до магазина и пройдите мимо несколько шагов, затем, будто что-то вспомнив, развернитесь и войдите в магазин.

В магазине расслабьтесь. Наблюдатель за вами не пойдет, не дурак же он, так что у вас есть несколько минут наедине с собой. Если только вы не ошиблись в предположениях — возможно, наблюдатель ждал вас в магазине. Говорю же, я не могу вам ничего подсказывать, потому что сам не знаю. Вообще в умеренной паранойе нет ничего страшного. Я бы даже сказал, что параноик — самый умный из психов, потому что не так уж он и неправ. Если вы живете с чувством, что на вас все время устремлен чей-то пристальный взгляд, вам, во-первых, не придет в голову делать некоторых вещей, а во-вторых, вам легче будет и самому смотреть на себя со стороны, как бы глазом наблюдателя. Вы уже ощущаете себя не игроком, а героем, вам не хочется разочаровывать зрителя, вы будете жить так, чтобы на вас по крайней мере было интересно смотреть.

Если вы умны, вы уже подумали, что ваша задача сегодня не просто вычислить наблюдение, но и доказать, что вы стоите его. Только не надо снимать штаны посреди магазина или запевать гимн (и одновременно тоже не надо) — это скучно, а главное, всегда понятно, когда человек снял штаны искренне, потому что в самом деле именно в этот момент попросту не мыслит себя в штанах, а когда он банально хочет привлечь внимание. Вы и так все время включены во что-то: неожиданные события, странные встречи, внезапные совпадения. Вы можете быть совершенно заурядны, но вдруг посреди шумного города вечером встречаете ежа. И наоборот: выкрасьте волосы в зеленый и перемещайтесь исключительно на руках, но ежа вы никогда не встретите даже в лесу. Еж умный зверь, он знает про вас все. Тут вообще особые правила. Один бегает с утра до вечера, выдумывает штуки, занимается благотворительностью, не пропускает ни одной премьеры. Но ТАМ на него не смотрят. Другой приезжает с работы и садится за компьютер, но его ни на секунду не отпускает внимательный, нетерпеливый взгляд, потому что вот он сидит себе, играя в виселицу, и вдруг звонит телефон, кто-то ошибается номером, но оказывается, что эти двое прямо сейчас зачем-то кому-то нужны, и вот он уже едет, и все это тянет за собой цепь неких событий. Из каких вы? Мы это узнаем.

Купите что-нибудь нелепое вроде десятка яиц. Это если вы в продуктовом магазине. Если вы все это время стояли в магазине электротоваров, можете выдохнуть — с вами все в порядке. Девяносто пять процентов оказываются в продуктовом, с ними еще работать и работать. А вас я обрадую: с большой долей вероятности вы в числе наблюдаемых. В самом деле, кто при словах «зайдите в магазин» попрется в электротовары? Именно это я и имел в виду, рассказывая вам сказки про ежей. Так что купите десяток толстых гвоздей.

Итак, с гвоздями или яйцами выходите из магазина. Проверьте, вышел ли кто за вами. Проверьте, там ли еще тот, кто шел за вами от места кормления кота. Проще всего это сделать, укладывая покупки, — можно даже задержаться в дверях, блокируя выход. Если вы все еще не видите никого подозрительного, ваши шансы падают. У магазина за вами бы обязательно наблюдали. Но не расслабляйтесь, я уверен, что вы не слишком внимательны. Двигайтесь дальше туда, куда вам надо; если никуда не надо, идите на север. Книга в одной руке, артефакт в другой, гвозди в кармане, яйца в сумке. Внимание: если вы заметили хвост или хобот, вы должны с ним заговорить.

Поравняйтесь с ним. Протяните артефакт — он вряд ли что-то заподозрит, привык к тому, что вы периодически совершаете странные действия с неожиданными предметами. Если он слишком удивится, либо он хороший актер, либо не наблюдатель. Теперь произнесите следующий текст:

— Возьмите, пожалуйста, у меня эту вещь. Мне положить некуда, а выбросить жалко. Я вот яйца (гвозди) купил, и книга у меня. Возьмите, не бойтесь. Положить некуда, а так хорошему человеку достанется. Я же вижу, что вы хороший человек. Я бы плохому не предложил. Возьмите вещь.

Продолжайте убеждать, пока он (она) не согласится или не убежит.

Если взял — то это наш.

Если убежал — то это не наш, не мой, и, значит, за вами следят с той стороны. Это плохо, но и почетно.

Во время разговора наблюдайте за реакцией, но не забывайте поглядывать по сторонам — не исключено, что вы ошиблись и кто-то другой спокойно следит за вами с безопасного расстояния. Я не могу вам давать подробных подсказок, потому что не знаю, как себя поведет ваш наблюдатель. Здесь в кои-то веки действительно многое зависит от вас, вам отвечать на вопросы и вам делать выводы. Я могу только направлять и советовать, хотя и это мне уже надоело, я-то уже не только вычислил своих сторожей, но и скрылся от них там, где они меня какое-то время не достанут, по крайней мере не сегодня.

Если вам это удастся, то есть у вас возьмут вещь, — вечером с вами произойдет что-нибудь необычное. Если нет, не огорчайтесь. Впереди еще много дней, наблюдатель непременно где-нибудь проколется. Чтобы дать вам дополнительный стимул, скажу: если вы вычислили наблюдателя, он выбывает, а у них там, между прочим, ставки повыше.

Снится ли вам город?

Если еще не снился, ничего страшного. Впереди еще два дня.

Сегодня все просто.

Перепишите от руки или перепечатайте на компьютере три текста:

1.

Сразу после этого жизнь в городе изменилась. Это почувствовали все, хотя не все говорили вслух. Нет, все было на первый взгляд как обычно, магазины работали, машины и автобусы толкались на перекрестках, люди спешили на работу или шли не спеша по тротуарам. Но жизнь изменилась, и это было несомненно. Как будто из общего хора пропал какой-то один звук, такой, которого не замечали, пока он звучал, — как не замечают иногда услужливого друга, но стоит ему исчезнуть, как все ощущают: чего-то больше нет. Все чаще по ночам стали видеть странных людей — всегда одиночки, они шли ровно, глядя прямо перед собой, а потом вдруг останавливались на месте, поднимали глаза к небу и издавали долгий отчаянный, горестный крик, от которого кровь стыла в жилах. Потом они шли дальше, все той же неестественно ровной походкой, скрывались в переулках, растворялись в темноте. И никогда не было среди них чьих-то знакомых, родичей или даже просто виденных однажды по соседству, словно они выходили из ниоткуда, чтобы прокричать свое горе в бурое ночное небо, и возвращались в никуда, унося с собой то, что недокричали. Они были — во всяком случае, до поры — безобидны, не приставали ни к кому, и все же самый вид их пугал, и горожане скоро перестали без крайней нужды выходить из дома ночами. Но никто не уехал из города, потому что ехать было некуда — другие города не существовали.

2.

Сначала на улицах появились мертвые птицы. Был конец лета, цвело что-то, чему положено цвести в августе, увядало, чему положено увядать. Август не баловал дождями; дороги, тротуары, трава газонов — все было покрыто тяжелой пылью, и повсюду в этой пыли лежали маленькие тельца. Голуби... Больше всего было их — грязных, обленившихся городских голубей. Иногда попадались растерзанные вороны. Тревожными пятнами вспыхивали грязно-белые тушки чаек. Воробьями была усеяна вся земля. Умирали дрозды, зяблики, галки и еще такие серые птички с желтой полосой... Уже мертвые, они доставались бродячим животным или расплющивались колесами машин, превращаясь под солнцем в бесформенные высохшие лепешки из трухи и перьев. Они висели на ветвях деревьев, как дьявольские елочные шары, плавали в городских реках и прудах, чуть подрагивая — от того, что снизу их уже объедали рыбы. Умирающие птицы падали прямо на прохожих. Еще живые, судорожно открывали клювы, задыхаясь, но скоро их глаза мутнели, и они переставали двигаться.

Комиссии не находили ответа, в лабораториях разводили руками. Птицы не были отравлены, а если это была болезнь, то незаразная, потому что не умирали поедавшие их рыбы и собаки. И люди тоже. Их очередь пришла потом.

3.

Среди них был один по прозвищу Толстомясый. Бока у него так заплыли жиром, что он не мог сунуть руку в карман. И быстро ходить он тоже не мог, и не ходил он быстро.

Трудно было определить его походку: он и не плыл, и не перекатывался, и не волочил свою тушу — так про него говорили, конечно, но только потому, что не знали, как сказать вернее. Он весь был большой, круглый, чуть сплюснутый сверху, как планета, и на коже у него жили маленькие человечки. Они строили города, в городах дома, а в домах квартиры, там селились, заводили цветы и домашних животных. Они там любили и плакали, и когда они печалились, печалился и Толстомясый, а когда радовались, то он и сам ощущал себя легким, как воздушный шар, и мог бы вот-вот взлететь, но тут же кому-то из них становилось грустно, и грусть их снова придавливала его к земле. Какая дикость, скажете вы. Он и сам так считал, он чувствовал себя неправильным, потому что у всех вокруг человечки жили внутри, а у него снаружи. Он думал, это потому, что внутри у него слишком мало места, слишком все заполнено им самим, и даже для него самого места едва хватало, потому он и стал таким огромным. Зато я могу их видеть, утешал себя Толстомясый. Он потому-то и ходил так осторожно, так медленно, чтобы не скинуть их ненароком. Как же он не боялся мыться, спросите вы. Он и не мылся, это было не нужно ему, потому что он жил только один день.

Допишите к этим трем абзацам четвертый, который свяжет их в единое повествование.

4.

Сегодня мы сочиняем песню. Человек, который может сочинить песню, всегда богат, вне зависимости от того, поэт ли он песенник, композитор или просто самодеятельный бард, поющий для собственного удовольствия. Тот, кто поет от удовольствия, всегда богат и успешен.

Эта песня должна быть гимном вымышленного идеального государства — или той России, какую вы бы хотели видеть. Чужие песни использовать нельзя. В гимне должны присутствовать национальные святыни, указания на великие события истории, упоминание о главных чертах национального характера, несколько слов о местных пейзажах и картина светлого будущего.

Я тоже что-нибудь напишу — про государство, которого еще не бывало, уж будьте уверены. Скорее всего это будет гимн Квартала, моего Квартала. И вам я советую не замахиваться на гигантскую задачу — песня с трудом натягивается на гигантские задачи, — а именно написать гимн Квартала, вашего собственного, где вы живете и действуете.

Конкурс на лучший гимн мы проведем, когда встретимся, а когда встретимся — вам будет сообщено особо. Но напишем сегодня. Кто не знает нот и аккордов, пусть напоет знакомым, которые знают. Они запишут.

Чем больше непонятных слов, тем лучше. Все понятное уже есть.

Приснился ли вам город?

Если да, то все в порядке. Сегодня у вас несложная программа: пройдитесь по Кварталу, дойдите до улицы, где вам чаще встречаются влюбленные (не знаю, как она называется на вашей личной карте), и стойте там с букетом цветов.

Подарите этот букет первой проходящей мимо старухе, сказав, что его просил передать человек, которого она знает.

На все вопросы отвечайте таинственно и уклончиво.

Если старуха не возьмет букет, что маловероятно, на ее глазах отправьте его в урну.

Если возьмет, считайте, что все ваши действия одобрены.

Если на улице нет старухи, ждите до тех пор, пока не появится. Разрешаю уйти в 19:00. Букет возьмите себе. Такой вариант означает, что вы входите в группу «Б».

Дома перепечатайте на компьютере следующий текст:

Моя проблема не в том, что мне не с кем говорить, а в том, что я вообще не хочу говорить в общепринятом смысле: с какого-то момента меня не интересует обмен информацией, потому что информации хватает своей. Я хочу, чтобы собеседник развил мою мысль с того момента, на котором я остановился, — но для этого я должен сначала ему эту мысль пояснить, а он, не дослушав, предъявит мне двести идиотских возражений на каждое слово. Я не хочу спорить, потому что любой спор означает лишь, что у нас разный опыт и что мы, возможно, не нравимся друг другу. Я не хочу выслушивать чужие истории, потому что любопытство — примета молодости. Я даже не знаю, о чем можно вообще говорить с другим человеком. Пушкин, довольно рано, с опережением войдя в подобное состояние, начал составлять table-talk — записывать сюжеты, которые можно пересказывать, когда не о чем говорить. Но тогда кого-то волновали исторические сюжеты, а сегодня на объяснение реалий придется тратить столько времени, что пуанта потонет в комментариях. С какого-то возраста — и нашего, и общечеловеческого, потому что человечество проходит все те же этапы, — разговор теряет смысл. Возможно, одна из причин в том, что коммуникация становится тотальной, к Интернету подключены все, новая информация является ко всем одновременно, делиться ею бессмысленно, потому что она всюду. Скоро эта связь — пока по желанию, а потом, думаю, и принудительно — будет вживляться в мозг, как чип. Беседа исчезнет как жанр, да и сейчас уже каждый второй ловит себя на том, что гости приходят, а говорить не о чем.

Правда, останется любимый жанр каждого — говорить о себе. Но это невыносимо, и тогда возникнет новое искусство — говорить о себе, прибегая к сложным приемам, хитрым и наивным уловкам, маскируя исповедь под пособие «Как похудеть» или «Где взять деньги». В этом жанре я сейчас и упражняюсь, но признаюсь в этом только себе.

Если город вам еще не снился, извините, придется пройти развилку.

Если сегодня с утра ясная погода, открывайте любой том «Войны и мира» на любой странице. Если там фигурирует Наташа Ростова, можете продолжать, а если отсутствует — увы, вам придется выбыть. Если сегодня пасмурная погода или дождь, открывайте любой том «Анны Карениной» на любой странице. Если там отсутствует Левин, можете продолжать. Если присутствует, увы, мы с вами прощаемся.

Лучшее, что могут сегодня сделать выбывшие (на будущий год, как положено, welcome), это послушать Третий концерт Рахманинова. Как показывает практика, это лучший парашют. А то кто его знает — при слишком резком торможении случаются эксцессы.

Сегодня мы варим суп.

На вопрос, зачем это надо, я мог бы ответить эзотерическим образом. Эзотерический ответ заключается в том, что все знают, как звучит хлопок двух ладоней по мягкому месту, но никто не видел, куда дует ветер, а потому делай, идиот, что тебе говорят. Я мог бы ответить вам демагогическим образом, поясняя, что обработка и соединение разных ингредиентов — основа жизни, а потому приготовление супа — лучшая школа успеха. И это объяснение, я вот сейчас подумал, не лишено логики. Проблема в том, что большинство действительно успешных людей — скажем, Уинстон Черчилль или Квентин, мать его, Тарантино — в жизни своей не варили супа, однако нельзя сказать, чтобы их жизнь из-за этого сложилась вовсе уж бездарно. С другой стороны, множество мужчин и женщин варили суп, не получив в результате ничего, кроме супа, и то сомнительного качества. Поэтому мы варим суп потому, что нам нужен сегодня суп, без всякой задней мысли.

Этот суп называется «МЕЧТА».

Для него нам понадобятся непростые, редкие ингредиенты, но он того стоит. Я ел его единственный раз в жизни и до сих пор не могу забыть. К счастью, мне удалось списать рецепт, которым я и делюсь с вами. Щедрость — в этом я весь.

Для приготовления супа нам понадобится 0,5 кг говядины, два сушеных трепанга (если есть натуральные, только из моря, это еще лучше), десяток ягод ежевики, стакан чечевицы красной марокканской, пряности (прежде всего мускатный орех), три спелых артишока, немного изобретательности и терпения.

Для начала варим крепкий говяжий бульон из расчета 0,5 кило мяса на полтора литра воды. Подготавливаем трепанга. Сушеный трепанг отмывается от угольной пыли (при помощи которой сушится), разрезается, чистится от внутренностей и укладывается на сутки разбухать в холодную воду. Каждые 8 часов воду надо менять. Хлопотно, но не огорчайтесь — результат того стоит. Впрочем, если у вас нет под рукой сушеного трепанга... Вот так всегда! Нужен трепанг, а его нет. Не огорчайтесь, можно взять вместо него превосходную, не слишком жирную атлантическую рыбу нототению. По вкусу и свойствам она почти тот же трепанг. Вообще этот трепанг, я вам скажу, один пиар. Ничего особенного. Только сказать в застолье: а я ел трепанга! И что? Для здоровья, говорят, хорошо, но для здоровья пусть едят больные. Мы едим нототению по 120 рублей за килограмм с доставкой практически в любой район без головы, то есть она без головы, свежезамороженная. Нототению размораживаем, разделываем, отвариваем в уже заблаговременно имеющемся у нас мясном бульоне. Так отваривали бы трепанга, а так нототению. Спроси у бульона, какая ему разница, и он ответит: пфф.

Давим с лимонным соком десять ягод ежевики. Она должна быть свежая, мороженую нельзя. Нет ежевики? Что ты будешь делать! Всегда, когда вот так вот нужна ежевика, ее нет. Что угодно есть, а ее нет. Ну хорошо, мы не гордые! Берем облепиху, необязательно ягоды, можно уже в виде пюре. Облепиховое пюре имеется везде, делается из расчета восемьсот граммов ягод на кило сахару, кладем в бульон три чайных ложки. Облепиха — здоровая, витаминная ягода, наш северный ананас, универсальная замена его в наших серых широтах. Дождливым утром в августе, когда уже скоро в школу, на работу, на пенсию, в могилу и опять по второму кругу в школу, выходишь на свой садовый участок, необратимо зарастающий, и спрашиваешь себя с бесконечной тоской: где ананас? Где, мать его тарантино, ананас, который нам обещали в школе, на работе, на пенсии и после смерти, перед новой реинкарнацией в школу? Нет ананаса! И тут, среди бесконечной серой хмари, оранжевым пятном ударяет нам в глаза куст созревающей облепихи, вся в шипах, собирать неудобно, лопается в руках. Но кто же обещал, что будет легко? И мы собираем ее дедовским способом в зонт, или на брезент, или вручную, и затираем с сахаром, и в невыносимый, почти отсутствующий зимний день едим с чаем, доказывая себе, что лето прожито не напрасно.

Хорошо. Теперь нам надо отварить чечевицу, настоящую, крупную, красную марокканскую чечевицу, ту самую, за которую было продано первородство. «Дай мне этого, этого красного!» — сказал Исав, видя, как Иаков собирается ужинать. А Исав пришел с охоты, мокрый, грязный, охота неудачна. К тому же он, как мы помним, был мохнат. Хорошо же, сказал Иаков, я дам тебе этого красного, но поклянись, что ты уступишь мне первородство! (Они были близнецы, но Исав вылез первый, весь мохнатый; представляю, как они там опупели.) Да бог с ним совсем, сказал Исав, или что-то в этом роде; он был простодушный, мохнатый. И дали ему чечевицы, и продал он первородство, и от него не убыло. Иаков же впоследствии увидел во сне лестницу, известную как лестница Иакова.

Что? Нет чечевицы? И негде взять? Как мы знаем с вами, чечевица — тот же горох. Правда, за горох не продавали первородство. Но это ничего. Подумаешь. Сказал бы: «Дай мне этого, этого зеленого». Горох есть везде. Гороховую кашу называют еще музыкальной. От гороха еще никто не умирал. В конце концов, запах супу придает не горох, а мускатный орех. Мускатный орех произрастает в небольшом архипелаге вулканического происхождения

Банда. О, Банда! О, Дезирада! Как мало обрадовались мы на этот раз, увидев твои склоны, покрытые манцениловыми лесами! Откуда это? Не знаете? Неважно. Архипелаг Банда окружен морем Сулавеси, оно же Целебесское. Раньше его называли Острова пряностей. Если съесть целиком мускатный орех, в котором страшное количество амфетаминов, можно почувствовать благодатное опьянение и даже увидеть на миг что-то вроде зеленого утеса на пестрой, отражающей его глади; он весь в лесах, манцениловых лесах, и вот уже лодки туземцев устремляются вам навстречу, прекрасные полуголые туземки готовы выменять мускатный орех и что у них там еще есть на стеклянные бусы, огненную воду, ласковый взгляд, книгу «Бегущая по волнам»... благодаря которой им на миг покажется, что их остров — кусок рая, а не третьего мира... но что ты будешь делать, у вас нет мускатного ореха. Хорошо. Берем один стручок ванили, она продается в каждом супермаркете. Кладем этот стручок в суп. Варим. Не страшно. Главное впереди. Впереди артишок.

Артишок, в сущности, бутон: если бы он раскрылся, то цвел бы густо-лиловым цветом, как чертополох. Его маринуют с добавлением морской воды, близ которой он и растет: в Калифорнии, в Мексике, Испании, даже в не нашем Крыму. Он прекрасен не только вкусом, но плотностью, мягкой хрусткостью, какая бывает еще у молодого патиссона; существенная его особенность — тот концентрат радости жизни, бодрости, веры в какое-то завтра, которая в детстве дается нам без всякого артишока, но сейчас уже шалишь, брат, шалишь. Уже нужен артишок с его колючими шипами, с его морской водой. И мы режем артишоки напополам и варим их в получившемся супе... но у нас нет, говоришь ты, нет артишока! Нет внезапного дуновения счастья, с каким разгрызаешь его крепкое донышко! Что делать? Что делать, спрашиваю я вас? Разумеется, не опускать руки. Тот дурак, кто все время требует невозможного. Всегда можно договориться. Нет артишока — есть огурец. В огурце нет счастья, пускай, хотя если долго не есть вообще ничего — то и огурец счастье. Но по консистенции, по цвету, даже по пупырышкам он вполне артишок. Нельзя вечно настаивать на небывалом. Надо ценить то, что есть, иначе всю жизнь можно вот так прождать прекрасного принца. А мы не будем ждать прекрасного принца, мы доставим себе сейчас полное удовлетворение огурцом. Мы разрежем его напополам в количестве трех штук, и все это в суп. Варить до полного отвращения.

Ну вот, пожалуйста, суп «МЕЧТА». Самые умные уже догадались, что МЕЧТА — это аббревиатура: Мускат, Ежевика, Чечевица, Трепанг, Артишок. А теперь смотри, что у тебя получилось. У тебя получился обед конформиста, потому что ты всю жизнь соглашался на замены. И вот вместо набора «МЕЧТА» перед тобой Горох, Облепиха, Ваниль, Нототения, Огурец. Аббревиатуру сложишь сам.

Жри то, что у тебя получилось. Предъявлять претензии не к кому, сам виноват.

Если у тебя получилась «МЕЧТА», не жди от меня поощрения, этот суп сам себе награда.

Завтра продолжим. Для тех, у кого получилась «МЕЧТА», подъем по желанию. Для тех, у кого получилось то, что получилось, подъем в семь утра независимо от погоды.

Как вы знаете, «Квартал» не отрывает вас от основной работы. Но мне чрезвычайно интересно знать, чем вы занимаетесь, дорогой — нет, не читатель, куда почетней — дорогой исполнитель. Ведь это ваша книга не в меньшей степени, чем моя. Так чем вы там занимаетесь, помимо нашего общего дела? Офисный вы клерк или гордый металлург? Или, может, вообще нефтедобытчик? Если вам нужны деньги, вы скорее всего работаете. Может, вы учитель? Или вообще школьник? Как бы то ни было, в наших святцах сегодня Ваш Профессиональный Праздник. Если вы учитель — то день учителя, если моряк, то день моряка.

Перед вами чистая страница. Напишите на ней по пунктам: «За что я ненавижу свою профессию».

За что вы ее любите — писать необязательно. Если б не любили, уже бы бросили, наверное. Но бывают же минуты, что ненавидите? Вот и выпишите, за что. Лучше всего, если этих пунктов будет не меньше десяти. Больше — тоже не надо.

У меня одно время была профессия учителя (и в некотором смысле осталась до сих пор). Я ее люблю, потому что имеешь дело с молодостью и т. д., и шанс сделать подлость не так велик, и украсть нечего. Но и ненавидел очень часто.

Выписываю.

- Вставать рано.
- Много контактов с дураками, как среди учащихся, так и среди администрации.
- Платят мало.
- Приходится проповедовать вещи, в которые сам не веришь до конца, и от многих повторений они стираются.
- Престиж незначителен.
- Много приходится разговаривать, портятся связки.
- Трудно все время находиться на виду у людей, вообще все время работать с людьми, особенно с детьми.
- Много ненужной бюрократии, обременяющих документов.
- Всегда есть страх, что талантливых и любящих тебя детей ты увлекаешь на опасный путь, наш мир не для них и т. д.
- Отсутствуют перспективы роста.
- Русской литературы очень мало, она быстро исчерпывается.
- Чтение сочинений и прочих домашних работ отнимает много времени, и это скучно.
- Дети могут при первом же конфликте обвинить тебя в педофилии, и не отмоешься.
- Среди коллег преобладают рутинеры, пожилые и не очень счастливые люди.

Достаточно.

Теперь пишем — точней, придумываем — своего рода антонимы ко всем перечисленным вещам. То есть ищем ту профессию, в которой бы все обстояло ровно противоположным образом.

Это и будет профессия вашей души — то, чем вам надлежит заниматься.

Итак, на моей идеальной работе:

- Вставать можно в любое время, лучше поздно.
- Контактов с дураками нет, вообще контактов мало.
- Платят много. (Заметьте, тут вообще обратная пропорция: чем меньше общаешься с дураками, тем больше платят.)
- Делать приходится только то, во что действительно веришь.
- Престижно.
- Можно много молчать.
- Можно много времени проводить одному, в крайнем случае среди взрослых.
- Документов никаких.
- Вредных последствий (для детей) никаких.
- Есть карьерная перспектива.
- Круг занятий огромен, край работы непочат.
- Помимо рабочего времени, нет никаких домашних заданий.
- Педофилия исключена.
- Коллеги молоды и счастливы.

Подозреваю, что под все эти определения подходят только три профессии, которые бы мне в наибольшей степени подошли. Первая — оператор ракетной установки, но там возможен подъем по тревоге. Вторая — смотритель маяка, но там трудно с карьерной перспективой. Идеально совпадает только танцор танго — нанятый для ресторанов либо тренирующий богатых бездельников; вместо карьерной перспективы есть перспектива удачного брака, работа в основном по вечерам, одна моя знакомая как раз туда ходила, пока не доходилась до того, что перестала быть моей знакомой.

Вот же как крепко, черт, все сидит в подсознании!

То есть я хочу быть тренером танго, тем, к кому она ушла.

Надеюсь, вам повезет больше и вы не саморазоблачитесь так позорно.

21 августа объявляется днем вашей истинной профессии, которую еще не поздно освоить.

Листок из книги — тот, на который выписали десять или сколько там пунктов ненависти к своей профессии, — вырываем и жжем.

Иначе эти мерзости так и будут нас мучить.

Не смотрите, на обороте там ничего нет. Я сегодня добрый.

До конца дня позанимайтесь этой идеальной профессией. Что до меня, включаю Roxanne и танцую один.

Сегодня мы будем учиться передавать мысли на расстояние.

Это полезный навык, даже если у вас ничего не получится с деньгами, если вы вылетите на одной из развилок или — бывает — сами решите прервать упражнения, помня, чем за это заплатите. Иногда решительный поступок важней тупого послушания и, как знать, не больше ли повезет тому, кто соскочит. Во всяком случае я его не порицаю.

Итак, телепатия. Это вещь совершенно естественная, многажды доказанная и несложная, но вокруг нее наворочено много ерунды. На самом деле эфир соединяет всех, волны в этом эфире может порождать любой, и задача лишь в том, чтобы настроиться на правильную волну. Надо войти в состояние эфира, как входим мы в состояние «Квартала». Нет ничего глупее, наивней, пошлей, чем пялиться в пространство, изо всех сил повторяя заветную мысль, даже губами шевеля, — а девушка-реципиент вместо «Дай мне эту шоколадку» все равно слышит «Дай мне» и тупо ухмыляется, и, естественно, не дает.

Сколько раз я видел эту наивную мыслепередачу вроде фокусов Мессинга, сколько раз сам ею занимался — мысли были идиотские, типа «Обернись» или «Вернись», — и не понимал простейшей техники: ты можешь хоть стену пробить лбом, но работать без настройки еще глупей, чем умолять выключенный телефон, чтобы тебе привезли пиццу. Был такой анекдот про чукчу.

Напоминаю, что при телепатии не надо повторять про себя мысль, вообще не надо вербализовать ее. Передается ощущение, желание, и уж на этой волне можно прочитать про себя какие-нибудь стихи или представить животное, если транслируется животное.

Эфир, соприкосновение с ним, выход в него — все это осуществляется на одной, довольно тонкой эмоциональной волне, называемой «печаль», но это название неточное. Это чувство, которое на острове Ифалук называется фаго, то есть сочетание любви, сострадания, невыносимой жалости, умиления, любования. На Ифалуке для большинства сложных эмоций есть простые и краткие названия. Поскольку соприкосновение с эфиром всегда вызывает в душе именно фаго, — вам надо прежде всего как-то вызвать эту эмоцию у себя, для чего хорошо подходит прослушивание песни «Белые кораблики».

Белые кора-а-аблики, белые кора-а-а-аблики
По небу плывут,
Белые кораблики, белые кораблики
Дождики везут...

Это ужас что такое. Я вообще не понимаю, для какой жизни готовила людей советская власть, если накачивала их такими порциями сентиментальности. Тут был, вероятно, дальний умысел. Человек, воспитанный на «Белых корааааабликах», в результате шмякался о жизнь с такого размаху, из него так летели брызги, что потом он уже не смел рыпаться. Чем иначе объяснить все эти мультики с добрыми зайцами, мышами, ежами, все эти картинки Сутеева, все эти старческие слюни кровавой некогда страны, которая под занавес научилась действовать гораздо более тонкими методами? Ведь мальчик, воспитанный на «Белых корабликах», попадал потом в армию, в кузницу, где его мяли и плющили, и выходил оттуда со стойкой ненавистью к любой доброте. А если он был человек сильный, то отковывался, конечно, во что-то прекрасное, — но только для того, чтобы потом тридцать лет ржаветь и гнить: вот так поступала с нами Родина. Вы почти достигли кондиции, ваше фаго сменилось злостью, вы почти плачете злыми слезами. Это и есть состояние местного эфира, эмоция, до которой не додумался никакой Ифалук: слезная злоба, смесь сентиментальности и ненависти и чувство даром потраченной жизни, которая так вас обманула, что вы не верите уже вообще ничему. Вы поймали волну страны, вышли в ее кодировку. Вы ведь собираетесь телепатировать мысль соотечественнику? Вот теперь он вас услышит. Представьте его.

Представьте конкретно и точно, со всеми привычками, запахами и словечками того человека, с которым стремитесь связаться. Представьте, что он делает в это время суток. Представьте, что способно ввергнуть его — ведь вы его знаете хоть сколько-нибудь — в то самое состояние умиления и злобы. Спойте ему «Белые кораблики», а потом что-нибудь из свежего русского шансона. Есть контакт? Думайте мысль. Думайте ее не слишком упорно, а как бы между прочим, постоянно вписывая в тот же контекст умиления и злости, представляя известные вам факты его биографии, которые он вспоминает по ассоциации в минуты особо сладострастного унижения. Вспоминайте его обманутые ожидания, его попранные надежды, его отвергнутую доброту. Это наш эфир, мы все им дышим. Говорите с ним мысленно, через две-три фразы повторяя задуманную мысль. Без особенной навязчивости. Лучше всего экспериментировать со стихами. Стихи вообще хорошо ложатся на ситуации обманутой доброты, неосуществленного подвига, невостребованных дарований. Стихи в такие минуты могут вышибить слезу. Не в страхе, не в отчаянии, а в легкой похмельной раздавленности они действуют сильнее всего: «И наутро заместо примочки водянистые Блока стишки». Что Блок! — я однажды с похмелья расплакался над стихами Николая Грибачева

«Осенний лист навел на размышленья», но, правда, это было очень сильное похмелье.

Как узнать, подействовало ли? Очень просто. Позвоните ему вечером или напишите и спросите, какие стихи вспоминались ему сегодня в то самое время, когда вы с ним связывались. Или еще проще. Он ведь может не признаться. Он впал в ту эмоцию, которой принято стыдиться. Тогда ладно. Тогда вы просто почувствуете в ответ от него волну необычайно сильной, химически чистой, обжигающей ненависти — той ненависти, которая уже похожа на любовь; мы и принимаем ее чаще всего за любовь к Отечеству. Потому что как же не любить Отечество, способное вызвать у нас чувство такой силы? Вот эта волна жгучей ненависти непременно должна дохлестнуть до вас, и это значит, что вы попали в точку. Вы попали в точку, блядь. Все у вас получилось, даже если он потом не признается.

Ну, а если ничего не получилось, — подумаешь. Это тот случай, когда нам важен процесс, а не результат. Вашу способность к телепатии мы еще потренируем. Например, прямо завтра. Спокойной ночи.

Сегодня, как и обещали, мы еще раз проверим вашу способность к телепатии. Как известно, мысль можно передать не только, так сказать, живьем, но и с помощью НЛП. В следующем тексте при помощи новейших приемов НЛП закодировано то, что вы должны сегодня сделать. Прочитайте этот текст внимательно три раза. Моя мысль станет вам абсолютно ясна. После этого идите выполнять задание, а вечером вы узнаете, получилось у вас или нет.

Письма счастья — это не так просто: сама идея писем счастья восходит к Средним векам, это первая в истории человечества попытка построить сеть связи и взаимопомощи. В письме счастья заложен фильтр: те, кто не будут его переписывать, не нуждаются в контактах с окружающими, а значит, в сети они не нужны. Письмо счастья пишется не ради выгоды или потехи, но с гораздо более высокой и значимой целью: вовлечь всех людей в выполнение некоей бессмысленной задачи. Задача в самом деле бессмысленна — с человеческой точки зрения, — но о конечных ее целях нам ничего неизвестно. Возможно, когда письмо обходит мир, выделяется неизвестный нам вид энергии. Сама идея «сделать что-то и ждать счастья» более глубока, чем все наши попытки добыть счастье личными силами. Скажу больше: иногда в том, чтобы купить себе электронные напольные весы, больше смысла, чем в том, чтобы купить продукты на неделю.

Представьте себе, что вы получили письмо счастья (или его рекламный вариант) с предложением, а то и требованием немедленно приобрести электронные напольные весы. Они вам совершенно не нужны, и весь ваш день уходит на попытку расправиться с этой абсурдной идеей, избавиться от связанных с ней обсессий и страхов. Зато насколько проще было бы сразу купить себе электронные напольные весы! Ведь эта реклама пришла к вам не просто так, и, возможно, кому-то действительно виднее, нужны вам *электронные напольные весы* или нет. Нет ничего плохого, опасного, рискованного в том, чтобы приобрести электронные напольные весы. Я тоже думаю, что вы должны купить себе ЭЛЕКТРОННЫЕ НАПОЛЬНЫЕ ВЕСЫ. Лично я уже купил себе **ЭЛЕКТРОННЫЕ НАПОЛЬНЫЕ ВЕСЫ**. Один человек решил, что ему не нужны ЭЛЕКТРОННЫЕ НАПОЛЬНЫЕ ВЕСЫ, и где теперь этот человек? Другой купил себе **ЭЛЕКТРОННЫЕ НАПОЛЬНЫЕ ВЕСЫ**, и все мы знаем этого человека. Чем наивней рекламная технология, тем она действенней.

По сути, не только вся реклама, но и вся литература — письма счастья. Веди себя так-то и так-то, и счастье будет. Иногда это, кстати, работает — не потому, что вы себя так-то и так-то ведете, но потому, что само это предписание какого-то дурня, смеющего вам советовать, приводит вас в состояние такого гневного упоения, что вы начинаете совершать интуитивно верные поступки, — и происходит счастье.

Теперь можете заглянуть на эту страницу.

С помощью новейших методов НЛП я внушал вам мысль о необходимости приобретения электронных напольных весов. Конечно, старая наивная НЛП исходила из того, что послание надо тщательно зашифровать. НАПример, говорить о том, что си-бемОЛЬНЫЙ вальс Шопена ИЛИ, К примеру, ТРОННЫЕ вариации Сальери (которых он сроду не писал) производят в голоВЕ СЫновние чувства в Отечеству, — и такими комбинациями пудрить мозги читателя пять раз подряд. Но это глупо, неэкономно и как-то нечестно. Современная НЛП считает, что читатель ненавидит рекламу и самый верный способ что-нибудь ему втюхать, от идеи до продукта, — это всячески эту идею/продукт развенчивать. Но дудки. Самый современный читатель уже ловится на этот прием. Он думает: ах, так? Вы мне льстите? Вы пытаетесь мне доказать, что я нонконформист? Нонконформисты больше не в моде. Я прагматик. Плевал я на ваши ухищрения. Пойду сейчас и в знак протеста против протеста куплю НАПОЛЬНЫЕ ЭЛЕКТРОННЫЕ ВЕСЫ.

Что и требовалось доказать. Они нам завтра понадобятся.

Если вы их купили, значит, телепатия у вас есть.

Если нет, значит, нет у вас никакой телепатии.

С дистанции не снимаю, но пойдите-ка вы отожмитесь двадцать пять раз.

За сегодняшний день вы должны сбросить 2 килограмма.

Прописью: два.

Как? А я почем знаю? Я уже сбросил, «Квартал» прошел, мне совершенно неинтересно, как лично вы будете решать эту проблему. Минус два кило, плюс деньги. А что, вы так и ждали, что все три месяца будете передавать на расстояние сомнительные мысли и смотреть любимые фильмы? Мы вступаем в центральный период «Квартала», оказываемся на его, так сказать, острие. Тут будут задания вполне выполнимые, но трудные. В том числе физически. Деньги не любят прагматики, а внешне бессмысленные, но эффектные действия они очень даже любят. С таким весом, как сейчас, наш верблюд не пройдет в игольное ушко. Даже если вы девушка и весите сорок килограммов, кожа да кости, помните, что нет предела совершенству. Хотите денег? Легко. Минус два кило.

Есть много способов, я охотно ими поделюсь, если угодно. Но помните, что прежде всего весы. Вы встаете на них, как только просыпаетесь. Вечером — хорошо, в полночь, — вам (весам) должно полегчать на два килограмма или более. Но не менее — это условие непременное. Весы лучше берите электронные, дешево и точно. И в любом случае пригодятся. Я не могу и не хочу вас контролировать, просто поймите, что если сброшенный вес будет меньше двух, выбываете вы однозначно и окончательно. До следующего раза.

Первый вариант, самый элементарный, — принять хорошее слабительное или попросить клизму. Клизму попросите в ближайшей поликлинике, или еще центры специальные есть клистирные. Говорят, там за один день могут так очистить организм от калового камня, что вы лишитесь не двух, а трех-пяти килограммов. Правда, это уж я не знаю, сколько надо иметь этого калового камня в организме. Но там очень все культурно, во время промывания, говорят, можно даже газету читать. Другой путь — гречневая каша, пресная, без крупицы соли, но если как-то правильно ею питаться, то за день два кило уходят, она то ли влагу абсорбирует, то ли как-то особенно очищает. Третий вариант — огурцы: стандартная огуречная диета, опять же без соли, и воды сколько хошь. Четвертый путь — вообще ничего не есть, но постоянно пить напиток: чашку черного чая завариваем литром кипящего молока, и от этого почему-то два кило пропадают за сутки. Но самый надежный вариант — это, конечно, бег или велосипед. Сейчас еще лето, давайте-давайте. Можно пробежать хипстерский марафон, присоединиться к любому беговому клубу — их сейчас миллион, все бегают, по-доброму друг над другом подтрунивают, счастливый средний класс. Я почитал как-то про них репортаж: мама дорогая, сколько самодовольства! Это самодовольство, видимо, как-то их особым образом наполняет, словно гелий, и они приподнимаются над землей. Но вам же с ними не детей крестить. Один день побегаете, ничего страшного. Не хотите бегать — можно просто стоять, тоже вес теряется. Попробуйте вечером сказать публичную речь, прочесть лекцию, дать концерт — тоже уходит килограмм-полтора, остальное сбросите за счет клизмы. После клизмы публичная речь особенно хорошо идет, а можно наоборот — сказать речь и в награду попросить клизму. Еще надежней, конечно, футбол: тут при хорошей игре можно сбросить до четырех кило. Можете сходить в баню — говорят, опять же с потом выходит кило-полтора, а если при этом не есть! Можно еще трахнуть кого-нибудь в бане (мужской вариант), но рискованно — давление, перезагрузка... Любые спортивные игры на свежем воздухе. Можете просто весь день ходить по Кварталу и ничего при этом не есть, пить сколько угодно, а если станет совсем невтерпеж — лимонный сок с ложкой меда. Хорошо также отжиматься, но мы и так это часто делаем.

Все, хватит читать, пошли худеть. В полночь встретимся.

Сбросили? Поздравляю. Чувствуете колоссальное облегчение? Ура. Не вздумайте бежать к холодильнику и быстро нажирать все это обратно. Тогда ничего не засчитывается. Спокойно ложитесь спать, выпив пустого крепкого чаю или выкурив сигарету, чтобы голод не мучил. Впрочем, он вас уже и не мучит — вы сыты сознанием победы.

Не сбросили? Ничего страшного. Зато остались верны себе.

А нам, в отличие от дона Рэбы, верные не надобны.

25 августа

Итак, 25 августа. До конца лета осталось всего ничего, но это ничего многого стоит. Скажи, друг мой, ты уже чувствуешь синдром последних минут? Это когда до конца остается несколько дней, и ты уже как будто бы там, за? А помнишь 25 августа и твои одиннадцать лет? Не сегодня-завтра возвращаться домой из деревни или с дачи, потому что еще перед школой надо всего столько — закупить учебники, тетради, разноцветные канцтовары, форму померить, там еще медосмотр, ежегодная утомительная суета. И вот ты идешь по даче, по любимым местам, как в последний раз, а может, и в последний, и все уже как будто чужое. И уже такой холодок вокруг — не от близкой осени, а от этого именно отчуждения. Звуки не те: когда лето, то даже тишина звучит, а теперь все глухо. Хотя есть отдельные островки человеческого шума — там голоса, тут стукнет, то ли сосед что-то приколачивает, то ли дятел долбит, — но они больше не сливаются в оркестр дачного лета. Все по отдельности, вот в чем штука. Каждый умирает в одиночку. Умирание — дело сосредоточенное.

Вы все уже друг другу чужие, а некоторые уже переоделись в городское, а которые не переоделись, так все равно по ним видно, что оно уже у них разложено и приготовлено. Они тоже уже все одной ногой в городе, и приветливы вроде, а опять холодок. Хотя уезжать еще только завтра. Но все уже как будто не с тобой. Ничего без тебя никуда не денется, птицы без тебя не замолкнут и розы не засохнут и так далее — чья песня? Не знаешь, и черт с тобой, в одиннадцать лет можно не знать.

Камень у поворота, колодец — не ближний, а дальний, где, говорят, алкаш дядя Сережа утонул, выдумки, конечно, и кто его вообще когда видел, дядьсережу, но за водой туда не ходят, он вообще забит гвоздями, зато там тусуются все, а сейчас никого, все уже в город уехали. На пруд можно сходить. Вода черная, кто-то плавает в глубине, жучки водяные, пиявки есть. И все уже тебе совершенно чужие. И от этого как-то ужасно щемит, хотя, казалось бы, уж о пиявках-то жалеть! Это ты потом поймешь, как оно бывает: когда тебя все кинули, и последний остается — вроде и пиявка человек, и ничтожество, а обидно отпустить. Браться ни за что неохота, потому что... Ты еще сам не знаешь почему, ты еще маленький. А потом поймешь: потому что это трепетное состояние, когда канат еще держит, но уже рвется волосок за волоском, оно не терпит суеты, и его жалко нарушать приключениями. Поэтому ты не полезешь в заброшенный сарай, вокруг которого все лето ходил кругами, и не свернешь с дальней тропинки направо вместо привычного налево-к-пруду, да бог знает, что ты еще собирался сделать и не сделал. В общем, завтра уезжать, а еще столько мест неоткрытых.

Или так: если тебя не возили никуда в детстве, ты, допустим, в городе сидишь и ниоткуда не уезжаешь, ничего не покидаешь, но наступление этого дня чувствуешь — когда вдруг останавливаешься и говоришь себе: а лето-то ёк! И ты уже — раз, и вроде как уже вышел из лета, потому что оно все равно уйдет, а ты останешься. Когда маленький, каникул еще не так жалко. Но асфальт уже пахнет иначе, и кусты во дворе тоже другие. Тут, в городе, наоборот: народу становится много, все приезжают, и тоже обидно — вот все было твое, а теперь вон по твоим дорожкам Машка бегает загорелая, противная такая. А сколько еще не сделано, и в такой толпе уже не получится! Теперь жди, пока все разъедутся опять на следующий год.

И главное, сам момент перехода опять никто не зафиксировал.

Конкретику не прописываю. Главное — вот: что-то кончается, но не навсегда, а все-таки в следующий раз уже будет по-другому.

Если ты не помнишь ничего подобного, то... простите, дорогой товарищ киборг. Закрывай книгу и иди завтракать алкалиновыми батарейками.

Как вы уже поняли, сегодня у нас день исполнения неисполненного. Но имейте в виду, это должно быть что-то бесполезное, бессмысленное, мелкое. Если вы хотели стать космонавтом, да так и не стали, это не считается. И вряд ли уже за сегодняшний день вы успеете стать космонавтом. Считается заброшенный сарай, в который вы не залезли.

Итак, выбираем место и едем туда. Вернуться надо к вечеру, так что надо что-то рядом. Если ваш самый заветный сарай стоит на другом конце страны или вообще в другой стране, ищите то, что ближе, из недавнего. Если вы переехали только вчера и ничего еще здесь не упустили, поезжайте куда угодно и ищите сарай там. Нет, не шутка. Вот прямо сейчас выезжай, садись на электричку или в машину, поезжай в любом направлении, ищи таинственное место и исследуй его. Конечно, баллов ты получишь меньше, и не надо возмущаться, что, дескать, это не твоя вина, а жизнь так устроила. Так вообще часто случается, что жизнь отбирает баллы без спросу, и никто не виноват. Не все от тебя зависит, а кто говорит иначе, тот дурак или разводит. Беда тому, кто считает, что сам строит свою жизнь. Жизнь живется как в игре «Марио»: идешь по дороге в костюме сантехника, доходишь до трубы — прыгай, дошел до огнедышащего дракона — пригибайся. А уж кто из них в какой момент перед тобой появится, не в твоей компетенции. И если ты запланировал прыгнуть, а нарвался на дракона, пригнешься как миленький, и не трещи тут про свободу выбора и кузню собственного счастья. Что тебе выкуют, на том и поедешь.

Ну так вот. С собой берем бесполезную вещь, которая нам дорога, и бутерброды. Прибыв на место, осматриваемся. Что, сильно тут все изменилось? Может, уже и сарая-то нет никакого? Может же быть так, что вы приехали, а там теперь стоит дом, пруд осушен, поворот направо, который так манил, уходя в чащу леса, заасфальтирован и ведет к торгово-развлекательному центру или, того паче, к храму. Вот это жестокий облом, ха-ха. А ты чего хотел-то? Все меняется. И чаще всего к худшему. Ну что же, походи вокруг, развлекись в ТРЦ, зайди в РПЦ. Надо было раньше думать, когда было одиннадцать. Но ты же тогда думал, что вся жизнь впереди, да? А вот уже ее впереди гораздо меньше осталось, и ты никогда не узнаешь, что там было. Так-то ты бы и не вспомнил, но теперь уж точно себе не простишь. Но самое обидное, вот просто до слез обидное, что из-за этой ерунды тебе теперь придется бросить «Квартал». Понимаешь, ведь так всегда: один дурак построил дом на месте сарая, и он вообще с тобой не знаком, посторонний какой-то совсем человек, про «Квартал» знать не знает и знать не хочет, и не хочет знать, хочет ли знать. А у тебя из-за этого все насмарку. И никто опять-таки не виноват. Не повезло просто. Но тут же надо понимать: настоящее невезение — это не тогда, когда ты в самую медленную очередь встал, не когда ты вещь присмотрел, долго колебался, решился, пришел, а ее уже купили. Короче, это не то, что у Пьера Ришара: Пьер Ришар — вообще, с позволения сказать, детский сад. Настоящее невезение — это когда из-за чьей-то левой ноги вся жизнь теперь пойдет не так, как хотелось. Можно расценивать это все как Божий промысел, чертов умысел, замысел, заговор, приговор, пример пионерам, художественный прием. А ты уж было загордился, читая предыдущий абзац: я, мол, не лох, меня жизнь уберегла для «Квартала», вот он, мой сарай, щас я тута все быстро сделаю и стану богат. Теперь жалеешь, поди, что не переехал куда-нибудь в Находку: сейчас бы изучал какую-нибудь наугад выбранную поляну, нашел бы таинственную пещеру, выполнил бы задание и с чистой совестью отправился домой. А вот тебе: не радуйся раньше времени, новые условия могут разрушить все.

До свидания.

Что бывает с тем, кого «Квартал» вытеснил, а он все равно остался, вы уже знаете. Но если не знаете, то скоро узнаете.

Я сказал, до свидания.

Если очень захочется, начните все опять год спустя, уже зная, к чему готовиться.

Все, я занят.

...Но вот, допустим, вам повезло, и сарай цел. Непонятно, как уцелел, вот же люди на века строили, будто вечно жить собирались. Ну или не сарай, а что там у вас было. Перекусите бутербродом и действуйте. Тут вам полная свобода, разумеется, в рамках Уголовного кодекса или совсем чуть-чуть за рамками. Главное — войти в Состояние. Те два неудачника — кто переехал и у кого построили ТРЦ или РПЦ, — им с тобой не по пути. Ты, конечно, осторожен: помнишь, что было со вторым. И пока особо не радуешься. И правильно делаешь. Потому что твое Состояние — разочарование. Таинственный сарай пахнет пылью и плесенью, из артефактов только осиное гнездо или крысиное говно, никакой романтики. Загадочная тропинка через триста метров кончается таким местом, куда все бегают облегчаться. За гаражами, куда всегда было страшно — а говорили, что там штаб шпионов, — тупо свалка. И ты об этом знал, так? Конечно, знал, тебе ж давно не одиннадцать, какие, к черту, шпионы? Но надо убедиться. Теперь ты понимаешь, насколько лучше первым двум? У них мечта осталась мечтой, а у тебя? Больной, измученный человек без иллюзий. Чтобы тебя как-то утешить, скажу, впрочем, что тот, первый, сейчас проклинает все на свете по колено в незнакомом болоте и страшно тебе завидует.

И не без оснований. Все-таки ты это сделал. Закрыл гештальт, поставил точку. Перевернул страницу. Хорошая была страница, но нельзя же вечно держать там закладку. Поезжай домой. Артефакт выкинь. После развенчания сарая он тебе уже не так и дорог — ты же видишь теперь, что все крючки прошлого гроша ломаного не стоят. Остаток дня ни с кем не разговаривай и не наступай на стыки плит, а в остальном можешь делать что хочешь.

Окончание рассказа «Бухта Радости»

Клоков взял подругу за руку и отправился с ней туда, где, как ему казалось, должен быть тот самый магазин. Но не было не только магазина — исчезло и шоссе, и шашлычная на берегу, и муравейники под соснами. Вдоль берега тянулась теперь зеленая маскировочная сетка — там выгородили площадку для пейнтбола, и желтые шарики повсюду виднелись в кустах. Вместо магазина был клуб, весьма потрепанный, с облезлым Лениным: положим, они могли снести магазин и выстроить клуб, но не в таком же сразу старом виде! Дорога шла меж дач, но ни одной дачи Клоков не узнавал: в них кипела жизнь, но не артистическая, как прежде, а хозяйственная, все что-то пилили и бурили, прокладывали новый водопровод, добродушного вида мужик неистово что-то приколачивал, и это неистовство было скорей трогательно, чем ужасно. Никто не обращал никакого внимания ни на Клокова, ни на его подругу; они не чувствовали ни злых, ни доброжелательных взглядов — все вокруг было слишком занято своим делом, и даже птицы, когда их ненадолго становилось слышно в паузах между бурением и пилением, пересвистывались деловито, словно позволяли себе отвлечься от главных дел, а потом тоже принимались долбить или высиживать. Это был другой мир — не тот, что в первый и второй клоковский приезд; все было третье — то третье, какого он не мог представить в одиночку. И страшно было ему подумать, что за первым и вторым есть третий мир — мир, который видят двое; он был уютен, деловит, по-женски разумен, но страшней всего было подумать, что своего, прежнего, одинокого, он не увидит уже никогда.

Впрочем, скоро эта мысль стала его успокаивать — как успокаиваешься в детстве, поняв, что уткнуться в другого легче, чем проваливаться в себя.

Просмотрите то, что вы записали.

Если вы угадали ход сюжета — при выборе между первым и вторым возникает третье, потому что двое видят мир не так, как один, — вы можете больше не отжиматься, по крайней мере до конца «Квартала».

Если с девушкой бухта Радости показалась Клокову еще хуже — вы женоненавистник и должны исправиться. Перепечатайте на компьютере — не копипастить! — стихотворение Пушкина «На холмах Грузии лежит ночная мгла».

Если с девушкой бухта стала райским уголком — вы принадлежите к группе «Б». Это пока ничего не меняет, но вообще мне не очень нравится ваша группа. В ней есть желание понравиться, а я этого не люблю.

Если они с девушкой не встретились в бухте, не смогли найти друг друга и нашлись только в городе — эта концовка лучше моей. Выпейте рюмку чего хотите за свой литературный талант.

27 августа

Сегодня мы вспоминаем две песни нашего детства. Одна — под которую нам было страшно, другая — под которую грустно.

Почему сейчас? Потому что август кончается, и что еще нам делать августовскими вечерами? Августовские вечера располагают к слушанию пионерских песен, потому что разъезжаются лагеря, и дети поют у костра и смотрят на звезды, забывая в эти минуты, как было отвратительно все предшествующее. Впрочем, так было когда-то. Сегодня пионерских лагерей нет, а в тех, которые есть, не поют у костра. Августовская ночь вообще есть ночь прощания, потому что дальше пойдет доживание. Попробуем вспомнить лучшие минуты нашей жизни: это вовсе не были минуты безоблачного счастья. Свой максимум мы показывали тогда, когда боялись или печалились; умнее всего мы были в те минуты детства, когда просыпались среди ночи. Тогда мы понимали все, но не могли выразить. Потом наши чувства заветрились, как колбаса на срезе, и острота ушла, а одновременно появились слова, которыми можно кое-что выразить. Сегодня, пожалуй, у меня есть слова даже для того, чтобы выразить тогдашнюю остроту, но я уже почти не могу ее воспроизвести. При желании я почти всегда могу вытащить, словно из картотеки, того мальчика, который радуется весне, и он испытает почти те же чувства, что и в марте тридцать лет назад, возвращаясь из школы. Но вытащить того мальчика, который просыпался ночью, смотрел на белую стену дома напротив, на маленькую бойлерную внизу, на совершенно пустую улицу в ртутном свете летних фонарей и вспоминал песню «Почему же я одна» — я не могу даже во сне.

Песня эта на меня сильно действовала, да. Вообще Аркадий Островский, проживший всего-то пятьдесят с небольшим, был на удивление хороший композитор, зараженный хорошими тогдашними чувствами, и в мелодиях его — а скорей, в оркестровке — звучит что-то сверх, что-то почти иррациональное. И вот «Почему же я одна» была песней именно с таким призвуком. Цвет ее для меня белый — отчасти потому, что услышал я ее впервые с белой гибкой пластинки в «Кругозоре». Там на одной пластинке были два новейших хита — «Моряк сошел на берег» и, соответственно, эта, в пении Кристалинской. Но мне вообще представлялось, что это песня белая, и певица шла как бы под ртутным белым светом по ночной мостовой. Ночной город мне представлялся — и до сих пор представляется, хотя сейчас он мало отличается от дневного, — совершенно иным. Это было пространство, где всем владеют непонятные силы, где вообще все другое. Идет она, как мне представлялось, вдоль красных кирпичных домов недалеко от нашего, эти дома вообще мне виделись мрачным местом, поскольку сразу за ними тогда начинался пустырь с битым кирпичом и высоко торчащими стеблями полыни, там вечно валялась какая-то ржавчина и покрышки, город там кончался тогда. Но если идти вдоль них, ты попадал в еще вполне цивилизованную часть Квартала, просто остро чувствовалось пограничье. Она попала в заколдованное пространство и не может из него выйти — вот почему «так тревожно, томительно мне», но она этого не понимает. Еще можно повернуть и попасть в нормальный мир, а то и вообще вернуться домой, но то ли ей некуда возвращаться, то ли она вышла из своего дома, стоящего в совсем другом месте, и вдруг попала к нашим красным домам, которые вообще видит впервые. Я всегда боялся, выходя из дома, попасть в чужой мир: никогда же не знаешь, куда выводят двери. И звук этого голоса был совершенно потусторонний, и регулярно повторявшиеся аккорды были как полоски ртутного света от фонарей, через которые она переступает. Потом я такой же отстраненный, ужасный женский голос услышал у Локшина в «Песнях Гретхен» — самом, вероятно, жутком музыкальном сочинении, написанном по «Фаусту»: там была какофоническая адская музыка, и над ней витал ледяной, уже не отсюда, голос: «Что сталось со мною? / Я словно в чаду. / Минуты покоя / Себе не найду». Как бы уже отлетевшая душа зависла над пустырем с кирпичами и ржавчиной. Я в принципе могу понять, откуда взялась версия о предательстве Локшина, о том, что он стучал: это хоть и полная клевета, судя по всему, — тогда много было таких клевет, когда стали возвращаться реабилитированные, — но с таким адом в душе он и вправду мог им представляться исчадием зла, и музыка вся настолько не отсюда, что представление об этой чуждости легко трансформируется в обычное «не наш», следовательно — в миф о стукаче. И этот голос у такой вроде бы домашней Кристалинской — которая тоже рано умерла, как будто ее все-таки отозвали, — тоже звучал совершенно не отсюда, и дурацкие, прямо скажем, ошанинские слова о том, что она ждет любви, ничего не спасали. Не любви она ждет, а попала в чуждое пространство, и собственного голоса там не узнает. А самое главное, она уходит по этой ртутной дороге все дальше и дальше, и скоро начнет встречать других, таких же, как она. Только такие люди бродят по ночам вдоль красных домов, но друг друга не узнают, конечно.

Я обычно свою школу не любил и, более того, ненавидел, но в такие ночи, когда я просыпался и смотрел в окно на белую бойлерную напротив, мысль о ней меня утешала, словно исхищала из этих ужасных пространств. Любая будничность спасительна, когда мы слышим «Город весь окунулся во тьму». Еще у меня бывало тогда состояние, для которого я и теперь не подберу слов — правильнее всего было бы как раз навесить на него ярлык вроде «экзистенциальный ужас» или «первое переживание своего „я“», но это как раз уводит от темы, как школа уводила от белой бойлерной. Пытаясь объяснить его матери, когда я ее, не выдержав, будил — это было мне лет восемь, вероятно, — я употреблял что-нибудь совсем невнятное, вроде «ощущать себя собой», и мать, понятное дело, злилась, поскольку ей было рано вставать, как и мне, впрочем. Суть была в том, что на других людей я смотрю со стороны, про героя книжки говорю «он», а тут все происходит со мной, я — это я, не может быть никакого бегства. И сейчас это я, и вот сейчас это я, и когда я думаю о себе «я», это тоже я. То есть все происходит именно со мной. Причины этих приступов я не знаю — и тем более не знаю, почему они прекратились: то ли привычка, то ли упомянутая утрата остроты. Наверное, это был мой вариант арзамасского ужаса, но Толстой во время арзамасского ужаса боялся именно того, что исчезнет, а я — именно того, что живу. Теперь мне уже трудно это почувствовать, но «Почему же я одна» еще возвращает то ртутное чувство.

Что касается грусти, то на этот случай существовала совсем уже попса, что лишний раз доказывает нехитрую мысль: утонуть можно и в луже. Существовала — и теперь еще транслируется в ностальгических передачах — песня «Город детства», являвшая собой, как многие тогдашние хиты, американскую песню, внелицензионно спизженную социалистическим государством, для которого все эти буржуазные копирайты звук пустой. На самом деле называется она Greenfields, то есть зеленые поля, отличающиеся от земляничных примерно тем, что никаких творческих озарений в них не происходит, а просто лирический герой там бродил с возлюбленной в золотом детстве. Потом, естественно, greenfields were gone, но наш герой продолжает на что-то надеяться. Написал все это такой американский фолк-певец и поэт, Терри Гилкисон, которого все вы знаете по песне «Базовые потребности», она же «Простые радости», из «Книги джунглей». Знаете вы и то, что никакой «Синей песни» про синий-синий иней не существовало в природе, а был One Way Ticket to the Moon, но для меня, ничего не поделаешь, эта песня уже про синий-синий иней и пять часов вечера непосредственно в нашем районе. Как-то провода в инее удивительно вписываются в русский зимний пейзаж, странно, что Пушкин видел его еще без проводов и вынужден был их домысливать, прошивая равнину своими маршрутами и бесчисленными связями.

И вот эти Гринфилдс, зеленые поля, перепело несколько советских лирических авторов на стихи Роберта Рождественского, где говорилось про город детства, про то, как ночью — опять ночью! — герой поспешает на вокзал, дабы взять билет в родной город, пылью тягучей навеки покрытый. Нооочью из дома я поспешу, в кааассе вокзала билет попрошу... Конечно, советский вокзал — не самая, скажу вам, пронзительная лирическая тема, но что-то в этом мотиве проскальзывало от тех зеленых полей под вечерними небесами, и никакая касса не могла этого испортить. Что-то, вероятно, было в этой песне такое, что даже Егор Летов ее перепел на «Звездопаде». Но когда мне случалось проснуться летом, а мы жили тогда еще на третьем этаже, и я видел тени лип, мечущиеся по стене, — я очень ясно представлял, как ночью идет этот человек за билетом, а вокзалы тоже ночные, и кассы другие, и кассирши в них. Мне представлялось почему-то, что он проходит мимо того самого сквера, который у нас так и называется — Квадрат Счастья, но ночью там было невыносимо грустно, грустно в квадрате. Ведь там пустой детский городок, горка, песочница. Там листья в свете фонаря. И на меня нападала такая грусть — не тоска, а именно грусть, — которую нельзя выплакать никакими слезами.

Вот тут некоторые интересуются, почему мы воспитываем читателя такими простыми и где-то даже сентиментальными заданиями. Вспомнить песенку, отгадать загадку... Дорогие друзья! Неужели вы полагаете, что человек воспитывается, например, в тюрьме, что надо жизнь понюхать? Если вы под жизнью всегда подразумеваете портянку, потому что не знаете никакого другого запаха, у вас никогда не будет денег, потому что какие деньги с таким опытом и представлениями? Все серьезное делается тонко, а если нужен мордобой, это должен быть очень тонкий мордобой.

Слушаем грустную песню два раза и страшную один, на ночь. Ровно в полночь посещаем Квадрат Счастья, долго там сидим, если не побьет пьющая молодежь.

Вот мы сидим в полночь в Квадрате Счастья, немолодой уже мужчина — как ужасно называть себя «мужчина», даже ужасней, чем «немолодой»! — и чувствуем, как земля отдает дневное тепло. Может, мы и есть тот самый мужчина, который виделся нам в детстве — который ночью, когда так опасно выходить на улицу, устремился на вокзал за билетом в детство, но по дороге вспомнил, что это все одна метафора. Вот он сидит в сквере, тот, о котором нам так грустно было думать, и ничего страшного, только очень, очень грустно. «Нооочью из дома я поспешу». О чем мы грустим? Неужели о невозможности возвратить детство? Да я все бы отдал, чтобы не возвращаться в детство. В тотальную беспомощность, сплошное бесправие, садическую школу, тухлый воздух последних лет советской власти. Сейчас не лучше, но тогда я еще ничего не мог и не умел, ничему не способен был противостоять. Сейчас другое дело, сейчас мы вооружены. Нет, мы о другом грустим, наша грусть высшей пробы — она беспредметна. Грусть из-за любви, детства или денег не заслуживает упоминания и не воспитывает души. Мы же грустим только потому, что песня «Гринфилдс» прелестна и поэтична, и даже в стихах Роберта Рождественского благодаря этой музыке появляется что-то, а может, он и вправду был одаренный человек. Грустно не то, что мы умрем, и это еще, кстати, неизвестно, и даже не то грустно, что все невозвратимо, — а просто грусть разлита в воздухе, как запах, и это единственное средство межчеловеческой связи. Кто не чувствует этой грусти, струящейся повсюду, как дневное тепло, отдаваемое землей, — тот вообще ничего не чувствует и зря выполняет наши упражнения. Земля ночью отдает тепло, мы отдаем грусть, ибо это единственное, чем мыслящий человек может за ночь пропитаться. Идите домой, напевая. На ночь чашка мятного чаю и, если хотите, сигарета.

Сегодня вы должны ударить человека по лицу.

Обратите внимание — не «мы», как мы говорим обычно, а «вы». Это только ваше дело. Но сделать это необходимо, и мы готовы объяснить почему. Это последняя стадия освобождения перед тем, как мы окажемся на середине нашего пути. Вспомните все случаи, когда вы стерпели, промолчали, не вмешались. Все эпизоды, когда вы позорно струсили. Все навеки врезавшиеся в вашу память упущенные возможности. Поймите: этот барьер достаточно преодолеть раз в жизни. После этого вы поймете, что можете, и будете себя вести совершенно иначе. В жизни побеждает тот, кто готов больше поставить на кон, тот, кто пойдет до конца, а не тот, кто сильней. Пьер ранил Долохова, а русские победили Наполеона не потому, что лучше воевали. Пьер вообще держал пистолет второй раз в жизни — если бы первый, все-таки не так смешно — и убрал левую руку за спину не ради принятия классической дуэльной позы, а только для того, чтобы в нее не попасть. Сражение выигрывают те, кто идут на него в белых рубахах. Если вы не готовы перейти в споре к решительным действиям, вы так и будете всю жизнь отступать, и у вас не будет денег. Да, что поделаешь, этот аргумент имеет к ситуации прямое отношение. Деньги приходят к тому, кто освободился. И не думайте, пожалуйста, что этого можно добиться духовными преобразованиями. Это все равно что сажать огурцы посредством геометрических вычислений. В жизни всегда наступает момент, когда надо сделать последнюю ставку. Потом он неоднократно повторяется, но преодолеть себя с каждым разом становится все трудней.

Человек должен быть незнакомый или по крайней мере увиденный вами в этот день впервые. Дальше вы можете с ним слегка познакомиться, то есть, например, вступить в спор. Этот спор надо быстро довести до кипения, до точки, когда отступать становится невозможно. Однако будьте осторожны: ударить надо первым. То есть нельзя доводить до ситуации, когда первым ударит он. Иначе все было бы слишком просто: подошли, обозвали пидором, получили в нос и дали сдачи. Первый удар должен быть обязательно за вами. Дальше может произойти что угодно, это неважно. Вас могут побить, вы можете потерпеть поражение в драке — никто не требует, чтобы вы дрались, как ниндзя. Ударив, вы уже победили. Это очень легко. Никто не требует, чтобы он от вашего удара покатился колбасой и уже не встал. Сбивать там с ног, разбивать лицо в кровь... Заметьте, мы вообще не ставим перед вами супертрудных задач. Все в пределах возможностей самого обычного человека. Подойдите и врежьте. Не обязательно кулаком. Можно просто ладонью, пощечина — и хватит. Но это должен быть удар, а не поглаживание, нападение, а не шутка. И после этого вы всегда все сможете. Это как первый раз прыгнуть с вышки.

Возможны варианты. Самое простое и лучшее — просто подойти и без предупреждения врезать. Дальше как хотите — можете падать в обморок, имитируя мгновенный приступ безумия, а можете объяснять ситуацию. И я даже не возражаю, если вы изначально сумеете договориться. То есть подойдете, поздороваетесь и во всем признаетесь. Так и так, я занимаюсь духовным самосовершенствованием, мне необходимо ударить вас по лицу. Почему именно вас? Потому что именно ваше лицо показалось мне понимающим. Добрым, симпатичным. Мне необходимо ударить вас по вашему доброму, симпатичному лицу. Если после этого вас не сдадут немедленно в милицию — пардон, в полицию — или в дурдом, значит, у вас все получилось. Если сразу дадут в морду, вы нарушили правила, и тогда вам надо искать другого человека, которого придется бить уже без предупреждения.

Вы, естественно, спросите: а если меня все равно в полицию? Вот я подошел, ударил — и либо жертва, либо свидетели вызывают мента. Ничего не поделаешь, этот риск есть. Но, во-первых, можете бить не слишком сильно — я даже настаиваю на этом, и тогда вам ничего серьезного не припаяют. Скажете, что он вас оскорбил, не так посмотрел, нелестно высказался про вашу мать, с которой якобы близок. Во-вторых, этот шанс все-таки невелик. Гораздо выше шанс, что вам дадут в морду, и признайтесь, что на самом деле вы боитесь именно этого. Но вы не бойтесь, потому что он тоже боится. Ведь вы первый начали, а значит, у вас башню склинило. Безбашенных боятся все. Имейте в виду: после этого вас будут бояться все. Вы будете всех побеждать, включая деньги. Противоположный пол будет от вас в восторге.

Оправдываться — не люблю это слово и понятие, — объясняться можно по трем сценариям. Какой вы лично выберете — неважно.

Первый. Простите, обознался. Точно так же одетый человек год назад изнасиловал мою сестру. Еще раз извините. Ах, это были вы? Ну тогда все правильно.

Второй. Серега, ты что? Ты что, Серега?! Ты забыл, как засунул мне котлету за шиворот в школе двадцать лет назад? Я тогда тебя не догнал, но теперь ты не уйдешь, Серега. Ах, это был не ты? А кто же ты тогда, сволочь такая? Чего ты старых друзей не узнаешь, Серый? Ах, не Серый? Ты имя уже сменил? Ты, может, в школе восемнадцать-пятнадцать не учился? А где учился? В спецшколе для малолетних преступников? Простите, пожалуйста, Вова, я не знал. Я даже как-то не мог предположить, такое интеллигентное лицо. Извините. Еще раз извините. Всего вам доброго.

Третий (он же оптимальный для полиции). Да. Вот так вот. А вы что же думали — что будете гадить на Родину, и некому защитить? Товарищи, я же видел его на митинге. Я же слышал его, товарищи. Я все помню, что он говорил. Он совершенно точно американский наймит. Он агент, прошерстите его. Я требую расследования его деятельности. Я к нему тогда не пробился просто. Я молоком матери, яйцами отца поклялся, что достану его. Он будет сейчас отрицать, конечно. Да я готов, товарищи! Я не то что в полицию, я в ФСБ сейчас с вами пойду! Вы свидетель, и вы свидетель. Что? Ты разговаривать еще? Я сейчас язык твой в жопу тебе засуну, гнида. Сказать такое про Родину мою. Кровью отцов, по́том дедов политую. Метили территорию, везде поливали. Убью сейчас, сука, тебя вообще на этом месте, держите, все держите меня! А что я там делал? Как что я там делал? Я мимо шел, остановился послушать, как он там с трибуны изгалялся. Ах, не вы? Вы из Ростова? А что же ты тут делаешь, если из Ростова? Регистрация где? В Ростове надо сидеть, мразь белоленточная. И пойду! И пойду! И нечего меня тащить, я сам пойду, но только чтобы и этого отвели! (В отделении повторить то же самое со слезами.)

Ну ладно. Хохмочки кончились, смехуечки надоели. Я действительно не знаю, чем и как вы будете оправдываться. Да меня это, честно говоря, и не волнует. Точно так же, как и ваш способ потратить полученные деньги. Это ваши деньги, ваш приз, ваша ответственность. И как вы будете бить человека по лицу — мне тоже неважно. Ваша проблема. Не хотите — не надо.

Трус. Ничтожество. Всегда был трусом и ничтожеством, независимо от половой принадлежности, и таким же умрешь. Вот из-за таких, как ты, так и живем. Никогда ничего не доводим до конца, со всем миримся, все позволяем с собой творить. И ты позволяешь, и всю жизнь позволял. Тряпка. Дрянь. В зеркало на себя погляди. Ведь там все давно разлезлось, под этой оболочкой, сгнило все и смердит. Тебя не хватит даже зеркало разбить, чтобы рожа твоя трусливая разлетелась на куски. Иди, пожалуйся, пожуй сопли. Твой потолок — сканворды, всю жизнь их будешь решать, купи газету «Тещинька» и решай. Слово на букву мэ, последняя буква ка, пять букв по горизонтали.

Вспомни, как тебя в армии заставляли после отбоя сто раз отжиматься, и ты отжимался. Как тебя в школьном дворе возили рожей по асфальту, и ты молчал. Как на тебя ОМОНовец только замахнулся, а ты уже обосрался и побежал. Вспомнил? Плохо вспомнил. Вспомни, как ты от страха весь вспотел и как от тебя пахло. А как она тебе сказала, что есть другой? Мялась, мялась, уходила от разговора, потом обозлилась и выложила все. С полным сознанием своей правоты, потому что так тебе и надо. И что ты сделал? Ударил ее, может быть? Дудки: ты внушил себе, что она только того и хотела. И улыбнулся дрожащей улыбочкой, и сказал: ну что ж. И всю жизнь говорил: ну что ж. И думал, что твоя сдержанность на кого-то произведет впечатление. Слизняк. Медуза.

Примечание. Если вы мужчина и собираетесь ударить по лицу женщину, это не засчитывается. Это не освобождение, а мерзость. Если вы женщина и собираетесь ударить по лицу мужчину, это засчитывается наполовину. То есть ударить надо два раза. Вам все-таки проще, вам сдачи не дадут.

Ну хорошо, хорошо, я все понимаю. Я понимаю, что мне, как всякому приличному гипнотизеру, придется вложиться в этот твой поступок, первый, может быть, в жизни. Чем вложиться? Мне придется, видимо, рассказать что-то о себе. Чтобы ты понял, как тебе действовать. Чтобы до тебя, дурака, дошло наконец, что в ЭТОМ мире, с ЭТИМИ людьми ты никак, ничем не добьешься ничего вообще. Хватит прикрывать собственную трусость разговорами о гуманизме. Ты скажешь, что этот конкретный мужчина в троллейбусе ни в чем перед тобой не виноват. Но не могу же я, черт возьми, ждать, пока появится тот, кто действительно перед тобой виноват? У нас квартал, всего квартал, на принятие всех решений. Если делать это постепенно, школа может растянуться на всю жизнь, и тогда ты получишь деньги аккурат на похороны. Так называемый смертный сундук: платок, тапочки. Хватит еще нажраться пяти старикам, которые о тебе вспомнят, и двум старухам, если дойдут. Допер теперь, почему большинство людей перед смертью понимают все? Ничего нет обидней — все понять, когда уже ничего не можешь. А я тебе предлагаю все понять за девяносто дней, но тогда понимай, понимай! Делай, что тебе говорят! Если ты не можешь без меня, черт с тобой, я расскажу тебе о вещах, которые я вспоминаю, когда мне, мне надо кого-то ударить по лицу, хотя бы фигурально. Несколько таких вещей есть. Я сейчас их тебе расскажу, если тебе нечего вспомнить из твоего собственного опыта, если он так ничтожен, что из него нельзя извлечь даже приличного стимула для мордобоя. Хорошо. Я наберусь сейчас духу и расскажу. Но учти, если я это расскажу, я обязан буду пойти и набить кому-нибудь морду, я не смогу с этим жить, если снова вытащу это из памяти. Я обязан буду пойти и на кого-то вывалить этот избыток ненависти. И мы побьем двух человек, один из которых уж точно будет ни в чем не виноват. Подожди. Я еще несколько раз глубоко вдохну и расскажу. Я только выберу сюжет поневиннее, потому что если рассказать что-то серьезное — я прямо сейчас, не дописывая главы, выйду на улицу и ударю по лицу первого встречного. Просто выйду и ударю. Я не смогу с этим дальше сидеть за компьютером. Поэтому что-нибудь легкое. Жри, сволочь. Когда я был маленький, мама мне рассказывала сказки про ежика, этот ежик был наш домашний тотем, любимый зверь. Тряпочный ежик, как мы его называли. И когда я попал в армию и большой ложкой хлебал там все, что полагается солдату во имя поливающих предков хлебать для защиты нашей прекрасной Родины, я вспоминал иногда этого тряпочного ежика. Я понимал, что это мою мать бьют в наряде, что это мою мать заставляют двадцать раз перестирывать свое и чужое обмундирование, что это моего тряпочного ежика потрошат перед всеми, когда сержант обшаривал мою тумбочку и рвал письма моей матери, потому что хранить их не положено. А моя мать в это время рассказывала про тряпочного ежика соседнему неприсмотренному, несчастному мальчику, потому что я был в армии, а она была одна, и ей не на кого было тратить избыток своей нежности и ума, и свое умение рассказывать утешительные сказки. Что? Тебе подробности? Тебя интересуют первые полгода моей службы? Мразь, я же рассказал тебе про тряпочного ежика! Я рассказал тебе самое святое, что есть у меня вообще, то, что я ни одному другу, ни одной женщине никогда не рассказывал, — и ты, ничтожество, все еще не принял решения? Ты еще не сел в троллейбус, не выбрал там самого мордатого? Что значит — не виноват, да как он может быть не виноват, если он такой мордатый?! Разве можно наесть такую морду, когда ты ни в чем не виноват?

Хорошо. Ты такая дрянь, что сентиментальные истории на тебя не действуют в принципе, и ты, как большинство добрых сограждан, уверен, что если меня били в армии, то так мне и надо. Отлично. Отлично! Я расскажу тебе другое. Однажды я ждал свою дуру около ее подъезда, потому что говорить со мной по телефону она больше не хотела, и вообще ей надоело повторять, что все кончено. Мне было двадцать лет, армия была уже позади. Моя дура меня не дождалась, естественно, потому что она была демоническая женщина из советской коммуналки, безвкусная, полуграмотная, но с запросами. Ей казалось, что если ее левая нога так захотела, то это закон жизни. И вот я стою жду, как дурак. Ее мать мне сказала, что она в театре. Я думаю, что она сейчас вернется с мужчиной, он ее провожает, и я наконец узнаю, с кем. А она возвращается с женщиной. Ты удивлен? Я тоже был удивлен. Тогда такое тоже было. И я знал эту женщину, видел эту самовлюбленную скотину, малорослую, плотную, типичный буч, но я же тогда не знал, что такое буч! Я себе вообще не представлял такого развития, как Бунин. И они идут, нежно хохоча. И когда эта Марина, этот буч, увидела меня — а ты знаешь, как убежденные, истовые лесбиянки ненавидят мужчин, — она принялась орать и обзываться. Она орала и обзывала меня истеричкой. Небритой девочкой. Она принялась меня бить, а что я мог с ней сделать? Не мог же я ее ударить, и мне оставалось заслоняться, а моя дура стояла рядом и хохотала, и с ней, как ты понимаешь, я тоже не мог сделать ничего. Она сказала: ну, ему хватит. И они мимо меня прошли в подъезд. А полгода спустя она приползла, как побитая сука, и что, ты думаешь, я сделал? Ты думаешь, я ее ударил? Нет. Ты думаешь, я ее простил? Нет, конечно, я же не такой слизняк, как ты. Я ее скромно послал в жопу, где она до сих пор и находится, судя по долетающим известиям. Прекрасно там себя чувствует. И большинство спорных эпизодов в моей жизни закончились так же, не убивать же.

Короче, я все тебе сказал, а большего ты не стоишь. Иди в жопу, говорю я тебе, ты встретишься там с ней и много еще с кем. У тебя никогда не будет денег, славы, женщин, мужчин, друзей, моего хорошего отношения.

Я от тебя отрекаюсь, отворачиваюсь, я знать тебя больше не хочу. Ты еще не понял, кто с тобой разговаривает, кто вообще пишет для тебя эту книжку? Ты не понял, кто тебя выбрал, чтобы твоими руками разбираться здесь с наглым, самодовольным злом? Очень хорошо. Я на тебя больше не смотрю.

В последний раз оборачиваюсь. Вставай, выходи на улицу и ударь человека по лицу.

Дальше все зависит только от тебя.

Ударил(а)? Очень хорошо. Отлично. Поздравляю. Вы все сделали, как надо. Я знал, что я в вас не ошибусь. Теперь все в вашей жизни будет прекрасно. Вы преодолели главный барьер. Я знаю, что делаю. Трудно было, да? Ничего страшного. Мордатые никогда не дают сдачи и боятся вызвать полицию. Они же сами всегда всего боятся. Зато теперь вы вышли наконец на прямую дорогу. Понимаете теперь, почему раньше ничего не получалось? Это как первая кровь. Согласитесь, я вас провел через это еще в щадящем варианте.

Ну и все, мы с вами прощаемся, потому что дальше у вас и так все будет хорошо.

А если вы не ударили, то мы продолжаем. Продолжаем, как будто ничего не было. Потому что люди, поддающиеся простым манипуляциям, нам не нужны. Это примитивные, низкие люди. Пусть даже хорошие, решительные, пусть на них мир стоит и в кризисной ситуации только на них вся наша надежда, — но с ними мы не работаем. Мы работаем с теми, кто никогда, ни при каких обстоятельствах не станет за здорово живешь бить человека по лицу, особенно ради денег.

Но пятьдесят отжиманий все-таки сделайте. Нам нужны крепкие ребята. А то вдруг какой-нибудь закомплексованный неудачник даст в морду ни с того ни с сего.

Сегодня мы попытаемся определить наше последнее слово.

Для формирования настоящей личности, у которой всегда есть деньги, это очень важно.

Последнее слово, которое мы когда-нибудь попытаемся сказать, если успеем, вовсе не должно быть заветом всему человечеству — что-нибудь вроде «любите», «терпите», «ненавижу», — но, напротив, это что-то вроде последнего стихотворения, которое пишет самурай перед сэппуку. Он не планирует никого учить или наставлять. Иногда он фиксирует свое внимание на том, что ему тут больше понравилось, на том, на что ему больше всего нравится смотреть, — скажем, ива. Умирая достаточно кровавым способом, он хотел бы смотреть на иву, на то, как она полощет в реке серебристые листы. Это зрелище довольно символическое. И он, взрезав себе живот, каллиграфически пишет:

> Ива над рекой
> В воде полощет листья.
> Так же вот и я.

Это можно понимать широко: например, так же я прополоскался в реке жизни, а теперь уплываю по ней. Или: ива вся мокрая, и я весь мокрый. Вообще строка «так же вот и я» могла бы стать канонической, обязательной во всех прощальных хокку:

> Персик под дождем
> Выглядит как чмошник.
> Так же вот и я.
>
> Белый мотылек
> Попорхал и хватит.

Хватит вот и мне.

А мне больше всего нравится, естественно, из Басе:

В пути я занемог,
И все бежит, кружит мой сон
По выжженным полям.

Это мне понятно, это состояние я знаю. Поскольку хокку в русской традиции отсутствует, можно бы, конечно, писать на прощание частушку, но это гораздо более сложный жанр. Ахматова не без оснований полагала, что все ее творчество укладывается в четыре строки: «Дура, дура, дура ты, дура ты проклятая, у него четыре дуры, а ты дура пятая». Что до меня, практически все, что я написал, укладывается в стишок из детского анекдота. Там герой — кажется, ежик — не должен был есть пирожки, потому что после первого пирожка он все время будет икать, после второго пукать, после третьего петь, а после четвертого молиться. Знамо, он нарушает все эти табу, вследствие чего возвращается домой, припевая: «Ик, пук, тра-ля-ля, Господи, прости меня». Думаю, не только моя, но вся религиозно-философская лирика вплоть до сонетов Шекспира здесь упакована в семь слов, как не сумел бы никакой Басе. Более того, здесь дана вся хроника человеческой жизни: сначала всяческий безмозглый, чисто физиологический ик-пук, потом, в попытке его отрефлексировать, тра-ля-ля, а потом, как припрет, естественно, Господи, прости меня.

Если хватит сил, я надеюсь произнести нечто подобное.

Значит, это финальное слово должно быть как бы иероглифом нашей жизни, выражать ее с максимальной полнотой. Здесь был Вася. Возможно, что и бессознательно, но это удалось, например, Константину Устиновичу Черненко, который перед смертью ненадолго пришел в себя и внятно сказал: «Отперделся». В самом деле, подобрать для его жизни другой иероглиф затруднительно. При этом, как явствует из гениально подобранного слова, он сам же все понимал.

Свое слово мы определяем в три этапа.

Во-первых, путем нехитрого самонаблюдения определяем слово, которое чаще всего в жизни произносим. Мат допускается, это ведь тоже слова. Получается, в общем, что каждый из нас чаще всего произносит слово «мать», «мама», причем не только в детстве, но и в старости. Я знаю, что старики часто зовут маму, когда впадают в маразм. Про Родину-мать нам тоже часто приходится говорить, как официально, так и наедине с собою. Однажды к нам по ночам принялась звонить старуха, которая все плакала и звала маму. Это было ужасно. И ей, вероятно, вообще некуда было позвонить.

Есть люди, которые чаще всего произносят «как бы» или «да?» с вопросительной интонацией в конце каждого утверждения. Есть люди, которые часто произносят «Вот так вот», и это, кстати, достойные последние слова, потому что действительно — вот так вот. Одна злая и наблюдательная девушка заметила, что я чаще всего произношу слово «я», и в «Квартале» оно уж точно встречается чаще всего. Ей, вероятно, хотелось бы, чтобы я чаще произносил слово «ты», но она не учла, что я ведь очень часто говорю «я дрянь», «я сволочь», а хотелось бы ей слышать о себе что-нибудь подобное? Большой вопрос. Довольно часто я говорю «на хуй» и еще чаще хочу это сказать, но все-таки это не чемпион. Очень часто я говорю слово «бог» в разных вариантах — слава богу, не дай бог, прости, господи... Но, кажется, в предсмертном контексте это было бы все-таки упоминание всуе: Бог уже вот он, зачем же его просто называть? Я как бы называю его самим фактом своего перехода отсюда туда. Вероятно, чаще всего я все-таки употребляю слово «прости» — и в смысле «Прости, господи», и в общении с женщинами, перед которыми я всегда виноват, и когда говорю то, что думаю: «Прости, но ты тварь», что-то в этом роде.

Ну хорошо, пусть это будет «прости». Хотя не менее часто я употребляю слово «нет». Особенно когда мне приходит очередная ужасная мысль, я представляю себе что-то ужасное — я слепну, меня выгнали из дому, я сделал или сказал что-то чудовищное — и тогда я, останавливаясь посреди дороги, кричу: «Нет! Нет!» Это случается по нескольку раз на дню. Но скажу ли я всему миру, как Эренбург у Эренбурга, «нет», вечное еврейское «нет»? Разумеется, нет. Хлебников, умирая — и трудно умирая — сказал «да», но, правда, его спросили, трудно ли ему, т. е. плохо ли. Это, кстати, отличный иероглиф русского мира. Еврей говорит «нет». Русский говорит «да» в значении «плохо».

Второй этап — это мы просто определяем слово, которое любим, которое нам нравится. Необязательно мы его часто употребляем, потому что много ли мы видим вокруг действительно любимых вещей, — возможно, нам просто нравится, как оно звучит. Мне, скажем, нравится слово ЁЖ. Во-первых, мне нравится это животное, даже жЫвотное — так уютней; во-вторых, мне нравится буква Ё, я часто ее произношу, это мое любимое ругательство. Ё ж твою... — по нескольку раз на дню. Наконец, ёж всегда был любимым персонажем нашей домашней мифологии, на даче живет много ежей, сам я себя идентифицирую с ежом, который к другу развернут жЫвотом, но к агрессивному миру — иголками, и вообще Ёж смешон, забавен. Ежи всегда живут семьями, хотя и без отца, — мать выращивает ежат, а отец убегает. Мне это тоже понятно, я сам так рос. Большинство так росли. Кстати, это не столько травмирующий фактор — без отца вырастают нормальные дети, не хуже вас, — сколько еще один предлог ощущать себя тут неправым: маменькиным сынком. Считается, что отец должен научить подтягиваться на турнике и ремонтировать карбюратор. Во-первых, мой отец вряд ли научил бы меня подтягиваться на турнике — он не умел в спорте и того немногого, что умею я; во-вторых, мы, маменькины сынки, добиваемся в жизни серьезных успехов, и карбюратор нам чинят другие люди, у которых были отцы. Итак, Ёж: как говорил Лев Толстой, «я люблю это слово и понятие». У Толстого речь идет о fin de siecle, так что, если хотите, можно и так выпендриться.

И наконец — мы должны представить предмет, на который нам хотелось бы смотреть, то есть ту самую иву. «Я лопухи любила и крапиву, / Но больше всех — серебряную иву… / И — странно! — я ее пережила». Лично мне наиболее оскорбительным кажется ставить людей у стенки и заставлять их глядеть в стенку, к тому же обшарпанную, с потеками, плохо сложенную, как почти все стенки, рассчитанные здесь не на то, чтобы держать здание, а на то, чтобы к ним ставить; вероятно, тут до сих пор считается, что надо регулярно приносить у стенки кровавую жертву, тогда она не рухнет. И, вероятно, это правильно, потому что иначе все эти стенки — так они сложены — давно, давно бы уже попадали. Значит, меньше всего мне хотелось бы видеть стенку. Есть, конечно, вариант с любимым лицом, но хочу ли я перед смертью глядеть в любимое лицо? Не факт. Во-первых, не знаю, что с ним к тому моменту сделается — оно останется, конечно, любимым, но не хочется в последний момент думать: «Эх, милая, что же я с тобой сделал». Сделало, конечно, время, но ведь и я постарался. Тогда что же? Я больше всего люблю и ценю то, что сделано человеком, вообще только человек всегда меня интересовал, но смотреть на здание либо картину было бы мне скучно, хочется чего-то надчеловеческого, чего-то кроме. Какой же пейзаж? Что-нибудь вроде гор? Горы хороши, они у меня даже на морде рабочего стола, но как-то это пафосно. Больше всего меня устроил бы сад, в меру обработанный, в меру запущенный — еще непонятно, что требует большего таланта от человека, обработать сад или запустить его. Полагаю, Бог запустил мир в том и другом смысле — он придал ему движение, а потом самоустранился, как всадник на восемнадцатом верблюде после того, как верблюдов поделили. Ведь восемнадцатый после этого не нужен. Более точной метафоры присутствия Бога в мире я не представляю: он нужен, чтобы жить, но отсутствует.

Итак, запущенный сад. Но еще лучше море, которое и есть лучший запущенный сад, только под водой: в меру дикий, украшенный всякими ракушками, страшными изгрызенными камнями, в которых есть совершенная дикость, и виртуозно обработанными чудищами. Ничто на земле не имеет такого сложного, виртуозного, избыточного вида, таких прихотливых форм. Бога не видно, как Шекспира, но почерк чувствуется.

Так что это был бы сад на берегу моря, вроде дачных садов в Одессе, вроде «Артека», может быть. Кстати, и сад, и море включают ежа.

Прости, еж, море, сад!

Устраивает ли меня эта финальная реплика?

Нет, конечно. Но как-то другую мне вывести из своей жизни затруднительно. Возможно, я все-таки оставил бы один совет, и он заключается в слове «превышай!». Бери выше, задирай планку. Если тебя обидели, опять-таки превышай, доводи до абсурда, кричи: «Еще! Еще!» В результате получаем:

Прости, еж, море, сад, превышай!

Можно ли свести все это в одно слово? Едва ли, по крайней мере по смыслу. Превышением сада является лес, превышением моря — океан, превышением ежа — дикобраз, превышением «прости» — «прощай!». Получается что-то вроде «Прощай, океанический дикобраз». Вот это мне нравится, это да. Прощай, океанический дикобраз! Это было бы прекрасным названием для любого фильма, в частности фильма про мою жизнь, и вашу жизнь, и всякую жизнь.

Сегодня у нас генеральная уборка.

Тратить на это последний день лета — глупо. Мы его лучше потратим на медитацию или хоть на ее имитацию. Но даже имитация медитации немыслима в захламленном помещении. Быстро приводим его в порядок. Ах, вы без нас уже сделали это вчера? Значит, будете теперь это проделывать ежедневно. Не может быть, чтобы ничего со вчерашнего дня не засорилось.

Но убираться мы будем по-научному, чтобы этот рутинный в общем процесс доставил нам радость, в том числе радость познания.

Прежде всего определим место, где проводим больше всего времени. У кого-то это постель, у кого-то стол, у кого-то, страшно сказать, уборная — лицо квартиры, по сути, ибо именно по ней гости судят обо всем. Они любят судить обо всем именно по уборной, потому что гостиную-то любой в порядок приведет, а ты из сортира сделай евро-класс! В общем, определяем в квартире главную для нас территорию. У меня это письменный стол. Я за ним провожу больше времени, чем даже во сне.

Значит, прежде всего убираем все лишнее. Лишними являются все предметы, не имеющие отношения ко сну, еде и работе. Кровать следует пропылесосить, убрав из нее шерсть кота (пса), выстирав покрывало, сменив (обязательно!) белье. Если вы больше всего времени проводите у плиты — до сих пор бывают и такие люди, — надо отмыть плиту. Взяли KANEYO или ШУМАНИТ — и вперед.

Что касается стола, все непросто. Что является лишним? Книги мне нужны для работы. Впрочем, сейчас они мне не нужны. Я их возьму, когда займусь работой, а этого в ближайшие полчаса не будет. Убираем книги. Бумажки с записями выбрасываем сразу — если на них записано то, что нельзя запомнить, значит, это неважно. Ручки, карандаши складываем в специальное место: лучше, если это специальный стаканчик. В этом стаканчике тоже скапливается много лишнего: ручки, в которых закончилась паста, огрызки карандашей, палочки от леденцов, всякие мелочи — мы их туда засунули полгода назад, чтобы лежали на видном месте, и с тех пор никогда не могли найти: вот у меня здесь отвертка — зачем? За это время она понадобилась мне один раз, не спрашивайте зачем, но я ее тогда так и не нашел и управился монеткой. Не место здесь отвертке. Вот ключ от старого замка. Я давно сменил и замки, и двери, но выбросить ключ мне не позволяет та унизительная сентиментальность — я ведь помню каждый его оборот в замке, когда я еще приходил домой с радостью, с замиранием сердца, я считал щелчки, идиот, и ключ никогда не подводил меня, ни разу не застрял, ни разу не потерялся, не провалился в подкладку. И вот теперь я держу его в руках и уже пять минут потратил на воспоминания, как будто это не я писал «Квартал». Пора отправить ключ на помойку. Я так и сделаю. Потом, а пока пусть лежит еще, места не занимает.

Рядом с монитором стоит хрустальный шар. На самом деле это простое стекло — сувенирная безделушка для суеверных: крутишь шар, и красная точка указывает тебе на один из полезных советов, начерченных вокруг: да, нет, купи, продай, уходи, позвони маме, не торопись, все бесполезно. Что-то внутри железной подставки заржавело, и красная точка навек замерла на отметке «нет». Я пытался передвинуть на маму или хотя бы на «не торопись», но тут точно все бесполезно. Это я, пожалуй, оставлю — надо иногда напоминать себе о том, что все-таки «нет».

Конфета попала сюда неизвестно как вообще. Я не ем конфет. Сейчас съем последний раз — какая-то шоколадная, фантик читать не стал. А вот визитка одного неприятного человека, но он может мне пригодиться. Впрочем, если он мне пригодится, я найду способ его отыскать, так что визитку — на фиг. А вот это глазастое существо я выброшу прямо сейчас. Слишком уж оно милое, доброе, смотреть на него приятно — а приятно быть не должно. Приятность должна исходить только от работы, а не от плюшевых мультяшек. Если плюшевой мультяшки здесь не будет, мне поневоле придется наслаждаться работой. Это очень важно. Я надеюсь, у вас на рабочем столе нет чего-нибудь подобного? Семейного фото? Можете вслух не признаваться, а просто сейчас тихо взять его и убрать с глаз долой. Своей рукой убрал я со стола.

Вот эти таблетки я оставлю, а эти мне уже не нужны. Когда-то были нужны, и я всегда держал их под рукой, но теперь я уже знаю, что они мне не помогут. Я отнесу их в то место квартиры, где провожу меньше всего времени. Это не уборная, нет. Это гардероб.

Коварство уборки заключается в том, что вещи активно сопротивляются. Они хватают нас маленькими когтиками и не отпускают: вот вы уже сидите и перечитываете старые записки. Зачем? А то вы их раньше не читали? А время-то идет, и не просто маленькое время уборки, а большое время жизни. Одежда тоже вероломна: если вы разбираете кучу шмоток на диване, из этого можно вообще никогда не вылези. Хуже всего книги — их лучше всего убирать не глядя. Не надо расставлять в шкафу по алфавиту, жанру, цвету, размеру — не дай бог открыть хотя бы одну. У вас сейчас одна книга, остальные не глядя берем и распихиваем. Да, берем и распихиваем. В любом порядке, хоть корешками внутрь.

Главное — вовремя остановиться. Иначе можно дойти до мыться окон и лестничной площадки. А это лишнее, иначе не хватит времени ни на что. В наведении порядка главное — оставить изъян, одну висящую на спинке стула футболку, одну невымытую ложку, сдвинутую на край стола, один маленький незамоленный грешок, которого вы и замечать не будете, а будете только ощущать слабое дуновение, невидимую помеху, один битый пиксел на мониторе. Нельзя сделать все идеально, потому что идеально все равно не получится, так зачем эти разочарования, пусть лучше в этом будет виновата ложка. На самом деле есть еще одна причина, но вы ее сами потом поймете. А сам еще не понял, просто знаю, а я привык себе верить.

Итак, когда все прибрано, пыль вытерта, жирные пятна зачищены — садимся и имитируем. Заодно отдохнете, потому что вечером еще отжиматься десять раз.

31 августа

Сегодня мы разрабатываем комплекс физических упражнений, который будем теперь проделывать каждое утро, независимо от прочих вводных. Дело в том, что мы вступаем в самый сложный период «Квартала», когда от нас требуется все больше упорства, потому что сопротивление возрастает. Мы все ближе к верхней точке, к нравственному совершенству, а также к деньгам. Нам надо держать себя в форме, потому что мир начнет нас преследовать по полной. Вообще проследить, на верном вы пути или нет, всегда просто: если сопротивление возрастает — значит, на верном. Если среди дня вас клонит в сон, ни одно дело не хочется доводить до конца, вообще ничего не хочется — значит, все демоны мира объединились и обступили вас, чтобы вы так и зависли в апатии. Вдобавок «Квартал» специально так задуман, чтобы сама природа, делаясь все более унылой, тормозила вас на пути вверх. Сила вашего сопротивления будет возрастать, и вы быстрей достигнете совершенства. Начнутся дожди, полетит листва, станет попросту трудно спустить ноги с кровати. Будет крепнуть чувство, что вы ничего не можете и ни за чем не нужны. Понадобится другой образ жизни, новый тонус, особая диета. Ничего, конец близко, экватор пройден.

Я не стану вас мучить всякими гурджиевскими заморочками, от которых все равно ноль проку: запомнить десяток сложных движений в нелогичной последовательности, одну руку туда, другую сюда — его интересовало духовное рабство, а нас, наоборот, раскрепощение; ему надо было, чтобы ученик почувствовал себя полным неумехой, а нас, напротив, интересует гордое чувство особой одаренности. Так что упражнения несложные, но сильно бодрящие. Значит. Первым делом водные процедуры, горячий мобилизующий душ. Горячий! Дурак, кто вылезает из-под теплого одеяла под холодный. Расчистили ванную, выбросили все пустые флаконы, все бывшие шампуни, убрали белье, если оно там свалено, и лишние вещи, если они там есть. Купили хороший коврик. В ванной, куда мы вбегаем из сна, нас все должно радовать. Вылезли из душа. Начали. Зарядка отражает то, что мы собираемся делать в течение дня.

1. Три серии прыжков. Прыгаем на месте 12 раз, потом некоторое время переступаем на месте, потом еще 12 прыжков, переступаем, еще 12 прыжков.

2. Залезаем обратно под одеяло. Там уютно.

3. Преодолеваем уют, вылезаем из-под одеяла — это главное упражнение на преодоление инерционности. Все время обманываем организм, обучаем его быстро переключаться. Он думал, что будет зарядка, а мы опять под одеяло.

4. Выпрыгиваем из-под одеяла, бежим в душ. На этот раз не такой горячий. Растираемся мочалкой, не жалеем себя, взбадриваемся.

5. Ложимся на спину. Поднимаем ноги (так называемая «березка») под прямым углом. Поднимаем! Держим! Опускаем. 12 раз. Очень хорошо для пресса.

6. Переворачиваемся на живот. Отжимаемся 12 раз, не более. Нас интересует не физическая зарядка сама по себе, а гордое сознание того, что мы ее делаем.

7. Гусиным шагом передвигаемся по комнате из конца в конец туда и обратно 3 раза.

8. Залезаем под одеяло. Там уютно. Теперь-то мы подзарядились и можем отдохнуть.

9. Выпрыгиваем из-под одеяла. Отдыхать рано, все только начинается. Бежим в душ. Теперь он уже еле теплый, комнатной температуры. Моем голову, ее надо освежать как можно чаще.

10. С мокрой головой бежим в комнату. Встаем на колени (на протяжении дня нам придется фигурально проделывать это не один раз). Откидываемся назад с вытянутыми руками. Растягиваемся. Возвращаемся в исходное положение. Повторяем 12 раз.

11. Ныряем обратно под одеяло. Лежим, представляем что-нибудь приятное. Есть хороший способ заснуть: представляем, что нам надо встать и что-то сделать, например переложить книги на столе. Но не встаем и не перекладываем. Вот еще чуть-чуть полежим и встанем. В таких мыслях приводим себя на грань сна.

12. Выпрыгиваем из кровати, бежим под душ. Уже прохладный, но очень интенсивный. Просто пускаем его на полную мощность, стоим, как под иглами.

13. Из душа бежим на кухню, ставим чайник. Это очень важное упражнение. Если чайник электрический, включаем. Делаем бутерброд. С силой намазываем. Не едим.

14. Бежим в комнату, рассыпаем по полу коробку спичек, подбираем.

15. Ложимся под одеяло. Помним, что надо выключить чайник, но хотим еще полежать. Под одеялом хорошо. Не надо вылезать в жестокий мир. Если мы молоды (а впрочем, это необязательно), представляем партнера, как мы его гладим, тискаем и все остальное. Возможно,

даже начинаем его реально гладить, если он все еще лежит под одеялом и с ужасом смотрит на нашу утреннюю зарядку.

16. Прекращаем гладить партнера или себя, вскакиваем, бежим под душ. Теперь уже совершенно холодный. Интенсивно растираемся.
17. Бежим на кухню, выключаем чайник, наливаем чаю. Не пьем!
18. Бежим в комнате на месте не очень быстро, потому что все равно никуда не прибежим, ровно 5 минут по часам.
19. Если есть партнер, ложимся под одеяло и удовлетворяем партнера. На худой конец удовлетворяем себя. Если партнер совсем надоел, гладим.
20. Выпрыгиваем из-под одеяла, пьем чай.
21. В любую погоду выходим из дома, идем на работу. Если нет работы, обходим последовательно весь Квартал, возвращаемся домой и залезаем под одеяло.

Не беспокойтесь, этот комплекс — не на каждый день. Его выполняем через день, начиная с 31 августа. В остальные дни (то есть 1, 3, 5 и далее сентября) заменяем зарядку поеданием трех твердых яблок с их тщательным разжевыванием и ежеутренней медитацией на тему тщеты всего.

1 сентября

Сегодня день знаний, но это не значит, что мы должны вспоминать школу или институт. Если вы еще там учитесь, вы просто пойдете туда, с обычной смесью радости и отвращения, и «Квартал» здесь совершенно ни при чем. Весьма возможно, что многие ваши одноклассники, однокурсники или даже преподаватели проходят его вместе с вами, но признаваться в этом нельзя, по крайней мере пока. Нас интересуют сегодня другие знания. Речь пойдет о душе́ и вычислении соответствующего индекса. Так что будем считать, что у нас сегодня день эзотерических знаний.

Вопрос о бессмертии души до сих пор не решен в силу своей элементарности. Между тем все давно понятно — достаточно прислушиваться именно к языку, инструменту, самому честному делу. Подойдем к вопросу чисто грамматически и увидим, что он распадается на два: 1) существует ли душа? и 2) бессмертна ли она?

Второй вопрос снимается элементарно, поскольку душа есть то, что бессмертно. Все остальные ответы некорректны, ибо душа тем и отличается от тела, что остается от него. Остается первый, и ответ на него мы тоже знаем, хоть и не отдаем себе в этом отчета. Есть ли душа? У кого-то есть, у кого-то нет.

Сегодня мы ответим на вопрос, есть ли она у вас.

Некоторым она дается сразу, остальные могут при желании отрастить, потому что все необходимое для этой цели у вас уже имеется. Стартовые условия равны. Кому-то покажется странным и несправедливым, что у одних душа есть, а другим предстоит ее растить долгими упражнениями. Глупо связывать наличие души с интеллектом, сентиментальностью, чувством юмора или другими приметами личности. Скажем больше: прямого контакта с вашей личностью у души нет и быть не может. Часть решений принимает душа, а часть — интеллект, и решения души далеко не лучшие, а часто просто жестокие. Когда их принимает душа, вы чувствуете, что «равны себе» — более адекватной формулы не существует, хотя даже она очень приблизительна. Добираясь до собственной души, вы почти наверняка обнаружите то, что вам совсем не понравится. Если она будет трудиться и день и ночь, и день и ночь, — не факт, что в мире вообще что-то останется. Душа дается не для того, чтобы обеспечить нормальную жизнь здесь. Для жизни здесь существует уже упомянутый интеллект, чувство юмора и сентиментальность. Душа нужна для жизни во втором круге, где совершенно другие условия. Здесь она часто вообще мешает. Обладает ли душа знаниями и памятью? Разумеется, и это легко пояснить с помощью сугубо бытового сравнения. Часть номеров в вашем мобильнике записана на симку, а часть — на телефон. Если телефон поврежден, а симка цела, какие-то вещи забудутся, а какие-то останутся — и нет никакой гарантии, что на симке записано самое главное. Что до необходимости тренировать или отращивать душу — здесь вообще нет ничего оскорбительного: одни люди рождаются с абсолютным слухом и врожденными способностями к игре на рояле, а другие обучаются и достигают иногда гораздо более высоких результатов. А некоторые так и умирают, не умея играть на рояле. Вот почему на втором уровне такой высокий отсев.

Все, что мы вам здесь предлагаем, не что иное, как набор упражнений для тренировки души. По нашим подсчетам, через полтора месяца работы она должна достигнуть такого уровня, что ее уже видно. Вы спросите — если после этого объяснения у вас остался дар речи, — как все это связано с деньгами? Отвечаем: деньги — всего лишь кровь этого мира, вещество, связывающее всех, грубый земной аналог эфира, омывающего всю сушу. Это не значит, конечно, что у кого больше души — у того больше и денег. Это всего лишь отражение более высокой способности притягивать к себе кровь, связь и т. д. Обратите внимание, что уворованный капитал недолговечен. Иногда богатые люди зовут вас к себе в гости, но не просто для того, чтобы похвастаться капиталом, а чтобы показать его вам, пока он еще есть. Ходишь по такому дому, а в нем все как бы спрашивает: видел? Так вот, это все обречено. В таких домах тревожно, и гостей зовут только для того, чтобы заглушить тревогу. Большие и долговечные деньги есть только у тех, кто умеет притягивать к себе эфир, обрастать большим количеством связи: во втором круге по этим каналам притекает энергия и разные другие вещи, для которых нет земного названия, а в нашем мире по этим каналам притекают деньги. Достаточно научиться притягивать деньги, чтобы как следует натренировать душу. Верно и обратное.

Для того чтобы определить индекс своей души, мы должны сегодня выполнить три упражнения. Индекс определятся по формуле $S = (N_1 \times N_2) / N_3$, то есть произведение двух первых показателей надо поделить на третий.

Во-первых, сразу после школы (института) или работы — впрочем, если выходной, то в любое время — вы должны наметить в городе район, где больше никогда не побываете. Это будет такая репетиция смерти. Прощай навек. Допускаю, что вы можете мимо этого района случайно проехать в машине, но ведь и после смерти вас могут случайно провезти на кладбище возле вашего дома. Лучше тем не менее наметить точку, мимо которой никогда не ездят машины, не ходит транспорт, — это будет маленький сквер где-нибудь на окраине или магазин, который, как вам известно, на днях закроют. Можно даже поискать по Интернету магазин, который на днях закрывается, а помещение продается или сдается. Наконец, возможен вариант встречи и разговора с человеком, которого вы никогда больше не увидите. Если у вас есть на примете человек, с которым вам хочется расстаться навсегда, или этого хочется ему, и вы это почувствовали, — непременно встретьтесь с ним именно сегодня, как собираюсь поступить я, потому что сколько можно. Как вариант можете выбрать кафе, в которое больше никогда, ни при каких обстоятельствах не войдете. Пусть у вас будет на карте города такое табу. Жить с табу гораздо интереснее. В идеальном случае можете совместить, как собираюсь сделать я: назначить встречу в кафе, где больше никогда не будете, с человеком, которого больше никогда не увидите. Тем самым я убиваю двух зайцев, потому что ничто больше не напомнит мне этого человека.

Душа как раз и есть инструмент для расставания навсегда, если вы еще не поняли, и это не дешевый афоризм, так и просящийся в фейсбук, но прямое и точное определение. Душа для того, чтобы прощаться и забывать. Душа остается от вас, когда вы целиком исчезаете из мира, и это прощание для нее не трагедия, а праздник. Приходите в сквер, где уже чувствуется осень. Осмотритесь в кафе, где уже чувствуется вечер. Посмотрите на женщину, в которой уже чувствуется — много чего уже чувствуется, а она и сама не знает. Посмотрите на все это, по вашему выбору. Глубоко вдохните. Запомните запах. Вы никогда больше этого не увидите. Тысячи детей увидят этот сквер, будут там скакать на одной ножке — слепая, золотая, как там дальше, всегда забывал. Тысячи людей будут сидеть в этом кафе. Несколько человек будут сидеть в кафе и лежать в кровати с этой женщиной, которая мне когда-то клялась, что без меня ее мир рухнет, а теперь она с трудом выдерживает еле выпрошенные у нее напоследок десять минут. Пять минут прошло, и начинается отсчет.

Засеките время по часам.

Молчите. Попросите помолчать.

Точно запомните момент, в который вам станет все равно. Момент, в который вы почувствуете облегчение, просто встав и направившись к выходу.

Заплатить лучше заранее, а можно вообще ничего не заказывать.

Но этот момент еще не означает, что надо встать и уйти. Просто заметьте, запомните его. Если хотите — запишите.

Точно зафиксируйте момент, когда вам станет невыносимо дольше здесь находиться. Когда вы перестанете понимать, что делаете в этом сквере, этом магазине, с этой женщиной. С этим, как вариант, мужчиной, который тоже явно тяготится вашим присутствием и чувствует неловкость — ему непонятно, что за цирк вы решили устроить напоследок.

Вот после этого момента отвращения надо еще высчитать двадцать секунд, после чего медленно встать и уйти.

Из этого кафе, от этой женщины, из этого сквера с вдавленными в землю крышечками бутылок.

В какой-то момент вам покажется, что вас зовут назад. Что, даже не говоря ни слова, вас притягивают. И может быть, какая-то девушка в сквере смотрит вам вслед.

Этого не надо, это ничего не изменит, и если вы сейчас останетесь, я с вами больше дела иметь не буду. Сидите в этом сквере, в этом кафе, с этим мужчиной, всю жизнь сидите, я знать вас больше не хочу. У вас нет и не было никакой души, и никогда не отрастет.

Как только вышли, засекайте время и производите расчет. Безразличие наступило через две минуты 20 секунд — итого 140 секунд; отвращение наступило еще через 3 минуты 35 секунд — итого 215 секунд. N1, таким образом, составляет 355.

Запоминаем этот параграф и переходим к следующему упражнению.

Вернитесь домой. Возьмите лист бумаги. Поделите его на две части.

Составьте два списка:

1. Чего мне жалко.
2. Чего мне не жалко.

Представьте, что прощаетесь с миром навсегда, и попытайтесь перечислить с максимальной точностью, что вам было бы жалко оставить. Можете делать это на улице, если погода хорошая. Просто в задумчивости ходите по улицам и перебирайте, что вам жалко. Не принципиально, где вы живете, где ходите и что видите. Допускаю, что вы живете в таких местах, где человека преследует единственное стремление — сбежать. И все равно при мысли, что он сбегает навсегда, ему будет нерадостно или по крайней мере к его радости будет примешиваться некое чувство, которое и контролирует душа.

Не думайте, пожалуйста, что если душа предназначена для расставаний, то у вас должны преобладать предметы, которых вам не жалко. Это неправда. Научитесь понимать, что душа ни за, ни против; душа — та непрозрачность, сдвиг, который мешает вам ощущать радость или тоску в чистом виде. Душа — то, что примешивается, неуловимым образом прибавляется, искажает оптику. И вообще не старайтесь подогнать списки к конкретному результату. Составляйте всерьез, а не так, как будто за вами наблюдают на том же фейсбуке. Не пишите напыщенной ерунды вроде «жаворонки на рассвете» или «мужская дружба». Упоминайте конкретные вещи и ситуации, в которых вам особенно жалко было бы не поучаствовать потому, что вы лежите глубоко под землей или развеяны над ней (второе, по-моему, во всех отношениях лучше). Помните, что вы пишете с точки зрения смерти, от лица уже не существующего здесь покойного трупа. Но если бы вы могли о чем-то пожалеть, то пожалели бы об этом. Вряд ли вас сильно заботили бы тогда жаворонки на рассвете. А вот что вам было бы искренне жаль сисек Лены N — это я допускаю. Сиськи Лены N были хороши в любое время суток. Если бы они летали на рассвете вместо жаворонков, это было бы куда более приятное зрелище.

ВНИМАНИЕ! Во втором списке должны преобладать не просто предметы, которых вам не жалко, а именно то, от чего вы рады, счастливы будете избавиться. То, что вызывает у вас активное отторжение — не живую ненависть, а спокойное, счастливое сознание, что больше вы этого не увидите.

Я тоже сейчас буду честно составлять этот список.

МНЕ ЖАЛКО (оставить)
Талантливых книжных детей
Стихи (как процесс)
Мартовский вечер, первый
    с настоящей оттепелью
Холодную воду (пить)
Сирень
Дачу (некому будет приводить
    ее в порядок, все придет
    в запустение
Ялтинскую набережную от
    кафе «Ялос» до Ореанды
Антикварный магазин там же
Один пляж в Гурзуфе рядом
    с гротом
Смотровую площадку
    на Ленинских горах
Двух человек, которых
    я не назову
А любимые книги я и так
    хорошо помню

МНЕ НЕ ЖАЛКО
Россию целиком, вместе
    с пейзажами
Женщин в целом, кроме двух
Работу
Церковь в любой форме
Спорт
Необходимость рано вставать
Смену времен года

Ко всему остальному я нейтрален. Есть — хорошо, нет — обойдусь.

Так было не всегда, но устройство жизни таково — ближе к смерти перестаешь так уж цепляться за все это. Очень милосердно, если вдуматься. Обратите внимание, как старик зашорен, как мало он понимает, как плохо слышит. В такое время душа, если она есть, целиком сосредоточена на себе и уже почти перешла в миры, где приметы первого уровня ее мало заботят. А если души нет, начинаются постоянные обиды и слежка за соседями, у некоторых еще скопидомство или вера в национальную исключительность.

Подсчитали?

Высчитайте разницу между показателями. В моем случае, как видите, это 5. Следовательно, 355 надо умножить на пять.

А теперь самое сложное. Главное свойство, по которому верифицируется наличие души, — ее способность находиться вне тела, которое способно некоторое время функционировать без нее. Некоторые вообще живут без души — и ничего. Но чтобы это проверить, вам понадобится помощник — в одиночку такие вещи не делаются.

Налейте ванну, тем более что уже вечер. Погрузитесь туда целиком, с головой, высунув что-нибудь наружу — допустим, ноги, — если это не помещается. Использование акваланга запрещается, трубку тоже нельзя. Пока вы там находитесь, пусть в ванну войдет помощник (помощница), неся предмет. Ваша душа должна будет покинуть тело и увидеть ванну как бы сверху, а потом посмотреть на предмет и сказать вам, что это такое. Держать голову в воде — с закрытыми глазами — надо довольно долго, потому что душа должна успеть вылететь и осмотреться. Но так, чтобы вы не задохнулись, потому что тогда вы не сможете пройти «Квартал», и у вас уже никогда не будет денег.

Есть паллиативные варианты — скажем, повязка на глазах, — но тогда вы не сможете как следует задержать дыхание и душа не сможет вылететь на несколько секунд. Если вы не сможете выпустить душу и увидеть предмет, значит, она у вас еще недостаточно развита, и эксперимент придется повторить через три недели, 22 сентября. Если вы не угадали предмет, но вам показалось, что вы его увидели, — повторите эксперимент немедленно, как только отдышитесь.

Помните: надо не угадывать, а сосредоточенно представить себе ванну. Чем точнее вы ее себе представили, тем, значит, лучше ее видит ваша душа. И тогда она обернется и увидит предмет, и все у вас получится. Выдумывать не надо. Включать мозг вообще не надо. Просто если вы правильно делали все предыдущие упражнения, это уже не вызовет у вас ни малейших трудностей. Душа вам все скажет и осторожно вернется обратно.

Попросите помощника засечь, сколько секунд вы провели в погруженном состоянии.

ВНИМАНИЕ! Правильный выбор помощника очень важен. Бывает такой помощник, что прижмет вас там в ванне, и у вас уже точно не будет денег. Лучше выбрать такого помощника, при котором вам не стыдно лежать в ванне, а то вы будете думать про всякую ерунду.

Показатель N3 — это количество секунд, понадобившееся вам на выполнение третьего упражнения. В моем случае это 11. Следовательно, умножаем 355 на 5 и делим на 11. Округляем. Получаем 484.

Это и есть мой коэффициент души. Неплохо. Для сравнения, аналогичный показатель Шарлотты Рэмплинг — 382, Шэрон Стоун — 215, а у Джонни Деппа ничего не получилось, то есть он смог увидеть предмет, но не смог испытать должное отвращение к одному человеку.

Как узнать коэффициент души известных людей? Это несложно, он зашифрован в их биографии, это обычный способ для «Википедии». Возьмите статью о них в «Википедии», которая затем и придумана, чтобы зашифровывать подобные сведения, сложите все цифры (не числа! а то там есть и миллионы), которые там упомянуты, и разделите на 12 — это код, применяемый конкретно в этом случае. Так режиссеры выбирают актеров, а богатеи — возлюбленных: при душевном коэффициенте меньше 100 лучше не связываться.

Отжиматься сегодня необязательно.

Eh bien, некоторые резонно упрекнут нас в отрыве от внешнего мира. Пока мы тут совершенствуем свою душу, обоснованно надеясь, что за это к нам придут деньги, — в мире происходит чудовищное количество несправедливостей, против которых уже, наверное, надо бы как-то возразить. Как-то протестовать. Мы совершенно аполитичны, а ведь деньги приходят только к смелому. Вообще-то, если говорить совсем честно, деньги приходят к тому, кто выключил себя из всех ложных связей, а стало быть, из политических тоже; но может ли считаться совершенным человек, который плюет на явную несправедливость?

Вопрос не так однозначен. Очевидно, что никогда не станет совершенен человек, полагающий, что так им всем и надо; что если мы сегодня относительно здоровы, не в тюрьме и не в ссылке, то это нам такое поощрение за прекрасную душу. И нищему подали, и девочку погладили без дурного намерения, и по службе продвинулись, и никогда не ездим на красный свет. Во-первых, глуп человек, полагающий, что все с ним происходит *почему-то*: в действительности все происходит *зачем-то*, потому что вообразить мелочного и сутяжного Бога, непрерывно воздающего по грехам в условиях чрезвычайно, чрезвыча-а-айно размытой морали, отказывается и самое извращенное воображение. Кому нужен — вдумайтесь — этот строй счетных машинок (представить на их месте ангелов тем более невозможно, ибо когда же ангелы успели так нагрешить, что их усадили за эту бухгалтерию?!), этот непрерывный подсчет дурных мыслей, сквозь-зубных ругательств, плевков мимо урны... Допустим, энергетически это еще представимо — для Бога невозможного нет, — но смысл? Связывать земные страдания с этикой, а воздаяния — с грехами может только РПЦ, и то не вся, а кто-то из самых отвратительных ее спикеров; ясно, что, говоря о справедливости или несправедливости, мы никак не имеем в виду болезни и случайности. Мы имеем в виду тех, кто страдает по вине конкретного общества; мы занимаемся нравственным усовершенствованием, а в это время в российских тюрьмах томятся невинные, в российских зонах заставляют работать по 17 часов и за малейшую жалобу прячут в карцер либо припаивают клевету; в российской провинции нет работы, а в деревнях — света. Замените слово «российский» на любое другое — в Гуантанамо пытают, в Латинской Америке живут впроголодь, в Китае публично расстреливают, и поскольку «Квартал» — как чтение и как технология — уже триумфально шествует по миру, а Родина, как всегда, заприметила его последней, все его исполнители отлично знают о чисто человеческих, рациональных и поправимых несправедливостях, среди которых живут. Опыт показывает, что при прохождении «Квартала» в начале сентября непременно возникает вопрос: ну хорошо, мы спасаемся. Но как же ужасный внешний мир, среди которого личное спасение проблематично?

Поэтому сегодня мы боремся с несправедливостями. Боремся именно тем способом, который позволяет привлечь к ним наибольшее внимание. Прежде всего надо отказаться от глупой мысли, будто максимум людей, вышедших на улицы, способен произвести на кого-то впечатление. Власть прекрасно обо всем знает и не чешется. Политическая система вашей страны не рассчитана на справедливость. Демонстрации бессмысленны, потому что никого не могут напугать. Несправедливости устраняются не тогда, когда случаются уличные протесты, а тогда, когда власть берут чуть более приличные люди. Единственный возможный прогресс — увеличение количества совершенных людей, то есть тех, кто не встраивается в ложные цепочки. Если угодно, ваше участие в прогрессе — это и есть прохождение вами «Квартала». Когда все люди пройдут «Квартал», несправедливость не то чтобы исчезнет, но сведется к минимуму. Забота о собственной душе — единственный способ приближения к справедливому обществу, в котором не будет ложных зависимостей. Но чтобы нормально пройти «Квартал», нужно избавиться от ненужных угрызений совести. Именно эту цель преследуют все люди, участвующие в социальных и иных протестах. Невозможно изменить тот факт, что все продукты дорожают, в обществе все увереннее преобладают дебилы, а люди, работающие в пенитенциарной системе, не знают других развлечений, кроме пыток. Чем скорее мы осознаем неизменность этого факта на протяжении всей истории, тем быстрее поймем, что направление и смысл нашего протеста должны быть другими. Человек протестует не ради перемен, которых все равно не будет, а ради того, чтобы на короткое мгновение успокоилась его совесть — и появилась тем самым возможность для духовного совершенствования. При больной совести вообще ничего не получается, все валится из рук, суп пересаливается, роман не пишется, секс не доставляет удовольствия и не осуществляется вовсе. Чистая совесть — вот истинная цель всякого протеста, потому что других целей вообще нет ни у чего. Вы не успокоитесь, пока не пострадаете. Итак, наша задача — сделать так, чтобы ваше страдание не помешало вам проходить «Квартал». Именно поэтому вам не надо выходить на площади — все равно про вас скажут, что вы пытаетесь привлечь к себе внимание и т. д. Истинный протест — тот, которого никто не видит, потому что иначе вы привлекаете слишком много внимания, все уже думают про вас, а не про несчастных людей, которых вы защищаете. Это нечестно. Понимаете ли вы теперь, что протестовать надо дома, лучше всего при закрытых дверях?

Не следует думать, что неприятности, которые вы себе причиняете этим протестом, могут уменьшить или хотя бы перераспределить количество зла в мире. Все это глупости. Количество зла в мире — не константа. Если к страдальцам прибавятся 50, 500 или 5 000 человек — страдальцам легче не станет. Точно так же неисполнима, скажем, мечта Чехова из хорошего, в сущности, рассказа «Дом с мезонином»: «Возьмите на себя долю их труда. Если бы все мы, городские и деревенские жители, все без исключения, согласились поделить между собою труд, который затрачивается вообще человечеством на удовлетворение физических потребностей, то на каждого из нас, быть может, пришлось бы не более двух-трех часов в день». На каждого из нас приходилось бы ровно столько же, потому что человечество трудится не ради удовлетворения физических потребностей, а чтобы угнетать других или занимать себя. Физические потребности вообще никого не волнуют. В СССР стали трудиться все, включая сестер Волчаниновых, а труд только все прибывал и прибывал. Своим дискомфортом вы не облегчите чужой, и даже если всех протестующих посадят, сидящим не станет от этого легче. Напротив, на их долю будет приходиться меньше хлеба и сахара. А когда я читаю данные одной такой организаторши протестов в ЖЖ, я хватаюсь за пистолет: «Активистка оппозиции. Феминистка, вегетарианка, анархистка, защитница животных, асексуалка, чайлдфри». Плевать на то, что она чайлдфри, это безумие и вдобавок фашизм, об этом мы не дискутируем, потому что эдак можно додискутироваться до оправдания людоедства. Если кто-то любит животных больше, чем детей, то и на здоровье. Ниже она еще пишет, что не очень любит вип-персон, так что разбираться с этим сознанием, искалеченным завистью, вообще не следовало бы. Нас интересует другое: «Гражданская активистка». Что она делает? Собирает подписи. Асексуалка собирает подписи. Честное слово, если бы она трахалась, толку было бы больше, потому что пока люди заняты сексом, у них по крайней мере нет времени на взаимное мучительство, а каждый асексуал, в особенности гражданский активист, добавляет во Вселенную луч ненависти и тем портит атмосферу. Какая она в жопу гражданская активистка? В чем ее гражданская активность? И ведь она считает себя вправе задевать приличных людей и уважает себя выше крыши — за что? За подписи? Вы хотите быть, как она? А по-другому все равно не получится.

Поэтому при закрытых дверях! Закрытых, сволочь! Наедине с собой! Раздеваемся до белья. Заворачиваемся в холодную мокрую простыню. Выходим на середину комнаты. Встаем на одну ногу. Стоим на одной ноге! Пять минут, ни минутой меньше стоим на одной ноге! Ласточкой, журавлем, подняв колено — как хотите, только чтобы на одной, и на середине комнаты, чтобы ни за стену, ни за мебель не держаться. Подпрыгивать разрешается. Опустил вторую ногу — начинаешь сначала: гражданский протест, non penis caninus!

Постоял? Теперь на другой.

Пять минут! Ни секундой меньше! По часам!

Вот смотрите: голый взрослый (хочется надеяться, что взрослый), завернутый в мокрую простыню человек среди комнаты стоит на одной ноге.

Но в этом все-таки больше смысла, чем в асексуальном собирании подписей, в одиночных пикетах на Житной и в публичных заявлениях типа «Не забудем, не простим».

Результат один, а позора гораздо меньше.

И вдобавок, очистив свою совесть, вы по крайней мере можете не спрашивать себя всю следующую неделю, придут ли за вами. За вами не придут. Кому на хер нужен идиот в мокрой простыне на одной ноге?

Только Богу. Смысл нашей жизни в том, чтобы ему не было скучно, другого нет и неизвестно.

Сегодня у нас довольно простое задание. Нам понадобится буппи, одеяло, фонарик и иголка с нитками. Я говорю — у нас, но вы все будете делать сами, а я только расскажу как. Главное — действовать точно по инструкции.

Итак, берите буппи — напомню, что если вам совсем трудно иметь дело с нематериальным объектом, можно использовать наполненный водой воздушный шар. Можете даже нарисовать на нем печальное лицо с добрыми, но чужими глазами. Так, теперь одеяло. Лучше такое, которое не жалко, а впрочем, к сегодняшнему дню вы уже должны отучиться жалеть вещи. Если еще не отучились, возьмите самое лучшее. Идите в лес. Если леса рядом нет, делайте, как Том Сойер: идите в ванную, но вообразите, что это лес. В конце концов, не такая и разница — в ванной, как и в лесу, вы наедине с собой, вы наги и открыты — но только для себя, потому что мир остался снаружи, за дверью или за опушкой. Не зря выражения «иди в баню» и «иди лесом» означают одно и то же. Не страшно, если в квартире кто-то есть. Пусть они там гремят на кухне или шуршат в туалете, пусть включают музыку в комнате и кашляют в прихожей. Ведь и в лесу при всей уединенности есть шанс столкнуться с лесником, грибником или кабаном, и даже в одиночестве вы знаете, что не одни. Да, мы не одни, но ведь это «не одни» может быть и утешением, и угрозой, а то, что так неоднозначно, не может служить опорой. Надо научиться быть одному, когда ты не один. И вот за этим вы идете в ванную — очевидно же, что в лес никто не попрется, если можно в ванную. В другой главе мы бы вас за это укорили, но сейчас не станем. Идите в ванную с буппи и одеялом. Не забудьте включить свет, он нужен обязательно: во-первых, без него, как известно, вы не сможете погрузиться во тьму, а во-вторых, не сможете прочесть, что делать дальше.

В самом деле, что можно делать в ванной с одеялом и воображаемым воздушным шаром с воображаемой водой внутри? Да хотя бы и с настоящим шаром... Кстати, интересно, что бы вы придумали. Даю вам пятнадцать минут — поэкспериментируйте.

....

Итак, прошло пятнадцать минут. Половина из вас уже храпит, забравшись в ванну, укрывшись одеялом и подложив буппи под голову. У них все будет хорошо. При такой невозмутимости, неизобретательности и нелюбопытстве — обязательно все будет хорошо. А деньги? Зачем им деньги? Пусть они им приснятся. Мы же будем работать с остальными — с теми, кто сделал из одеяла домик и поселил туда буппи; с теми, кто соорудил себе рыцарский плащ и сражается с наполненным водой резиновым драконом; с теми, кто с фонариком в зубах изображал поезд в тоннеле. Короче говоря, садитесь — хотите, на пол, хотите, в ванну — и зашивайте себя в одеяло. Вместе с буппи, да, одному очень страшно. Зашили, сидим, светим фонариком, читаем — как в детстве. Когда пришли взрослые и выключили свет, и отобрали книгу про Уленшпигеля, потому что лежа читать — глаза портить, потому что в школу завтра не подымешь тебя, и кошмары приснятся потому что. И они там снаружи смотрят, не появится ли у тебя под дверью полоска света, поэтому надо сделать себе герметичную нору из одеял и подушек, достать из-под матраса фонарик и уже тогда можно. А книга — книга лежит возле кровати прямо на стуле, который служит тумбочкой. Почему, если читать ночью нельзя, почему ее не прятали, не уносили к себе? Сначала мне казалось, что это взрослые забыли или не догадались. Потом — что они полагаются на мою честность: раз сказано, что нельзя, значит, нельзя. Поэтому пространство под одеялом приходилось делить не только со страхом быть пойманным, но и со стыдом — не ослушания, а обмана доверия. Это было хуже наказания, потому что когда тебя наказывают, ты вроде как потерпевший, а потерпевший в чем может быть виноват? Впрочем, стыд забывался после двух уже страниц, а утром от него оставалась неясная, слегка колеблющаяся, как занавеска в летний полдень, сиреневатая тень, достаточно прозрачная для того, чтобы немного другими глазами смотреть на привычный мир, при этом не давая себе зарока больше так не делать.

Это теперь я понимаю, зачем книга лежала там. Конечно, взрослые не дураки. И если они, выключая свет, оставляли книгу, то они вдвойне не дураки. Но это все лирика, а сейчас вы сидите в одеяле, с такой книгой, которую никто у вас не отберет, вы давно уже сами решаете, что и когда вам читать, но зато больше уже не знаете зачем. Дышать немного трудно, но это ничего, в этом мире вообще трудно дышать, и если раньше вы этого не замечали, то вот вам шанс почувствовать. Воздуха очень мало, света еще меньше, звуки глушатся дверью и одеялом (или, если вы все-таки поперлись в лес, то самим лесом), буппи молчит, но трудно и ему. Здесь никого нет. Здесь. Никого. Нет. Никого. Нет. Здесь. Нет. Даже. Тебя.

Снаружи происходит жизнь — если прислушаться, можно уловить ее звуки, если принюхаться, через запах шерсти, пыли, пуха, синтепона — или чего там еще — донесутся ее запахи, но ты уже их не распознаешь, путаешь. Где-то жарится мясо? Или это идет гроза? Не надо об этом думать. Звук, запах, вкус — любое ощущение мира можно понять целиком только не зная и не называя. В самом деле, ну, яблоко. Какой у него вкус? Ну, вкус яблока. Ну, кислый. А что это значит — кислый? Больше того, если тебе завяжут глаза и скажут: «Вот колбаса», а сами дадут яблоко, ты в первый момент почувствуешь такую гадость, что с перепугу выплюнешь. Потому что твой прекрасный ученый мозг, услышав о колбасе, уже сам начал дергать за нужные ниточки, не дожидаясь сигнала рецепторов. И тут вдруг язык передает что-то, вообще не похожее на колбасу! Убрать, выкинуть к чертям, испорченная она, что ли? И ты даже не поймешь, что это было прекрасное, сочное, жирное бордовое яблоко. Утром, не проснувшись еще, ты слышишь звук и, не зная, откуда он, можешь рас-слышать все полутона. А потом пробуждаешься совсем — и звук для тебя становится всего лишь треском мотора за окном. Так что забудь, забудь все яблоки и все моторы, забудь даже (о кощунство!) колбасу, это уже тебя не каса-ется, потому что ты — вне. Забудь и себя: пока ты зна-ешь, как тебя зовут, ты не поймешь, что ты есть, а значит, дальше тебя не пустят — там на входе строго спрашивают. А сейчас самое трудное: надо будет выключить фонарь, закрыть глаза и пробыть полчаса вот так. Лучше бы час, но уж ладно. Никаких часов, никакого мобильного. Как узнать, что прошло полчаса? А вот так и узнать, по вну-тренним часам. Мы не требуем стопроцентной точности, двадцать пять или сорок минут тоже сгодится. А вот де-сять минут или два часа — уже нет. Значит, ничего у нас с вами не получится, в следующем году можно будет по-пробовать еще раз. Теперь внимательно: сидим полчаса, в это время думаем о себе. Спать нельзя, повторять в го-лове слова популярной песни Стаса Михайлова нельзя, решать математические примеры нельзя, вообще нельзя думать ни о чем, кроме себя. Вспоминайте прошлое от самого начала до сего дня: как вы росли, чего хотели, над чем смеялись и чего боялись, когда были мудаком, ко-гда солнышком. Вспоминайте и будущее — не представляйте, а вспоминайте, как будто вы уже когда-то читали его в книге. Думаю, получаса вам хватит за глаза. Если не хватит, прекрасно, если за полчаса вы дойдете только до отлучения от груди, то я вообще не знаю, зачем вам «Квартал». Помните о яблоке со вкусом колбасы, то есть не обманывайтесь тем, что вы про себя знаете настолько, что вроде и незачем задумываться. Будьте объективны. Можете рассказывать это все буппи — больше вас все равно никто не понимает. Думайте и о том, как жизнь в эти тридцать минут проходит без вас, но не так, будто вас никогда не было, а так, будто вас взяли и вынули, оставив на вашем месте белесое пятно — страшное, страшное чувство! Похожее на то, которое поглощает, когда впервые осознаешь, что умрешь, — три, четыре года или пять, комната, квадрат невозможно яркого, горячего света на полу у окна, и вдруг все звуки исчезают и становится жутко и сладко: все останется, но без тебя. В этот момент ты перестал быть центром мира, понял, что мир создан не для тебя и не вместе с тобой и что он вместе с тобой не закончится. После ты в каждую свободную минуту бежишь в комнату с ярко-желтым квадратом у окна и искусственно вводишь себя в это состояние — с каждым разом это все проще, но острота постепенно сходит на нет. И вскоре ты уже ничего не чувствуешь. Так заканчивается настоящее детство — не тогда, когда понимаешь, что смертен, а когда миришься с этим. Если за полчаса вам удастся вернуть хотя бы бледный призрак того ощущения, хорошо. Дальше само пойдет, как с объемными картинками — сначала пялишься на нее часами до рези в глазах, а потом достаточно легкого движения глазной мышцы, и на бумаге возникает корабль, крепость или цветок.

По истечении тридцати минут резко откройте глаза и вырывайтесь наружу! Рвите нитки, одеяло, не пускает —

а вы сильнее! И вот, полностью освободившись от кокона, открывайте глаза, глубоко вдохните и выдохните с голосом. И тогда уже читайте дальше. Все, пора. Выключаем, закрываем, приступаем.

Ну что ж, если вы снова с нами, то поздравляем. Вы только что умерли и родились. Нет, невзаправду, конечно, но разница не так велика на самом деле. Почему именно сегодня? Потому что именно этот день для меня особенно важен — он долго был моим запасным днем рождения (долгая история), а потом и стал им на самом деле, что еще раз подтверждает условность таких понятий, как прошлое и будущее, и развенчивает идею линейного времени. Почему вам сразу не сказали, что это за задание? Но тогда у вас ничего бы не вышло. Вы бы или перепугались до мокрых подмышек, как тогда, когда надо было определять наличие души, или, напротив, начали бы слишком усердно готовиться, подходя к вопросу со всевозможной ответственностью, а для этого у вас нет пока ни ресурсов, ни знаний. Чего доброго, вы бы и в самом деле переродились, и что бы нам на это сказали ваши друзья и родные? Или застряли бы на полпути, а это вообще уже никуда не годится. Так что мы при помощи нехитрого символического обряда, можно сказать, поиграли в перерождение. Поиграли-то поиграли, но нельзя сказать, чтобы этот опыт прошел уж вовсе бесследно. Вы действительно стали другим, не так ли? Вот и славно. В теле должна ощущаться приятная легкость, в голове — приятная ясность. Смотрите на свою ванную комнату (или лесную поляну), как впервые. Что-то навсегда осталось в прежней жизни, вместе с буппи в одеяле — ведь вы же не потащили его с собой на свет, до того ли было. Но не обольщайтесь — ваши печали никуда не делись, они не обнуляются при реинкарнации. Наоборот, как раз они и есть та единственная связь, которая роднит вас с прежними вами. И все же теперь вы можете вспоминать себя, как вспоминают прошлые жизни, все равно что смотреть кино про себя или читать книгу про себя, что вы сейчас и делаете — к вопросу о том, что можно вспоминать не только прошлое. Можно. И этот вы из воспоминаний — ваш буппи, провожавший вас туда и оттуда, песок, которому нашептали про царя Мидаса: он все равно прорастет тростником и будет сплетничать в определенные часы при определенном направлении и силе ветра, но что такое слово тростника для всех, кроме, может быть, царя Мидаса? Мы все одиноки, но вдвойне одинок тот, у кого ослиные уши, и втройне — тот, кто носит их как дар, а не как проклятие. Только так все это и можно носить — это ваше знание о себе, вашу смерть в одеяле и рождение, воздушный шарик, навек оставшийся там, откуда вы пришли и куда будете все время возвращаться, чтобы вновь услышать: «У царя Мидаса ослиные уши».

Друзья и родня будут вам говорить, что вы стали какой-то не такой. Впрочем, если они вам до сих пор этого не сказали за два с половиной месяца, то это с ними что-то не так. Возможно, они даже что-то почувствовали в это время — смещение слоев бытия, синкопу в пульсе времени, будто в поезде на полном ходу приоткрыли окно в другом конце вагона и тут же закрыли. Но это неважно. Важно то, что сегодня началась новая жизнь. С днем рождения. В честь этого отжимаемся двадцать раз.

Сегодня все несложно. Рисуем график вашей жизни. На координатной сетке, полагая вашу жизнь осью икс, наносим главные события, которые будут, в свою очередь, оцениваться на вертикальной оси.

На каждый год откладываем по сантиметру. Все точки нумеруем для удобства последующего соединения.

Важное замечание. Если упоминаемое событие в вашей жизни еще не произошло — примерно представьте себе, в каком возрасте его ожидаете, и отложите этот возраст на оси абсцисс, в гипотетической, так сказать, области.

Координаты этой точки на оси ординат будут означать интенсивность переживания по десятибалльной шкале, эмоциональную, так сказать, наполненность.

Отмечаем точки в следующем порядке:

1. Возраст, в котором вы начали читать.

2. Возраст первой любви (то есть любви, которая действительно осознавалась как таковая, волновала вас, заставляла страдать, заложила матрицу подобных отношений на всю дальнейшую жизнь).

3. Возраст, когда у вас впервые появилось домашнее животное (если оно было до вашего рождения, это не в счет. Берем возраст, когда вы его впервые купили сами либо ребенком выпросили у родителей).

4. Первый сексуальный опыт (что под этим понимать — вопрос спорный, но давайте исходить из того, что вы разделись окончательно и партнер(ша) тоже. Хотя идеально, конечно, если со-

стоялось и проникновение. Ох, товарищи, как вспомню, так вздрогну. Все получилось, хотя и было очень кратко, но волновался я сильно. Ее звали Света. Она была, товарищи, очень хороша, она была рыжая и большеротая, и никогда больше мне этот прелестный тип не встречался, а ведь как хотелось. Она была меня старше четырьмя годами. Дурак я, дурак. Я так тогда смутился, что как-то свернул отношения, а она была девочка прекрасная, благородная, она пыталась меня убедить, что все прекрасно, но я сдуру, разумеется, не верил, мне это казалось снисходительностью. До сих пор метро «Бауманская» в Москве, где был расположен ее институт, конкретизировать не буду, — вызывает у меня сильные чувства, чего там, нешуточный прилив возбуждения. А жила она в Ясенево. Разумеется, у этих отношений не могло быть никакого будущего, никогда не бывает, но как же мне, товарищи, повезло, что дебютировать пришлось с таким тактичным, гуманным, красивым существом. Не могу представить, какая она сейчас, ужас берет. То, что делает с нами жизнь, неправильно, а самое главное, я не понимаю, зачем она это делает. Если бы понял, может, было бы легче. В жизни, которая так безжалостно, бесстыдно, бессмысленно отбирает все, включая смысл и человеческое достоинство, я вижу теперь одну безусловную ценность: единственное, что не стареет, — это, как вы уже догадались, деньги, и только о них мы будем с вами заботиться).

5. Событие, которое нанесло вам серьезную и до сих пор — подчеркиваю, это важно, — не зале-

ченную травму. Большинство травм мы благополучно исцеляем тем, что мстим обидчику. Но обязательно есть та, которая не отмщена. Ее я и прошу нанести на координатную сетку. Со своей стороны напоминаю этому человеку, что помню о нем, что память у меня вообще хорошая. Уверен, что и он меня помнит и все понимает. У нас был с ним редчайший случай взаимной ненависти с первого взгляда — той ненависти, которая включает и брезгливость; я вообще больше всего в жизни ненавижу этот долоховский тип, любующееся собой сентиментальное зло, сверхчеловечка, находящего наслаждение именно в том, чтобы гадить. Интересный штрих к его биографии: он прочел как-то, что в Минске — еще был Советский Союз! — существует продавщица газет, которую обожает весь квартал — квартал! — и которая за тридцать лет работы в этом газетном киоске ни разу не получила запись в жалобную книгу. Эта жалобная книга так и висела у нее в киоске, вся желтая и нетронутая. Репортер ужасно этому умилялся. И что вы думаете? Он специально поехал в Минск, чтобы найти там эту кассиршу и дефлорировать таким образом ее жалобную книгу. Ей было чуть за пятьдесят, уязвимый климактерический возраст. Она, наверное, сразу после этого умерла от сердечного приступа. Я не был тогда в Минске и не знаю, врал ли он, но он утверждал, что довел ее до слез, а жалобную книгу она не могла ему не дать — с этим жестко было при советской власти. Допускаю, что он врал. Но сюжет, сюжет! Он сейчас за границей, я знаю, где. Мы обязательно еще раз сойдемся. Предполагаю, что его ожидает несколько больший шок, нежели кассиршу.

6. Встреча с человеком, который стал для вас духовным образцом, учителем, эталоном. Таких людей наверняка было несколько, но выберите наиболее значимого.

7. Эпизод, когда вы наиболее удачно, талантливо, успешно отомстили врагу.

8. Покупка вашего первого автомобиля.

9. Поступок, в котором вы больше всего раскаиваетесь. То, чего вы не прощаете себе. Если таких несколько, то самый непрощаемый. Иногда — и даже чаще всего — это вещь не особенно масштабная, не самая серьезная. Я однажды поймал в Евпатории маленького краба, и он у меня в ведерке довольно скоро сдох. Мы его потом засушили, сделали красивую композицию с песком и камушками. И вот уже зимой, пять месяцев прошло, уже этот краб стоял в кабинете биологии как лучшая поделка (помните невыносимое слово «поделка»?!), — и я проснулся ночью от ужасной грусти, представляя, как мать этого краба о нем горевала. Лет девять мне было, вероятно. Такая грусть, такое раскаяние! Как сейчас вижу дом напротив, туда выходили окна нашей двухкомнатной квартиры на третьем этаже, мы жили там вчетвером, у нас с матерью была общая комната. Над гаражом около этого дома напротив висел прожектор, помню его невыносимо тоскливый белый свет, и так мне стало худо, что я разбудил мать и начал ей жаловаться. А мать вообще не высыпалась, будучи учителем, и ей

было рано вставать, и она мне сказала, что моя сентиментальность довольно неуместна, что это вообще черта немецкого офицера — сочетание сентиментальности и жестокости, и что краба я жалею, а ее не жалею. Она, думаю, в упор не помнит этого разговора, а на меня он произвел впечатление. Она совершенно права, я думаю. Как вы понимаете, история с крабом — не самое мучительное мое воспоминание и не самое непростительное, я просто для примера. Я много чего себе не могу простить. Мне чаще других вспоминается одна безобразная сцена — хотя помечать на графике, вероятно, я буду не ее. Ох, товарищи, как мне мучительно дается «Квартал»! Будем считать, что это боль благотворная; будем считать, что для вас это тоже мучительное занятие, как же иначе-то? Иначе и браться бессмысленно за такое прохождение, ведь это мы жизнь свою проходим, чтобы разобраться с ней наконец. Но вот первая жена, которую я потом оставил не самым лучшим образом, потому что я вообще сволочь большая, однажды ждала нас с дочерью из гостей, а дочь там плохо себя вела. И вот я приехал в отвратительном настроении, стал устраивать скандал — наверное, были к тому в тот день и другие поводы, не знаю, — но я с ужасом вспоминаю, как жена нас встретила, очень радостная, очень ласковая — ах вы мои дорогие, как вы там веселились? — и я ей прямо с порога начал устраивать сцену, типа это все ты, твое воспитание, и вообще я уйду. Ужасно это было. Ужасно было даже не то, что я довел ее до слез, а то, что так у меня и стоит это перед глазами — «Ах вы мои дорогие». Это совершенно непростительно, и все, что я делаю, непростительно. Не надо мне говорить, что это все ерунда: этим никого нельзя утешить. Никого нельзя утешить мыслью о том, что бывает хуже. И даже если я, повторяю, укажу другой непростительный поступок, — этот я тоже сейчас вспоминаю. Короче, найдите у себя такой же и отметьте. Особенно я буду уважать человека, который этот непростительный поступок отнесет в будущее, но таких храбрых среди вас, я думаю, нет. Да в том и штука, чтобы найти его в прошлом — с будущего-то какой спрос?

10. А вот теперь утешимся, вспомним поступок, которым можем безоговорочно гордиться. Хорошее дело вспомним, правильное, и хотя, я знаю, у вас таких дел наберется не меньше сотни — вы же прекрасный человек, как бы я смел подумать иначе?! — но все-таки давайте найдем наиболее приятное, наиболее, так сказать, лестное воспоминание. Решительный жест, постановка мерзавца на место, помощь больному или бедному, сочинение выдающегося сочинения, да хотя бы и самостоятельное испечение торта для любимого человека, который и не подозревал, что вы сейчас загадите ему всю кухню и зачадите ее сожженным коржом. А можно глобальное что-нибудь, предотвращение войны, если вы ее предотвратили.

11. Дата самой большой ошибки. Не дурной поступок, а именно ошибка, это огромная разница. Если считаете такой ошибкой рождение, отметьте нулевую точку на абсциссах (на ор-

динатах, вероятно, будет десятка — серьезная ошибка, действительно).

12. Дата встречи с человеком, которого вы сильнее всего любили/любите. Имеется в виду именно идеал, любовь, а не просто восхищение — а то, может, вы взяли автограф у Пола Маккартни и отметите его. Нет, братцы, я говорю именно о возлюбленных.

13. Ваш первый сколько-нибудь серьезный заработок.

14. Возраст, когда у вас появился первый ребенок (именно ваш, не усыновленный; если еще не — отметьте возраст, когда планируете это).

15. Случай, когда вы серьезно рисковали жизнью, когда вам угрожала настоящая опасность, то есть вы буквально ходили под смертью. Если такого эпизода не было — пропускаем точку, поскольку предположить такое и отнести в будущее невозможно, да и незачем это планировать. Может, вообще обойдется.

16. Возраст самой серьезной и радикальной ссоры с бывшим другом — именно другом, а не возлюбленным(ой). То есть конец самой серьезной дружбы в вашей жизни — даже если она была потом возобновлена. Впрочем, возобновления чаще всего ничего не меняют.

17. Покупка (приобретение) вашей первой квартиры или дома — лично вашей, на вас записанной собственности. Если еще не приобрели — когда планируете.

18. Возраст первой действительно серьезной болезни.

19. Возраст первой заграничной поездки.

20. Возраст, когда вы впервые почувствовали всерьез, что молодость кончилась.

21. Возраст, когда вы впервые почувствовали (почувствуете), что и зрелость кончилась или по крайней мере жизнь начала слегка густеть, забраживать, закисать, как варенье.

22. Возраст последнего по времени развода.

23. Возраст, когда вы впервые почувствовали (это у всех бывает), что жизнь, просто жизнь сама по себе важнее всех намеченных вами целей, что важно просто жить, нюхать там, я не знаю, сирень, что все остальное чушь. Один из любимых поэтов, человек скрытный, хитрый, вообще непростой, — рассказывал, однако, совершенно искренне: забыл я, ребята, кепку на даче. А дачу мы уже законсервировали. А кепка — очень хорошая кепка, подходит по цвету к плащу. (Он из поколения пижонов, хилявших по Броду — по Невскому, естественно.) И я за ней поехал, хотя и не ближний свет. В электричке. И вот вышел я, ребята, на платформу — листья, березы, бузина, все это желтеет уже, и воздух такой, что просто счастье! — вдохнул все это и подумал: какого вам всем еще смысла жизни?! При всем его серьезном отношении к литературному успеху и все такое, при склонности мерить жизнь именно написанным и сделанным — я ему вполне поверил, и у вас наверняка было такое ощущение, назовем это точка К, по фамилии героя и первого описателя.

24. Возраст, когда вы поверили в загробную жизнь.

25. Возраст, когда вы перестали верить в загробную жизнь (если перестали).

26. Лучший возраст вашей жизни — с точки зрения здоровья и способностей. Если это несколько лет — выберите пиковый.
27. Возраст, когда вы радикально изменили профессию (если меняли).
28. Возраст, когда вы эмигрировали (или собираетесь).
29. Возраст, после которого — как вам кажется — вы едете уже не на ярмарку, а с ярмарки (или поедете). А разве плохо вернуться с ярмарки? Да и что там, на ярмарке, хорошего?
30. Возраст вашей смерти — предположительный, разумеется; но это предположение нужно, оно обязательно, надо же знать, на сколько вы рассчитываете.

Теперь соедините все эти точки последовательно, даже если линия будет перечеркиваться. Как в детском журнале, когда в результате такого соединения должен получиться, допустим, крокодил. У меня именно он однажды и получился.

Вот то, что у вас получилось, и есть наиболее объективный портрет вашей жизни, trust me. Поймите, на какое животное либо предмет она похожа, и ведите себя соответственно.

Остальное завтра.

Теперь.

Выделите тот десятилетие вашей жизни, на которое пришлось наибольшее количество точек. Порядковый номер этого десятилетия — ваш личный Индекс Активности, он же ИА.

Сосчитайте, сколько событий вашей жизни отнесено вами на будущее. Высчитайте их процент от общего количества, то есть от 30.

Этот процент — ваш личный Индекс Исчерпанности (ИИ).

Просчитайте разницу между общей продолжительностью вашей жизни и тем, что вы уже прожили. Высчитайте Процент Прожитого (ПП)

Если ваш ИИ больше ПП, поздравляем, у вас есть будущее или по крайней мере надежда на него. Вычтите меньшее из большего. Предлагаем вам необязательный, но любопытный эксперимент. Напишите на листке бумаги сумму всех своих сбережений. Я не смотрю. То есть просто и честно напишите там, сколько у вас есть денег.

Поделите эту сумму на свой возраст.

Умножьте на разность (ИИ–ПП).

Получившаяся сумма — это примерно те деньги, которые вы получите вскоре после прохождения «Квартала». Можете потом сравнить и убедиться, что фирма веников не вяжет.

Если ИИ меньше ПП, поздравляем, большая часть вашей жизни — и, соответственно, удач — уже позади. И это, может быть, к лучшему.

Запишите на бумажке всю сумму ваших сбережений. Я не смотрю.

Поделите ее на Индекс Активности.

Посмотрите, сколько сегодня градусов на улице.

Поделите получившуюся сумму на этот показатель.

Запишите сегодняшнюю дату — число, месяц, год (напоминаю, сегодня 05.09, год укажите сами).

Подсчитайте сумму всех цифр, пока не получится однозначное число.

Разделите получившееся частное на это число.

Примерно столько вы получите по итогам «Квартала».

Если не совпадет, значит, вы что-нибудь не так подсчитали.

6 сентября

Сегодня вы должны трижды поделиться своими деньгами.

Сделать это надо тремя различными способами. Во-первых, вы должны подать нищему, во-вторых, дать чаевые фотографу, а в-третьих, послать угощение сотрапезнику.

Фотограф появляется потому, что нам будет нужна фотография.

Все это необременительно и принесет вам скорее радость, чем приступ жадности. А сделать все это надо потому, что в жизни работает принцип «отдай в малом». Что-то мне подсказывает, что если сейчас не сделать это маленькое деньгопускание, скоро может выйти так, что отнимется гораздо больше. Кому это надо?

Подать надо не первому попавшемуся нищему, а третьему, который вам встретится в течение дня (или мимо которого вы пройдете). Если вы живете в сельской местности, в небольшой деревне, допустим, или поселке городского типа — нищим там по умолчанию может считаться любой, по столичным, естественно, меркам. Следовательно, вам просто надо предложить денег любому третьему встречному. Как хотите, так и мотивируйте. Я не намерен облегчать прохождение хитрым сельским жителям.

Итак, если вы живете в городе — вы должны подать третьему встречному нищему.

Если это мужчина, вы дадите ему 300 рублей.

Если это женщина, вы дадите ей 500.

Если это ребенок — 1 000.

Если музыкант — 200.

Если собирают на собачий приют — 300.

Если на операцию — 100 (незачем прикрываться болезнью и врать на эту тему).

Если инвалид — 300.

Если музыкант-инвалид — 400.

Если ребенок собирает на собачий приют — 1 300.

Если ребенок-инвалид — 1 500.

Если ребенок собирает на операцию — 300.

Если музыкант-инвалид собирает на собачий приют — 5 000. Не бойтесь, такого никогда не бывает.

Зайдите в ближайшую срочную фотографию. Закажите ваш портрет строго определенного размера: по горизонтали — ваш возраст, по вертикали — ваш вес.

Если получился квадрат, вам повезло — давать фотографу ничего не надо. Но не обольщайтесь, это бывает крайне редко.

Если фотограф откажется делать столь нестандартную фотографию, предложите ему 1 000 сверху.

Если он не возьмет и рассердится — 2 000.

Если он вообще откажется делать портрет, идите к следующему фотографу (деревенские проделывают это упражнение в ближайшем городе).

Если вы так и не сумеете получить портрет с такими параметрами, увы, мы прощаемся с вами. Вы покидаете опасный и непредсказуемый мир «Квартала». Чтобы это произошло мирно, отожмитесь 15 раз.

Если фотограф согласится сделать портрет бесплатно, предложите ему 1 000 сверху просто так — потому что вам очень понравился портрет, никто еще не снимал вас так красиво.

После работы (или просто вечером, если выходной) зайдите в ближайшее к дому кафе. Не хотите в ближайшее — выберите любое, я не настаиваю. В этом кафе, если вы не единственный посетитель, выберите человека, который покажется вам симпатичным. Пошлите ему через официанта бутылку вина стоимостью от 500 до 1 000 рублей, не более. Если ближайшее кафе на много верст кругом — станционный буфет, проделайте все это там, только посылать будете не бутылку вина, а котлету или коржик.

К бутылке приложите свою фотографию.

Если бутылку и фотографию не возьмут — вы пропускаете два следующих дня и не делаете никаких упражнений.

Если бутылку возьмут, а фотографию вернут — следующей ночью вам можно спать только три часа. Поставьте будильник, занимайтесь чем хотите — смотрите кино на компьютере, ужинайте, завтракайте.

Если фотографию возьмут, а бутылку нет — я вас освобождаю от зарядки до 10 октября.

Но не обольщайтесь, этого почти никогда не бывает.

Поздравляем, сегодня у вас опять прохождение.

Выходим из дома, добираемся до ближайшего вокзала или железнодорожной станции.

Вспомните ваш Индекс Активности. Это порядковый номер станции, на которой вы должны сойти. Направление неважно. Если вы живете на даче, двигайтесь прочь от города.

Выходите на станции. Зайдите в ее помещение (или, если это крупный город, в здание вокзала). Если это такая маленькая станция, что никакого помещения нет, ищите скамейки — уж скамейки должны быть. Если нет и скамеек, садитесь на обратную электричку и отправляйтесь домой — вы выбываете. В самом деле, если уж даже скамеек вам не положено, то каких вам еще денег? Ну вот. Если вы не выбыли — справа от себя вы увидите человека в очках. Подойдите к нему и попросите закурить. Если он не курит, или у него нет, или просто вы ему не понравились — предложите ему закурить. Если откажется, просто пожелайте ему удачи.

Выходим из вокзала. Идем в ближайшую аптеку. Покупаем аспирин. Одну таблетку пьем на месте, остальные кладем в карман.

Заходим в ближайший продуктовый магазин. Ждем, когда войдет третий посетитель после нас. Подходим к нему, спрашиваем, где ближайший кинотеатр. Покупаем в магазине жвачку. Идем в ближайший кинотеатр.

Если кинотеатр работает, заходим туда. Если нет, возвращаемся на вокзал и спрашиваем, где ближайшая баня.

В кинотеатре смотрим фильм на ближайшем сеансе, после чего возвращаемся в продуктовый магазин.

В бане моемся примерно столько же, сколько идет фильм. Выпиваем кружку пива, жуем жвачку.

В продуктовый магазин примерно через полчаса после нас зайдет женщина изумительной красоты (или такой же мужчина, в зависимости от нашего пола). Мы к ней не подходим и вообще ничего не делаем, но просто это значит, что мы на правильном пути. Если это так, возвращаемся на вокзал, покупаем в буфете стакан чаю, возвращаемся домой.

Если женщина не появляется, покупаем бутылку молока и спрашиваем продавщицу, где ближайшее интернет-кафе.

В интернет-кафе открываем игру «Сапер» и играем в нее, пока не раскроемся.

Наш результат (в секундах) умножаем на свой Финансовый Рейтинг (можно там же, с помощью калькулятора).

Получаем многозначное число. Находим сумму его цифр.

В калькуляторе извлекаем из этой суммы квадратный корень. Округляем.

Это то количество минут, которое нам еще надо провести на этой печальной осенней станции, в чужом интернет-салоне, где орут, рубясь в идиотскую игру, злобные дети.

За это время на этой станции мы успеваем больше понять о тщете, чем за всю предыдущую жизнь.

Дома никому не говорим, где были. Пьем много горячего чаю, чтобы вывести из организма накопленный там запас тщеты.

Сегодня мы идем на ту улицу Квартала, которая ассоциируется у нас с любовью или ее ожиданием — как бы вы эту улицу ни назвали. В моем случае она ассоциируется с любовью именно потому, что в этом дворе были качели, и на качелях качалась девочка в красной куртке. В то время я был самым взрослым человеком за всю свою жизнь — мне было одиннадцать лет, я и теперь считаю, что это возраст главных решений, максимальной ответственности, наиболее трагичных переживаний, поскольку все уже всерьез и все впервые. Любовь моя к этой девочке была абсолютно серьезной, и взрослой была эта девочка, и серьезными были стихи, которые я о ней писал.

И к детям одиннадцати лет я даже сейчас отношусь исключительно серьезно.

А девочка читала книгу «Лунный камень». Не на качелях, естественно, но я ведь и видел ее не только на качелях. Я ее видел на скамейке, прекрасной осенней скамейке около круглой клумбы с лиловыми от холода астрами. И очень отчетливо помню эту клумбу, и мысль о том, что мне одиннадцать лет и я взрослый человек.

При этом переживание, связанное с девочкой, было серьезней любви, потому что к любви примешивалось главное, от чего мне потом никуда было не сбежать. То, о чем сказал Илья: «Я родился с этой занозой, я умираю с ней». Кстати, никого я не любил, как Илью, и к моему чувству всегда примешивалось то самое: сознание своего не то чтобы несовершенства, но низшего порядка. И эта девочка — светловолосая серьезная девочка с трагическим уже тогда женским ртом вниз углами, удивительно сосредоточенная во всем, что бы она ни делала, читала ли книжку, качалась ли на качелях, — тоже была существом высшего порядка, именно в силу врожденной органической серьезности и абсолютного знания обо всем, что она делала. Бывают такие люди, которые знают, что делают. Она и решения принимала всерьез и сразу. И дружбы с этой девочкой у меня не могло быть, потому что она полюбила бы меня, я допускаю, меня можно полюбить, — а дальше бы она только мучилась и в конце концов прервала все это.

Вот в чем дело: я сам ничуть не менее серьезен в главных для меня вещах, но жизнь я не считаю главной вещью. Жизнь вообще не оформлена, она поток речи, в котором еще нет смысла, она сырой материал, из которого надо что-то делать. Ценна не она, а то, что ты сделаешь из нее. Но есть люди, которые свободно плавают в этом потоке, люди, для которых жизнь — не предлог, и не повод, и не место встречи, а серьезное и ответственное дело. Я перед этими людьми готов преклоняться, потому что в моих занятиях, сколь бы серьезно я к ним ни относился, всегда есть легкомыслие. Мне нравится летать над этой рекой, а другие в ней плавают. Чтобы в ней плавать, нужны особые душевные качества. Вот в этой девочке — насколько я помню, ее звали Надя — они были. И она прекрасно понимала свою роль: она должна была мне светить. Ей не надо было со мной здороваться, когда мы встречались, и вообще никак не надо было показывать, что она меня знает. Но мы отлично понимали, что смотрим друг на друга. Вся грация в ней была от моего взгляда. В ней было знание всей своей будущей жизни, и я отчетливо, страшно отчетливо помню один лиловый вечер с золотыми березами, когда в этом сквере — возле нашей детской поликлиники, где я, увы, был частым гостем со всеми своими ангинами, — она качалась на качелях, и я на нее смотрел. Я даже не знаю, сколько это продолжалось. Мне кажется, час, хотя в реальности — не больше десяти минут, уверен, даже стемнеть толком не успело. Но был именно тот час, когда темнело, когда, как написал Лев, «пирожными света проплывали трамваи». У нас это были троллейбусы. Только очень голодный ребенок мог так написать про грохочущий, лязгающий трамвай — «пирожное света». Но это именно так и есть.

И вот я стоял и смотрел, как она, в красной куртке, в белой шапке, там взлетает. И она знала, что я смотрю. И в поскрипывании этих качелей было все про нас, весь сценарий отношений. Не подумайте, я бывал и бываю влюблен в свое, родное и равное, и с этим равным только и могу жить (а бывал влюблен и в низшее, глупейшее, пустейшее — нужен и такой опыт, бывает и такое совершенство); но ничего не поделаешь, представление о любви для меня всегда связано с этим неравенством, с серьезной и трагической девочкой, для которой любовь — прежде всего удар, и потому она избегает ее, пока возможно. Потому что ведь надо будет как-то с этим жить, а жить она может только по своим предельно серьезным правилам. И лучше мне смотреть на нее издали, потому что я с моим характером не сделаю ее счастливей, нет. Это не подлый, не злой характер, в нем много дурного, но не ужасного; и все-таки с такой девочкой мне лучше пересекаться вот в таком формате — она летает на качелях, а я смотрю, она растворяется в этом вечере среди падающих листьев, а я никогда не подойду.

Хотя какие-то слова там были сказаны, типа «что читаешь?», «а из какой ты школы?», и было взаимное доброжелательство, но не большее, чем при обычном знакомстве. Я был мальчик общительный, у меня весь квартал был либо в друзьях, либо во врагах; прибавьте к этому перманентную игру в войну в окопах нашей вечно разрытой отопительной системы, всегда меняли какие-то трубы, всегда я приходил домой изгвазданный. Это в школе у меня почти ни с кем не складывались отношения, потому что школа была ужасная, номенклатурная, а во дворе или на даче я придумывал кучу игр, и вообще тогдашние дети были умнее, с ними было о чем говорить, я со взрослыми-то сейчас так не говорю. И все-таки, при всей способности разговорить кого угодно, я с ней не мог связать двух слов — не от любви, не от робости, а единственно потому, что ничего хорошего из этого бы не вышло. Такое это было существо — отдельное, высшей расы, хотя я прекрасно представлял себе, как она живет. И знал красные дома, в которых она живет. И хорошо понимал, как выглядит ее комната с тюлевыми шторами, с желтой лампой, и знал, как она смотрит из этой комнаты в окно, из которого тогда еще открывался вид на закат, пустыри и капустное поле. Это была тогда окраина, и дальше начинался колхоз. Там был сказочный мир абсолютно, тот самый закат, в котором весной всегда угадывались паруса и корабли, и ничего счастливее в жизни я не видел, чем эти розовые и алые краски. Нет, вру, над морем они все-таки лучше. Но над морем понятно, что никаких парусов нет, а на западе нашего квартала их еще можно было представить.

Мне кажется, что я напишу это и умру, потому что я никому никогда не говорил об этом, разве что пробовал писать, но в стихах это сделать очень трудно. Между тем ничего особенного — каждый был влюблен в такую девочку, но не каждый понимал, что она навсегда будет идеалом, что все будущие идеалы будут калькой с нее. Но мне хочется стоять там и представлять, какая она стала сейчас, мне хочется там встретить ее. Я отлично понимаю, что она давно уехала, они вообще переехали куда-то. Возвращаюсь осенью в шестой класс — а ее нет, я сразу это почувствовал. И не сказать, чтобы это меня слишком сильно огорчило, потому что я, видимо, знал: никуда она не денется. Да и мало ли тогда было вещей, которые меня привлекали, уже в двенадцать лет! Я и в двенадцать помню себя отлично, город постепенно расширялся, я начал ездить за пределы квартала, во Дворец пионеров, в кружки, начались мои прогулки по Москве с друзьями, иногда мне просто нравилось название улицы, и я туда ехал. Но этот час, когда я смотрел на качели, оставался для меня одним из главных — я всегда чувствую моменты, когда приоткрывается небо, и этот был такой.

Что мы делаем там, в точке любви? Мы представляем такую свою девочку, которая была у каждого, и думаем о своей жизни с ней, о том, какая это могла быть жизнь.

А! — еще белый свитер был у нее.

Разумеется, ни к какому сексу, ни к какому пробуждению мужественности все это отношения не имеет, любовь вообще трудно совмещается с сексом, это уж большая удача, если совмещается.

А девочки пусть вспоминают своих таких мальчиков.

И качели там до сих пор есть, все они пережили.

Но вот чего я точно не сделаю — я никогда не сяду на эти качели. Это значило бы занять не свое место.

Пить не вздумайте, покурить можете, хотя я никогда не понимал, зачем это нужно.

Сегодня мы работаем с ТЕЛЕВИЗЕРОМ.

Я предпочитаю называть его именно так, уважительно, потому что Визер — известный австрийский экономист, доказавший — или по крайней мере думавший, — что стоимость вещи определяется ее предельной полезностью. Я не очень понимаю, что это такое, и никто не понимает, но формула мне нравится. Вообще ТЕЛЕВИЗЕР звучит гораздо красивее, а ТЕЛЕВИЗОР никто уже смотреть не в состоянии, такая это дрянь.

Но мы ведь с вами понимаем, что ТЕЛЕВИЗЕР — не прибор для просмотра сомнительных программ или впаривания народу сомнительных истин, а гадательный хрустальный шар для определения нашей судьбы. Рассматривая ТЕЛЕВИЗЕР с этой точки зрения, мы можем сделать его полезным и даже необходимым. Надо только научиться им управлять.

Итак, включаем ТЕЛЕВИЗЕР. Если его у вас, как у большинства хороших людей, сейчас нет или вы демонстративно пробили ему его стеклянную морду, и он стоит теперь как символ вашей личной удачной борьбы с оболваниванием масс, — идем в гости и там включаем волшебный прибор.

Последовательно переключая каналы с 1 по 10, записываем ПЕРВЫЕ ЗАКОНЧЕННЫЕ ФРАЗЫ, которые там услышим.

Составляем из этих фраз связный текст.

В моем случае это будет вот что:

Старайтесь следовать одной линии, как бы скользить по ней. (Теория моды, странный человек Васильев что-то показывает на примере туфли)

Только упорный труд, каждый день с утра до вечера! («Симпсоны»)

Тебе напомнить, какие молитвы читают после расчленения трупа? («Тайна Соммервила»)

Сегодня треть населения планеты нуждается в помощи проктолога. («Здоровье»)

Суд готов смягчить наказание экологам и заменить арест подпиской о невыезде. (Пятый канал, новости)

Нам может понадобиться помощь волшебных артефактов. («Искатели»)

Катись, катись, колобок, через запад на восток! (Какая-то программа на мистическом канале, ищут клад)

Первое, что мы видим, — пробка на проспекте Вернадского. (ТВЦ)

Не спи, ради Бога, не спи, я должна тебе сказать главное. (Сериал «Счастливая Настя», что-то из XIX столетия, судя по задуваемой свече)

Говоря о ценностях, ты имеешь в виду норковую шубу или гарнитур? (Социальная драма семидесятых годов, названия не разобрал)

Окапывать этот кустарник следует аккуратно, следя за тем, чтобы его, так сказать, корни не оказались затронуты. («Наш сад» или как там это сейчас называется на канале «Россия»).

Истолковать послание ТЕЛЕВИЗЕРА в моем случае несложно. Продолжая свою линию («Квартал») и упорно трудясь, я как бы расчленяю собственный труп (чтобы начать жить заново), и это сродни помощи проктолога (расчищающего организм). За это Высший суд готов многое мне простить, но я должен использовать предмет из своего списка. Для выполнения сегодняшнего задания я должен, выйдя из дома, двигаться на восток, на пути мне встретится пробка, и это будет доказательством его правильности. Задание должно выполняться ночью (мне не следует спать). Ценности, которые я получу в результате, не будут сводиться к материальным. Задание сводится к тому, чтобы окопать первый кустарник, который мне встретится на пути. Замечательным доказательством того, что я правильно прочел послание ТЕЛЕВИЗЕРА, является тот факт, что в моем списке необходимых артефактов как раз есть ЛОПАТА — полезная вещь, которая мне не нужна. Она стоит на балконе, я давно ею не пользуюсь, потому что на дачу езжу крайне редко, а кроме того, там есть лопата. Эту я купил на обратном пути с дачи, она мне чем-то приглянулась, я все не соберусь завезти ее туда и держу на балконе. Значит, сегодня, дождавшись времени, когда обычно ложусь спать (это примерно час ночи или чуть раньше), я выйду из дома, отправлюсь на восток, упрусь в куст и вскопаю землю вокруг него.

Вы скажете: а смысл? Но ТЕЛЕВИЗЕР существует не для того, чтобы транслировать смыслы. ТЕЛЕВИЗЕР — умный ящик, существующий для того, чтобы зритель конструировал из случайных фраз произвольные абстракции. Именно поэтому проклинать ТЕЛЕВИЗЕР бессмысленно. Если вы не умеете им пользоваться, вы так и будете бессмысленно прислушиваться к белому шуму, который доносится оттуда. А ведь издают его люди, которые ничем не лучше вас, и им точно так же нечего сказать.

Пока не наступила ночь и мне не пришла пора копать, могу предложить вам еще несколько веселых и полезных забав с ТЕЛЕВИЗЕРОМ.

Переключая каналы, останавливаетесь только на сериалах. Просмотрите до конца сцену, на которую попали. Запомните последние фразы всех сцен перед монтажным переходом. Сложите из них монолог. Представьте себе лицо, которое могло бы произносить этот монолог. Вообразите его в мужском и женском варианте.

Еще можно. Переключая только новостные программы, запишите первую законченную фразу, которую услышите. Теперь замените каждое слово на противоположное по смыслу. Представьте страну, применительно к которой все это верно. Хотите ли вы жить в такой стране? Кем вы хотели бы быть в такой стране? Почему вам так хорошо в такой стране?

Примечание. К должностям, фамилиям и званиям антоним не подбирается. Это, во-первых, невозможно, а во-вторых, получится несмешно.

И еще такая хорошая забава. Купите два ТЕЛЕВИЗЕРА, в одном оставьте изображение, но выключите звук, в другом оставьте только звук, но не смотрите на изображение. Если получается несмешно, попробуйте комбинировать каналы, пока не станет смешно. В жизни вообще всегда надо комбинировать до тех пор, пока не станет смешно.

Удачи в окапывании вашего личного куста.

Сегодня вам понадобится собака. Если она уже есть — хорошо. Если нет — воспользуйтесь собакой соседа, приведите домой бродячую, одолжите собаку на сутки у друга под любым предлогом, это тоже разовьет ваши способности.

Как мы знаем, собака — не просто ваш веселый друг, не просто аппарат для перерабатывания пищи в смешные катышки, не только способ выводить вас на прогулку дважды в сутки, но еще и довольно точный инструмент для определения некоторых приоритетных опасностей. Каждая собака, как знает любой псодержатель, в определенный час ночи подбегает к двери и начинает бешено выть, скрестись или — чаще — лаять. Стозевно и лаяй. Она обязательно будит этим весь дом, потому что опасность, о которой она предупреждает, серьезна. Наивные люди полагают, что это кто-то прошел по лестнице или вышел из соседней квартиры. Но днем, когда кто-то ходит по лестнице, собака обычно не реагирует. Кроме того, подойдя к двери и выглянув в глазок (ни в коем случае не открывая ее — уж это-то вы понимаете?!), всякий желающий легко увидит, что лестничная клетка пуста, то есть собака лает на невидимого гостя.

Легко предположить, что на лестничную клетку вернулся кто-то из бывших жителей вашей квартиры — прошлый владелец, или ваш умерший родственник, или это вообще, может быть, к соседям. Но умерших видят, как правило, кошки, на них они и лают, то есть орут по-своему. Собака же видит опасность, в этом принципиальное отличие ее функций от кошачьих. Кошка, как мы знаем, является модератором, связным между двумя мирами, что показано, например, у Гоголя в «Старосветских помещиках». Когда кошка уходит — значит, у вас плохо, когда она потом за вами приходит, стало быть, вам пора.

Иное дело собака. Собака не имеет доступа к невидимым сущностям, но чувствует, когда кто-то из них караулит, пытается пересечь ваш порог или просто ходит вокруг. Никто из невидимых сущностей, как известно, не может пересечь ваш порог, пока вы сами не откроете дверь, но после этого ее уже не выкуришь. Больше того — после этого хозяином своей квартиры являетесь уже не вы. Разглядеть эту сущность невозможно, но прежде всего она набросится на собаку, попытается лично отомстить ей. Описаны многие случаи, когда какой-нибудь идиот открывал дверь — после чего собака жалобно пятилась и забивалась в угол. Это ее не спасало, конечно. Через какую-то неделю она погибала от неизвестной болезни.

Известная народная баллада «У попа была собака» в действительности имеет продолжение, но тайные сущности, которые с особенной ненавистью набрасываются на священнослужителей, заставили народ забыть эти последующие строфы. Они сохранились только в украинской, карпатской версии этой песни, а в России все заменилось идиотским «И в землю закопал, и надпись написал». Здесь очевиден почерк того самого демона, которого почему-то проглядел Даниил Андреев, — демона, пытающегося закольцевать все в России, прежде всего ее историю. Следы этой закольцовки, увода сюжета в дурную бесконечность, есть и в балладе про попа. Найти ее полный украинский вариант вы можете в «Вестнике Львовского университета» за 1975, по-моему, год, а вообще вам подскажет это любой фольклорист.

В русском переводе, тоже довольно известном, но только в среде профессионалов, эта история выглядит так:

У попа была собака,
Он ее любил.
Она съела кусок мяса,
Он ее убил.

Увидав, что нет собаки,
Призраков толпу
Злые бесы-забияки
Привели к попу.

Где собака та зарыта —
Пес, что мясо крал, —
Там, как свиньи у корыта,
Бесы правят бал.

Страшно молвить, как их много —
Злых бесовских рыл.
Сторож дан попу от Бога —
Он его убил.

Бесы душу жрут поповью,
Ржут на голоса —
Раз за шмат бифштекса с кровью
Поп угробил пса!

Пропадет твой раб, о Боже,
Нынешней весной,
Раз ему дружка дороже
Был кусок мясной!

Если не верите, украинский вариант привожу здесь же.

Був собі в попа собака,
Він його любив,
Кусень м'яса з'їв собака,
Він його убив.

Тож немає охорони,
І у двір попу
Чортівня веде безсонну
Привидів юрбу.

Де собака той заритий,
Пес, що м'ясо крав,
Там, як свині у корита,
Біси правлять бал.

Мовить лячно, як багато
Пик, рогів, хвостів...
Сторож був від Бога в хаті —
Піп його убив.

За сирий біфштекс воловий
Вбитий вірний пес —
Біси душу жруть попову,
Ржання до небес!

Боже, раб твій вріже дуба
Посеред весни,
Бо ріднішим був за друга
Шмат йому м'ясний!

Кстати, единственный след этой песни (и всего сюжета) в русской культуре — выражение «где собака зарыта». Все истории о том, что генезис этого вырождения восходит к Ксантиппу или некоему австрийскому рыцарю, поставившему памятник своей собаке, не выдерживают критики и служат единственно тому, чтобы окончательно уничтожить историю о попе и его работнике псе.

Итак, собака охраняет вас от самых опасных сущностей, которым известен так называемый ЧУ — час уязвимости. В этот час вы уязвимее всего. Проследить его можно только с помощью собаки. Итак, вы приводите пса домой (желательно сделать это днем, чтобы собака успела освоиться) и сытно кормите на ночь, но не так, чтобы собака (особенно уличная) объелась и утратила бдительность. Выгуляйте собаку вечером, но не дольше 15 минут. Для выгула собаки вам понадобится поводок. Приобретите его заранее.

Спокойно ложитесь спать.

Между 2:30 и 3:40 ночи (вряд ли в другое время, хотя отмечены случаи пробуждений после четырех и даже после пяти) собака разбудит вас бешеным лаем. Она кинется к двери и начнет скрести пол.

Встаньте. Ни в коем случае не кричите на собаку — не говорю уж о том, чтобы поднять на нее руку или ногу. Подойдите к двери. Выгляньте в глазок.

Скорее всего вы ничего и никого не увидите, но если резко повернуть голову — перед вами на долю секунды мелькнет силуэт того, кто вас караулит на лестничной площадке. НИ ПРИ КАКИХ ОБСТОЯТЕЛЬСТВАХ не открывайте дверь. Не зажигайте свет. Не пытайтесь успокоить собаку. Не пытайтесь успокоиться сами. Упорно и тщательно представляйте себе в деталях самое страшное существо, которое вы можете вообразить. Именно его присутствие сейчас чувствует ваша собака.

Точно заметьте время, когда она вас разбудила. Подсчитайте сумму цифр. Возведите в квадрат. Умножьте на свой Финансовый Рейтинг.

Это та сумма, на которую вы должны купить мяса для собаки или любого другого корма. Корм передадите хозяину или отдадите собаке сами, правильно дозируя.

Запомните Час Уязвимости.

Разделите ваш Финансовый Рейтинг на Час Уязвимости, записав его как обычное число, где часы целое, а минуты — десятичная дробь.

Вы получили сумму, которую вам ежедневно, до конца «Квартала», надо тратить на охрану вашей личной безопасности и неприкосновенности вашего жилища. Можете подавать эту сумму нищим, а можете тратить на благотворительность. Деньги небольшие, вряд ли больше 200 рублей. Можно перечислять их на благотворительную программу Сбербанка.

ВНИМАНИЕ! Если будете отдавать их собственным детям — это не считается.

Если пользовались бездомной собакой, не задерживайте ее у себя дома, отпустите. Если ей у вас понравилось — можете оставить. Вообще не советую. У вас и так мало времени на выполнение заданий «Квартала», а собака — тот еще хронофаг. Корми, гуляй... Кроме того, не исключено, что вам по делам «Квартала» придется уехать, и куда вы денете собаку? Надо думать о душе, а не о братьях меньших. Привыкайте: никаких бонусов за любовь к собаке вам не будет. Она инструмент. Пора и к людям так относиться: они инструмент для ваших поисков, не более. Человек не может стать другим — в смысле перемениться, — но может стать собой, и это его единственная цель.

Так что отдайте собаку, если она чужая, и отпустите, если она ничья.

Если вы все-таки решились оставить собаку — или вам теперь страшно без собаки, — выполните упражнение.

РОВНО ТРИДЦАТЬ РАЗ напечатайте на компьютере:

ЧЕЛОВЕК НЕ МОЖЕТ СТАТЬ ДРУГИМ, НО МОЖЕТ СТАТЬ СОБОЙ.

После этого берите собаку, черт с вами совсем. У меня у самого была собака, которую я очень любил. С тех пор как она погибла, мне приходится охранять себя самому, и как же, как же я лаял бы каждую ночь в 3:47, если бы только мог лаять.

11 сентября

Сегодня мы экспериментируем со своей душой, используя ее рейтинг, полученный 1 сентября. Мой, например, составляет 484. Значит, в моем распоряжении 484 секунды, или 8 с небольшим минут.

За это время составьте два списка.

Из вашего Рейтинга Души с помощью калькулятора извлеките квадратный корень.

Отнимите 3.

Получившаяся цифра, округленная до целого, вам сегодня понадобится. В моем случае это целое число — 22 – 3, следовательно, 19.

На этой стороне книги — именно книги, в бумажном варианте! — выпишите 19 (или сколько у вас там получилось) ваших достоинств, то есть душевных качеств, за которые можно себя уважать; тех качеств, которые вам дороги.

НА ОБРАТНОЙ СТОРОНЕ этого же листка выпишите столько же своих недостатков, то есть качеств, которые не нравятся лично вам (а не тех, за которые вас любят или не любят окружающие.

Вспомните ваш Индекс Активности, или ИА.

Обычно это однозначное число от 1 до 9.

Прочтите, что у вас там стоит под этим номером в списке достоинств.

У меня, например, это ОТХОДЧИВОСТЬ.

Теперь посмотрите, что у вас на обороте. Отсчитайте ИА от конца, поскольку мир пороков есть перевернутый, оборотный мир.

У меня это ЗЛОПАМЯТНОСТЬ.

Ах, как отвратительно.

Ведь именно из соотношения этих качеств и проистекает ваша главная внутренняя драма. Задумайтесь над этим. Я ведь не предлагаю вам идиотских тренингов в духе «Мои недостатки» или «Разговор с Богом». У нас все правильно, серьезно, научно, с учетом Рейтинга Души, в процессе трудного и ответственного прохождения. У нас без шарлатанства. Они же обычно делают как? Они лижут клиента, стараются понравиться ему, намазывают мед на кекс. Выпишите десять своих недостатков, а теперь поймите, что они и есть ваши достоинства. Например, безответственность — это та же непосредственность, только она кричит чуть громче обычного. Мрази. Они же что, в сущности, пытаются изобразить? Особенно если еще это разговор с вами от имени как бы Бога. Какие жуткие вещи проделывает этот фальшивый бог, каким ужасным голосом он с вами разговаривает! Полюби себя. Позволь себе это. Если у тебя депрессия, купи себе все, что видишь. Ты на самом деле хороший, твои недостатки — продолжение твоих достоинств, и задница, в которой ты сидишь, — розовейшая, наиароматнейшая из задниц! Мысленно пожелай всем людям добра, и ты увидишь на небе радугу, а на ней — всех ушедших туда домашних животных. Люблю Запад, но как же я ненавижу сладкие пилюли, джонстаунский раствор цианида с клубничным сиропом, с помощью которого там усыпляют и отбраковывают неудачников!

А ведь все их тренинги ровно для того и предназначены.

Ненавижу.

Но у нас все серьезно. У нас вся проблема личности — именно в сопоставлении тех качеств, которые обнаружились. На своем примере я это вижу с ужасной, беспощадной ясностью. Я отходчив, потому что мне не хватает храбрости и упорства долго, последовательно ненавидеть то, что заслуживает ненависти. Но я злопамятен. Я запоминаю эту подавленную ненависть, живу с ней, она гноится во мне. Все дело в страхе, трусости, в готовности примиряться. И я все запоминаю, но ничего не делаю.

Я боюсь даже ненавидеть, а ненавидеть нужно, иначе эта ненависть перекипит во что-то куда более отвратительное. Отходчивые и злопамятные — главный бич этих мест. Они отходчивы, они прощают, они позволяют делать с собой что угодно. И все помнят, и эта память растравляет их.

Вы, вероятно, уже поняли, что остаток дней в «Квартале» — а их осталось не так уж много, всего месяц, — мы должны потратить на то, чтобы упразднить этот внутренний конфликт.

Не то чтобы победить ЗЛОПАМЯТНОСТЬ или культивировать ОТХОДЧИВОСТЬ, но снять противоречие между ними, выбрать уже наконец что-нибудь одно.

Вот с послезавтрашнего дня и начнем, точней — с послепослезавтрашнего, потому что завтра и послезавтра у нас, в силу биографических причин, есть дела поинтересней.

12 сентября

Сегодня мы идем в Квартале на улицу дождя, как бы она там у вас ни называлась, то есть в ту часть Квартала, где вам особенно часто представляется дождь. Если сегодня на улице дождь — тем лучше: значит, наше прохождение точно совпадает с ритмом природы, и мы на верном пути. Но если сегодня ясный день золотой осени, тем интереснее по контрасту вообразить дождь.

Итак, близка середина сентября, листья падают (если, конечно, вы проходите «Квартал» в северном полушарии), в погожие дни синева неба наводит на мысль о чахоточном румянце — все слишком ярко, пахнет обреченностью, — а дождь напоминает о том, что вообще-то мир сделан не для нас, что в нем надо не наслаждаться гармонией, а приспосабливаться и мучительно выживать. И вот мы идем на улицу или перекресток дождя — лучше вечером, если есть время, и лучше бы в асфальте дробились фонари и габаритные огни, — и лучше при этом не брать с собой зонта, потому что зонт помешает вам вполне прочувствовать ситуацию.

Постойте там некоторое время, среди дождя и листьев; в случае ясной погоды минут десять представляйте себе дождь, его затекание за воротник, его плевки в лицо.

Представьте себе, что вас выгнали из дому. Это гораздо вероятней, чем вам кажется. Признайтесь, вы ведь уже представляли себе нечто подобное. Я, например, всегда представлял, когда выгуливал собаку. Ночь, дождь. И так легко вообразить, что тебе некуда деваться. Это гораздо легче представить, чем кажется, потому что вероятность очень велика. Вы надоели детям; любовница, которой вы купили или на которую записали квартиру, нашла другого; государству что-то в вас не понравилось, и оно решило, что ваша жалкая хатка нужна для чего-нибудь другого — например, как склад лыжного инвентаря для первого заместителя какого-нибудь второго помощника. Они все хорошо катаются на лыжах, лыж много, хранить негде. Наконец, вы можете произвести нехитрый подсчет, уловить, так сказать, тенденцию. Вы жили когда-то в трехкомнатной квартире с родителями. Потом ушли жить с женой в трехкомнатную квартиру поменьше или даже в двушку — где уж вам было купить нормальную при ваших заработках. А потом вы ушли от жены к любовнице и живете теперь в однокомнатной, где вам даже книги негде расставить, и у вас один костюм на все случаи жизни да пара джинсов, что уже довольно неприлично вашим летам. Что является следующим этапом на этом пути? Правильно, собачья конура. Хорошо еще, если вам оставят дачу, которую вы так запустили: так всегда ведь оказывается – тот, о ком мы меньше всего заботились, кротко ждет нас где-нибудь в конце нашего пути, чтобы спасти в последний момент. Там до сих пор хранятся ваши детские игрушки (на моей даче, например, хранятся, примерно в том же состоянии, в каком и я однажды туда приползу). Жалейте себя, жалейте! Так я жалею себя каждый раз под холодным дождем, при этом у меня кашель. Никто вас не спасет, никто вас не будет терпеть, мир вышвыривает, выдавливает нас, и точно так же в конце концов вас вышвырнут на улицу. Представляйте это с предельной ясностью. Спасет вас тот, кем вы пренебрегали. А теперь подумайте, серьезно подумайте: вот вас выгнали — неважно, за что. Скорее всего вы надоели детям. Или сами вы хлопнули дверью, но дождь остудил ваш пыл. А возвращаться нельзя — разве что в качестве побитой собаки. Что вы сделаете?

Это самое главное сейчас: куда вы денетесь? Потому что именно туда мы с вами сегодня и пойдем. Прямо здесь, в точке дождя на Квартале, прикидывайте: если вы молоды и живете (жили!) отдельно от родителей — можно пойти к родителям. Шанс невелик, им самим тесно, но допустим. Однако если родителей уже нет или они в другом городе? Куда вы пойдете тогда? К другу? Подумайте, есть ли у вас такой друг. Подумайте, сколько времени вы сможете у него провести. Вспомните, сколько у вас денег с собой, хотя бы на первое время. Также прикиньте, будет ли вас терпеть жена друга.

Есть шанс, что у вас кабинет на работе. Прикиньте, согласится ли начальство пустить вас на работу. Представьте, какими глазами на вас посмотрят охрана, вахтер, коллеги. Представьте, где вы там будете мыться.

Подумайте, стоит ли вам поехать на дачу и в каком состоянии сейчас мокрая осенняя дача, а также — когда вы там в последний раз протапливали печь (проверяли камин). Вспомните, заплачены ли у вас все деньги за дачу — они в последнее время неуклонно растут. Прикиньте, насколько запущены дом и участок и сколько времени вы сможете там провести.

Если все эти варианты вас не устраивают, подумайте, можно ли переночевать в гостинице или пересидеть ночь на вокзале. Представьте, каково это — провести ночь на вокзале. А некоторые так живут, их много. Попробуйте представить себе, что эта ситуация для вас невыносима, что друг не пустит и на вокзал страшно. Попробуйте вернуться домой, побитым псом, переступив через все унижения. Не сразу, а через два часа. Как мокрая, повторяю, побитая собака.

Не можете?

Теперь поняли, зачем это упражнение?

Продумывайте запасной вариант! Деньги, счастье, независимость — хотя это далеко не синонимы — есть только у тех, кому есть куда уйти. Подстраховывайтесь на каждом шагу. Правильно вести себя с женщиной способен только тот, кто может в любую секунду хлопнуть дверью. С мужчиной тоже.

Правильно жить, кстати, тоже может только тот, кто готов хлопнуть дверью.

Сегодня делайте именно то, что делали бы после такого хлопка: можете поехать к другу — поезжайте и прорабатывайте план, предупреждайте его, что можете переехать. Поедете на дачу — отправьтесь сегодня туда, приведите в порядок крыльцо и крышу. Вообще готовьте отходные пути на случай, когда выгонят отовсюду. А лучше сами уходите, важно только почувствовать когда.

Ну ничего, я вам скажу.

13 сентября

Сегодня у нас занятие непростое, но и день, прямо скажем, непростой. Этот день для меня когда-то много значил. Это был день знакомства с исключительно глупой и пошлой девочкой, с которой, однако, были кое-как связаны ...дцать лет моей жизни. Я даже не скажу вам сколько, потому что самому стыдно.

Мы учились на одном курсе. Курс был, как я теперь понимаю, тоже глупый, я себя никак из этой категории не выделяю. В моде был дешевый демонизм — дорогому откуда было взяться? — и почти ни с кем из тех, с кем я тогда дружил, сегодня мне и слова бы сказать не захотелось. Я до сих пор не понимаю, чем эта девочка меня тогда купила, и думаю, что решительно ничем, кроме некоторой сексуальной притягательности, но штука в том, что и притягательности этой я теперь не понимаю. То ли это было так давно, что с тех пор в организме поменялись все атомы, то ли в самом деле в семнадцать лет неважно, с кем. Но мне было важно, и я мог выбирать, и она значила для меня так много, что и после армии — из которой она не дождалась меня, естественно, — и после всех ее приходов-уходов, и после трех окончательных разрывов (между которыми мы два раза успели подать заявление) я что-то в ней находил, какая-то капля лилитской крови в ней была. И главное — она все про себя понимала. Нет, это было невыносимо. До сих пор стыдно. Я предпочитаю про этот бред вообще не вспоминать. У меня с тех пор несколько раз начиналась совершенно другая жизнь. Сегодня действительно уже ни в чем не разберешься, но от этого, товарищи, мне особенно страшно. Незаметно меня поменяли на совершенно другого человека. Она, кстати, мало поменялась внешне, как и положено этому племени, — они с годами делаются только свежее. Наслаждение в жизни у них одно — стравливать. С чувством жгучего стыда я вспоминаю, как она меня знакомила с мужем и потом со мной уединялась на балконе, якобы курить, — и муж все понимал, и я в этом свинстве участвовал! Все-таки молодость непростительна. Потом она со мной точно так же знакомила преемников, и я чаще всего не догадывался, что все уже произошло; поначалу что-то мешало ей нас совмещать, и я на короткое время отставлялся, — потом все с новой силой возобновлялось, потом мне это надоело, и ей, кажется, стало здорово скучнее жить. Зато какие воспоминания! Я даже думал, что эти воспоминания и есть главный прок от всего происходящего, но теперь понимаю, сколь они были тривиальны. Все эти стояния под балконом (второго этажа, каков и был ее истинный уровень), метания, прибегания обратно по первому свистку и клятвы больше никогда ничего подобного — такая пошлятина, что и вспоминать не могу, потому что стыдно. Все это мне казалось тогда жизнью, а жизнь заключалась совершенно в другом. Но ведь было что-то? Разумеется, было. Вместе проснуться ночью, выйти вдруг на балкон (второго, подчеркиваю, этажа), услышать дождь. Я увлекался тогда одним совершенно забытым киевским поэтом, который в двадцать девятом умер от туберкулеза, не прожив и двадцати семи, — выкапывал из тогдашней периодики его стихи (архив нашел много лет спустя у другого такого же его фаната), и вот стоим мы, значит, на балконе, и я вспоминаю наизусть: когда, клубясь, от нас уходят сны, и зыбкий дождь то шепчет, то бормочет, мы просыпаемся, изнурены китайскими тенями ночи. Они солгали нам. Весна, опять весна. От мокрых фонарей, от зыбких пятен света коснеет страшная такая вышина, что вскрикнешь, хватишься — и вспомнишь это, это. Какое это, что? Вероятно, обреченность свою, он был уже тяжело болен и знал, что мало ему оставалось. Но вспоминать это, это, стоя рядом с ней на балконе, было неплохо; я отчетливо помню все запахи в этой квартире, в давно снесенном доме, мимо которого я стараюсь не ездить, и запах ее волос, почему-то одуванчиковый, и запах этой мокрой земли под балконом. А бронхолитин! До сих пор, когда случается пить бронхолитин, я вспоминаю, как добывал его и поил, когда был бронхит, и еще липовым чаем, конечно. Это могло быть с какой угодно другой, но было почему-то с ней; самое отвратительное — понимать, что через такие же примерно воспоминания и приключения проходили решительно все, что уникальность стремится к нулю и ценность ничтожна. То есть это все совсем неинтересно. Однако почему-то это занимало меня ...дцать лет, и может быть — подумать об этом всего страшней, — есть и во мне та же мерзость, какая была в ней. Увидев ее впервые, близкий мой друг сказал: уверен, что если захочу — завтра она будет моя. Это было сказано жестко, но точно. Но чем я, собственно, лучше? Разве не случалось мне с тех пор изменять совершенно по-свински, да более того — я и грехом это не считал? Да она агнец на моем фоне. И я знаю, сколь жестоко она обламывалась потом, как часто ее бросали — бросали, надо признаться, люди, которые ногтя ее не стоили, — и не то чтобы жалость, а какую-то, простите, профессиональную солидарность я чувствую иногда.

Разумеется, о том, чтобы ее увидеть или с ней заговорить, у меня и мысли нет. Я вспоминаю, какой законченно мерзкой она бывала при всяком новом увлечении и как отчаянно любовалась собственной мерзостью, сучье счастье в чистом виде; но зато она меня многому научила, сколь это ни ужасно. Во-первых, я никогда больше не велся на этот тип. Во-вторых, я никогда не позволял себе любоваться своей греховностью, хотя соблазн есть, есть, кто же его не знает! На вечеринке, ужасное слово, или просто на какой угодно встрече неуклюжий мальчик появляется с очень еще молодой, но очень уже распущенной девочкой, и эта девочка явно на тебя косится, и мальчик явно мучается — сколько раз были такие соблазны, и сколько раз мне казалось, что вот оно счастье, цветение, полнота жизни — урвать такую девочку, сбежать с ней, и ты король, и пошла к черту вся нравственная рефлексия. Потому что именно в минуты торжествующей наглости ты сколько-то равен жизни, а если в это время еще и природа цветет, и, как было сказано, весна, опять весна, — кто посягнет на эту правоту? Живое всегда право, кто счастлив, тот и прав, сказал один тут моралист, и какие стихи пошли бы сразу! — но я никогда, никогда так не делал. Разве что потом, когда мальчик уже посылался без всякого моего участия. Такое пару раз было, да. Но никогда не было у меня этой гнусной, гнусной интонации — люблю другую, формально каюсь, но как же втайне собой любуюсь! А она это обожала. Это были, так сказать, высшие взлеты.

Но вот я думаю теперь, что ничего мы не поймем и никаких денег не получим, если не разберемся в главном, или по крайней мере в очень существенном. Сегодня мы вычисляем еще одну дельту, которую я не знаю даже, как назвать, и назову ее Дельта Д.

У вас была такая история. Наверняка была. У вас была сильная стыдная любовь, которую вы не можете вспоминать без раскаяния и презрения. У вас была любовница/любовник, относительно которого вам непонятно, как можно было все это терпеть. Прежде чем вычислять дельту, выписываем на лист бумаги — здраво, трезво, рассудительно, — что мы там любили. То есть что нас действительно удерживало вблизи.

По пунктам.

Переворачиваем лист и выписываем еще более важное: а за что разлюбили? Что такого наконец разглядели, что все-таки смогли оторваться?

Или не вы послали, а вас послали? Но вы же были готовы. Вы все понимали. Вот это и выписываем.

Считаем пункты. Если их число одинаково, этот параметр не учитываем. Вы молодец.

Если на второй стороне пунктов больше, значит, вы этого своего несчастного (несчастную) любите до сих пор. Потому что это полюбить можно по многим причинам, а разлюбить всегда только по одной, максимум по двум. А если вы так его/ее до сих пор ненавидите, что находите двадцать причин для разрыва, то есть двадцать тайных или явных пороков, — значит, объект вам до сих пор чрезвычайно дорог, и никакой дельты в вашем случае нет. Не считаем сегодня больше ничего, идем гуляем по местам былой любви в надежде ее встретить и броситься в ноги. Фу, противно.

Но если пунктов больше на первой стороне, то все в порядке, казус преодолен. Разницу в их количестве возводим в квадрат. Единицу принимаем за двойку, а то все умножение лишится смысла.

Потом берем точную дату вашей встречи — я, к сожалению, ее помню очень хорошо.

Потом берем дату окончательного разрыва — тоже полную. День, месяц, год. Тоже помню. Очень горжусь, что получилось.

Вычитаем первое из второго. Получаем точное количество лет, месяцев и дней.

Переводим все в дни.

Делим это время на квадрат первой разницы, см. выше.

Делим ваш нынешний — строго нынешний! — возраст в годах на получившийся результат. Выясняем, как общее время вашей жизни соотносится с периодом прозрения.

Это и есть Дельта Д, один из главных показателей каждой личности.

Округляем до третьего знака.

У меня получается округленно 0,163.

Это ужасно. Это ничтожно мало. Это значит, что я действительно очень долго прозревал, период этого прозрения составляет от моей жизни огромную, непростительную долю.

Только на 0,163 я поумнел, возмужал, вообще переменился.

Ну, значит, все впереди.

Умножьте теперь свой нынешний возраст на Дельту Д.

Это и есть ваш психологический возраст.

У меня получилось — не скажу сколько, но, в общем, пешком под стол.

Не знаю уж, огорчаться или радоваться. Меню ужина у нас сегодня — в соответствии с возрастом. Вы, если хотите, можете напиться, а я пойду сварю себе какао. Это было первое слово, которое я сказал: какао. Как чувствовал прямо.

Сегодня мы расчехляемся, как это теперь называется, или развиртуализовываемся, как неудобовыговариваемо называлось раньше. Иными словами, мы заявляем о себе; мы убеждаемся, что нас много. Сегодня люди, проходящие «Квартал», встречаются в нескольких конкретных точках.

В Москве все просто: это Парк культуры. О, как я любил когда-то Парк культуры. Я перестал его любить ровно тогда, когда из него сделали нечто хипстерское, лишенное аттракционов, заточенное на здоровый образ жизни. О, как я не люблю здоровый образ жизни, как я заболеваю от него. Теперь это парк самодовольства и зависти. Самодовольство — чужое, зависть — моя. И все-таки там. Почему? Потому что все остальное еще хуже. От моего детства остались хотя бы фонтаны. Но я предлагаю вам встречаться не у фонтанов, а там, где было когда-то Большое, оно же чертово, колесо.

О, это было прекрасное место. Там можно было целоваться, потому что из кабины девушке было некуда деваться. Если девушка не хотела целоваться, можно было начать раскачивать кабину, грозно пугая упрямую девушку. Но они хотели, вот в чем штука. Иначе бы они не лезли с нами в эту кабинку.

О сад, сад. Еще там был тир. Написать бы, в самом деле, такую вариацию на Хлебникова — «О парк, парк». Но зачем? Вдобавок ничего этого теперь нет, есть здоровые соки из сельдерея. Тем не менее от Большого колеса осталась хоть память. И вот в районе этого главного аттракциона Москвы, который было видно еще с Крымского моста, да что там, еще с Фрунзенской набережной его было видно, — на месте когдатошнего нашего счастья я и предлагаю вам встретиться, держа в руке книгу «Квартал».

Ничего друг другу не говорить, ни единого слова, потому что если встретиться и заговорить — не будет ничего.

Ровно в три часа дня приходите туда, прогуливайтесь, смотрите.

Даже если вас будет двое, все уже получилось.

Переглядываться, кивать, махать рукой — можно. Нельзя одного: разговаривать. Потому что разговаривать нам не о чем, мы учимся входить в состояние, когда слова так же излишни, как и деньги. Мы просто ходим мимо друг друга. С книгой «Квартал».

Все мы входим в несколько тайных обществ. В тайное общество смертных. В тайное общество бессмертных, которое тоже есть, потому что, как известно, умирают не все люди. Каждую секунду в мире рождается в среднем 2,4 человека, а умирают двое. 0,4 человека куда-то деваются. Иначе, согласитесь, не было бы никакого прироста населения. Эта элементарная мысль почему-то никому не приходит в голову, а если приходит, ее немедля обзывают ложным парадоксом вроде апории об Ахилле и черепахе. Объясняют этот парадокс ростом продолжительности жизни или еще какой-то чепухой, но это ведь все казуистика. Мы знаем, в чем дело: применяя определенную технику, известную с глубокой древности, можно не умирать, но наша сегодняшняя тема не это. Когда-нибудь потом, когда у вас хорошо пойдет «Квартал», будет много денег и вы уже всерьез поверите в эти техники, мы предложим вам довольно простую технику бессмертия, если вы только захотите. Впрочем, у кого много денег, тот уже и сейчас почти бессмертен. Есть тайное общество предающихся — не в смысле предаваемых, а именно увлекающихся всякого рода экзотическими пороками, они все связаны, у этого порока круговая порука. Есть еще всякие тайные общества, существование которых вообще ничем не объясняется, кроме скрытого удовольствия в них состоять. «Квартал» объединяет разных, но весьма специальных людей, умеющих слышать не сообщение, а голос, которым оно произносится. Эти люди понимают, что мир управляется тонкими закономерностями, постигнуть которые нельзя — по крайней мере из нашего человеческого состояния, — но если их соблюдать, с вами будут происходить правильные вещи. Жить, как и писать, надо грамотно, эту грамоту мы изучаем в «Квартале», и одно из существенных правил — не обнаруживать себя при встрече, но узнать и ДАТЬ ПОНЯТЬ. Вы можете также прибегнуть к телепатии, но для этого нужен особенный уровень печали. Если отсутствие чертова колеса поможет вам его достигнуть, вы сможете поделиться ощущениями от «Квартала». Но ни в коем случае не пытайтесь выразить их вслух — удержитесь от этой пошлости.

Что касается жителей остальных городов — в России либо за границей, — проще всего встречаться в книжном магазине, где вы приобрели «Квартал». Таких книжных магазинов по определению немного. Вот там и встречайтесь.

Ровно в 15:30 осуществите то, что на современном языке пошло называется флешмобом, но в действительности всегда называлось синхронизацией.

Вырываем из книги следующую страницу. Что на обороте, не смотрим. Второй экземпляр надо иметь. Если заглянули на оборот, деньги, конечно, будут, но, что говорить, небыстро.

Вырвали?

Поджигаем.

Если дождь, все равно поджигаем. Пусть сгорит, хоть и не с первой попытки.

После этого быстро уходим из парка.

Жителям других городов поджигать возле магазина, ни в коем случае не в нем.

Дома, ровно в 21:00, прочесть вслух стихотворение, напечатанное на обороте.

ПО-НАД ПРИПЯТЬЮ-РЕКОЙ
ЛЕТИТ ПТИЧКА НЕВЕЛИЧКА
В КЛЮВЕ ЯГОДУ НЕСЕТ

ТЫ ЛЕТИ СЕБЕ ЛЕТИ
ДЕНЬ ОБГОНИШЬ НОЧЬ ДОГОНИШЬ
СОЛНЦЕ ВСТРЕТИШЬ НА ПУТИ
НЕ ПЕЧАЛЬСЯ НЕ ГРУСТИ
ЕСЛИ ЯГОДУ УРОНИШЬ
СТАНЕТ ДЕРЕВО РАСТИ

Ничего особенного вам про это стихотворение знать не надо, написал его давно умерший поэт в память о юноше, который погиб, спасая других. Юношу мало кто помнит, поэта почти никто не помнит, а стихотворение я помню, в нем есть нечто заклинательное, и вот мы пытаемся не обессмертить, конечно, но вспомнить двух хороших людей, никогда друг друга не видевших, но тоже входивших в тайное общество.

Вообще если что и стоит делать на свете, то исключительно входить в тайное общество.

Сегодня мы демиург, в незначительном масштабе, но все же.

У вас есть одинокий приятель примерно ваших лет — плюс-минус год, человек неприспособленный, возможно, что и аутичный, до сих пор не женатый, компьютерный или технический гений, регулярно жалующийся вам на неустроенность, но тут же, в порядке самоутешения, принимающийся убеждать вас и себя, что все у него отлично. И есть у вас подруга, младше вас десятью или более годами, девочка — свой парень, такая в брезентовых штанах, туристка или самодеятельный автор, или бывает еще спортивный инструктор. Надежная — страсть, доброжелательная до крайности, но толстая, или веснушчатая, или неловкая, но, в общем, тоже неустроенная. Не девственница, конечно, но что-то там не очень хорошо, тоже одиноко. Или быстро согреваются у нее и бросают, или вообще проходят мимо. Есть женщины, говорящие при расставании что-то вроде «Хороший ты мужик, но не орел». Таких женщин надо наказывать, не убивать, а наказывать долгой иссушающей старостью, и Бог это всегда делает, можете проследить. Я знаю, что говорю. Откуда знаю? Подумайте. Так вот, есть и мужчины, говорящие что-то вроде. Хороший ты парень, Галка, или типа если б я не был женат! — или знаешь, Галка, вот ты жалеешь, а мужчине, может быть, иногда не надо, чтоб его жалели. Говорящие так — хуже всех, они вообще будут ползать в своей блевотине. Если вы когда-нибудь в жизни говорили подобное, вам не поможет никакой «Квартал», серьезно говорю. Продолжайте, конечно, милосердие Божье бесконечно, но шансы скромны.

И вот вам надо их познакомить, этих двоих, и завтра вы будете их знакомить. Назначьте встречу на завтра, потому что сегодня они могут не успеть, у них планы. У одиноких людей редко бывают планы, но именно поэтому на любое предложение они сначала говорят «Я занят». Надо осторожно. Лучше, если вы дадите им повод вас пожалеть. Например: я болен, некому сходить за продуктами. Но это цинично. Можно иначе: у меня праздник, не с кем отметить. Это такой праздник, что его можно отмечать только с самыми близкими людьми. Это вы говорите каждому из них поврозь, не предупреждая о наличии другого.

Позвали? Завтра они могут? Прекрасно. Подчеркните, что надо именно завтра, переносить нельзя. Предупредить за день — вполне по-джентльменски. Дальше начинайте готовиться. Изобретайте историю, выдумывайте повод. Радостный повод лучше — тогда, на обоюдном отталкивании от него, в общем раздражении от вашей радости они быстрее сблизятся. Но что, если они действительно хорошие люди? Что, если ваша радость их обрадует? Тогда празднуйте что-нибудь нейтральное, например двадцатилетие профессиональной деятельности. Словом, выдумайте такую историю, чтобы завтра, в первый момент встречи, было о чем говорить. Нужно занять первые полчаса, а там пойдет. Не бойтесь подставиться, стать мишенью для острот. Помните: завтра мы собираем людей не для вас, а для них.

Зачем мы это делаем? Чтобы проверить степень своей демиургичности. Это важнейший критерий для свободного человека: можем мы устраивать чужие судьбы или нет.

Сегодня вы больше ничего не делаете, только готовитесь. Закупаете угощение. Есть вариант встретиться в кафе, но тогда надо выбрать хорошо знакомое кафе с интимной обстановкой. Кино не канает. Помните, они должны поговорить. Они должны уйти с сильным взаимным интересом — лучше бы вместе. Подумайте как следует, что предпринять. Какие их черты выявить завтра наиболее выпукло, чтобы они почувствовали взаимный интерес. Постарайтесь сделать вид, что встреча получилась сама собой — типа девушку вы приглашали, а друг зашел просто так и по другому поводу. Короче, выкручивайтесь, чтобы они только не заподозрили никакой нарочитости.

Хорошо организовать блюдо, требующее совместных усилий, коллективного открывания или группового приготовления. Старайтесь их сблизить, все эти жалкие усилия непременно сработают, ибо самый грубый метод — всегда верный. Не перетончите. Помните: никакого третьего, в смысле четвертого, считая вас. Вы должны взаимодействовать только втроем, но так, чтобы ни секунды не скучать. Учтите, чем больше смешных неловкостей, тем лучше: спонтанность и естественность прежде всего. И знайте: если бы вам даже пришлось пукнуть, чтобы их сблизить, — можно пойти даже на это. Не худший ход, между прочим. Но помните: лучше всего срабатывает серьезность. Вам нужен их совет или их помощь. Предлог должен быть как можно более органичен. Помимо юбилея, это может быть ссора с девушкой (юношей), встреча с девушкой (юношей), решение вопроса об эмиграции, давно вас соблазняющей, и т. д.

И вот они пришли к вам. И если вы хорошо выбрали предлог, то они начинают наперебой вас утешать (и на этом, может быть, отчасти даже сближаются), а если вы хорошо выбрали блюдо — то они, имеющие прекрасные познания в кулинарии благодаря одинокой своей жизни, начинают с шумом и преувеличенным хохотом его готовить либо разогревать, и с каждым взрывом смеха, с каждой новой забавной неловкостью, с каждым их даже, пожалуй, биографическим либо поведенческим совпадением вы все острей чувствуете: да, да!

Да, ничего не получается.

И это не потому, что вы не демиург, а потому, что ничего нельзя сделать.

Это надо почувствовать. Это очень важное чувство — беспомощность Бога. Потому что если бы мы не мешали, он давно бы все сделал, как надо, но вот беда — мы не хотим, не стыкуемся. То ли потому, что мы разные, то ли потому, что отвергаем помощь и втайне храним независимость, — но никак не получается устроить нашу судьбу извне, мы все можем сделать только изнутри. Не бессилие, нет, но именно беспомощность. Гоните-ка их в шею обоих, сославшись на плохое самочувствие. Без вас, может быть, что-нибудь и получится.

Думаю, что действительное изгнание из рая происходило именно по этой схеме.

Сегодня мы формулируем ПЯТЬ наших просьб к Богу. Запишем их в том порядке, в каком они приходят нам в голову.

В моем случае это было бы вот что.

1. Сделать климат в России чуть лучше, то есть среднегодовую температуру порядка 20 ˚C, как на уже упомянутом острове Мадейра.
2. Упразднить рак как самую неприятную и трудноизлечимую болезнь.
3. Дать людям врожденный ай-кью не меньше 130, потому что все от ума — и милосердие, и совесть, и вкус. Такое общество было бы на редкость дружелюбным.
4. Отменить возрастную деградацию, чтобы старение не сопровождалось уродством и потерей трудоспособности.
5. Сделать загробную жизнь (наличие или отсутствие) вопросом личного выбора.

Расставьте эти требования в порядке важности. В моем случае эта иерархия выглядела бы так: 2-4-1-3-5 (потому что загробная жизнь, по-моему, и так вопрос личного выбора, см. 1 сентября).

Отметьте совпадения. То требование, номер которого в иерархии совпал с первоначальным, является НЕИСПОЛНИМЫМ. Проверьте, это всегда так.

Запомните второй (иерархический) порядок. Исключите из него совпадающие номера.

В моем случае получается 2-4-1-3.

Это ваш КОД ВЫБОРА.

Всегда, когда перед вами стоят какие-либо задачи или просто надо составить список продуктов для покупки, после составления списка выбирайте 2-4-1-3 (подставляйте свой код) и руководствуйтесь получившейся иерархией.

Так, если вам надо сегодня купить колбасы, хлеба, молока, туалетной бумаги, сыру и новые перчатки, вам нужно в первую очередь купить хлеба, туалетной бумаги, колбасы и молока, а сыр и перчатки не нужны вообще, по крайней мере сегодня.

С любыми другими последовательностями поступайте аналогично.

При необходимости ввести четырехзначный код — например, в ячейке на вокзале, — пользуйтесь ТОЛЬКО КОДОМ ВЫБОРА.

Любое сложное действие раскладывайте на алгоритм из пяти ступенек и выполняйте его в той последовательности, которая получилась.

Повторяйте эти цифры про себя, как молитву, в любых стрессовых ситуациях.

Проверьте, этот код всегда работает. Из пяти вещей всегда нужны четыре, и главная всегда не первая.

Задание.

Выпишите пять блюд, которых вам сейчас хочется больше всего.

Примените ключ.

Съешьте желаемые блюда в правильном порядке.

Но это не все.

Сегодня у нас день тревоги.

Если погода ясная, мы идем в любой ближайший сквер насладиться прощальным теплом. Или необязательно в ближайший — может быть, у вас в городе есть на примете любимое место с деревьями, скамейками, клумбой, вообще с цветами — а какие теперь цветы? Бархотки, которые еще иногда называются бархатцы — так называют их неприятные люди. Бархатцы звучат ужасно. Бархотки, впрочем, тоже — так обычно называются мягкие тряпочки для протирания блестящего; но мы ведь усваиваем то название, которое раньше услышали. Для меня они всегда были бархотки, а календула — ноготки; и только они и цветут осенью в наших краях. Они достаивают до последнего, до первых заморозков. Переносить их домой бессмысленно — дома эти цветы сразу гибнут. Да и кого может посетить сентиментальное желание спасать их дома? Они предназначены сиять среди осени, привнося в ее пространство высокую тревогу.

Тревога — сложная эмоция, если, конечно, речь не идет о примитивном страхе или о непривязанном беспокойстве неясного происхождения; это состояния мучительные, и толку от них ноль, как от любой болезни вроде кори, в которой хорошо только выздоровление. Тревожиться в принципе не о чем, ибо все поводы для низменного страха, если вдуматься, бессмысленны. Ничего по большому счету не изменится от того, поступите ли вы в институт (допустим, поступите. Я знаю, что поступите. Но толку-то?), от того, уволят ли с работы... Вечный русский страх тюрьмы и сумы тоже ничуть не облагораживает душу, и даже роковой вопрос, две полоски или одна, не так принципиален, как кажется. Гораздо хуже, если ни одной, я даже затрудняюсь сказать, что это может значить. Наверное, вы умерли и сами не почувствовали.

Совсем иное дело — тревога высокого порядка, прекрасное состояние, бывающее иногда в первые дни осени. Это уже не то бурное цветение напоследок, какое замечаем мы в августе, не то прощальное умиление, какое случается в последних числах того же августа под особенно прозрачным небом, навевающем почему-то мысль об Аркадии, Касталии, Академии, — нет, это уже чахоточный румянец, болезненная рыжина. Это бархотки, ноготки и в особенности бабочка, которая так пленяла меня в детстве; моя самая любимая бабочка, которую я ни разу не поймал, потому что она летает очень быстро, бабочка фантастическая, ни на кого не похожая, с чудесно вырезанными крыльями, носящая столь же фантастическое название С-белое. Углокрыльница, нимфалида, она носит это название из-за белого пятна на внешней стороне нижнего крыла: действительно С. Она сравнительно небольшая, внешняя сторона крыльев темно-коричневая, а когда они развернуты — виден тот ярчайший, особенный, солнечный рыжий, который бывает только осенью и только на ясном закате. Это цвет увядания, безусловно, но пышного, яркого, и это-то и есть тревога в высшем смысле: состояние несоответствия между упадком — и тем, с каким подъемом он выражается. Ну, например. С чем бы сравнить. Чахоточная дева — она и есть чахоточная дева, и я никогда, слава Богу, ее не видел, но декаданс, деграданс — это да-с. Это такой цветущий, пышный, роскошный упадок, который в тысячу раз ярче любого серого рассвета (и где ему набрать красок? Он вообще еще черно-белый, еще не видел ничего). Рассвет неопытен, он только-только после ночи; у него есть будущее, но нет богатства, двойного и тройного дна. Напротив, упадок — полноцветный, страстный, которому есть что вспомнить, — это и есть настоящий расцвет, но в последнюю минуту; это острый, насыщенный, пламенный рыжий — и тревога, высокая, чахоточная, как раз проистекает от зазора. Мы понимаем, что остались, в общем, минуты, — но почему тогда все так пиршественно? Нет, что-то нам врут, что-то здесь не в порядке; не смерть предстоит нам, а...

Ради этого состояния идем в сквер или хоть в дачный садик, если он поблизости, и долго смотрим на бархотки и ноготки. И, если нам повезет, на С-белое, свою резную душу, которая так быстро летает. Почувствуем ту тревогу, от которой не хуже; в которой нет унизительного страха и вечной зависимости; иными словами, ту тревогу, которая возникает от соседства подлинной реальности. Обычно эта реальность скрыта, но осенью занавес истончается, сквозь него дует. Почему так странно, порывисто, угловато летает С-белое? — потому что на нее дует ветер оттуда. И солнце такое рыжее, и клены уже почти того же цвета; это состояние больше всего похоже на жизнь, которая так тревожна именно потому, что явно идет к концу, а все-таки не может кончиться просто так.

Ровно час проводим на лавочке, созерцая бархотки и, если повезет, С-белое.

В случае дождя смотрим титры и первый эпизод фильма «Чужие письма» с музыкой Олега Каравайчука, выражающей примерно то же состояние.

Одновременно можем съесть большое холодное яблоко, вызывающего примерно те же чувства.

Сегодня мы идем в лес по грибы.

Самое время, потому что дальше будет поздно.

Если сегодня хорошая погода, отправляемся из дома в 8:00, если плохая — в 10:00. Слишком рано за грибами выходить незачем. Это наивное убеждение советских грибников, что будто бы чем раньше, тем лучше, а то другие все соберут. Во-первых, в сентябре уже не соберут. Во-вторых, у советского — а может, и русского, еще раньше, — человека было убеждение, что ранний подъем — своего рода жертва. «Кто рано встает, тому Бог подает» и так далее. Бог подает тому, кто меньше беспокоит его стонами, ахами, охами. Встал, выспавшись, и пошел — и гриб тебе навстречу.

В записных книжках Венедикта Ерофеева, кое-что кое в чем понимавшего, находим подробнейшие таблицы — сколько грибов он набрал. Сколько белых, сколько сыроежек и т. д. Возникает естественный вопрос — зачем ему это? Поясняем: он пытается понять степень своей удачливости, а удачливость есть не что иное, как уровень нашей встроенности в мир. Если мы туда как следует встроены, первыми это почувствуют грибы. Или, точнее, уровень нашей интуиции возрастет настолько, что мы сможем легко обнаружить гриб даже в сыром и уже холодном осеннем лесу. Летом его любой дурак найдет, а ты пойди найди его сейчас.

Время нашего грибособирания следует вычислить по точной формуле: возьмите ИА (Индекс Активности) и умножьте на свой Финансовый Рейтинг. Первая цифра получившегося числа как раз и будет временем, которое вам отведено. В моем случае это два часа.

Грибы, найденные по истечении этого времени, недействительны.

Удачи.

Начали!

Хорош осенний лес. Все в нем готовится к зиме, подводит итоги. Паутина липнет к лицу. Страшное количество бурелома, через который приходится перешагивать, а то и тяжело перелезать. Народу почти никого, если только все не вылезли проходить «Квартал». Если вылезли — это объяснимо: кризис в мире, где еще взять деньги? Но поскольку народ ленив и мало верит в чудесное, вряд ли вам встретится больше трех грибников, и все будут ревниво прятать друг от друга найденное. Хорошо бродить по лесу с палкой, которую тут же для себя сломаешь и выстругаешь. Пришвин замечал, что грибники, дураки, смотрят под ноги — а в лесу надо смотреть вверх, это гораздо красивее. Но я так не думаю — сверху все одно и то же, небо да ветки, а внизу все разное. И так легко принять желтый лист за сыроежку, а осенний валуй — за боровик. Обманываться и разочаровываться всегда полезно.

Можно, кстати, взять с собой жену, детей, друзей. Собаку тоже можно. У вас ведь теперь есть собака. Она бегает, лает, все веселей. А то ведь это такой ужас, такая грусть — это кроткое приготовление русского леса к увяданию. Можно подумать, что все эти листья, кустья, стволья в чем-то виноваты. Почему одна часть земного шара может оставаться вечнозеленой и тропической, а другая должна проходить через ежегодный тренинг умирания? Все равно ведь подготовиться ни к чему нельзя, и урок природы почти всегда не в прок. Она-то возродится, а мы нет. Впрочем, такие мысли обычно посещают того, кто грибов не находит. Остальным все мысли заменяет азарт, а если вы попадете на так называемые ведьмины круги (не следы НЛО, а сыроежные круги, разросшуюся грибницу), вам вообще не до мыслей. Стряхиваем с гриба разъевшегося слизня, отлепляем приставший листок, жадно наполняем корзину, оставшуюся с дедовских времен, старую, ивовую, почти черную, — радуемся напоследок, вдыхая острую прель. Особенное удовольствие — отдирать с мокрой коры крепкие веснушчатые опенки. И что это люди говорят, что нет в жизни никакого смысла? Смысла нет, когда грибов нет.

Собрали? Теперь подсчитываем.

Сначала записываем количество белых. Если не нашли ни одного белого, принимаем это количество за единицу. Если нашли — умножаем на три.

Подосиновики. Это по нынешним временам гриб редкий, почему-то их почти не стало. Кстати, насчет его симбиоза с осиной все полные враки. Его так называют за шляпку, красную, как осиновый лист. Их количество умножаем на два.

Подберезовики. Третий гриб в среднерусской иерархии. Записываем, как есть.

Волнушки. Четвертый гриб в моей личной иерархии. Как называла его женщина, значившая для меня очень много, — помесь детского мыла с махровым полотенцем. Они очень вкусны в маринованном виде (просто отварить с солью и уксусом, получаются такие хрусткие) и встречаются крайне редко. Их количество умножаем на два.

Сыроежки. Это несколько разрядов — все не так просто.

Зеленые (они же зеленухи, так называемая aeruginea). Считаются вкуснейшими, крепчайшими и вообще элитными. Умножаем на полтора.

Желтые — следующие за ними во вкусовой иерархии, довольно редкие. Пишем, как есть.

Охристые, похожие на творожник, как говорит мать, — мои любимые, еще и потому, что они, как правило, большие. Ochroleuca, охристая, и aurata, золотистая. Говорят, они растут быстрее всех. Умножаем на полтора.

Красные. Они встречаются чаще всего и считаются едкими (неправда), но вообще это вид примитивный, и хорош он только тем, что с них обычно начинается грибной поход. Сколько бы я ни ходил за грибами, всегда мне первыми попадаются две красные сыроежки, большая с маленькой, как бы мама с дочкой. Я их люблю, но все же делим на два — это грибное простонародье.

Вообще сколько есть видов сыроежек, оказывается, — я сроду не мог себе представить! Сыроежка приятная, невзрачная, миндальная, лазурная (сроду не встречал, говорят, растут в Сибири под кедрами), девичья, пурпурная, припудренная, розовая, изящная, мягкая, тошнотворная, зловонная — как подумаешь, к чему могут относиться все эти эпитеты! Какой вопрос для «Что, где, когда»! Лично я подумал бы, что все это про нее, матушку, откуда вышли все народы, — «кормилица», как называют ее в известной среде; и в некотором смысле она действительно сыроежка.

Свинухи. Лично я их не беру, но некоторые любят. Хороши в сметане. Делим на три.

Мухоморы. Красный, блестящий, помидорный мухомор нынче редок. Собирать их не надо, но запомните, сколько раз встретили, и тоже приплюсуйте.

Теперь подсчитывайте.

Делим на использованное количество часов.

Получаем так называемый Грибной Рейтинг Удачи, или ГРУ. Это жизненно важный показатель. Запоминаем его. Хочу, ребята, честно вам сказать, что если он меньше пяти, то лучше вам не продолжать «Квартал». Можно, конечно, и продолжить, ничего страшного. Но шансы исчезающе малы, потому что предыдущие два месяца ничему вас не научили. Что ж мучиться-то? Может, книжку почитать?

Впрочем, завтра все выяснится.

На следующей странице книги «Квартал» начерчены семь квадратиков.

Тщательно вырежьте их. На обороте ничего нет.

На каждом квадратике — одно сегодняшнее действие. Какое выпадет, такое и выполняйте.

ПРОГУЛКА НА
НЕПРИЯТНУЮ
УЛИЦУ

ПОХОД В КИНО
В ОДИНОЧЕСТВЕ

ПОХОД В КИНО
С ПАРТНЕРОМ

ПОКУПКА
НОВОЙ ОБУВИ

ВЕСЬ ДЕНЬ
ПИТЬ ТОЛЬКО
ВОДУ

ВЕСЬ ДЕНЬ
ЕСТЬ ТОЛЬКО
ЯБЛОКИ

ВЫБЫТЬ ИЗ
«КВАРТАЛА»

Поясняю. 18 сентября — та стадия в прохождении «Квартала», когда его потенциально слабые участники должны покинуть прохождение и не мучиться. Пацан обещал — пацан сделал.

Посещение неприятной (или пугающей) улицы тоже косвенно связано с этим: момент сегодня переломный, и вы либо достигнете пика силы, либо свалитесь в депрессию. Учтите, что сама по себе неприятная улица может не сулить ничего неприятного: просто с вами там что-то такое было, не очень радостное. Ну и ничего страшного. Попытайтесь поставить красную метку на месте черной. Например, возьмите с собой бутылку пива и выпейте там, где у вас когда-то отняли телефон; или почитайте прекрасную книгу на той же скамейке, где вас когда-то бортанула девушка; или просто пройдитесь по этой улице, свежий, бодрый, после ванны, с чистой и пустой головой. Вы увидите, что осенью и эта улица имеет бедный, бледный вид, и ее стоит пожалеть, и вообще — на фоне стремительно облетающей (уже!) листвы, на фоне ожидающей всех катастрофы так ничтожны наши прежние воспоминания! Ведь когда улицы Квартала принимали свою окраску, было совсем другое время. Еще не все могло с нами случиться, еще от многого мы были защищены. Еще работала какая-то этика. А сейчас, когда все так серьезно, когда из всех щелей подувает ветер уже не нашей личной, не только русской, а всемирно-исторической расплаты-за-все, — какая разница, что у нас было на этой улице? Может, как раз на ней нас что-то спасет, удержит от тоски, даст передышку.

Один я, один, до какой степени я один. Я понимаю, а никто еще не понимает; я вижу, а никто еще не видит. И, как всегда, множество людей говорят: все это от того, что вы вашу личную ситуацию — последнего представителя вырождающейся прослойки — проецируете на общую.

«Эсхатологические настроения характерны для гибнущих классов», как формулировала Н. Я. Мандельштам, цитируя, в свою очередь, Сартра. А это еще вопрос, кто гибнет. Я еще, что называется, простужусь на ваших похоронах. Вы думаете, как всегда, первыми умные подохнут? Умные подыхают вообще последними, они умеют выживать, ползти, цепляться. Это — кроме самых умных, тех, которые вообще не рождаются.

Новая обувь нужна по-любому, потому что посмотрите, в чем вы ходите. Скоро уже холода. Вообще же покупка новой обуви — важный метафизический шаг, от этого зависит походка и настроение. Мне выпало сегодня именно это — вот пойду и куплю. Хоть какая-то защищенность. Вообще напрасно многие пренебрегают чисто женским антидепрессантом: великая вещь — покупки.

А если выпали — что поделаешь, до свидания, все равно через пару недель такая развилка, через которую пройдут очень немногие, да еще и выход там сложный. А здесь — просто спрыгнули, и до свидания. Обратите внимание, разрывы, приходящиеся на 18 сентября, всегда легки, необременительны, почти праздничны. В этот день, например, умер Джими Хендрикс, хорошо покуривший марихуаны и заевший ее девятью снотворными таблетками. Небось и не заметил, как помер.

Сегодня мы спим. Только спим.

На работу не идем, и к тому же, очень может быть, сегодня выходной.

Постарайтесь просто так, без снотворных проспать весь этот день, избывая весь накопившийся недосып, всю эту тоску ранних пробуждений, особенно невыносимых зимой, все подъемы по тревоге или в наряд, которые вы претерпели в армии, все бодрствования рядом с бессонным ребенком. Спите, просто чтобы спать; не прибегая к снотворным, не убаюкивая себя никакой специальной музыкой. Поймите, как хорошо проспать весь день, не вставая. Ну так, в сортир, или перехватить что-то в холодильнике, но вообще-то кто спит, тот обедает. Объясните домашним, что это ваше сегодняшнее задание, попросите, чтобы не беспокоили. Поймите, это лучшее, вообще лучшее, что можно сделать. И нам многое предстоит, много еще всякого трудного, решающего, потому что «Квартал» входит в последнюю стадию. Кто знает, сколько еще спать придется.

Если так уж неудержимо хочется встать — а я предупреждаю, что нельзя, — вспомните все случаи, когда, наоборот, лежать было нельзя, а приходилось вскакивать, бежать в школу, да еще по ледяной улице, а еще раньше вас, должно быть, тащили в детский сад, это еще невыносимей, а потом армия с ее адскими воплями «Рррота-падъем!», и работа, куда тоже надо к строго отведенному часу, — у нас ведь как? У нас высшая добродетель в том, чтобы вовремя прийти, а там хоть трава не расти, делай что угодно или вовсе ничего не делай, но явился вовремя — и ты зубец, молодец. Проводить на работе как можно больше времени, с минимальным результатом, но чтобы тебя всегда видели. В компьютере не шаришься, в игры не играешь, тупо смотришь, застыв. Как я всегда ненавидел присутственные дни, присутственные места! Как я всегда ненавидел опаздывать, а не опаздывать невозможно — есть ли что унизительнее этих появлений в строго определенный час, перед лицом людей, которые никогда ничего не умели! И вот мы спим, за один день ничего не случится, мы вообще, может быть, больны. А еще хорошо бывает вспомнить всех, кому спать нельзя: моряков на вахте — это чтобы не думать о худшем, о зонах, в том числе строгого режима, о часовых, в том числе в зоне военных действий, о страдающих сонной болезнью, которые спят, когда не надо, и не спят, когда надо. Если можете спать только в состоянии сытости, черт с вами, нажритесь. Если вас усыпляет спиртное, плевать, напейтесь. Но не вставайте, выпадите на день из жизни, попробуйте, ведь иначе у вас никогда ничего не будет. Не только денег. Вообще никогда ничего. Неужели вы еще не заметили, что любая попытка работать, суетиться, нравиться начальству — это кратчайший путь к унынию, к отчаянию, вас никто в грош ставить не будет! Птицы небесные не хуже ли вас? А и они спят, когда им хочется, и очень хорошо, и прекрасно! Представим себе райскую птицу, спящую в райском саду, в синем вечернем свете; вокруг нее текут и переливаются музыкальные струи. Лучшее и самое сонное, что я когда-либо видел, — а лучшее и есть сонное, потому что покой и гармония немедленно заставляют меня уснуть, — так вот, лучшее, что я видел, был инкский храм воды, и если доживу, я непременно увижу его еще раз. Это божественно. Он называется Тамбомачай. Это что-то столь отдельное от современного человека, что-то столь давнее и непонятное — как южное полушарие для северного человека, с разочаровывающе маленьким Южным Крестом, со странными созвездиями

Скульптора и Эридана. Этот храм еще называют инкским Версалем. О, как сложно, как музыкально распределяется там вода, как он волшебно, сонно асимметричен! Симметрия ужасна, в ней есть нечто от насилия, юриспруденции, парадного подъезда — но легчайший сдвиг превращает мир в тайну. Вот она течет там по трубкам, вся эта вода, и вокруг нее ярко-зеленая, почти ядовитая трава, а сзади, над горой, — ярко-серое, ядовито-серое небо; такое бывает перед долго не проливающимся, грозным дождем. Там еще высоко, и довольно мало кислорода, и потому сон одолевает сам собой. Я всегда вспоминаю этот храм, когда мне надо заснуть, и небо над ним, и траву под ним. Или можете вспомнить море, тоже очень сонно. Смотрите, вон дерево за окном, оно тоже спит. Если вам есть с кем спать, спите с кем-то, это самое лучшее.

Проснуться разрешается в девять вечера. Отправляйтесь гулять по Кварталу, и лучше всего в то самое место, которое так часто менялось. Видите, как сильно оно изменилось? И что хорошего? Если бы на зиму все в наших широтах впадали в спячку, как муми-тролли, как прекрасна была бы весна, и как мало всего мы бы испортили! И, кстати, как мало мы бы съели!

Вот у нас был кинотеатр «Литва». Я все там смотрел — и детское кино на детских сеансах, и литовские фильмы, которые привозили (я не любил их, но все-таки запоминал, потому что это было искусство в конце концов), и даже то я там смотрел, куда детей до шестнадцати не допускали. И когда Богушевская поет «Назавтра мы идем в кино — кажется, на Фосса. И перед сеансом в фойе пустынно и темно» — «Шарманку-осень», — я понимаю, о чем речь, потому что у нас всегда в «Литве» тоже было пустынно и темно, и вообще там было особенно прекрасно осенью: фиолетовое небо, вечерний сеанс, народу почти никого, и все как бы в заговоре. И ужасно мне нравился плавно спускающийся, ступенчатый зал этого кинотеатра, и шестой ряд — я всегда почему-то выбирал его, — и журналы, которые там крутили: во-первых, это было предвкушение, а во-вторых, среди них попадались крайне интересные! Не «Фитиль» и не какие-нибудь «Новости дня», а что-нибудь документальное, познавательное, чего теперь никогда уже не увидишь. И я помню, как с тогдашней возлюбленной — десятый класс! — пошел смотреть что-то новое, а перед этим был триумфальный сюжет про советскую Молдавию, как там прекрасно. И сзади две девки ржут, ржут неудержимо! Я спрашиваю Егорову: чего они ржут? А Егорова отвечает: наверное, они оттуда. Умная девочка, замечательная. Очень мы интенсивно целовались везде, где находились, — нам на речном трамвайчике один дядя вполне доброжелательно сказал: ребята, не частите, надоест. Он оказался неправ, мы разбежались по другой причине, но в кинотеатре «Литва» успели провести много прекрасных часов.

И вот, значит, его закрыли — совершенно непонятно почему — и сделали вместо него сначала ярмарку меда, но не было в стране столько меда и медолюбов, — а потом паломнический центр. У нас на доме теперь висит плакат: «Приглашаем на распродажу конфиската в ПОЛОВНИЧЕСКИЙ центр». Паломничества там никакого не вышло, а вышел как бы рынок, где распродают то загадочный конфискат, то ивановский ситчик, то тамбовский лен. Тамбовский лен тебе товарищ. Дело в том, что Советский Союз мог содержать — и содержал — малопосещаемые места. Он мог себе это позволить, даже если места были сомнительные, никому особенно не нужные. Но именно в таких местах осенними вечерами было совершенно волшебное ощущение: на никому не нужном советском фильме, который смотрят в зале пять человек, или в театре-студии, куда ходят три с половиной школьника и учатся там у бородатого режиссера-авангардиста, который в 1989 году при первой возможности уедет навсегда (и нигде не будет так счастлив, как в театре-студии при Доме пионеров Октябрьского района на углу улиц Двадцатилетия и Тридцатилетия Октября, в октябре месяце). Потом стали строить, открывать и всячески насаждать места, где должно быть много народу, а все малопосещаемое закрывать, но все великое как раз и формируется в малопосещаемых местах, в книжных магазинах, в которые никто не ходит, в кинотеатрах, где что-то смотрят пять человек... Одна надежда, что скоро вообще нигде никого не будет, и все опять будет так же, как в доме, который тихо разрушается, или у постели, где кто-то тихо умирает. Иное дело, что это все, которое вокруг, будет умирать без всякой магии, без сентиментальности, без тайного общества: просто будет обрушиваться, и все. Не было даже никакой великой идеи, которая в основание этого всего была бы положена. А в помещении половнического центра, верьте слову, — о, как ясно я вижу это шествие с половниками! шествие правильных, с хорошим аппетитом потребителей! — там будет универмаг «Шестерочка», с ужасными яблоками и вялым луком, и такими же стариками, которые тщательно это все перебирают: не потому, что выбирают, а потому что делать им нечего.

Когда я буду таким стариком, если я буду таким стариком, — я буду много спать, чтобы не позориться. В моей любимой книге об этом сказано: «Воистину жизнь человека длится одно мгновение, поэтому живи и делай, что хочешь. Глупо жить в этом мире, подобном сновидению, каждый день встречаться с неприятностями и делать только то, что тебе не нравится. Но важно никогда не говорить об этом молодым, потому что неправильно понятое слово может принести много вреда.

Я лично люблю спать. Со временем я собираюсь все чаще уединяться у себя в доме и проводить остаток жизни во сне».

Что-что, а это правило мне легко выполнить. Остальное трудно, но не потому, что я такой плохой самурай, а потому, что не родился еще тот сегун, служа которому и т. д. Поэтому я сплю уже сейчас — все лучше, чем превращаться в половнический центр.

Перепечатайте на компьютере следующий текст:

«Рано или поздно каждый обречен задуматься о смысле нашей игры, которая становится все менее увлекательной, зато все более опасной. На нас с подозрением оглядываются соседи, за нами ходят таинственные люди, наши сны полны вещей, которые никогда прежде нам не снились, сны вообще, кажется, перестали быть нашими — потому что такие ужасные вещи никогда не пришли бы нам в голову. Продвигаясь к совершенству и деньгам, мы все отчетливей расстаемся с собой, перевязываем узлы своей жизни и совершаем вдобавок массу странных действий. Зачем мы это делаем и что имеем в виду?

Пожалуй, нам пора признаться себе, что мы создаем новую этику. Старая этика пришла в негодность и нуждается в замене. Один друг рассказал нам недавно, что у него не выходит из головы судьба евреев Артемовска, которых в сорок первом году не расстреляли, а замуровали в штольне под алебастровым заводом. Быть замурованным в одиночку, говорил друг, ужасно, но умереть в штольне, где вместе с тобой задыхаются три тысячи человек, — это за гранью человеческого разумения. Они все мумифицировались там, и разгребать эту гору трупов заставили потом бывших немецких полицаев. А гореть с сотней односельчан в запертом сарае? Тут не выберешь. Вообще после Второй мировой войны нельзя не просто писать стихи, не просто читать стихи — нельзя вообще относиться к человеку всерьез. Этот проект закончился. Во всяком случае закончилась его этическая система, которая, как выяснилось, ни от чего его не удерживает.

И то, что мы наблюдаем сейчас, есть именно проект, от которого отвернулся его основатель (основатели), и теперь мы существуем в пространстве без верха и низа, отсюда и катастрофическое падение того самого общества, в котором в ответ на любую жалобу раздается «Так и надо». Но то, что мы делаем сейчас, — не что иное, как попытка выстроить новую этику, которая будет держаться не на ценностных, а на числовых последовательностях. Если нельзя заставить человека хорошо себя вести, исходя из того, что вот зло, а вот добро, — видимо, его поведение можно регламентировать с помощью чисел. Если патриотизм, национальная гордость или любовь приводят его сплошь и рядом к таким результатам, следует искать регламентацию не в этической, а в любой другой рациональной плоскости. Нужно вести себя так-то, потому что книга открылась на такой-то странице, нужно звонить или не звонить любимой в зависимости от того, какая сегодня погода и в какой день вы родились. Только это позволит нам вести себя последовательно, а последовательность и есть этика.

Я не сразу это понял. Я это понял только тогда, когда начал всерьез экспериментировать с «Кварталом». Ведь каждое упражнение — результат огромного личного опыта. Сколько я бился над одним только расположением глав! Но теперь все работает. Теперь в мотивировках моих поступков, как и в переменах погоды, нет ровно ничего человеческого. И я наконец соответствую миру, который так люблю, — миру, в котором цветут цветы и растут грибы.

Будущее, впрочем, берет уроки у прошлого. Тогда ведь тоже принимали решения, исходя из сочетания и положения внутренностей, из бросания камешков, из монеток, как в Книге перемен. И мы все наглядней возвращаемся в эти времена, раз боги, запретившие нам магию, отвернулись от нас. Магия была надежней хлипкой человеческой воли, магия надежней человеческой морали, срывающейся в зверство раз в сто лет. И может быть, сейчас, когда мы возвращаемся к высшим иррациональным смыслам сложным путем «Квартала» — раз путь любви, творчества и веры привел нас вот к этому вот (обводит комнату рукой), — то и старые боги, возможно, сжалятся над нами, вернутся к нам. Те боги, которые и сейчас ждут нас в далеких дебрях, в руинах старых храмов, в горах, пещерах и реках, где им пришлось прятаться. Но ни одна река не может вечно прятаться в трубе — рано или поздно труба треснет, а река вырвется на свободу».

Выучите наизусть балладу.

> Были мы малые боги,
> Пришли на нас белые люди,
> Поставили крест на нашем месте,
> Отнесли нас в глубину леса.
>
> К нам приходят в глубину леса
> Захваченные темные люди,
> Приносят нам свои приношенья,
> Хотя у них самих не хватает.
>
> Захваченные темные люди
> Горько плачут с нами в обнимку —
> Кто бы в дни нашего величья
> Разрешил им такую фамильярность?
>
> — Бедные малые боги,
> Боги леса, огня и маниоки,
> Ручья, очага и охоты,
> Что же вы нас не защитили?
>
> Боги леса, костра и маниоки
> Плачут, плачут с ними в обнимку:
> Кто бы во дни их величья
> Разрешил им такое снисхожденье?
>
> — Простите нас, темные люди,
> А мы-то еще на вас сердились,
> Карали вас за всякую мелочь
> Неумелою отеческой карой!
>
> А теперь запрягли вас в машины,
> Погнали в подземные шахты,
> Кровь земли выпускают наружу,
> Кости дробят и вынимают.

А богов очага и охоты
Отнесли и бросили в чаще,
Вы приносите им приношенья,
А они ничего не могут.

Знаем мы, малые боги,
Боги леса, ручья и маниоки:
Вас погубят белые люди,
А потом перебьют друг друга,

Крест упадет, подломившись,
Шахты зарастут, обезлюдев,
На машинах вырастет плесень,
В жилищах поселятся гиены,

И останутся малые боги
На земле, где всегда они были:
Никто их не выбросил в чащу,
Никто не принесет приношений.

Сегодняшние наши действия целиком определяются все той же игрой случая, но случай больше понимает про людей, чем сами они про себя.

Возьмите семь первых попавшихся на глаза книг из вашей библиотеки. Если у вас нет библиотеки — семь первых попавшихся книг из любой другой бумажной библиотеки. С сетевыми текстами, к сожалению, это упражнение не выполняется.

Сосредоточьтесь.

Откройте каждую из книг на той странице, которая совпадает с вашим годом рождения (две последние цифры).

Если вы родились в 00–05 годах (это обычно титульный лист или эпиграф), открывайте страницу 99.

Найдите строчку, совпадающую с месяцем вашего рождения.

Если вы родились в декабре, это двенадцатая строчка сверху и т. д.

Показываю, как всегда, на своем примере.

таким образом: двое людей обнимают друг друга и сли-
только по пьянке не происходит. Дали для милиции отли-
У самого Алеши — головные, современные, не с нашей
я псих
Дворец и долина чаровали Джона своими чудеса-
а в Нью-Йорк вернусь четвертого.
in trying to plumb the secrets of her origins; that she had woken a

И говорите мне после этого, что случайности ничего не говорят. Да все они говорят. Все тут совершенно точно ко мне подходит. Кстати, я собираюсь в Нью-Йорк, да. Не очень скоро, но собираюсь. Есть такие планы. И там меня будут чаровать дворец и долина. У других все головное, а я псих, но это от любви и пьянства. Задача моя сейчас — запломбировать — или, по контексту, скорее распломбировать — секреты моего происхождения; она разбудила — кого? Она разбудила демона, но это уже следующая строка (J. K. Rowling, Cuckoo's calling, если кому интересно). Следовательно, мой порядок действий на сегодня: секс, пьянка, раздумья, психоз, посещение дворца (думаю, это будет прогулка вокруг Дворца пионеров), переписка с Нью-Йорком и — нет, совершенно не то, что вы подумали. Plumber — это вообще-то водопроводчик. Вот давно назревшей починкой крана я и займусь.

Учтите, это еще не все. Вы должны составить связное предложение или рассказ из названий процитированных текстов.

В нашем случае это «Лошади с крыльями», «Маленькая Вера», «Поденные записи», «Цветы для Алджернона», «Алмазная гора», «Дорогой Пончик, дорогой Володя» и «Зов кукушки».

С алмазной горы доносился зов кукушки, и лошади с крыльями, размахивая цветами для Алджернона, вторили ей.

Но дорогой Пончик и дорогой Володя не отзывались, занятые поденными записями.

Они слишком мало верили.

Сегодня мы злы, очень злы.

Мы раздражены до предела.

У нас бывает такое состояние — оголтелого, мрачного раздражения. С самого утра. И оно очень полезно. Оно своего рода художественный метод. Оно позволяет выбросить из души все ненавистное. Конечно, душа не очистится окончательно, но некий катарсис, как после бани, нам гарантирован.

Разозлиться очень легко. Ведь эта злость сидит внутри нас всегда, просто не всегда просыпается, и все мы прекрасно знаем, что нам нужно для ее пробуждения. Легче всего — когда есть раздражающий внешний фактор. Ботинок жмет, голова болит, вы не выспались, вы голодны, жарко, душно. Холод — не так хорошо, холод затормаживает, а вот духота поднимает такую волну негодования от самой диафрагмы, что иногда больше ничего и не требуется. Поэтому вчера мы поставили будильник на пять часов. С пяти часов вы должны заниматься очень трудным делом — можно решать сложную математическую задачу или, если вы математик, учить наизусть «Полтаву», а если вы знаете «Полтаву», значит разберите компьютер и собирайте его обратно. Все это нужно делать при закрытых окнах и в свитере. Когда почувствуете первое легкое раздражение, можно приступать. Засеките время.

Есть безотказные вещи. Зависть. Несправедливость. Идиоты. Мудаки. Идиоты, которые имеют все то, чего заслуживаете вы. Мудаки, которые поступают с вами несправедливо. Или не с вами — но посмотрите, как они себя ведут! Посмотрите на эти самодовольные рожи, на эти ухмылочки, ужимочки! Как они злорадствуют, как оставляют всех в дураках! Если вам удалось собрать компьютер, просто читайте новости. Если нет, включите телевизор — вы видите вообще, что происходит? Что за срань-то кругом, господи! Вот выступает жирный лосня-щийся, аккуратно причесанный, в пиджаке — рожа на жопу похожа. Телеведущий. Врет же, сука, через слово. А попробуй, объясни кому. Попробуй, давай, объясни это бабке в магазине. Она ж его слушает и всему верит. И ни с ним ты не можешь ничего сделать, ни с ней. А эта гнида в ящике все лоснится. Вранье на вранье, и не крас-неет, и ужас в том, что никого нельзя переубедить, ничего нельзя доказать.

Переключаем канал. Там идет русский сериал. Актри-са в прыщах кривит морду, изображает чувства. Кто им пишет это все — эти сценарии, эти диалоги — ведь люди так не разговаривают! И не ведут себя так.

Или интернет. Мужик пишет: ехал по дороге, никого не трогал, подрезали, стукнули в крыло, вытащили из машины, отлупили, забрали деньги, напугали ребенка до смерти. Уехали. А теперь на него же шьют дело, потому что те оказались какие-то непростые, и ментам ничего не докажешь, никому не объяснишь ничего, а у него сви-детели и запись с регистратора, но запись в суде никого не колышет, а свидетелей не вызывают. И вот он пишет, а внизу комментарии: а ты сам виноват, а не хер ездить где не надо, и ребенок у тебя без кресла в машине сидит, и права поди купил, на дороге тупил, хули теперь? И ни-кому ничего...

Инвалид приехал в кафе на коляске, а его не пустили, потому что хули он там будет на своей бандуре разъез-жать в маленьком ресторане, пугать посетителей?

Одна тоже — напали во дворе ночью, хотели изна-силовать, ну, она девка не промах, одному руку сломала, другому отбила яйца, теперь под следствием за побои — а насиловать? А никто и не собирался насиловать, попробуй, докажи, следов-то нет. Не докажешь. И комментарии: сама виновата, а не ходи где не надо, а не одевайся, как не надо, да для бабы счастье, если ее трахнут, они все только того и хотят, а потом выделываются, а пусть сиськи покажет, сиськи, сиськи! Надо ж посмотреть, что там было так защищать? Тьфу ты, и защищать нечего, я б спьяну не полез на такую.

Или еще одна ходит по Сети, везде выискивает, на ком можно поплясать, находит какую-нибудь несчастную, которую муж приложил головой о подоконник, и давай выкручивать: лохи, лохи, лохи, вот я, вот у меня, а она жирная и лох, а я красивая, и хор в комментариях: а мы, а у нас , а мы своим так и сказали, что если хоть что, так все, а эти все лохи, лохи, лохи! Интеллигенция вшивая, за себя постоять не могут, вечные жертвы, пока такие по земле ходят, счастья человечеству не будет, так им и надо, сами, сами виноваты, жирные неудачницы.

Кто жалуется, тот всегда виноват, а им всем только и надо, чтобы ты был виноват. Всем надо, вот и на работе — что, все хорошо на работе? А когда ты один раз за десять лет проспал на работу, потому что температура была и накануне не спал почти, доделывал срочный проект? И проспал, а утром было совещание, на хер никому не нужное, одна профанация, но ты опоздал, и с тех пор, блядь, прошло еще десять лет безукоризненной работы, но стоит тебе не так посмотреть, как тебе с такой ухмылочкой, с таким самодовольством: а вот Иван Иванович у нас считает, что может не ходить на совещания, что у него особое положение тут, но мы его прощаем пока, ведь прощаем, так и быть? Да ебал я в рот ваше прощение, какие, в жопу, особые условия? Вон это мурло из соседнего кабинета ни хера вообще не может, но ему и премии, и отпуск, и что угодно, и в попу подуют — потому что лизать умеет, а ты не обучен.

А эта дрянь, которая морочила тебе голову три года, кормила обещаниями, крутила, как хотела, принимала подарки, со всеми друзьями тебя рассорила, потому что ты только о ней и мог говорить, а кто это выдержит? А ты был лох, лох, лох, другой бы взял и трахнул давно без всяких церемоний, и так и вышло в конце концов, другой взял и трахнул, и она еще на голубом глазу тебе позвонила в час ночи и попросила отвезти ее к нему, а ты что? А ты повез! Да они же все тебя имеют, и так всегда будет, потому что они ничтожества, они не задумываются, они пользуются и все, и никого никогда нельзя убедить ни в чем.

И опять телевизор, а там поп, призывает родину любить — а за что? Что она такого сделала нам, эта родина? И этот поп? Всю душу черту продал за расписную шапку, источает самодовольство и уверен, сука, что войдет в царствие небесное — и не переубедишь его никогда! Они все только тогда задумаются, когда лицом к стенке будут стоять, да толку-то уже будет? И душно как, сидишь в сраном свитере, какого хрена, с этой блядской книгой, что ты тут высиживаешь, понятно же, что автор тебя имеет, не будет у тебя никаких денег, зато у автора будет много денег, если все по три экземпляра купят и будут послушно заниматься херней, а он еще и будет решать, кому можно, кому нельзя, кто выбывает, кто не выбывает — он что вообще возомнил о себе? Очередной лохотрон, а неудачники ведутся — и так гадко, будто в душу насрали, так ведь и насрали! Что, не насрали? А когда ты очередь отстоял и перед тобой тетка три часа перебирала все и щупала, а когда до тебя дошел черед, эта крашеная хабалка выставила табличку «перерыв» и свалила в подсобку курить? А когда ты разворачивался в узком месте, и тебя по тротуару объехал джип, и оттуда бритоголовый крикнул «Ну шевелись, бля, уебок»? А когда тебе в кафе не несли заказ, а потом оказалось, что они вообще забыли про салат, но в счет включили, а ты ничего не сказал, потому что... Да хрен знает, почему, потому что интеллигенция вшивая, неудачник и лох, не можешь за себя постоять. И никому нельзя НИЧЕГО ДОКАЗАТЬ! Про тебя вообще можно наврать, что угодно, и ты сожрешь, и сделать можно с тобой все, и тоже сожрешь, потому что ты им не должен ничего доказывать, какого хера, кто они такие все? А они никто, только они могут с тобой все, а ты с ними ничего...

Когда накал достигнет нужной степени — тут можно кулаком ударить в стену, сломать что-нибудь, швырнуть — в глазах мутнеет, в ушах звенит, голова как колокол, вы готовы. Смотрим, сколько прошло времени. Быстро снимаем свитер, открываем окно, дышим свежим прохладным воздухом и включаем фильм «Девчата». Первые несколько минут нахальная безмозглая Надежда Румянцева будет бесить так, что хоть плюй в монитор. Перетерпеть, не плевать. Это пройдет. Запомните, на какой минуте фильма пройдет. Это число — ваш Индекс Спокойствия (ИС). Посчитайте, сколько времени прошло от начала озления до пика. Это Индекс Бешенства (ИБ). Вычтите ИС из ИБ — это будет ваш Индекс Торможения (ИТ). Если получилось положительное число, сегодня можете не отжиматься. Если отрицательное, отжимайтесь двадцать раз, с закрытым окном и в свитере. Возможно, потом опять понадобятся «Девчата».

Если ваш ИТ равен нулю, значит, вы относитесь к группе «Б». Но я таких пока не встречал.

А сегодня мы добры, очень добры.

Бесполезно смотреть для этой цели ролики на «Ютью-бе», даже с самыми забавными животными: вы будете так их жалеть, что только взбеситесь. Покупать что-нибудь тоже бессмысленно, хотя это хорошая аутотерапия. И свидания назначать необязательно — во-первых, это не всегда помогает, а во-вторых, после них ведь наступает не доброта, а нечто иное. Самодовольство. Пресыщение. Пусть даже гармония. Но мы должны стать добры, то есть буквально излучать доброту, испускать ее, по-толстовски говоря, как паутину.

Что нужно для этого? Попробовать в течение дня делать все, что захочется.

Это кажется несложным. Правда, нужно для начала понять, чего вам хочется. Так сказать, расчистить это в себе. Как вернетесь с работы — так сразу и начинайте. На работе трудно делать только то, что хочется. А вот после — самое оно.

Ешьте что хотите, идите куда хотите. Не хочется выгуливать собаку — не выгуливайте. Перестаньте смотреть на себя недоброжелательным взглядом. Ничего от себя не требуйте. Хочется лежать — ложитесь. В конце концов, мы уже в том возрасте, когда надо себе что-то позволять. Хочется болтать по телефону? Вперед. Включить ТЕЛЕВИЗЕР? Не страшно. Избавиться от всех членов семьи на один вечер? Отправьте их в кино и сядьте в ванну.

Добреете?

Нет. Ужасный парадокс, но нет. Комфорт не делает нас добрей, надо ощутить счастье. Как же это сделать?

Очень просто. Открываем окно, впускаем осенний воздух. Включаем любимую музыку. Смотрим в небо.

Но и осенний воздух, и небо, и любимая музыка говорят нам о бренности. Где взять доброту при таких мыслях?

Что может заставить нас любить если не всех, то хоть некоторых, что прогонит раздражение и впустит жалость?

Срочно, срочно бежим в Квартал! На улицу, где приходят лучшие мысли. Чувствуем прилив сил. Генерируем идею. Не генерируется. Ходим, ходим по этой улице вечером. Постепенно успокаиваемся. Ритм шагов подсказывает первые ходы мысли. Кажется, мы еще что-то можем. Сейчас нащупаем. Нет, все уже было.

Мы ничего не можем. Мы абсолютное и законченное ничтожество, такое же, как все.

Ничтожества бредут по улицам, раздавленные своей ничтожностью. Одинокие некрасивые люди целуются, не подозревая, как это выглядит. Уродливая молодежь натужно изображает крутых.

Все раздавлены, никто ничего не может, все умрут.

Как я люблю нас.

Помните, заход через ничтожество — самый верный. Это срабатывает даже в постели, когда ну никак не хочется — но есть тяга общей бренности.

Возвращаемся домой, упиваясь собственным ничегонемогуществом и всеобщей бренностью, родством по участи, взаимопониманием как единственной радостью бессильных.

Видите, с какой любовью все на вас смотрят? Это оттого, что вы присоединились, растворились, признали свое бессилие. Только из этой позиции можно любить всех, только после отказа от любого сопротивления возможно то, что здесь называется добротой.

Милосердие — совсем другое дело. Оно удел злых и раздраженных. Где-то даже разочарованных.

Если у вас получилось быть добрыми — поздравляю, вы принадлежите к группе «Б».

А если нет — утешьтесь моей любовью, которая выразится сегодня в том, что зарядку завтра делать необязательно.

Сегодня решается довольно многое в вашей судьбе до конца сентября. Дело в том, что, помимо прохождения «Квартала», у вас продолжалась кое-какая жизнь, вы что-то там делали, позволяли себе встречи с противоположным или вдруг своим полом, выпивали, работали, читали, вообще ни в чем себе не отказывали.

И, конечно, несколько затуманили ту кристальную ясность ума, которая наступает в процессе работы с «Кварталом». Ничего не поделаешь, вас надо наказать. Или не надо. Это зависит от того, как вы себя вели.

Но я не знаю, как вы себя вели. Это может нам подсказать, как всегда, не совесть, а сложная система кажущихся случайностей. Для определения вашей виновности или невиновности нам понадобятся: колода карт, коробка чипсов (любых, хотя «Принглс», не сочтите за рекламу, удобней) и одна тарелка, которую не жалко.

Приобретите все это в ближайшем хозяйственном, универсальном, продуктовом или каком хотите магазине, а к вечеру принесите домой.

1. ГАДАНИЕ ПО КАРТАМ.
   Распечатайте колоду. Тщательно перемешайте.
   Выньте наугад, не глядя, три карты.
   Если среди них преобладает черная масть, это первый аргумент в пользу того, что вас надо наказать. Записывайте или запоминайте:
   НАКАЗАТЬ.
   Если преобладает красная масть, вам ПОВЕЗЛО
   Это первый итог.

2. ГАДАНИЕ ПО ЧИПСАМ.
   Это совсем просто. Распечатайте чипсы. Подсчитайте их количество.

Я же говорил, лучше «Принглс». Они не кро-
шатся, их легко считать.
Итак. Если количество чипсов кратно 3, вам
ПОВЕЗЛО.
Если нет, вас надо НАКАЗАТЬ.
Запоминайте второй итог.

3. ГАДАНИЕ ПО ТАРЕЛКЕ.
    Берите тарелку и высоко, с размаху, швыряйте об
    пол, пока не разобьется. Вложите в этот жест всю
    свою злобу. Всю силу. Это тарелка виновата, что
    вам приходится проделывать столько глупостей,
    а сейчас вас, может быть, еще и накажут.
    Если тарелка разбилась, вас надо НАКАЗАТЬ,
    потому что не фига тут бить посуду.
    Если тарелка уцелела, то вам ПОВЕЗЛО, вы купили
    хорошую, правильную тарелку.

По итогам трех гаданий мы узнаем вашу участь по 30
сентября включительно.

Если вас надо НАКАЗАТЬ, вы входите в группу «Б»
и не покидаете квартиру до 30 сентября вообще, никак,
ни даже чтобы выбросить мусор. Это особое духовное
упражнение. Попросите любого приятеля купить вам
все необходимое или заставьте семью поработать на вас,
соврите, что больны, простужены, температурите. Очень
может быть, что температура у вас действительно есть —
еще бы, ведь вы НАКАЗАНЫ. 1 октября можете выйти из
дому, а пока вы то ли под домашним арестом, то ли, что
вероятнее, в убежище. С группой «Б» вечно что-нибудь
случается, поди уследи. Может, этим наказанием мы вас
уберегаем от чего-нибудь куда более реального.

Если же вам ПОВЕЗЛО, вы проделываете все, что ре-
комендовано вплоть до 30 сентября. Но проделываете
в совершенно особенном, ликующем настроении, помня,
что вам ПОВЕЗЛО!

Задание для обеих групп.

«Квартал» подходит к концу, и нам пора понять о себе очень важную вещь. Вы уже заметили, что я предлагаю вам варианты упражнений в зависимости от множества факторов — многие из них могли бы показаться случайными, но вы уже должны были понять, что никаких случайностей не бывает. Как одни и те же духи по-разному пахнут на разных людях, так и «Квартал» будет действовать по-разному.

Жанр этой книги определить трудно, и этим будут заниматься другие люди — не я и не вы. Скажу только, что это не жанр, а наджанр — как поджелудочная железа или надпочечник, или вот! — как глутамат натрия, усилитель вкуса, с которым сейчас идет такая борьба. Так вот: жанр «Квартала» — не наша забота, а вот потенциальный жанр вашей жизни определить можно, и этим мы сейчас займемся. Сегодня вы побудете зрителями собственной биографии.

Скорее всего, ваша жизнь до «Квартала» была вполне заурядна. Скорее всего, такой же она останется и после, только у вас будут деньги. Скорее всего, вы никогда в жизни не видели инопланетного монстра и, вероятно, еще долго не увидите. Но мы рассматриваем потенциал. То есть, если бы про вас снимали кино, оно было бы таким. У каждого жанра есть определяющая совокупность примет; если попытаться снять фильм в несоответствующем жанре, то ничего не выйдет, либо выйдет гениально, если произойдет божественное вмешательство. Но вы на это не замахивайтесь: вряд ли среди вас есть гении, и слава богу.

Предлагаем вашему вниманию краткий жанровый определитель

Начнем с вашего окружения.

Выбираем из списка (пол не имеет значения): толстяк, очкарик, спортсмен, умник, жадина, красавчик, весельчак, мизантроп, добряк, трус, халявщик, неудачник, крутой чувак, подлец.

Выбрать нужно троих, и заодно определить, кем являетесь вы, это тоже важно. Итак:

Если ваши друзья — толстяк, весельчак и умник, а сами вы мизантроп, ваша жизнь — фантастический боевик. Толстяк обычно умирает первым, но у нас жизнь, а не кино, так что толстяку ничто не угрожает.

Если тот же набор, но сами вы — неудачник, вы в романтической комедии.

Если вы крутой чувак, то это просто боевик.

Если вы жадина, перед нами фильм-воспитание. Воспитывать будут вас.

Если вы красавчик — мелодрама.

Если добряк — приключения.

Другой расклад: ваши друзья — трус, толстяк и спортсмен.

Если вы неудачник — криминальная комедия.

Если вы умник — криминальная драма.

Если вы добряк — фильм ужасов. Толстяку, опять же, ничто не угрожает.

Третий: друзья — мизантроп, подлец, халявщик.

Если вы толстяк — социальная драма.

Если вы очкарик — фильм-катастрофа.

Четвертый вариант, редкий: друзья — толстяк, очкарик и неудачник, а вы — крутой чувак. Это просто очень плохое кино.

Пятый: друзья — подлец, умник, добряк.

Вы крутой чувак — историческое кино. Остерегайтесь подлеца, от них вся история вечно наперекосяк.

Вы мизантроп — социальная фантастика.

Вы подлец — историческая биография.

Когда вы пройдете «Квартал» и получите деньги, вы должны будете снять это кино, хотя бы на айфон. Иначе потеряете все, что получили.

А знаете что, сегодня, пожалуй, можно сказать правду.

Для этой цели идемте-ка в сквер. В лесную, парковую, лиственную часть Квартала.

Там будут сегодня жечь осенние листья. И мысленно — а может, в плеере, но лучше мысленно — можно послушать про себя, как Ив Монтан поет «Опавшие листья».

И нас жизни вихрь разлучает, и я стою ааааадин в тоске, и волна безжалостно стирает влюбленных следы на песке.

Монтан, между прочим, приезжал в СССР еще раз, году, кажется, в восемьдесят девятом. Привозил какую-то картину. И был один вечер, когда он пел — насколько помню, в ВТО. Тридцать четыре года прошли с его последних здесь гастролей. И когда он пел «Опавшие листья», вы себе, братцы, не представляете, что творилось в зале. Я там не был, где мне было туда попасть, но мне рассказывали. Там все, все рыдали, и сам он, вероятно, рыдал. Он был уже старик, сильно переменившийся. Конечно, и в молодости в его большом рте и несколько фальшивой жизнерадостности ощущалась способность не то чтобы к лицемерию, но к отступлению; и я думаю, что СССР его сильно раздражал, и когда сейчас смотришь съемки тогдашних концертов, видно, как его коробят все эти пионерские выступления и рабочие, читающие самодеятельные стихи в честь Симоны Синьоре. Но рабочие трогательны, и лица в зале трогательны, хотя ужасны. Еще страшней то, что за тридцать четыре года все примирились, они старые, он старый, жизнь непонятно куда делась, остались сплошные опавшие листья: одни опавшие листья слушают другой опавший лист. И волна безжалостно стирает влюбленных следы на песке. Парадокс заключается в том, что сами по себе опавшие листья не плачут, вообще не понимают, что происходит, и не совсем понятно, зачем это понимаем мы. Тут есть какая-то, мне кажется, немилосердность. И вот приходится выдумывать себе игры.

Ясно же в принципе, что «Квартал» — никакое не прохождение, что это мозаичная автобиография вымышленного лица, которое может о себе рассказать только таким путем, в виде «Восьми с половиной» — каждый рано или поздно делает такую картину или пытается написать книгу, но специфика эпохи в том, что сегодня можно заставить слушать себя, только посулив деньги. Кого иначе будет волновать чужая жизнь? Гиперсерьезное отношение к себе тоже кончилось, и вот упаковываешь свои мысли — не слишком ценные — и свои страхи в такую оболочку. Кто-то смеется, кто-то ведется, кто-то ведется и смеется — последнее, кстати, стало наиболее распространенной моделью здешнего поведения, ибо тут есть подстраховка на оба случая. Если деньги будут — ведь я же старался! Если нет — ведь я же смеялся!

Не знаю, будут деньги или нет, но смешно, конечно, верить в эти пугалки и манилки. Это такая форма рассказа о себе для человека, которого давно никто не слушает. А поскольку никто никого не слушает, она годится не только для маргинала, но для любого. Все, в сущности, только и делают, что пытаются купить себе слушателя. По-моему, прием не хуже прочих. А поскольку рассказывать о себе подряд невозможно — жизнь еще не кончилась, и единой точки зрения на нее у меня нет, — получается фасеточный, словно отражающийся в стрекозином глазе, дробный рассказ, обрамленный нехитрыми упражнениями, без которых никто это читать не будет.

И, стало быть, под Монтана можно подойти к костру, в котором жгут листья, и сжечь этот экземпляр «Квартала», элегически прощаясь с очередной иллюзией.

Подходим.

Жжем.

Жжем все, что я вам про себя рассказал, все, что было со мной и вами, и волна безжалостно стирает влюбленных следы на песке.

Прекрасный, прекрасный день, спасибо, до свиданья.

Ну вот, продолжаем.

Сожгли?

А я говорил, что надо покупать три экземпляра.

Никаких перерывов, никаких пауз, никаких выходных без особого предупреждения. Не всему надо верить, что я говорю. Сказано же — «Квартал» рассчитан на три месяца. Соскочить не удастся. Кто включился — проходит до конца, если не выпадает на развилке.

Сжечь надо было, потому что я так сказал. Это было упражнение на недоверие, на разочарование, на «все равно ничего не получится». Такие настроения надо периодически испытывать, чтобы тем прочней была вера. Но ясно же, что «Квартал» продолжается и никаких послаблений не предвидится — напротив, начинается самое интересное.

Задание для группы «Б» — которые НАКАЗАНЫ.

Выходили вчера жечь книгу?

Песню слушали? Листьями любовались?

Ну и что же, что я сказал? Вам было сказано: до 30 сентября включительно сидите дома. С работой договаривайтесь, как хотите. Деньги нужны не мне, а вам.

Теперь штраф. Час стоим носом в угол.

В угол, я сказал! Стоим и думаем о том, как мы наивны, как доверчивы. Как не умеем отличать правду от лжи. Как мы непослушны.

Подумайте, подумайте. Полезно.

Задание для остальных: покупаем семена любого растения — можно садового, можно огородного, можно вообще съесть мушмулу и ткнуть в горшок косточку — и высаживаем в горшок. Поливаем.

Запоминаем день, когда взойдет. Высчитываем, сколько дней прошло. Это ваш КВ — Коэффициент Всхожести.

Если поделить на эту цифру ваш Финансовый Рейтинг, можно точно узнать цикл вашей жизни, то есть через сколько дней повторяются принципиально важные события.

Если ничего не взойдет, значит, и цикла нет, и вообще у вас рука тяжелая. На деньгах это никак не скажется, а вот на ощущениях — да. Может так случиться, что и деньги не принесут вам счастья, так что лучше бы все взошло.

Хорошо всходят огурцы, редис, морковь. Неплохо — помидоры. Прекрасно — ипомея. К сожалению, она однолетняя. Но она цветет прекрасными крупными колокольчиками. Мы с матерью однажды купили в Евпатории — семь лет мне было — и высадили на даче, она весь дом заплела.

Отлично всходит так называемый бешеный огурец, из которого потом получается мочалка.

Можно попробовать зарыть желудь, их много сейчас валяется. Скоро зима, а у нас растет живое дерево. И смысл жизни, если угодно, именно в этом и заключается — чтобы вопреки внешним условиям в последовательно холодном мире выращивать вокруг себя что-то живое, протаивать собою пузырь жизни среди всего этого.

Смысл жизни в том, чтобы быть на стороне Бога, и чтобы ему было интересно смотреть.

Марш за желудями.

Задание для обеих групп.

Сегодня вы должны поцеловать ребенка в живот.

Это не должен быть ваш ребенок. Своего-то в живот всякий поцелует.

Мы не звери и не требуем поцеловать в живот первого встречного мальчика. Мы все понимаем, что время такое — еще сочтут педофилом или мало ли что. Но обойтись без поцелуя никак невозможно, и мы сейчас объясним почему. Это одна из важнейших ступеней в прохождении «Квартала». Дело в том, что детский живот — важнейший энергетический центр, от него можно зарядиться колоссальной энергией. Ребенку от этого не будет ничего плохого, а вам — огромная подпитка. И вообще это очень приятно, без всяких греховных коннотаций — просто взять и поцеловать ребенка в живот. Это, кроме того, смелый поступок, преодоление важного психологического барьера. Вы уже знаете, что одному человеку, проходившему в тот момент «Квартал», это очень помогло. Дело в том, что он как раз тогда проходил «Квартал» одним из первых. Это была едва ли не первая редакция «Квартала», тогда еще экспериментальная. И рассчитана она была на прохождение с 15 апреля по 15 июля. Тогда многое получилось, и этому человеку, как вы знаете, потом сильно повезло. Там и крупная сумма денег, и много еще чего было хорошего. Правда, с поцелуем получилось не очень ловко, но все-таки он осуществил задуманное. Многие гадали, почему именно тогда он это сделал, и даже задали ему про это вопрос на сетевой пресс-конференции. Он ответил, что просто ему понравился мальчик. На самом деле, как вы понимаете, это все вышло не совсем спонтанно — он долго искал возможность, несмотря на плотный график, в этот день поцеловать мальчика в живот, но получилось сделать это только при прогулке через Кремль. Никто не ждал, никого не предупреждали. Больше негде было взять мальчика. Если бы он входил в группу «Б», ему бы мальчика принесли на дом, там все это предусмотрено, он бы работал с документами, не выезжал никуда, — для группы «Б» возможен надомный вариант. Привезли бы кого-нибудь из «Наших», и он бы поцеловал, делов-то. Потом бы рот прополоскал. Но поскольку он входил в группу «А», надо было самому, на улице. И он выбрал такой вариант. Так что зря все тогда недоумевали, это было строго в рамках прохождения, и у вас так же будет.

Если вы входите в группу «Б», у вас вообще нет проблем. Звоните любому другу, подруге, приглашаете в гости ученика, если вы учитель, — найдете вариант. Чем меньше ребенок, тем лучше: и у него никаких травм, и вам проще. И энергетика у него выше. Кроме того, в квартире ребенку некуда деваться, он не может убежать, и вообще можно затеять подвижную игру вроде пряток. Обнаруживаете ребенка за шкафом — кто это у нас такой прячется тут усипусечный?! — и цап его за живот! Гораздо труднее сделать это на улице. Взрослый дядя, играющий с детьми в прятки, — это тревожно. Это можно сразу звонить, и говорят, за такой звонок еще бывает вознаграждение. Так что я даже не знаю, как вы будете выкручиваться. Но судя по тому, как обстоят дела у того самого, игра стоит свеч.

Напоминаю: сквозь одежду нельзя. Сквозь одежду ребенок энергетикой не делится. Надо именно слегка, так сказать, обнажить пуп и поцеловать. При этом можно про себя повторять ОМ МАНИ ПАДМЕ ХУМ — что в переводе с санскрита означает, как известно, ВОТ ЦЕЛУЮ РЕБЕНКА ПУП.

Вообще, если знать про «Квартал» и внимательно изучить его, очень многое в поведении звезд, первых лиц и крупных теневых деятелей станет не так таинственно. Джонни Депп, внезапно ударивший по лицу ни в чем не повинного папарацци. Роман Абрамович, покупающий аспирин в провинциальной аптеке. Городской сумасшедший, пьяница, задумчиво стоящий на углу около старых качелей; вам кажется, что это тихий местный алкоголик, а это подпольный глава всех олигархов Москвы, держатель общака, личный консультант минфина; они именно так и выглядят, а вы как же думали? И именно «Квартал» сделал их тем, что они есть.

И вы войдете в их число, осталось совсем немного — и вас, и вам, и им.

А Лужков не поцеловал, забоялся, и видите, как получилось.

А Берлускони поцеловал, но не выбросил старую вещь, и деньги есть, но осадок остался.

А Майкл Джексон поцеловал, но не смог заняться сексом (в другой раз). Очень берег себя и вообще не любил это дело. И видите, как вышло нехорошо.

А Безруков поцеловал, но не ребенка. А Василий Якеменко ребенка, но не поцеловал. И две блестящие карьеры пошли под откос.

Алла Пугачева поцеловала, и все прекрасно. Вышла замуж потом за этого ребенка.

РАЗВИЛКА!

Я к вам привык, вы ко мне тоже, но ничего не поделаешь, сегодня у нас последняя развилка.

Сегодня нам понадобится таиландская монета в десять бат, тяжелая, красивая, в биметаллическом варианте. Если не были в Таиланде, купите подарочный набор местных монет, он стоит копейки. На реверсе — Ват Арун, храм Утренней Зари. На аверсе — молодой король Рама IX, Пумипон Адульядет, царствовавий с 1946 года. Он пережил 16 конституций, 18 государственных переворотов и премьер-министров без числа. Его состояние — примерно 35 миллиардов долларов, но это разве важно? «Неважно, насколько мы богатая страна, важно, счастливы ли мы», — говорил король. Он хорошо рисовал, выпускал комиксы. Он также хорошо играл на саксофоне. Страна его обожала. «Если мы не будем жадными, мы будем жить хорошо», — говорил король. Прекрасный трогательный старик. Вдову зовут королева Сирикит.

Ну то есть это не просто так монета, хотим мы сказать.

Перед бросанием проделываем комплекс 1. Если день дождливый, принимаем сто граммов коньяку внутрь с любой закуской. Если ясный, выпиваем кружку черного чаю. Если просто пасмурный, съедаем небольшую шоколадку, не запивая ничем.

Выходим примерно на середину комнаты. Лицом встаем на восток. Бросаем трижды.

Если по результатам трех бросков преобладает король Пумипон Адульядет, Рама IX, мы продолжаем работать.

Если храмовый комплекс Ват Арун (храм Утренней Зари) — извините, мы прощаемся: либо навсегда, либо до следующего года. Это уж как хотите.

Но мы прощаемся не сразу, конечно. Мы посвящаем этот день друг другу. Из «Квартала» так просто не выйти, и вы уже знаете, что если начать упражнения и бросить их сразу — последствия могут быть непредсказуемы. Мы должны проститься по всем правилам, с облегчением, без взаимной злобы. Так, чтобы летом будущего года была возможность начать все сначала — или уж с удовольствием вспоминать, как мы веселились в этом году.

Если вам выпал король, вам повезло, мы вас поздравляем, но сегодня мы интересуемся не вами. Сегодня делайте что хотите. Только не пейте много, завтра вам понадобится здоровье. Мы все понимаем, но сегодня нам интересней тот, другой. Быть нелюбимым, боже мой, какое счастье быть несчастным, идти под дождиком домой с лицом потерянным и красным и все такое. Вечное утешение лузеров, которого лузеры, однако, никогда не поймут, потому что не умеют извлечь счастье из этого состояния, а кто умеет — тот, как правило, счастлив в любви. Тут парадокс.

Но мы сейчас научимся быть совершенно счастливыми лузерами, поскольку совершаем по нашему Кварталу поездку к храму Утренней Зари, полностью Ват Арун Ватчарарарам Ратчаварарамхавиан. Проблема в том, что попасть к храму можно в строго определенное время, станций метро около него нет, подбираются к нему либо лодкой от станции наземного метро Сафан Таксин (там рядом пристань), либо автобусами №№ 19, 57 и 83, см. путеводитель «Весь Бангкок глазами дурацкого идиотского дурака из журнала „Афиша“». Можно еще, конечно, на такси, но это объездом почти через весь город.

Ваши действия:

1. Выходим из дому. Это уж обязательно. Без этого никак. С собой можно взять термос, потому

что дорога долгая. Термос может быть с кофе, а может, если лень возиться, пустой.

2. Вспоминаем, ходит ли где-нибудь по вашему району транспорт с номерами 19, 57 или 83. Если ходит, все очень просто. Добираемся до остановки, садимся в автобус/троллейбус, проезжаем пять остановок в ту сторону, которая северней, и перед нами храм Ват Арун, можно приступать к медитации (см. п. 7).

3. Если в вашем районе есть метро, все еще проще. Добираемся до ближайшего метро, едем до станции Сафан Таксин (или любой другой, начинающейся на С, а если такой нет — три остановки в сторону центра), выходим на остановке и спрашиваем, где тут пристань. Если нам объяснили — идем на пристань. Если выразились в том смысле, что никакой пристани тут нет, — садимся в ближайшее маршрутное такси или автобус. Спрашиваем водителя, где храм. Напротив храма вылезаем. Если храма нет, спрашиваем, где универмаг «Заря». Если нет универмага, выходим на конечной и приступаем к медитации (см. п. 7).

4. Если нет ни автобуса, ни метро, берем такси. Ну или заказываем. Но это, предупреждали же, дорого, потому что добираться надо через весь город. Едем через весь город по любому выбранному вами маршруту (не менее 45 минут), но так, чтобы оказаться у берега реки Чаопрайя. На ее берегу стоит храм Ват Арун, но на другом, противоположном. На том, куда вы приехали, находится храм Лежащего Будды, иначе Ват По. Ложимся и начинаем медитировать (см. п. 7).

5. Если нет денег на такси, идем пешком. Пешком, как ни странно, совсем близко. Ну их всех к черту, с этими такси. Но только если денег действительно нет. Если есть, а вы пошли пешком, ничего ужасного, конечно, не случится, но удачи не видать, потому что удача любит щедрых. Хотя если денег правда очень жалко, тогда ладно. Вот мы вышли. Строго сверяясь с книгой, идем по улице Благих начинаний, это сегодня у нас будет проспект Тханон Арун Аммарин, до первого поворота налево. Проговариваем вслух: «Тханон Арун Аммарин». Что это значит, не знаю, но звучит прекрасно. Поворачиваем, проходим 50 метров. Ба-ба-ба, сюда нельзя. Что значит почему? Дорожные работы. Там у них всегда ремонт, это улица Ванг Доен, 8. Что делать, поворачиваем назад, возвращаемся на Тханон Арун Аммарин, идем до второго поворота налево. Поворачиваем. Проходим Парк королевы-матери. Сразу за Парком королевы-матери (вы его узнаете по наличию деревьев) поворачиваем направо. Проходим 200 метров, это у нас будет поворот на улицу Ванг Доем, 6. Поворачиваем налево. Проходим 50 метров, дальше нельзя. А почему? А там облава на наркоторговцев, в Бангкоке это обычное дело. Мы же не хотим попасть в облаву? Разворачиваемся, возвращаемся к Парку королевы-матери, идем до второго поворота направо. Поворачиваем. Проходим 100 метров. Открываем термос, пьем (или, если там пусто, закрываем термос). Устали мы, притомились. Чертовски жарко в этом самом Бангкоке, как здесь только люди живут. И запахи, сложная

их система: нежная гнилость, развратное цветение, душные, самую душу пропитывающие запахи. И еда так же нежно воняет: здесь едят джекфрут, анону, манго очень много едят, фрукты вообще такие, каких нигде больше нету, вон мальчик прошел, так то, что он ест, — как раз анона. И все это в сочетании с рыбой и морскими гадами, которыми тут все провоняло. Едят то есть в основном вещи, которые портятся почти сразу, поэтому есть надо очень быстро (а вовсе не потому, что население голодное: оно свято чтит завет короля — не будем жадными, и все у нас появится). И все пахнет нежной гниющей едой, испорченным деликатесом. Девушки такие же — нежные и скоропортящиеся. Вот две прошли. С виду ничего, а уже испорченные. Пошли дальше. Первый поворот направо, потом первый налево, дальше нельзя, там овощной базар. Берем дуриан, такой фрукт. В гостиницу с ним нельзя, ужасно пахнет. Надо разделать и съесть прямо здесь. Он пахнет вообще-то луком, немного сыром, внутри сметанообразный и сладкий, похож на взбитые сливки, так что берем лук, сыр, сливки. Лук и сыр прячем, сливки частично съедаем. Обходим базар (если это обычный продовольственный магазин, то просто заходим с другой стороны). Поворачиваемся на север. Перед нами Ват Арун. Приступаем к медитации (см. п. 7).

6. Если мы больны или на нас наложена епитимья не покидать дом (см. 25 сентября), или если выход на улицу сопряжен для нас с определенной психической травмой, то есть нам

туда очень сильно не хочется, или если на улице стихийное бедствие, то повторяем весь маршрут в комнате: проговаривая названия улиц, делаем по кругу 500 шагов направо, 100 налево, 50 направо, 100 налево, съедаем дуриан (лук-сыр-сливки), становимся спиной к холодильнику, видим Ват Арун.

7. Медитируем.

Садимся напротив храма в удобную позу (необязательно по-турецки, в любую). Долго смотрим на четыре прекрасные башни по бокам и одну, самую высокую, в центре. Сверяемся с монетой. Да, вот он точно такой и есть — главный храм древнего Бангкока, столь старый, что даты его строительства никто не помнит. Даже небо над ним кажется светлей, нежней, жиже. Электричеством деликатно подсвечено ажурное плетение центральной башни. Высота ее — 88 метров, это же подумать только. Долго, внимательно всматриваемся в центральную башню. Смотрим и думаем: дурак я, дурак, мало того, что неудачник, так вместо того, чтобы с облегчением бросить всю эту хрень, еще и в последний день играю в идиотские игры! Неужели мне настолько нечем больше заняться?! И вот они все строили эти 88 метров — неужели только для того, чтобы другие идиоты искали здесь счастья, трогали будд на фасаде, загадывали желания, фотографировались на фоне? Лузеры, лузеры, из лузеров состоит мир. И сами мы, господи, какое же ничтожество! Топаем тут, хлопаем, играем в храм Утренней Зари, тогда как перед нами в лучшем случае дом восемь, а в худшем кухонное окно, за кото-

рым листопад! Когда эта мысль завладеет вами
достаточно прочно, мы встаем, отряхиваемся
и начинаем жить дальше, как будто ничего
не было, как будто не мы упражнялись в детской вере, как будто вообще не участвовали во
всем этом позоре.

Обратно можно ехать на такси. Если не выходили из
дома, можно выйти, покурить.

Ну а вас, которому выпал король Рама IX Пумипон Адульядет, мы поздравляем, обнимаем, целуем. Нам предстоит
самое интересное: две недели напряженного приближения к счастью. Ну их, этих несчастных, им все равно
нельзя помочь. Расстройство одно. А у нас, избранных,
все впереди.

1 октября

Перепечатайте на компьютере следующий текст:

Когда в два часа ночи Клоков выходил из Настиного дома, чтобы к трем вернуться домой (предлог у него был заготовлен — ночной монтаж), с ним случилась очень странная вещь, с которой все и началось. Шел дождь, он заметил его еще у Насти — стучало в окно. Уходить страшно не хотелось. Хотелось спать. Настя не плакала, и это было плохим знаком: значит, привыкла и ни на что уже не надеется. А раз Настя не надеется, значит, шансов действительно нет: он ни на что не решится, какое-то время все еще протянется, а потом кончится так же, как кончалось всегда. Его мучила двойная вина, и головная боль, и желание спать, и надо было еще добираться домой под дождем. С Настей, как всегда, все было очень хорошо, но и с ней он отчетливо понимал, что жить вместе они никогда не смогут, на пятый день станет не о чем говорить. Теперь, кажется, и она все понимала.

Клоков спустился на лифте, мельком глянул в зеркало, очень не понравился себе и спустился по короткой темной лестнице к двери парадного. Свет в подъезде всегда был тусклый, словно пыльный. Он собрался нажать на кнопку и открыть входную дверь, но тут она отворилась сама, словно кто-то собрался входить. Клоков подобрался — кто еще шляется по ночам, — но за дверью никого не было, она сама перед ним распахнулась. Он вышел и заглянул за дверь — кто это за ней прячется такой услужливый? Сначала он никого не заметил, потом опустил глаза и тогда увидел.

Дверь перед ним открыло и теперь за ней пряталось очень странное существо, которое он принял сначала за карлика в шляпе. Мало ли, ночью домой возвращается лилипут. Клоков страшно испугался сразу, в первый же момент, но существо стояло неподвижно, и надо было сделать усилие над собой, наклониться, заглянуть ему в лицо. Это не было лицом, вообще сразу под шляпой начиналось непонятное и неописуемое. Перед ним стояло законченное воплощение несчастья, болезни и несуразицы: ослизлая, комковатая масса вместо физиономии, и ниже, под детским пальтишком, явно пряталась такая же масса, темно-розовая, местами бурая, с впадинами и наплывами. И хотя глаз существа Клоков не видел, оно явно на него смотрело и чего-то ждало: стоило сделать неверный шаг или сказать не то слово, как ночной урод набросился бы на него, впился, проник, слился с ним навеки. Застыв, они молча смотрели друг на друга. Это не было зло, скорей именно сплошное несчастье, ком плоти, в котором все не так. Однажды Клоков купил на рынке банку рыбных консервов, которую продавец подал ему с нехорошей усмешкой: видимо, эта банка очень давно лежала на складе. Когда дома Клоков открыл ее, там оказалась даже не гниль, а страшные остатки безумной и напрасной переработки, осколки костей — явно не рыбьих — и зловонные хлопья, от которых даже собака, караулившая у стола, метнулась с ужасом. Он выбросил банку даже не в ведро, а сразу в мусоропровод, чтобы отделаться от этой мерзости скорей и окончательней. Сейчас целый сгусток этой мерзости, кое-как задрапированный детским карликовым пальто, стоял перед ним и никуда не девался, и невозможно было внушить себе, что все это сон, что Клоков просто заснул у Насти, как всегда бывает, когда надо выйти и не решаешься, — это самый липкий, самый одурманивающий сон, сквозь который всегда просвечивает комната и часы, показывающие уже пять минут третьего; надо стряхнуть оцепенение — и не можешь. Однако дождь был настоящий, дверь была настоящая, и карлик был то самое окончательное и бесповоротное настоящее, в которое превратилась теперь его жизнь, давно рвущаяся между двумя одинаково невыносимыми вариантами.

Это было существо не просто больное, а неудачное во всем, с самого своего рождения, если оно вообще когда-то рождалось; не роковой монстр, а отброс, гниль бытия, болезнь во всем и сразу. И ужасней всего была именно неудачность этого зла, его мелкость и кривизна, потому что если обычному злу можно противостоять, то с больным ничего не сделаешь. Можно спорить с врагом, но невозможно — с гниением. Как назло, почти ни одно окно не горело, и никто не выходил из подъезда, и вся тьма осенней ночи — самого неуютного, тревожного времени, когда еще цела листва и, значит, есть кому отчаянно и тревожно шуметь напоследок, — словно одобряла карлика, говоря: так и надо, ты заслужил именно это, ничего другого теперь не будет.

У подъезда, заметил Клоков боковым зрением, стояла машина, синяя, блестящая, и запирала выезд его «Мазде», и из этой машины, понял он, тоже наблюдали.

Ответьте на следующие вопросы по тексту.

1. Почему Клокова мучает совесть?
2. Во что был обут карлик?
3. Сможет ли Клоков благополучно вернуться к жене?
4. Не стоит ли Клокову вернуться к Насте и там переждать?
5. Зачем вы перепечатали этот текст?

Клоков — это я, карлик — это мое безумие, которое подступило уже вплотную и скоро порвет меня в клоки.

2 октября

Сегодня к вам обратится с просьбой человек, которого вы знаете, но не близко.

Не беспокойтесь, это произойдет обязательно, и не надо мне говорить, что вас каждый день о чем-нибудь просят. Я могу и конкретизировать, если хотите. Человек обратится к вам с просьбой между 12 и 16 часами дня, это с вероятностью 2 к 1 будет мужчина, просьба будет вам не слишком приятна, хотя проситель скорее приятен. Или нейтрален по крайней мере.

Так вот.

Ни в коем случае.

Ни при каких обстоятельствах.

Дело даже не в том, что вы должны постепенно отучать себя от подобных контактов, от собственной и чужой снисходительности, от ненужных обязательств перед ненужными людьми. Не в этом дело. А просто он вас отвлекает от главного, которое уже вот-вот.

Их много таких, желающих отвлечь от главного, и на этой неделе будет особенно много. А мы сейчас несем в себе такой запас денег и совершенства, что постороннего человека он может просто ранить. Не убить, но ранить. И посмотрите, сколько лишних писем, звонков, даже просто на улице подходят со всякой ерундой. Зачем вам это? Привыкайте переходить в другое состояние, другой круг.

Теперь вопрос.

А если это тоже человек из «Квартала», человек проходящий, Homo Procedens, что гораздо важней, чем человек прямоходящий, потому что прямоходящий еще неизвестно, куда идет, а проходящий проходит «Квартал»?

Ни в коем случае.

Ни при каких обстоятельствах.

Потому что теперь, когда вы оба почти прошли «Квартал», вы дальше друг от друга, чем в начале этого прохождения. Потому что человек, проходящий «Квартал», глубоко ушел в себя, и другие ему не нужны. Потому что путь «Квартала» — путь сугубо личный, и сколько проходящих, столько «Кварталов». Эта книга не существует в каноническом варианте. Ее пишете вы.

И результаты, к которым вы придете, другие. И глубины, которых достигнете, разные. И я за то, чтобы вы вообще не встречались, кроме одного дня развиртуализации. Мы знаем друг о друге, и достаточно.

Так сделано все лучшее в мире.

Вы все равно будете встречаться и даже, возможно, узнавать друг друга, потому что *Everything That Rises Must Converge* (это вообще один из самых фундаментальных, просто-таки физических законов бытия), и *Here Comes Everybody,* что еще короче.

И чем выполнять дурацкие просьбы идиотских людей, вспомните-ка лучше автора первой фразы (точней, сборника с таким названием, очень хорошего, страшного сборника), а также автора второй (правда, HCE значит там еще и House Castle and Environs, и Harold Chimpden Earwicker).

Постарайтесь сделать это, не заглядывая в Интернет. По-моему, вы уже достаточно умны для этого.

Запишите имя первого автора

Ниже запишите имя второго автора

По-английски, естественно.

Составьте глагол из имени первого автора: первая, вторая и восьмая буквы.

Это то, что вам надо делать.

Теперь первые три буквы фамилии второго автора.

Это то, что вас ждет.

Теперь пятая, четвертая и вторая буквы имени второго автора.

Это так, просто имейте в виду.

Сегодня мы наконец разберемся с группой «Б».

Правду сказать, я не очень люблю эту группу. Это те, у кого «Квартал» получается лучше меня, хотя они не похожи на меня. Они всегда все делают правильно. Они немного святоши. Они не умеют жить с людьми — иначе бы им тут вообще нечего было делать, — но не считают это своим недостатком. Грубо говоря, это я без чувства вины, то, чем должен был бы стать я, не оглядывайся я постоянно на других людей и не сравнивай себя с ними, и не пытайся стать, как они.

Все равно ничего не вышло, но многое испортилось, заветрилось, как колбаса.

И я завидую этим людям, но поскольку даже самый чистый образец для меня ничего не значит без чувства вины, без рокового сознания своей неуместности, — я недолюбливаю их, в чем неправ, вероятно.

И все-таки это я придумал «Квартал», поэтому сегодня у них очень простой выбор. Либо они становятся как все, то есть переходят из группы «Б» в группу «Все», либо до свидания. Они и так уже достаточно усовершенствовались. Те из них, кто сегодня соскочат, получат половину той суммы, которую получат несоскочившие, дошедшие со мной до конца.

Тест очень простой. И решаю не я, а объективные законы.

Возьмите свой Финансовый Рейтинг.

Умножьте на ГРУ, то есть Грибной Рейтинг Удачи.

Умножьте на Индекс Активности.

Разделите на Индекс Исчерпанности.

Умножьте на Процент Прожитого.

Все это у вас должно быть записано на отдельном листочке, это ваш Паспорт «Квартала». Группы «А» тоже касается. Вообще надо всегда иметь эти цифры под рукой. Будете знакомиться с другими проходящими — сможете посмотреть, сличить. Если хотя бы две цифры совпадают, можете жениться, несмотря на тождество полов или различие возрастов.

Умножьте на Час Уязвимости.

Разделите на два.

Подсчитайте сумму цифр.

Если эта сумма делится на три, поздравляю, вы идете дальше, благополучно влившись в общий, небольшой, но сплоченный отряд.

Если не делится — до свидания, через месяц ждите денег.

Остальным проделать все то же самое, то есть множить, делить, подсчитывать и т. д.

Это ваш Окончательный Результат.

Запишите его вот здесь, в квадратике: ☐

Больше считать ничего не будем.

Это та цифра — точней, сумма цифр, — которая будет стоять у вас в дипломе о прохождении «Квартала».

Впишите ее туда самостоятельно, диплом помещен на соседней странице.

Дальше начинается собственно путь, последняя ступень.

ДИПЛОМ

Вручен____
(имя, отчество, фамилия)

за

ПРОХОЖДЕНИЕ «КВАРТАЛА»

С результатом________
(вписать)

ERGO POSSET
(Значит, может — *лат.*)

3 октября ___________
(вписать год)

Автор ______________
(подпись)

(печать)

Сегодня мы идем в ту точку Квартала, где прежде не были. Или по крайней мере предпочитали не бывать.

В моем случае это местность между бывшим детским садом, в котором потом — видимо, по недостатку детей — ютился народный суд, а сейчас какой-то банк; с одной стороны эта огороженная территория с довольно-таки запущенной растительностью примыкала к китайскому посольству, с другой — к гаражам ближайшего жилого дома, и там же была голубятня — я еще застал голубятни. Сейчас, кажется, их в Москве вообще нет. Что сейчас в этом здании — понятия не имею: какое-то учреждение, никому абсолютно не нужное. Детских садов у нас в квартале было три, и ни одного теперь нет: в одном банк, в другом подразделение городского хозяйства, а там, где был детский дом, за большим белым забором, — теперь то ли пустырь с остатками сгоревшего дома, то ли строительство какого-то опять же банка. Странно, что во времена точечной застройки туда не воткнули ничего элитного, но, видимо, банк перехватил участок, только это какой-то очень особенный банк, контролирующий все остальные, связанный с самыми страшными сущностями. Возможно, они там и заседают, в руинах сгоревшего детдома. И почему-то мне кажется — на уровне чисто интуитивном, — что эти люди еще как-то связаны со спортом. Однажды при мне на эту территорию зашел мужик при полном костюме с галстуком — и в кроссовках; кроссовки у них, вероятно, опознавательный знак, униформа слуг ада. Мне кажется, все их отношения с покровительствующим им верховным дьяволом — нечто вроде отношений юниоров с тренером: этот Петрович им отец, он суров, немногословен, он первым приобщает их к ужасному. Стайки таких юниоров и их немногословных тренеров я видел в детстве у нас на Ленинских горах, они там учились кататься с трамплина, сначала с малого, уже не действующего (сколько раз я на него лазил!), потом с большого. И во всех этих структурах мне видится что-то спортивное, и еще с ними дружат эстрадные артисты. Весь их бизнес, главные их занятия представляются мне как спортивно-оздоровительная баня при участии мафии и приглашенных эстрадных звезд, они там парятся и трут. Вы замечали, как едят спортсмены? Они едят необыкновенно сосредоточенно, целиком отдаваясь процессу усвоения пищи: эта калория пойдет на косую мышцу, которую он как раз сейчас будет раскачивать, а эта — на ягодичную, она тоже нужна. Тренер жует зло, перемалывая еду челюстями: его время прошло, он это чувствует. Попса ест грязно, жирно. Мафия не ест, она бережет здоровье, так — яблочки, сухофрукты, вода без газа.

И вот там, где был детсад, потом нарсуд, а теперь какой-то мосдеп, — есть неогороженный угол, куда можно проникнуть и постоять.

Дом, который рядом, всегда очень нравился мне. Это кирпичный хрущевский дом года, наверное, шестьдесят третьего. В одном окне — я часто проходил мимо из магазина, как Слим, — мальчик клеил сборные модели, всякий раз разные, все более сложные. А из другого окна все время доносилась музыка — там девочка ее разучивала. И это был для меня образ рая.

Но в этот сад я никогда не заходил, да и какой там сад? Выломанная бетонная ограда, а внутри — клок жалкой природы, безымянные деревья, несколько ясеней, свалена какая-то ржавчина и битый кирпич. И ни у кого не дойдут руки сделать там детский городок или мало ли что. Но мне всегда казалось, что эта местность уже имеет смысл, что она портал, пограничье, и через нее я могу попасть туда, откуда никогда не вернусь. На бесконечно далекую звезду или в государственное учреждение, откуда нет выхода. И сейчас я пойду туда в первый раз.

С собой надо захватить Вещь размером с пачку сигарет и оставить ее там навсегда.

Интересно, что этот кусок сада совершенно не изменился, те же ясени, вывороченный бетонный кусок забора, кирпич и ржавчина, а вот дом напротив очень изменился — там не играют гамм, а в комнате когдатошнего мальчика с моделями царит запустение. Скорее всего, он тоже уехал. На подоконнике свернутые, пожелтевшие трубки ватмана и стопки книг. Наверное, с помощью всего этого он надеялся спасти мир.

Но странный покой исходит из этого места. А я еще и вечером туда пошел, синим московским вечером, осенним до невозможности. И меня как будто засасывает туда, что-то мне обещает, что там покой, и счастье, и Версаль, то есть зеленые сады, подсвеченные фонарями, на черном ночном фоне. И соловей, как на рубашке старых карт, пахнущих бабушкиным комодом — старыми духами и бельем, и там еще хранилась лиловая пудреница. Но ничего подобного — ни моего любимого черно-зеленого сочетания, как в моей любимой древней компьютерной игре H2O, попавшейся мне в каком-то сборнике и ни разу с тех пор не встречавшейся, ни сада, ни соловья — там нет, конечно. Там заглатывающий мосдеп или канцелярские призраки бывшего суда, и дождевой шелест никого не должен обманывать.

Вот куда меня пытались затащить, и это уже в полушаге от окончательного прохождения. Правильно я делал, что туда не ходил. Не ходил я туда — и не надо.

И от дома, который я любил, осталось непонятно что.

Нет, нечего мне здесь делать. Совсем я уже не здесь.

Кладем на землю артефакт размером с пачку сигарет и забираем взамен еще один артефакт, а именно осколок битого кирпича.

Это должна быть любая вещь, которая символизирует это место, обозначает его наилучшим образом. Вот и берите. Домой не вносите ни в коем случае. Выбросьте около дома и обменяйте на лист с ближайшего дерева. Лист засушите на память о том, как вас не засосало.

5 октября

Но вообще, может все еще и обойдется, несмотря на усиливающееся давление со всех сторон, ухудшающееся самочувствие и естественное сопротивление среды. Сегодня нам надо обменять Вещь, которая не принадлежит вам по праву, — взятая из библиотеки, да так и не возвращенная книга, например, — на Предпоследний Артефакт, который мы, в свою очередь, обменяем потом на последний, концентрирующий в себе итог нашего пути.

Выходим на ту улицу Квартала, где с вами обязательно произойдет что-то важное, скорее хорошее. Некоторое время дежурим там. Время может быть любое, но лучше вечером.

Проникаемся, проникаемся чувством, что именно здесь и случится что-то самое главное. Подходим к пяти прохожим по очереди: «Вот тут лежало. Это не вы потеряли?»

Скорее всего вам будут отвечать: нет, не мы.

«А вам не нужно?»

«Дайте посмотреть. Нет, не нужно».

Если после пятого прохожего избавиться от артефакта не удается, предлагаем продать.

— Вот, у меня тут вещь. Вы не купите? Очень нужно.

Пять попыток. Ничего, ничего, терпите. Вам ведь ничто не угрожает на самом деле, никто вас даже в дурдом не сдаст. А избавиться от этой вещи нужно, очень нужно, причем только путем ее передачи. Так вы избавитесь от всего в жизни, что вам не принадлежит, от всего, что ее отягощает. Не берут? Не покупают? Странно. На последних ступенях «Квартала» сила вашего убеждения должна дорасти до того, что купят. По крайней мере спросят о цене.

Ну и вещь должна быть не совсем бросовая. Что-нибудь из хозяйских безделушек в съемной квартире, граммофонная пластинка, купленная в антикварном магазине (все купленное в антикварном магазине принадлежит вам не по праву, запомните это), монетка, которую вы нашли (а кто-то потерял).

Спокойнее, без суеты. Это ваше место, ваша точка, с вами непременно что-то важное тут случится, вы всегда это чувствовали.

О! Четвертым прохожим скорее всего окажется девушка. И ей будет интересно, и она купит.

Не берут? Ну, тогда уж я не знаю. Тогда последнее средство.

Ловим гуляющего ребенка, предварительно услышав, как называют его товарищи по играм.

— Леша! (допустим). Передай, пожалуйста, папе, когда домой пойдешь. Он знает.

(— У меня нет папы).

— Ну тогда дедушке.

(— И дедушки нет).

Что ты будешь делать! Их много таких сейчас, одни женщины воспитывают, потому что им деваться некуда. Зачем плодить детей, когда себя-то не знаешь, куда девать?

— Ну, тогда любому из старших. Они в курсе.

(— А вы кто, дядя?)

— Я мамин друг. Она знает.

Быстро исчезайте.

Затем на все деньги, которые есть в кармане — не в кошельке! Имею в виду только высыпавшуюся мелочь! — покупаем в ближайшем киоске предмет, на который этих денег хватит.

Это и есть Предпоследний Артефакт.

Дома берем первую попавшуюся книжку, открываем на любой странице и читаем последнюю строчку на первой странице.

В моем случае это «Всем — все» (из биографической хроники Маяковского).

Я на совершенно верном пути, товарищи. Вот именно, всем — все. Себе — только то, что приобретено в результате символического обмена, в бодрийяровском смысле, а не хотите в бодрийяровском — в каком угодно смысле. Бодрийяровский смысл — скорей всего оксюморон. Он был славный малый, конечно, похожий на старого плотника Джузеппе Сизый Нос, но всякий раз, как я его читаю, у меня такое чувство, что украинский философ из села Бодрый Яр пытается мне втюхать старую кобылу, следка поддутую изнутри, как я только что пытался втюхать кому попало символическую, но бесполезную вещь.

Символический обмен и есть обмен такими вещами, это скрытый сюжет нашей книги, а что там имел в виду Бодрийяр, его личное дело. Он «Квартала» не проходил, нам с ним неинтересно.

В 18 часов вечера, ни часом позже, берем Предпоследний Артефакт. Выходим на ту улицу Квартала, где дети катаются с ледяной горки. Поднимаемся на горку. На ее вершине оставляем Предпоследний Артефакт (скорей всего, это пачка сигарет либо бутылка фруктовой воды, в крайнем случае коробка спичек).

Съезжаем с ледяной (деревянной, насыпной) горки на заднице. Сбегать не разрешается. Съезжаем.

Внизу читаем любое стихотворение, которое помним наизусть. Читаем вполголоса, но вслух. Первое, которое приходит в голову, пусть даже это песня Стаса Михайлова.

Ищем Последний Артефакт. Это будет вещь, которая останется с нами до конца прохождения. И она где-то здесь, рядом с горкой. Я знаю. Это может быть потерянная варежка, забытая лопатка, монета. Ищем вещь, непременно рукотворную. Ветка, лист, травинка — не подходят. Пусть хоть обрывок провода, но антропный.

Берем, уносим домой, подробно характеризуем эту вещь.

Если это забытая игрушка (варежка, иной предмет одежды) — наше истинное призвание заключается в том, чтобы активно помогать ближнему, и именно этому надо посвятить бóльшую часть времени после «Квартала». Это же принесет и деньги.

Если это провод, проволока, металлический прут неясного назначения — вам следует работать в области связи или религии.

Если это старый журнал или забытая книга, вам не следует работать в сфере искусства, потому что хорошую вещь не забудут. Любая сфера, только не искусство. Да в нем вообще лучше не работать, если только вы не чувствуете себя гением.

Если это обломок кирпича, кафеля, другого рукотворного камня — ваша будущая деятельность связана с разрушением, деструкцией, разбором завалов.

Если это осколок стекла, вам стоит заняться медициной. Не спрашивайте, почему, это мое дело, а не ваше.

Если это монета, вам следует путешествовать. Чего работать, деньги и так липнут.

А если это рукотворный предмет неясного назначения, вроде крепежной детали или ключа от непонятно какой двери, — поздравляю вас, вы из тех, кто может делать что угодно: он уже совпадает с миром, попал в его ноту, угадал его мелодию.

Перепечатайте на компьютере следующий текст:

Каждый вечер — за исключением тех, когда бывал пьян или возвращался с работы слишком поздно, — Клоков приходил выгуливать собак.

Он давно жил в другом доме, с другой семьей, — специально устроившись неподалеку, чтобы чаще видеться с прежней; но бывшей жене, кажется, в тягость были эти визиты, у нее кто-то был, о чем она не говорила прямо, но Клоков замечал все новые и новые вещи в доме — они явно принадлежали новому посетителю, постепенно превращавшемуся в обитателя. Сын здоровался и опять уходил к себе в комнату, где ему давно уже было интересней, чем с Клоковым; пару раз Клоков заставал у него в гостях девушку. В новой клоковской жизни тоже не все ладилось — как он понимал, именно потому, что продолжались эти визиты в прежнюю семью; но странное чувство долга, вроде собачьего, заставляло его выгуливать собак, которых он ненавидел. Большую часть года в той стране было холодно, и если бы к общему чувству вины перед семьей примешивалось еще чувство, что жена или сын вдобавок ко всему холодным вечером гуляют с собаками, Клоков не смог бы наслаждаться и тем хрупким душевным миром, который установился у него в душе после начала новой жизни.

Он ненавидел собак, правду сказать, и не мог понять, как жил когда-то в этом доме, в этой квартире, где все было теперь не по нему; собак он ненавидел еще и потому, что у них был отвратительный характер — обе они были дворняги с незначительной аристократической примесью, в одном случае лабрадор, в другом золотистый ретривер, и это было куда более плебейским вариантом, чем простое и честное дворняжничество. Одна собака была агрессивна, сильна и хамовата, но перед Клоковым заискивала и всячески подлизывалась; другая имела вид совершенно шакалий, но при этом такую жалобную морду с аристократически удлиненными глазами, с выражением, как у девушки из обедневшего рода — одновременно жадным и жалким, — что Клоков на нее злился особенно сильно. Беспримесная ненависть была бы чище, а тут она постоянно сопровождалась жалостью, и вместе они давали такое безысходное, тоскливое раздражение, что Клоков еле удерживался, чтобы не пнуть собаку, и непременно пнул бы себя, встреться он себе по дороге.

Собак никто никогда не воспитывал, и потому они кидались на всех встречных, в особенности гастарбайтеров, — хорошо, если лаяли, а иногда попросту бросались на них так, что Клоков с трудом удерживался на ногах; в их генах было нечто помоечное, они никогда не наедались, хотя их прилично кормили, — и потому они вечно норовили порыться в помойке, выкопать из мусора упаковку от нарезки, а под окнами дома им почему-то непременно попадались грязные кости (кто их выбрасывал?), и собаки принимались отвратительно хрустеть. Отучить их от этого было невозможно. По двору все время ездили машины — ближе к полуночи хозяева жизни возвращались из злачных мест, — и собаки лезли под колеса, а водители орали на Клокова. Выгуливать собак приходилось по очереди, потому что мирно гулять вместе они не могли. Этот ежевечерний ритуал, двадцатиминутка ненависти в любую погоду, совершенно изводил Клокова, и он искал любой предлог, чтобы не выгуливать собак. Раньше, когда он жил в прежней семье и даже любил ее, понятия не имея о том, что ему нужно в действительности, — прогулка с собаками, в особенности вечерняя, была почти праздником, отдохновением, но теперь в ней было отвратительно все, как отвратительна старая кость, как мерзок бульонный запах на этаже, как гнусны взгляды соседки, изучавшей Клокова со странным злорадством. В ее глазах он был погибший человек, и ей страшно нравилось, что он так зол. Говорить дома было не о чем. Клоков смотрел на мебель, книги, письменный стол — и поверить не мог, что все это принадлежало ему; он торопливо убегал — и знал, что на следующий день явится опять, не в силах оборвать последнюю нитку, связывавшую его с чужой жизнью и прежней своей оболочкой.

И никак он не мог ответить на главный вопрос человеческого существования: что в большей степени сделало бы его человеком — соблюдение этого гнусного ритуала или освободительный, победоносный отказ от него?

УПРАЖНЕНИЕ ПО ТЕКСТУ:
Ответьте на главный вопрос человеческого существования.

Сегодня день рождения моего любимого поэта, и мы просто поем его песню, просто поем, любую, но мне хотелось бы вот эту.

Ходят-бродят волны за ночным далеким мысом,
Ходят серебристо-бурым лисом.
И летят и все же спят в открытом море шлюпки,
И недостоверны они, и хрупки.

Разве достоверна эта ночь? Наверно:
Что прекрасно, то и достоверно.
Достоверно то, чего на свете мало,
А не все, что под руку попало.

И гремит волна в ущелье отдаленном горном —
Звездным горном, грозным и задорным,
И поют, и гремят в щербатых камнях раскаты вала
Песню без конца и без начала.

Если нам познанья золотые крохи
Голову не вскружат,
Дивный звездный лис примчит на наши вздохи,
Службу нам чудесную сослужит.

Он в меху своем разгадку жизни хитро прячет,
Он не даст ее нам украсть до срока,
Но, когда пропляшет, прыгнет, прянет и ускачет —
Больше нам не будет одиноко.

Ночь.
Огни пароходов.
Ближе к восходу стало темней.
Но в море заря встает, и за ней —
Мелодия дней.
И, как прежде, поют в зеленых камнях раскаты вала
Песню без конца и без начала.

Выходим на балкон, поем громко, чтобы хоть кто-нибудь слышал. Мелодия сложна, даже, я бы сказал, прихотлива, легко раздобывается в Интернете, воспроизводится не так легко, но все же. В этой песне именно то соотношение здравомыслия и безумия, которое является ключом ко всему на свете. В мироздании примерно такое же соотношение.

Не хотите эту — можете спеть другую. От любой в жилы наши и мускулы вливается сила — та сила, что всегда наступает от совпадения нашего ритма с ритмом мира.

Людей, говорящих тут о наивности, романтике и отрыве от реальности, просят заткнуться, чтобы не позориться. Вот то, что можем мы противопоставить всему, что ненавидим в жизни: не добро, но яркость. Ночь, огни пароходов, гром волны в ущелье. Это не имеет отношения к добру, но совершенно убийственно для зла.

Если нам нравится звучание нашего голоса с балкона в сыром осеннем воздухе, можем спеть еще раз, плевать на соседей, нам ничего хорошего не сделали эти соседи.

8 октября

Сегодня мы обходим по периметру весь Квартал и замечаем странную вещь.

В нем все поменялось, все точки переехали.

Место, где приходили лучшие мысли, стало местом любви. Точка неприятностей стала Точкой, где случится важное. Горка стала Местом добрых чувств, а опасность теперь вообще чувствуется все время.

Заметили?

Это потому, что мы изжили, преодолели Квартал, он стал теперь местом других чувств и ассоциаций, и все в нем как бы говорит там: ты слишком тут задержался, делать здесь тебе больше нечего, ты получил стартовый толчок, и теперь тебя ждут совершенно другие пространства. И отжимаешься ты тоже гораздо лучше.

Это не значит, что тебе здесь больше не рады. Но теперь тебе надо искать другой Квартал.

Прощаемся с прежними местами и чувствуем, что ничего не чувствуем. Как это правильно, как хорошо мы собой распорядились. Зато небо — о, с небом все прекрасно. В нем мы угадываем теперь удивительно ясные сигналы, и заметьте, как сегодня светло и ясно, какие большие белые облака плывут над нами.

Но что-то нас томит, что-то нехорошо. Тревожно.

Невозможно понять, в чем дело. Вероятно, так всегда бывает при переходе на новый этап.

Но что-то нам подсказывает: нет, мы не перешли на новый этап. Старый мы утратили, а к новому еще не пришли.

Слишком все легко, вот что. Слишком просто нам это казалось. А надо решительней, надо уничтожить все, что нас еще здесь держит. А пока мы зависли в межеумочном пространстве и не знаем, что такого с нами произошло. Да, мы выпали из множества ложных зависимостей и отягощающих связей, и в нашем родном Квартале, где мы живем, нам уже не место. Но сами-то мы прежние, и что-то очень важное с нами еще не случилось — надо бы понять что.

Но я еще не могу. Я просто чувствую, что на этом берегу делать уже нечего, а на другом меня еще не примут. И я не знаю, что надо сделать.

У меня был такой сон: я сижу в сквере на скамейке, здесь, в Квартале. Мне вообще часто снится Квартал. Я умер, и вот решается моя судьба. У меня есть последний час, на который меня отпустили, чтобы я здесь что-то исправил. Снег идет, но медленный, он поблескивает в луче фонаря. Куда мне пойти? Я бегу в дом, где жила возлюбленная. Я виноват перед ней, это надо как-то исправить. Подъезжает троллейбус, я вспрыгиваю туда, меня все видят, и все на меня смотрят без особенной надежды, как бы говоря: попробуй, конечно, но ничего не получится. И действительно, я бегу к ее подъезду, а дверь заперта. (При этом я помню, что сейчас этот дом снесен, его нет, но ведь и я в некотором смысле снесен.)

Хорошо, я бегу к друзьям, но они заняты собой, у них свой, посторонний разговор, в котором я ничего изменить не могу. Дома еще какой-то посторонний мужчина, друг с женой спорят о нем, а он молчит. Жена подчеркивает, что это друг дома, и настаивает, чтобы он жил с ними. Муж пытается ей объяснить, что это нельзя, но рациональных аргументов нет. Их действительно нет, если вдуматься, во сне я это хорошо понимаю. Я ухожу. Куда теперь?

Теперь мне надо к женщине, которую я не любил, но она любила и всегда выручала меня. Я должен, вероятно, как-то исправить это, искупить вину перед ней, но я прибегаю, а там другой человек, она теперь лечит и спасает его. Если хочу, я могу остаться тут, на кушетке. Вдруг мне с ужасной ясностью приходит в голову мысль: мир всегда смотрел мимо меня. И на меня поэтому всегда так сильно действовали женщины не то чтобы роковые, но странные, с блуждающими, плавающими глазами. Глядящие как бы мимо меня на что-то главное.

Меня не устраивает это главное, вот в чем дело.

И я остаюсь в сквере, и снег начинает идти все гуще. Не буду я исправлять свою участь, меня устраивает моя участь. Я все равно не понравлюсь тому, что тут главное, — даже добрым женщинам, которые жалели меня.

И вдруг, по тихой улыбке сквера и снега, я понимаю, что сделал именно то самое, что и не надо ничего исправлять, а надо —

С этим чувством возвращаемся домой, пьем крепкий чай, лучше с травами.

9 октября

Сегодня мы разбираемся со своим внутренним миром, точнее с теми его аспектами, которые мы еще не успели настроить на счастье и гармонию. Как при дефрагментации диска обязательно остаются красные квадратики, то есть куски неубираемых программ и прочие неисправимые ошибки, — так и при настройке нашего организма на деньги и блаженство обязательно остаются неудаленные воспоминания, опасные комплексы и мучительные опасения. С ними мы сегодня разберемся, а проще говоря, мы их ломаем.

Но ведь концентрация прожитой жизни — она здесь, в нашем доме. Воплощения всех комплексов и обид — тоже здесь. Все досталось нам ценой унижения, обмана, отказа от собственного «Я». Ломаем все это. Не все подряд, а по сложной схеме, приводящей нас к окончательному раскрепощению и высшему совершенству.

Только без злости. Все это следует проделывать с холодной головой и полным осознанием происходящего. Это труднее, но так надо. Крушить в ярости легко, бесстрастно уничтожать — совсем другое дело. Мы не должны вымещать на вещах свою злобу, наша задача — сделать так, чтобы ничего этого просто больше не было.

Осмотрите комнату. Первое, на чем задержится взгляд, — что это? О чем вы подумали? Я, например, вижу диванную подушку. Я тогда страшно поругался с одной подругой, неважно, из-за чего, важно, что она была неправа. А когда она бывала неправа, то могла наговорить ужасных вещей — чтобы градус гнева как-то скрыл эту неправоту. Я хлопнул дверью и ушел, и занимался весь день своими делами, а на обратном пути купил себе эту подушку, довольно милую, но не подходящую ни к чему в доме. Зачем я это сделал? Наверное, потому что мне было стыдно, что я это все терплю. Мне не хватало решимости, но я убеждал себя, что мне хватает рассудительности, — это был, конечно, самообман, и в глубине души я все прекрасно понимал. И вот я совершил решительный поступок: купил себе эту ненужную вещь, непонятно зачем, я же никогда не любил лежать на диване, зато она любила, и я почему-то подумал, что если у меня будет подушка... Короче, я принес ее домой, а подруга после этого довольно скоро исчезла из моей жизни, и слава богу, наверное, но я-то для этого не сделал решительно ничего, нельзя же, в самом деле, считать подушку. Итак, подушка — это моя трусость, моя привычка заменять решение проблемы чем угодно. Я беру ножницы и терзаю ее — набивка уже вся скомкалась и выглядит отвратительно: так выглядит трусость, если долго лежит внутри.

Следующий на очереди — книжный шкаф. Я его заказал через Интернет, и он приехал разобранным — десяток картонных коробок, коробочек, пакетиков со странными деталями внутри. И я не смог его собрать. Там были какие-то дощечки, болтики, гайки, какие-то гвоздики, странные железные штуки и плохо пропечатанная инструкция с такими рекомендациями, что «Квартал» отдыхает: приложите горизонталь Д между вертикалями А и К и удерживайте на весу, затем установите направляющие Ж под обозначенным углом и закрепите креплениями В. Стоит ли говорить, что невозможно было понять, где А, где В и где обозначенный угол? Я провозился с ним всю ночь и на следующий день, злой и невыспавшийся, обидел хорошего человека. Мне было стыдно, но я позвонил знакомому и попросил помощи. Вы, наверное, подумали, что шкаф — это стыд? Нет, до стыда мы дойдем позже. Знакомый приехал с ящиком инструментов и таким спесивым выражением лица, что я чуть не захлопнул перед ним дверь, только вот шкаф-то все равно был нужен. Но и у него ничего не получилось: он смог найти угол и даже приложить направляющие Ж, но горизонталь Д никак не совпадала с вертикалью А, а вертикаль К вообще ни к чему не подходила. Он уехал, а я испытал такое низенькое злорадство, такое удовлетворение! Приятное чувство, но разъедающее изнутри — неужели я такое ничтожество, неужели мне всегда необходимо посадить кого-то в лужу, чтобы почувствовать себя человеком? Я вызвал сборщика из магазина. Пока он ловко собирал шкаф, я все смотрел на него, и понимал, насколько он хуже меня, что он не знает того, что знаю я, что его никогда не полюбят женщины, которые любят меня, а тех, кто любит его, я бы к себе не подпустил на выстрел, и все, на что он способен, — собрать сраный шкаф, который уже сделали до него настоящие умельцы. Итак, шкаф — мое высокомерие, которое не раз отравляло жизнь мне и окружающим. Я выкидываю из него все книги. Прямо на пол, чтобы они рвались в падении, роняли страницы — книги тоже моя боль: те, которые написаны хорошо, вызывают во мне зависть, а которые плохо — гнев. Сейчас я буду пинать их ногами, топтать, отбрасывать, чтобы не мешали. Я никогда не понимал этого «Книга твой друг, береги книгу»: книга — это просто бумага, и что там беречь? Когда проход расчищен, я беру молоток и монтировку и крушу шкаф. Надеюсь, что вы делаете то же самое.

На обоях возле выключателя у меня записано несколько телефонов. Если у вас тоже так — рвите обои. Это лишние связи — нужные телефоны должны быть записаны в нормальном месте, а ненужных быть не должно. Это страх одиночества, желание любой ценой окружить себя людьми, какими угодно, только чтобы были.

Давайте дальше сами. За этим столом вы сидели, когда лепетали в трубку мольбы и извинения? В эту трубку лепетали? Швыряем телефон в стену, уничтожаем стол. Можно лупить по нему стулом — ведь и стул тоже свидетель ваших бесконечных унижений. Пока не останутся щепки. Этими шторами вы стыдливо загораживаетесь от мира? В клочья шторы.

Вы думаете, что я шучу? А я ведь уже сижу среди обломков и неплохо себя чувствую, а впереди еще столько всего. Вот эта кровать — я уж рассказывать не буду, если хотите, можете пофантазировать, а лучше припомните-ка, что у вас самих связано с кроватью, — и вперед.

А вот вешалка в коридоре — это как раз мой стыд, я же обещал, что мы до него дойдем. Она увешана одеждой так, что не видно стены: как будто одеждой я хочу прикрыть собственную незначительность, как будто в новом красивом пальто я стану лучше, и меня, может быть, примут за своего, за хорошо одетого удачливого спокойного человека, как будто енотовая шапка дополнит мою голову, такую умную, — прости меня, енот, бедный мой, пушистый зверь! — и тогда наконец внутреннее содержание моей головы привлечет кого-то. Как будто я стану красивее, то есть, без одежды я, значит, недостаточно красив, и мне все время надо чем-то замаскировать свое уродство, чем-то действительно красивым, добротным, из тонкой английской шерсти — и тогда будет не стыдно. Я и вешалку эту купил, когда старая перестала вмещать свидетельства моего стыда. Но теперь — прощай! Я срываю одежду, ломаю вешалку, одежду — под ножницы. Режьте и вы, не жалейте — если жалеть, то зачем вообще все?

Я думаю, вы уже поняли принцип, и в комнате скоро ничего не останется. Идите на кухню — там одна посуда чего стоит! Рюмки, тарелки, ложечки-хуежечки, вилочки-хуилочки, все, чтобы жрать красиво, — самим не противно? Как будто еда от этого станет вкуснее. Впрочем, я вам не навязываю своих ассоциаций, я уверен, что у вас в душе адок почище моего, так что вы справитесь. К концу задания ваша квартира будет готова к съемкам постапокалиптического малобюджетного кино, кстати, почему бы и нет. Но главное — внутри вас не останется ничего лишнего, надо будет только прибраться, как в квартире, так и в душе: вытащить обломки и обрывки на помойку, подмести пол (вы же не сломали швабру? Или она тоже была свидетелем ваших унижений? Тогда купите веник) и протереть его влажной тряпкой. Ничего лишнего нет. Ни-че-го. Вот теперь старый мир разрушен до основанья и наступает благословенное «а затем».

Если вы живете не один, делайте все это, когда дома никого нет. Если дома всегда кто-то есть, делайте это тихо — иначе вам просто не позволят, и будет обидно выбыть из-за непонимающих родственников. Если вы на съемной квартире, не страшно — когда у вас будут деньги, вы купите хозяину все новое, а лучше подарите ему «Квартал», и он тогда слова вам не скажет.

Сегодня можно не отжиматься.

Дорогие друзья, товарищи, братья и сестры. Что-то пошло не так, совсем-совсем не так. Собственно, я это чувствовал, и вы чувствовали. Не так и не туда. Мы не виноваты, но просто мир оказался в какой-то момент сильнее. Мы все делали правильно, но перестали быть совместимы с обстановкой. Я же предупреждал. Нам надо бежать.

Не совсем, не окончательно, мы, может, потом вернемся. Но оказывается, в каждом прохождении «Квартала» рано или поздно наступает момент, когда надо бежать. Если такого момента не наступает, мы проходим неправильно, половинчато.

Короче, надо бежать.

Сегодня бежать еще нельзя, а то они почувствуют, что мы все поняли. У них все главное запланировано на послезавтра. А послезавтра нас здесь уже нет.

Билет на поезд купим в последний момент. Намечаем маршрут. Ехать надо к морю. Почему? А помните слово, которое мы составляли из двух англоязычных имен? Это была подсказка. Я знал, что к морю. Только в море можно сейчас спастись, только оно примет в себя весь заряд счастья и общей ненависти, который мы в себе несем. Даже если в городе есть море, нам надо уехать к другому морю. Я поеду к Черному, а вы как знаете. Но мы уезжаем к морю. Вырабатываем маршрут. Ровно в полночь едем на вокзал, в круглосуточную кассу. В полночь они нас не видят.

Покупаем билет.

Отпрашиваемся с работы.

А они не отпускают. Они говорят, вы и так в последнее время...

Что я в последнее время?

Отводят глаза.

Часто пропускаете, и вообще на вас жалуются.

Кто жалуется?

Ученики. Коллеги. Мастер цеха. Нужное подчеркнуть. Они говорят, что вы не тем заняты, не прислушиваетесь к доброжелательной критике, недостаточно сосредоточены. Вообще вас не узнать.

Показываете диплом о прохождении «Квартала».

А что это у вас за результат?

Нормальный результат. Хороший, высокий результат.

Нет, мы не можем вас отпустить. Или увольняйтесь.

Я могу уволиться, но вам будет хуже. У меня скоро будет такой прилив сил и вообще такая удача, что более ценного работника у вас здесь не будет.

Все это очень хорошо, но вам надо решать. Или вы уезжаете, и тогда мы расстаемся, или вы продолжаете работать, и тогда ваша удача, или что у вас там, приходит к вам сюда.

Но я должен уехать, поймите. Мне нужно всего несколько дней.

Я все вам сказала, мы не можем позволить себе долгих дискуссий, здесь люди работают, а не дискутируют.

Хорошо, пускай они работают без меня.

Это худший вариант. Но есть другой.

Есть вариант, при котором отпускают. И это как-то даже обидно.

Совсем мы им не нужны.

Собираемся. То есть как собираемся? Вещей с собой не берем. Семье ничего не объясняем. Командировка. Врем что хотим.

Кое-что надо объяснить только в одном случае: если мы не женаты, но есть девушка (или не замужем, но есть юноша), который нам важен, которого жаль бросить просто так.

Звоним.

— Скажи, если бы я вдруг исчез(ла) совсем, ты бы заметил(а)?

Он(а) думает, что мы шутим.

— Ну хорошо, а если на три дня?

(— Что случилось?)

— Понимаешь, мне надо срочно исчезнуть. Лечь на дно. Не задавай вопросов.

(— Мы можем поехать вместе?)

— Мы никуда не можем поехать вместе, и вообще я никуда не еду. Но просто пойми и три дня не рыпайся. Это как с лягушачьей кожей. Не жги лягушачью кожу, и все будет как надо.

(— Устал(а) я от всех этих загадок).

— Ну и отлично.

(— Да погоди!)

— Не надо годить. Устал(а), я все понимаю. Я тоже устал(а).

(— Нет, но ты можешь хотя бы объяснить...)

— Потом-потом. Все. Пока.

Отрубаемся.

Если честно, так даже лучше. Теперь вам понятно, чего нам не хватало?

Рвать, рвать.

Ну вот, едем.

Едем-едем-едем, никто нас не догонит. Никто в принципе не должен нас догнать. Ведь мы, см. выше, никому ничего не говорили.

Плацкарта — прекрасно. Конечно, носки. Даже, можно сказать, НОСКИ. Но зато полная безопасность, никто за нами сюда не последует, дураков нет. На всякий случай мы пристально осматриваемся. Проходим вагон из конца в конец. Полиция. Это не за нами? Нет, не смотрят. А вон тот, с бородой? Он смотрит. Но он не за нами. Сейчас начнет жрать. Точно не за нами. Берем стакан чаю. Должны дать. Возвращаемся на свою полку и слушаем разговор.

РАЗГОВОР ПЕРВЫЙ

— Поезд пять минут всего стоял. Он был еще теплый. То есть он, значит, умер ровно в эти пять минут. Но я ничего не подавала никуда, никаких исков. Проводник скорую вызвал, скорая приехала, а они уже уехали. Его оставили прямо там. Прямо на станции оставили. Багаж оставили, все. Я к машинисту потом подошла. Я говорю: если вы знали, то как вы смели?! А он говорит: если я знал, то что? Я должен был дальше его везти? Я говорю: но вы же видели. Ночь, пустая станция. Он говорит: что, я должен был ждать? Я говорю: не знаю, что вы были должны. Но так же нельзя, что один на перроне лежит и скорую ждет. Вы, может, если бы не выложили, то он бы жил. Но я не стала подавать, ничего. Уже чего подавать? И мать моя потом тоже говорит: если бы ты подала, его бы пинком под зад и к чертовой матери. (Смеется.) Но не вернешь же, верно? Что подавать? И вся моя жизнь была такая. Потом этот приехал, говорит: я освободился. Я говорю:

и что, если ты освободился? Я должна теперь с тобой халабуду танцевать? Карамболина-карамболета? Ты все знал, ты знал, куда ехал. Тут после тебя такое осталось, что трое разгребали. Будем здоровы. Он говорит: но ведь трактор же был отдельно! Я говорю: что трактор? Что мне твой трактор? Ты не за трактор попал, а ты за то попал, что человеческое отношение надо иметь! Но я не подавала, ни тогда не подавала, ни потом. Он уехал тогда в Туру, там женщина была у него в Туре. Нижняя Тура, жопа мира. Но если ты мне скажешь — вот я тебя не знаю, но я вижу, что ты человек, я всегда вижу, когда человек, и если ты мне скажешь — пойди за мной на край света! — то я скажу тебе: нет. Я ни туда не пойду и ни сюда. Я и машинисту так сказала: я никуда не пойду. Гора Магомету делает что? Она говорит ему: я никуда не пойду. И вся жизнь моя такая была. Нижняя жопа мира.

Восстановите смысл сказанного.
Ответьте на следующие вопросы:

1. Если машинист выложил еще теплого, то почему она не подала?
2. Если трактор был отдельно, чем он сделал такое, что трое разгребали?
3. Почему халабуду надо танцевать, если халабуда (жарг.) — полуразрушенное строение, трущоба, детский домик-шалаш (диал.)?
4. Почему во всех плацкартных вагонах рассказывают более или менее одно и то же — причем кто-то обязательно освобождается?
5. Сколько было выпито между первой и последней фразами?

РАЗГОВОР ВТОРОЙ

— Я такая: опа! Но они встречались. Встречались, но еще не общались. Я с ним общалась тогда. Потом он такой: опа! Они уже общаются. Я тогда стала встречаться тоже. Мы встречались, потом он такой: опа! Он мне говорит: если ты не хочешь общаться, мы не будем встречаться. Я тогда: ты почему со мной вообще встречаешься? Он такой молчит. Я говорю: ты если хочешь общаться, то надо сначала встречаться. Он говорит: я уже встречаюсь. Встречаться все хотят, а общаться никто. Я говорю: но ты же кушаешь! Ты прежде чем кушать, руки моешь же? Вот так и тут. Если ты хочешь общаться, то сначала встречаешься, а потом смотришь. Я смотрю, ты смотришь. И может быть, тогда общаемся, а может, тогда нет отношений, не может быть отношений. Он говорит: но я хочу отношения! Я такая: тогда встречаемся. И я тогда узнаю, что он со мной встречается, а еще с одной, еще со школы, общается. Опа! Я говорю: тогда не может быть отношений! Если ты с одной встречаешься, с другой общаешься, тогда почему я должна верить, что у тебя вообще нет уже чего-нибудь, сам понимаешь? Дом два вообще, улица Столетова. Тогда он говорит: я хочу общаться без отношений, я не могу общаться, когда отношения. Я говорю: опа! Тогда ты просто больной. Ты просто вообще больной! Вообще! Он так спокойно, вообще: да, я больной. И я тогда: да я с твоей мамой общалась! И все. И никаких больше отношений.

Восстановите смысл сказанного.

Ответьте на следующие вопросы:

1. Чего она больше хочет — общаться или встречаться?

2. Почему нельзя общаться, не встречаясь?

3. Какое отношение имеет дом два к улице Столетова?
4. Что важнее для героини:
   — чтобы были отношения?
   — чтобы общаться?
   — чтобы рассказать?
   — чтобы кушать?
   — опа!
5. Найдите три контекстных синонима к слову «опа».

РАЗГОВОР ТРЕТИЙ
   — Икытыгын ушкуль дуранда!
   — Штыр?
   — Дуранда барбатур! Криштык самбурама Арбат, дулундык Пресня.
   — Тхурба баштанбар, ды? Кушкун ды?
   — Самуль курлы. Трушбантак баурджан самаглы.
   — Аштарак кырды?
   — Былмурды аджапан закарта Самара, крушты Новгород, аштыр Йола.
   — Шантурак Америка крыш?
   — Бастурджан карапут, талында, сабакурал кран. Аркулы жандау мында. Тыры, тыры, аштумбак кузыл стымп!
   — Аэ?
   — Бурт аэ!

Восстановите смысл сказанного.
   Ответьте на следующие вопросы:

1. Почему эти люди преследуют именно вас?
2. Откуда они знают, что вы должны срочно уехать?
3. Почему они думают, что у вас с собой много денег?

4. Какое отношение они имеют к Кальдеру?
5. Жарап сальмандар аы?

Сходим на ближайшей остановке и пересаживаемся на следующий поезд. Может быть, туда еще не успели добраться.

Едем к морю.

Не доезжаем.

Выходим за две станции от точки назначения.

Моря там еще нет. Поезд стоит две минуты. Станция маленькая, провинциальная, страшная.

Сейчас ночь. Уж поверьте мне, я это знаю. И вот сидим мы этой ночью на этой станции — хорошо еще, если на ней топится одинокая печурка, — среди чужих, совершенно чужих, невозможно чужих людей. И думаем: что это мы здесь делаем, что мы сделали со своей жизнью?

Положим, это лучше, чем тюрьма, лучше, чем смерть, хотя насчет смерти еще неизвестно, смерть бывает разная. Но это в любом случае уже не жизнь.

И что мы на этой чужой станции будем делать? И почему нам нельзя было просто уехать к морю? И кого мы таким образом сбиваем со следа?

Господи, Господи. Как одиноко, как страшно. Как вдвинуты мы в ничто. Эту вдвинутость в ничто я с таким ужасом чувствовал единственный раз в жизни, когда ехал в армию. Сначала все было ничего. Ехали в электричке, бесконечно долго, останавливались среди полей, и я думал: сойти бы среди этих полей... А потом, к вечеру, приехали на конечную станцию, где нас ждали армейские грузовики. Ехали среди болезненно красного заката, и на этом закате в полях был огромный одинокий стог. Коричневый среди красного поля, красного неба. И глядя на него, я с ужасной отчетливостью понял: все, я в армии, я вырван из всего, я совершенно один. И сейчас я сделал с собой то же самое, а зачем сделал?

Господи, Господи, какая глухая ночь, какая страшная ночь. Никакого выхода нет из этого чужого пространства, никто здесь не поймет, никто не пожалеет меня. Зачем я сюда поехал? Если вдуматься, зачем я вообще все это делал? На что я надеюсь? Какими деньгами можно искупить эту станцию, эту печь, эти лица вокруг? Куда я загнал себя и как я вернусь? Куда мне возвращаться — к безнадежно разрушенной жизни, которая никогда не была вполне моей, да, но все-таки можно было терпеть?

Пить хочется, спать хочется, уснуть не могу. Господи, Господи, слышишь ли ты меня?

Самая темная ночь бывает перед рассветом, но на этой станции никогда не бывает рассвета.

Да, ничего не поделаешь, иногда надо почувствовать и что-то такое. И если вы думаете, что это дно, — ошибаетесь, дна нет.

Все-таки я не понимаю, зачем я здесь вышел.

Но, с другой стороны, разве еще в поезде ты не понимал, зачем ты вышел?

Мир и есть именно то, что ты видишь сейчас, та его изнанка, которую ты предпочитал не видеть, но надо понимать и это — то, что кругом всегда была и будет одна эта станция.

Честное слово, было бы легче, если бы это была огромная пустая степь, черная ночная степь, с первыми заморозками, с мохнатыми звездами.

Но это не степь, а станция, чужая станция в маленьком городе, с изрезанными скамьями, с усталыми, бесконечно чужими, злыми, темнолицыми, несчастными людьми.

И неужели вся правда была в том, чтобы стать одним из них?

И неужели все они проходят «Квартал»?

Между прочим, очень возможно. Представь себе эту станцию как место встречи на пути, в конце которого *Here Comes Everybody*.

А в общем, все они проходят «Квартал», только не всегда знают это.

Стало ли тебе легче?

С этой мыслью усни на изрезанной лавке, на чужой станции, в три часа ночи, в Час уязвимости. Видишь, ты выпал отовсюду, теперь и она не властна над тобой.

14 октября

На попутках или на ближайшем поезде добираемся до приморского города, а оттуда — до моря.

Снимаем комнату у моря, это сейчас дешево, не сезон. Осматриваемся.

Проходим по главной улице, по опустевшему осеннему базару, по берегу. Вроде бы никого нет. Не следят? Не следят.

Никому не звоним. О нашем местопребывании никто не должен знать. Телефон выключаем. В Сеть не заходим. Вечером долго пьем кофе в ближайшем кафе на берегу, смотрим, как густеет лиловая полоса на горизонте. Море спокойное, молочное, около такого моря хорошо делать предложение девушке, которая здесь живет. Она не ждет, но в общем не против. И тут вы ей говорите: если можно, я бы хотел остаток жизни... что-то в этом роде.

Еще у такого моря хорошо быть студентом на практике, приехать в июле, писать, допустим, в газету. А вечером сидеть в этом кафе, взять макароны с жареной колбасой, слушать, как переговариваются моряки, или рыбаки, или какие-нибудь местные дураки. Очень ценное ощущение — побыть таким же моряком, или рыбаком, или дураком. Побыть частью мира, принадлежащей при этом другому миру. Одно из самых ценных ощущений во всем прохождении: я здесь и уже не здесь. И пока я здесь, я под защитой того «там», где мое настоящее место. В случае моряка это море, в случае рыбака это рыба, в случае дурака это весь мир. А приморский город — это граница, где все эти пространства сходятся. Моряк уйдет в море, рыбак уйдет за рыбой, дурак уедет в другой город, потому что он дурак.

Сидя в кафе, производим последний подсчет.

Вы небось уже и забыли, как это делается.

Берем свой Рейтинг Активности, умножаем на три.

Получаем некоторый час суток.

Завтра в это время надо будет выйти к морю, и это последнее, что приписывает вам «Квартал».

Дальше делайте, что хотите. На вершине все тропы сходятся, и по какой тропе вы будете спускаться — совершенно неважно.

Вам все еще нужны деньги?

Вот видите. Я же говорил.

Вам нужно теперь только совершенство, до которого остался один шаг.

15 октября

В назначенный час выходим к морю.

Ровно двадцать пять минут и ни минутой меньше сидим на берегу.

Раздеваться или не раздеваться — ваше дело.

Заходим по пояс.

Некоторое время стоим, смотрим. Мелкие волны, густая зелень осенней воды, одинокая чайка с любопытством смотрит на всю эту чушь, включая нас.

Закуриваем. Смотрим по сторонам. Желтый берег, сухие глинистые склоны, чуть слышный шорох.

Что это шуршит? Это мир шуршит. Может быть, преследуя нас, он докатился до моря, а дальше ему хода нет. Я всегда воспринимал море как живое существо. Оно не впускает кого не надо. И вот он следом шуршит, скатываясь по склонам. Может быть, он досадует, что мы оторвались. Может, он умоляет вернуться.

Отворачиваемся от берега: чего мы там не видели?

Дальше все зависит только от нас. Дальше — пространство личного выбора, ничем не омраченное, вольное, прелестное. Можно поплыть и куда-нибудь приплыть, можно утонуть, хотя это ужасный моветон, а можно выйти на берег обновленным, словно из купели, и начать новую жизнь. Нам совершенно все равно, мы все попробовали, все сделали, а ведь у человека, который все это сделал и которому действительно все равно, жить или умереть, обязательно будут деньги.

Хотя, в общем, какая теперь разница.

Что это зажато у нас в кулаке? А, это Последний Артефакт. С ним связано последнее действие.

Выбрасываем Последний Артефакт.

Глубоко вздыхаем. Он нам трудно достался. Ничего, теперь он занял свое место.

Долго смотрим в ровную, зеленую даль моря, туда, где оно почти сливается с таким же зеленоватым вечерним небом.

Вы пришли.

В издательстве Freedom Letters вышли книги:

Проза

Владимир Сорокин
НАСЛЕДИЕ

Дмитрий Быков
VZ. ПОРТРЕТ НА ФОНЕ НАЦИИ

Дмитрий Быков
ЖД

Дмитрий Быков
БОЛЬ-
ШИНСТВО

Сергей Давыдов
СПРИНГФИЛД

Алексей Макушинский
ДИМИТРИЙ

Илья Воронов
ГОСПОДЬ МОЙ ИНОАГЕНТ

Ваня Чекалов
ЛЮБОВЬ

Сборник рассказов
МОЛЧАНИЕ О ВОЙНЕ

Юлий Дубов
БОЛЬШАЯ ПАЙКА
Первое полное авторское издание

Юлий Дубов
МЕНЬШЕЕ ЗЛО
Послесловие Дмитрия Быкова

Ася Михеева
ГРАНИЦЫ СРЕД

Константин Куприянов
НОВАЯ РЕАЛЬНОСТЬ

Серия «Отцы и дети»
Иван Тургенев
ОТЦЫ И ДЕТИ
Предисловие Александра Иличевского

Лев Толстой
ХАДЖИ-МУРАТ
Предисловие Дмитрия Быкова

Александр Пушкин, Тарас Шевченко, Николай
Карамзин, Евгений Баратынский, Михаил Лермонтов,
Григорий Квитка-Основьяненко
БЕДНЫЕ ВСЕ
Предисловие Александра Архангельского

Александр Грин
БЛИСТАЮЩИЙ МИР
Предисловие Артёма Ляховича

Михаил Салтыков-Щедрин
ИСТОРИЯ ОДНОГО ГОРОДА
Предисловие Дмитрия Быкова

Серия «Лёгкие»
Иван Филиппов
МЫШЬ

Сергей Мостовщиков, Алексей Яблоков
ЧЕРТАН И БАРРИКАД. Записки русских подземцев

Елена Козлова
ЦИФРЫ

Иван Чекалов, Василий Тарасун
БАКЛАЖАНОВЫЙ ГОРОД, или Бутылочные эпизоды

Валерий Бочков
БАБЬЕ ЛЕТО

Юрий Троицкий
ШАТЦ

Детская и подростковая литература

Александр Архангельский
ПРАВИЛО МУРАВЧИКА

Сборник рассказов для детей 10–14 лет
СЛОВО НА БУКВУ «В»

Шаши Мартынова
РЕБЁНКУ ВАСИЛИЮ СНИТСЯ

Shashi Martynova
BASIL THE CHILD DREAMS
Translated by Max Nemtsov

Алексей Шеремет
СЕВКА, РОМКА И ВИТТОР

Поэзия

Демьян Кудрявцев
ЗОНА ПОРАЖЕНИЯ

Дмитрий Быков
НОВЫЙ БРАУНИНГ

Вера Павлова
ЛИНИЯ СОПРИКОСНОВЕНИЯ

Татьяна Вольтская
ТЫ ДОЖИВЁШЬ

Алина Витухновская
ТИХИЙ ДРОН

Евгений Клюев
Я ИЗ РОССИИ. ПРОСТИ

Виталий Пуханов
РОДИНА ПРИКАЖЕТ ЕСТЬ ГОВНО
Вадим Жук
СЛИШКОМ ЧЁРНАЯ СОБАКА
Дифирамб Владимира Гандельсмана
Сборник современной поэзии
КАК НАМ ЭТО ПЕРЕЖИТЬ/
HOW ARE WE MEANT TO SURVIVE THIS
Составитель Татьяна Бонч-Осмоловская

Драматургия

Светлана Петрийчук
ТУАРЕГИ. СЕМЬ ТЕКСТОВ ДЛЯ ТЕАТРА
Предисловие Михаила Дурненкова

Сергей Давыдов
ПЯТЬ ПЬЕС О СВОБОДЕ

Сборник
ПЯТЬ ПЬЕС О ВОЙНЕ
Составитель Сергей Давыдов

«Слова України»

Генрі Лайон Олді
ВТОРГНЕННЯ

Генри Лайон Олди
ВТОРЖЕНИЕ

Генрі Лайон Олді
ДВЕРІ В ЗИМУ

Генри Лайон Олди
ДВЕРЬ В ЗИМУ

Генри Лайон Олди
ЧЁРНАЯ ПОЗЁМКА

Анатолий Стреляный
ЧУЖАЯ СПЕРМА

Артём Ляхович
ЛОГОВО ЗМИЕВО

Литература нон-фикшн

«Новая газета-Европа»
ГЛУШЬ

Людмила Штерн
БРОДСКИЙ: ОСЯ, ИОСИФ, JOSEPH

Людмила Штерн
ДОВЛАТОВ — ДОБРЫЙ МОЙ ПРИЯТЕЛЬ

Анастасия Полозкова
КОНЕЦ СВОБОДНОЙ ЭПОХИ.
Голоса российского феминизма

Илья Бер, Даниил Федкевич, Н.Ч., Евгений Бунтман,
Павел Солахян, С.Т.
ПРАВДА ЛИ. Послесловие Христо Грозева

Серия «Февраль/Лютий»

Андрей Мовчан
ОТ ВОЙНЫ ДО ВОЙНЫ

Светлана Еремеева
МЁРТВОЕ ВРЕМЯ

**** *******

У ФАШИСТОВ МАЛО КРАСКИ

Сборник эссе
НОСОРОГИ В КНИЖНОЙ ЛАВКЕ

Серия «Версии»

Михаил Крутихин

ИГРА В РЕВОЛЮЦИЮ. Иранские агенты Кремля

Серия «Не убоюсь зла»

Натан Щаранский

НЕ УБОЮСЬ ЗЛА

Илья Яшин

СОПРОТИВЛЕНИЕ ПОЛЕЗНО

Выступления российских
политзаключённых и обвиняемых
НЕПОСЛЕДНИЕ СЛОВА